·“长江中游矿冶文化与经济社会发展研究中心”基金项目“中国当代矿冶文学梳理与研究”（编号：2018kyz03）研究成果
·“长江中游矿冶文化与经济社会发展研究中心”基金项目“文学地理学视域下的黄石矿冶文学研究”（编号：2015kyb07）研究成果
·湖北理工学院重点学科“中国语言文学”资助项目

中国当代矿冶文学
经典读本

陈新瑶　黄燕　主编

北京
冶金工业出版社
2020

图书在版编目（CIP）数据

中国当代矿冶文学经典读本 / 陈新瑶，黄燕主编 . — 北京：冶金工业出版社，2020.6

ISBN 978-7-5024-8545-0

Ⅰ. ①中… Ⅱ. ①陈… ②黄… Ⅲ. ①中国文学—当代文学—作品综合集 Ⅳ. ① I217.1

中国版本图书馆 CIP 数据核字（2020）第 088644 号

出 版 人　陈玉千
地　　址　北京市东城区嵩祝院北巷 39 号　邮编　100009　电话　(010)64027926
网　　址　www.cnmip.com.cn　电子信箱　yjcbs@cnmip.com.cn
责任编辑　曾　媛　美术编辑　郑小利　版式设计　郑小利　孙跃红
责任校对　李　娜　责任印制　李玉山
ISBN 978-7-5024-8545-0
冶金工业出版社出版发行；各地新华书店经销；固安华明印业有限公司印刷
2020 年 6 月第 1 版，2020 年 6 月第 1 次印刷
169mm × 239mm；16.75 印张；327 千字；258 页
52.00 元

冶金工业出版社　投稿电话　(010) 64027932　投稿信箱　tougao@cnmip.com.cn
冶金工业出版社营销中心　电话　(010) 64044283　传真　(010) 64027893
冶金工业出版社天猫旗舰店　yjgycbs.tmall.com

中国当代矿冶文学经典读本

编委会

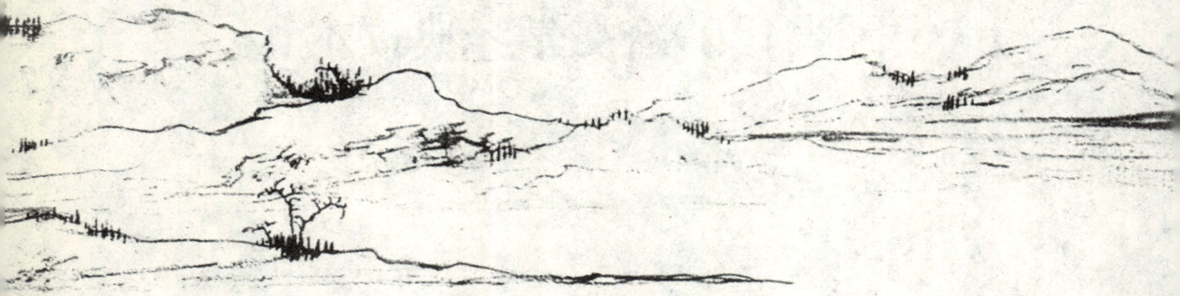

前　言

湖北黄石是一座拥有丰富的矿产资源以及悠久的矿产开采、冶炼历史的城市。2007年，长江中游矿冶文化与经济社会发展中心在湖北理工学院成立。2007年，该中心的研究员提出“矿冶文学”这一个全新的文学概念。同军旅文学一样，它只是对某一文学表现领域的指涉。矿冶文学就是指以矿产资源的勘探、开采、冶炼、铸造加工、使用以及矿冶工人的生产、生活活动为反映对象的文学作品。

我国地域广博，矿产资源丰富，很早就有了关于人类进行矿产开发、冶炼使用的文字记载，中国古代神话《山海经》中“女娲炼石补天”的故事可谓是我国矿冶文学的古老文本。至今仍在各地流传的有关矿石开采、冶炼的民间传说、民歌大可归入到矿冶文学的范畴。一般而言，矿冶生产活动属于工业生产活动的一部分，在“矿冶文学”这一概念提出之前，同类题材的作品被人们归入到工业题材作品的范畴。其实，与一般的工业题材文学作品相比，矿冶文学作品在主题的呈现方面具有更为深广的意义。相比较而言，“矿冶文学”更多地凸显了人类自身在自然面前的律动，在对人性的呈现与探秘方面，它具有独有的意义。在自然界面前，人类所呈现出的是一种生命的原色。在矿冶生产活动之中，人类所面对的是大自然，是掩盖在自然物质财富背后人类自身的勇气、胆识、良知、尊严以及欲望。因而，在相关文学作品中，读者不仅能感受到时代变迁给人类工业生产活动所带来的巨大变化，更能从中体悟到人类在自然面前所显现出的那份自信与柔弱。人与自然、人与人自身、人与社会，这些复杂的关系在其中都得到了很好的体现。在神秘、伟大而又威严的自然面前，没有人敢随意放肆。在勘探、占有、开采、利用自然资源的过程中，人类的理性光芒和人性的卑劣都体现得淋漓尽致。矿冶文学作品可以帮助读者更好地认识到人与自然、人与人自身的关系。与城市文学、军事文学等其他文学样式一样，矿冶文学是一个不容忽视的所在；与城市文学、军事文学等其他文学样式一样，“矿冶文学”的提出具有深远的历史意义与现实意义。

由于历史原因，新中国成立前出现的矿冶文学作品数量不多。新中国成立后，随着我国社会主义建设活动的发展，矿冶文学作品不断增多。从发展历程上讲，我国当代矿冶文学历经了以下几个时期，即20世纪50年代的萌发期、80年代的高潮期、90年代的低迷期与21世纪初期的复兴期。在这一过程中，涌现出了大量优秀的作家与作品。如从煤炭系统华丽转身的著名小说家周梅森，他80年代发表的中篇小说《沉沦的土地》，成为这个题材领域的佳作。有着同样经历的小说家刘庆邦，他的作品《走窑汉》《神木》《红煤》等都是这方面的优秀之作。又如，来自冶金系统的作家董宏量、周震亚、鬼金，来自石油系统的诗人马行等，他们同样创作了大量优秀的矿冶文学作品，如鬼金的小说《轧钢厂的囚徒》、马行的诗歌《勘探地球的人》等。除了以上来自煤炭、石油、冶金等行业的作家创作的作品之外，还有很多来自这些行业之外的作家所创作的相关作品。如著名诗人徐迟的报告文学《这里是特殊的战场》、艾青的诗歌《克拉玛依》、贾平凹的散文《走进塔里木》、李宝群的剧本《矸子山上的男人女人》、刘亮程的散文《最后的铁匠》等都算得上是这方面的佳作。还有些创作者，因为受到生活环境的影响，先后写下了众多的矿冶文学作品。如湖北著名诗人田禾、著名作家胡燕怀，这二位都是湖北大冶人，因为受到湖北大冶——这座有着丰富的矿产资源的城市的影响，他们创作的很多作品与人类矿冶发展史、与对人类矿冶活动的反思有关，相关的代表作有田禾的诗歌《采石场的后半夜》与胡燕怀的长篇系列小说《钢铁三部曲》。

我国当代矿冶文学作品数量众多，为广大读者特别是为广大青年学生编撰一本经典读本，并非易事。在进行作品选择时，我们本着典型性与人文性相结合的原则，以时间为线索，将不同历史时期的优秀作品收录进来。在选用作品时，我们既考虑到所选用作品的历史价值与艺术价值，同时还兼顾了同一历史时期知名作家与普通写作者相关作品选用上的合理性。无论写作者是名家还是普通作者，无论相关作品在历史上得到何种评价，我们都尽可能地进行仔细比较，慎重选择，尽可能地将优秀作品收录进来。所有的选用作品依照小说、诗歌、散文、戏剧、报告文学五个文学门类来编排。

前言

本文学读本既适用于大学本专科院校相关课程的教学使用，也适用于广大文学爱好者的阅读使用。希望我们编选的这部作品选能将“矿冶文学”带到更多的读者面前，让更多的人对我们人类的矿冶生产活动、对人类与自然的关系，对人类自身有更深的认识，但愿我们能从这本书中认识我们自己。

编　者

目　录

第一辑　小说

第二辑　诗歌

第三辑 散文

第四辑 戏剧

第五辑 报告文学

第一辑

小说

大国烟云（节选）

· 胡燕怀

第十五章　生不逢时

清光绪十九年 (公元 1893 年) 的年底，汉阳铁厂全厂告竣。

从光绪十六年的年底正式开工，前后历时近三年，一千多个日日夜夜。汉阳铁厂号称“东半球第一厂”，张之洞自己也骄傲地说它“盖地球东半面，亚洲之印度、南洋、东洋诸国均无铁厂，只中国所创铁厂一处”。如此煌煌一座大厂，考虑到机器设备需全部从外洋进口，以及施工缺乏熟练技术工人和机械设备等条件的限制，应该说这样的建设速度即使在今天，也不能算是慢的。

十月二十二日，张之洞给朝廷上了《炼铁全厂告成》的奏折。他在奏折中报告了本年度以来汉阳铁厂抢抓施工进度的情况：

……自三月以后，机器物料陆续运到，臣督饬各员及洋匠，多方激励，极力赶办。所有炼生铁大厂，及机器厂、铸铁厂、打钉厂，业经于三月前完工；其炼贝色麻钢厂、炼熟铁厂，此两大厂均于五月完工；其炼西门士钢厂、造钢轨厂、造铁货厂，此三大厂因补换破碎短数火砖，及未齐之机器铁料，运到稍迟，于七八两月先后完工。此外尚有造轨所需之鱼片钩钉厂，其机器本系后订，于五月内始自外洋续行运到，督催赶办，亦于九月中旬完工。统计全厂地面，东西三里余，南北大半里。各厂基自平地起，至铁柱墩及炉座机器诸石墩止，均需填土高一丈二尺不等。大小十厂，均须连为一处，共应填土九万余方，已于九月中旬将开炼之日即需施工处所，一律填齐。至各厂基以外，现仍接续补填。其应加开水沟、加倍护堤、厂内连贯交通铁路、厂地铺盖铁板各工，随时酌度情形办理。统计炼生铁、炼熟铁、炼贝色麻钢、炼西门士钢、造钢轨、造铁货六大厂，机器、铸铁、打铁、造鱼片钩钉四小厂，以及烟通、火巷、运矿铁桥、铁路各工，江边码头、起矿机器房，现已全行完竣，机器一律安配妥协。

从其中犹可见汉阳铁厂的规模和气势。不仅如此，张之洞还仿照西法，督饬洋匠将汉阳铁厂全厂以及大冶铁矿、运矿铁路等，共拍成照片五十六幅，并于图上贴说，随同这份奏折，一同恭呈御览。

张之洞回避了汉阳铁厂建设过程中技术上的种种难题。他并不是不想诉苦，而是诉了苦没用，最终还得靠自己和洋员想办法去解决这些难题。而与汉阳铁厂创办伊始相伴而来的民间和朝廷的阻力，官场的争斗、拆台、阴谋、陷害，以及无时无刻不在困扰他的经费问题相比，技术问题自然要单纯得多，也好办得多。但这并不等于说技术问题不是一个恼人的问题，甚至是一个要命的问题。张之洞所生活的年代毕竟是闭锁的中世纪，风气未开，人们所谓的炼铁，无非就是一盘红炉、几瓢铁水，以及在一只铁砧上叮当敲打着的几把铁锤。有谁见过近代化的大铁厂，见过惊天动地的大机器生产？别说是普通民众，便是张之洞这样的高官，也同样是见所未见，闻所未闻。因此在汉阳铁厂的建设过程中，技术问题同样也是不可避免的。

张之洞对筹建汉阳铁厂技术上的困难是逐步认识到的。早在光绪十六年时，他就发出了“平地为山，毫无凭藉”的慨叹。他认为中国办钢铁，不像在外洋，煤矿、铁矿、各种机器生产，都是轻车熟路，人员和物资齐备，同一类型的企业可以按照一定的模式推广，所以容易办成；而在中国，则是事事都要从头开始。三年后，他已经深刻认识到了，办铁厂比以往举办的任何洋务都更为艰巨。他在光绪十九年二月二十五日给朝廷的《预筹铁厂开炼成本》折中，第一次谈到汉阳铁厂建设的技术难度：铁厂机器笨重，名目繁多，要因地制宜而随时增加补充，有的即使是外国工程师也不能事先预计到。而炉座体积高大，运输中起卸艰难，填筑地基工程大而经费多，各个生产部门要连贯成一个有机的系统，内部的机械又十分精密，凿矿、修路、开煤、炼钢各方面头绪纷繁，都不是从前办过的江南制造局、福建船厂那些机器局所可以比拟的。还有，每一批机器物料都要从外洋运到，多的数万件，甚至十余万件，必须要专门的技术人员几十天才能清点验收完毕；每一种机器设备，要花四五个月的时间才能安装完成。

而让张之洞事先没有想到的是，筹建汉阳铁厂中的技术难题，“最难者，为图、砖两端。”所谓图，指设计图；砖，指耐火砖。他曾在一份手札中公开承认：“只以生铁炉砖运自外洋，多有破碎，动需续购更换，兼因各厂图未经到齐，致有延缓。”看来这是最让张之洞头痛的两个问题。

汉阳铁厂的设计图纸，由张之洞委托驻英使臣薛福成，通过英国谛塞德钢铁厂设计完成，总图、分图多达数百张。当年张之洞赴湖广上任途中，曾在上海与即将出洋莅任的薛福成见过面，他曾面托过薛福成，而薛福成对张之洞所托之事很是尽心尽力。这些精密的图纸都要等候国外寄来，到了厂里，再分画各个部分的细图。寄来的图纸又都是晒印的蓝图，“久渐模糊”，需要重新描摹，既延误了时间，又增加了开支。光绪十八年五月二十七日张之洞致电薛福成，请他敦促英国谛塞德厂速寄图纸：“贝色麻厂、西门马丁厂、抽条拉片厂各图，久未寄到，停工待图，靡费甚巨。限期又迫，焦急万分。请速催全寄，并于使馆随员中代择一人托以此事，专司催图。……”过了几天后，张之洞又寄去所缺图纸的清单，再次催促：“今年马丁厂图昨已递到，仅有一纸系布置总图，非作工细图。或有总图而无细图，或有细图而无总图，布置不全，虽有图不能动工。……此外缺漏甚多，限期甚迫，无图即不能同时并举，焦灼万分。前后已电催十二次，而谛厂总不能上紧。”要求薛福成务必“派员督催”，“加费不惜，先绘先寄”。由此可见张之洞当时的急迫心情，以及他焦头烂额的窘状。

而砌筑炉体所用的耐火砖，“各砖皆系洋制，方、圆、斜、正式样总数十种，每一大炉需砖数十万块，皆有编号，依次修砌，一块不能错乱。”这些外国制造的“宝贝”，工厂交货本来就很迟缓，再经过数万里的波涛，海轮换江轮的来回搬运，大量破损已是必然，破损了以后又必须到国外去添补配齐。来来往往，周而复始，耗费了大量时间、金钱和人力。光绪十八年二月运到汉阳的砌筑两座生铁炉的耐火砖，破损过半，两副只能拼成一副用，需要再添一副，又得增加投资一万二千两。同年，运到汉阳的四座热风炉的耐火砖也破损了不少，只能供三座炉子使用，也要添购一副，需银约九千六百两。

以上凡此种种，都是张之洞在汉阳铁厂的筹建过程中，亲历过的技术难题。当然，这些都是表面的、浅层次的技术问题。张之洞在技术层面的重大失误，还要等到汉阳铁厂正式投产以后才能显现出来。

汉阳铁厂还有一个致命的根本问题没有解决，那就是煤的来源。自从王三石煤矿被水淹报废后，张之洞又在湖北境内开采江夏马鞍山煤矿和当阳煤矿，并在马鞍山煤矿设立了炼焦厂。但是马鞍山煤矿的煤质后来经化验，灰多磺重，只能作民用，不适合炼钢铁之用。当阳煤矿的煤也不堪用。一直到汉阳铁厂全部建成，都没有找到合适的煤矿。在铁厂正式投产前，还有个半年多的试点火、预热炉子以及机器设备的调试过程，同样不能缺少煤焦。此时，汉阳铁厂的正式投产日期已定，这是个具有政治意义的日子，决不能因为煤的问题而延误。张之洞被逼无奈，一咬牙，决定从德国进口焦炭。

光绪二十年(公元1894年)，岁在甲午。

六月一日，汉阳铁厂1号高炉出铁庆典，全厂正式建成投产。

高耸的1号高炉披红挂彩，炉前大员云集。张之洞的身后是省城大小衙门的官员、幕僚、洋工师、三镇绅商士民代表、各国驻汉总领事，以及中外新闻记者共约数百人。锣鼓队、洋鼓洋号队、龙灯、狮子灯也在炉前列队等候。

时值大暑，张之洞身披一件黑色的大氅，更显威严、庄重。他微眯着双眼，目视前方，白雪似的巨髯修剪一新，平静的脸上看不出任何的心底波澜。此时此刻他心里在想什么？也许是这三年多来经历的坎坷、磨难、曲折，这一千多个日日夜夜的焦虑、不眠和担忧？三年多来，当天下绝大多数的督抚都在蓄姬养妾、耽于声色，享受着宁静而安逸的高官厚禄时，他张之洞却在宵衣旰食、殚精竭虑、呕心沥血，同时还要时刻提防不知来自何方的明枪暗箭。如今他历经磨难，凭着坚韧的意志，终于把这件“明知不可为而为之”的前无古人的大事干成了，敢为天下先，从此他张之洞也将彪炳史册、流芳百世！也许骄傲和自豪之情，会在这一刻不可避免地涌上他的心头？……当然也许他什么也没想。他所做的，正是尽了他的为臣之道，为国之责。

人们都在静静地等待着。

终于，吉时已到，钟声“当当！”地敲响了，洪钟大吕，铁水奔涌而出。

锣鼓声大作，鞭炮震耳，西洋乐队热情洋溢地轮番演奏着中国乐曲《茉莉花》和《妈妈娘你好糊涂》。照影机“啪！啪！”地闪光，炸出一团团烟雾。……

此前，关于庆典仪式上到底演奏什么乐曲，让张之洞和他的幕僚班子遇到了一个新问题。张之洞要求开炉大典一定要隆重热闹，从汉口租界里请来了最好的西洋乐队，可当人家问演奏什么曲子时，大家都愣住了。

张之洞：“辜鸿铭，你久在海外，见多识广，像这种事情这种场合，外国人一般演奏什么曲子？”

“按惯例，一般有外国人参加的活动，都演奏国歌。”

“国歌？”张之洞愣住了，“什么是国歌？”

“就是在外交场合或隆重的典礼上，代表一个国家尊严和形象的歌曲。比如法国的国歌，就是著名的《马赛曲》。”

“什么是……中国的国歌？”张之洞问。

大家都摇摇头，“没听说过。”

于是退而求其次：“天津李中堂遇上这种事，都是演奏什么曲子？”

有人回答说：“有时是《茉莉花》，有时是《妈妈娘你好糊涂》。”

“……那就妈妈娘的茉莉花一块来吧。”张之洞当场拍了板。

铁水继续奔流着，如火龙翻腾，向炼钢分厂奔去。……

万头攒动，人群奔涌。

张之洞和贵宾们登上一列扎着红绸的平板列车，缓缓往炼钢分厂驶去。

他们接下来视察了炼钢分厂和轧轨分厂。

在炼钢分厂，钢水从钢包中倾斜而下，钢花飞溅。

留着长辫子的炉前工们，盘起辫子，挥舞着钢钎，挥汗如雨地忙碌着。一曲大机器和长辫子的奏鸣曲，奇特地奏响在这龟山之麓、大河之滨。

在轧钢分厂，火红的钢条穿过轧辊，钢条如火龙上下翻飞；如面条般柔软的钢条，在工人们的手中瞬间就轧制成了一节节的钢轨。这些工字钢连接起来，在张之洞的眼前幻化成了一条游走千里的钢铁长龙。……

张之洞带着中外宾客，随后登上了龟山。

站在龟山之巅鸟瞰，汉阳铁厂尽收眼底：在汉水与长江交汇的这块滩涂上，神话般地涌现出了一座大型的钢铁之城：星罗棋布的厂房纵横排列，密如鳞甲；化铁炉虎踞龙盘，炼钢炉巍巍森列；烟囱林立，拔地而起，耸入云霄，喷吐出来的浓密烟云交织在一起，遮天蔽日，笼罩了汉口的街市……

这时一名西方记者趁机挤到了张之洞身边采访，辜鸿铭充任翻译：

"我是《纽约时报》的记者。值此汉阳铁厂建成投产之际，请问总督先生，您此刻最大的感受是什么？"

"你问感受么？请看这满天的烟云，"张之洞手指着天空，充满自豪地说，"本部堂此刻只想说一句话：你们有的，我们也照样能有！"

一名中国记者立即插进来问："我是上海《申报》记者。汉阳铁厂是亚洲第一厂，汉阳铁厂的建成投产，使西方对武汉刮目相看，称它为'东方芝加哥'。请问制台大人，您对未来之湖北省有何展望？"

张之洞："本部堂自督鄂以来，创新学，举新政，兴办实业，成为内陆腹地最早开风气之先的省份。汉阳铁厂只是发其一端，三五年后即可遍地开花，广收其效。到那时湖北必居天下各省之先，而直逼上海。"

又一名西方记者提了一个敏感的问题："我是《泰晤士报》的记者。众所周知，现在中日两国实际上已处于临战状态。中国已经拥有亚洲第一流的海军舰队，又拥有了第一流的钢铁厂，这是否意味着中国将会对日本开战？"

辜鸿铭译完后张之洞沉吟了一会儿，说："这位先生，本部堂明确地告诉你，汉阳铁厂并非因兵事而设。当然，如果恶人执意寻衅打上门来了，本部堂相信，汉阳铁厂所生产之钢铁，并非仅仅只能轧制铁路钢轨。"

巧妙而幽默的回答，博得了大家的掌声。

投产庆典后，京、津、沪、汉、港等地中外新闻纸，都以醒目的通栏标题的方式报道了汉阳铁厂的建成投产。《华北先驱周报》的大标题是：《中国醒矣！》，《字林西报》是《东方的芝加哥》，《申报》是《湖北省之希望》，《香港新闻》是《亚洲第一炉》……

汉阳铁厂生产的钢料、铁料运往上海，委托耶松洋行和昌义成洋行试销，结果市场给价生铁每吨规银二十二两，熟铁条每吨六十七两，钢每吨七十八两，与洋钢、洋铁销价大致相同。但汉阳铁厂的产品大宗是钢轨，靠零打碎敲卖料毕竟不是长久之计。铁厂尚未建成时，张之洞就在为汉阳铁厂未来的产品寻找出路了。他当时瞄准了两个市场：一个是国内市场，一个是国外市场。国外市场中，欧美市场是很难进去的；而亚洲市场中，亚洲各国除印度外，还根本没有修铁路的打算。张之洞盯上了印度这个市场。印度是英属殖民地，印度的铁路工程都在英国的东印度公司控制和垄断之下。张之洞给驻英使臣薛福成拍了电报，希望他能在英国的上层和东印度公司做做工作。经过一段时间的努力，这个计划宣告失败，东印度公司针插不入水泼不进。张之洞只能把最后的希望寄托在国内市场上了。国内市场当时唯一的项目就是李鸿章的关东铁路。

早在朝廷决定抢修关东路、缓办芦汉路之初，张之洞就曾压抑着满腹的委屈和愤怒，忍气吞声地主动与自己的对手驰电相商，希望中堂李大人能有个明确的承诺和答复：未来之关东路决不进口洋轨，只用汉阳之轨；并盼能提前支付轨价，以解汉厂费用短绌的燃眉之急。张之洞的打算是将汉阳铁厂和关东路紧紧捆绑在一起，渡过眼前的难关。但是张之洞想得太天真了，中堂李大人是不会同情怜悯失败者的，他以胜利者的姿态，轻松地说了一句“历来交易，一手交钱一手交货”，一口回绝了张之洞提前支付轨价的要求；至于决不进口洋轨、只使用汉阳之轨，李鸿章更是言辞闪烁、躲躲闪闪，决不轻易表态。实在逼急了，他就说：等你的钢轨生产出来检验合格以后再说吧，现在还早着呢，说什么都是纸上谈兵。言下之意就是：还不知道你能不能生产得出来钢轨呢！

如今，张之洞终于将钢轨生产出来了，这是李鸿章最不愿意看到的结果。他自己致力于办铁的心愿久矣，从光绪初年就派盛宣怀勘查煤铁矿，一生办了那么多的洋务大业，唯独就是这钢铁没有办成。如今他没有办成的事情让别人办成了，心里头或妒或怨，酸溜溜的多少总会有那么一点不是滋味。但是李鸿章也决不后悔自己在危急关头拔刀相助，救了张之洞一把。他原本也只是要维持南张北李的格局，以便减轻和分散自己的阻力和压力。至于张之洞，他希望看到他瞎折腾，跌跟斗，直至失败；可他没想到，张之洞居然成功了。

投产庆典一结束，张之洞就临时抽调布纱丝麻四局的总办盛春颐，带着汉阳铁厂的铁轨样品前往天津，送李鸿章过目、检验。张之洞的本意是要利用盛春颐与盛宣怀的关系，促成此事。

盛春颐到了天津，在叔叔盛宣怀的带领下拜见过李鸿章、说明来意之后，就再也没有了下文。盛春颐在驿馆里坐冷板凳，日子一天天地过去，就好像李鸿章忘记了这件事一样。盛春颐跑去问叔叔，盛宣怀说中堂大人到威海视察海防去了，他不会忘记这件事，会给你一个答复的，你耐心等着吧。但盛春颐还是疑心叔叔和中堂大人串通一气在骗他。他们只想看制台张大人的笑话，不想订购汉阳铁轨，就想办法来拖延、敷衍他。有一天盛春颐实在坐不住了，他背着那半截钢轨样品，径直去了直隶总督衙门，求见中堂大人，要求给个明确的答复。门上卫兵告诉他，中堂大人不在；盛春颐不信，非要进去看个究竟不可，于是与卫兵发生了争执。盛春颐满腹的委屈和愤怒涌上心头，他站在直隶总督衙门前骂起了大街，说了李鸿章的许多坏话。后来还是盛宣怀赶来呵止了他。盛宣怀带着盛春颐进了衙门，果然中堂大人不在衙门里。盛春颐这才从叔叔嘴里知道，原来朝鲜自今年二月东学党起义后，局势日益危急，到了五月份，中日双方大军云集，战争一触即发。数月来李鸿章日夜寝食难安，也许中堂大人真是因为操心国家大事而忘记了汉阳铁厂的小事？盛春颐在心里原谅了李鸿章对他的怠慢。

汉阳铁厂的建成投产，让洋人也坐不住了。德国驻华公使派特使到天津来见李鸿章，他们用一封电报把李鸿章从威海前线叫了回来。

“现在全世界都知道了，湖北汉阳的钢铁厂已经建成投产，也就是说，中国已经具备了自己生产铁路钢轨的能力。公使先生很担心，德国将会因此失去中国这个亚洲最大的钢铁市场。”德国特使说。

李鸿章：“公使先生的担心完全是可能的，中国人不再购买洋铁只是迟早的事情，但是目前显然还不可能。根据我的估计，汉阳铁厂虽已建成投产，但其所能维持的时间，最多不会超过半年。”

“总督先生这样说的根据是什么？”

“你们德国人的心里应该更清楚。因为汉阳铁厂所使用的焦炭，就是从贵国进口的。汉阳铁厂迄今还没有找到合适的煤矿，这在中国的俗话中就叫做‘无米之炊’——准确地说，应该叫‘无炊之米’，断不可长久的。”

“也就是说，在汉阳铁厂未找到新的煤矿之前，中国的钢铁市场仍然会依赖进口，是这样吗？”

“是的，至少在两三年内会是如此。”

“那么请问总督先生，您所负责的关东铁路，是否打算使用汉阳产的钢轨？”

“我现在无法明确地回答您这个问题，因为我根本不知道汉阳铁轨的品质如何。而且关东路的建设除芦台一线进展较快外，其余大部分目前仍在勘测、设计、征地阶段，谈论铺轨为时尚早。”

“公使先生让我提醒阁下，不要忽略了德国在中国的利益。这利益，是我们双方所共有的。”特使说完，起身鞠了一躬，告辞了。

李鸿章这才想起了张之洞派来的人，他叫来盛宣怀。

“大人，找卑职何事？”盛宣怀明知故问。

“你那位侄子还在天津吗？”李鸿章问。

“在。我们还在等着大人的回复呢。”

“张之洞又来电报催了，要求关东铁路提前预订汉阳铁轨。想来，他那里怕是周转不开了。”

“大人，订吗？”盛宣怀小心地问。

“订与不订，就要看汉阳铁轨的品质了。杏荪，你不是说津海关可以做进口钢材的抗压检测吗？你现在就负责对汉轨进行检测。——记住，检测试验的时候，一定让你那位侄子在场，亲眼目睹。”

不久，检测结果出来了，一个谁也意料不到的结论：易脆裂，不合路轨之用。李鸿章有了依据，理直气壮地回电张之洞，第一次给予了明确的冠冕堂皇的答复："……本意以为，汉厂既已产轨，断无再进口洋轨之理。无奈汉轨易脆裂，不堪铁路之用，非我不用，关东路进口洋轨已属无奈，希予见谅！"

这个结果再次沉重地打击了张之洞，也往他火热热的心头浇了一大盆冷水，顿时浇了个透心凉。他弄不明白，耗了这么多的银子，费了这么大的力气，一切都是按洋人的设计和技术要求来的，可生产出来的钢轨为什么还是不合格？他问贺伯生，可是身为汉阳铁厂的总工程师、代理总办，贺伯生也回答不了这个问题。他告诉张之洞，要搞清楚其中的原因，必须进行化学成分检测。而目前能做这个检测的地方之一，就是英国谛塞德钢铁厂的化验室。

古老大国的上空弥漫着战争的烟云。

几乎与汉阳铁厂敲响出钢钟声的同时，黄海海战的炮声也隆隆地响了。

汉阳铁厂正式投产后的六月二十日，日本联合舰队司令官伊东祐亨率领日舰十五艘向朝鲜海岸进发，伺机偷袭中国军舰和运兵船。六月二十三日，北洋水师"济远""广乙"二舰自牙山返航，在丰岛西北遭日舰队截击，"济远"舰中弹遭重创，"广乙"受伤后撞于朝鲜海岸。运兵船"高升"号被击沉，船上清军七百多人全部遇难。日本人正式挑起了侵略战争。

八月一日，清廷在经历了长达一个多月的战与和的艰难抉择后，正式对日宣战。甲午中日战争全面爆发。

八月十八日，北洋水师与日本联合舰队在鸭绿江大东沟附近激战，"致远""经远""超勇""扬威""广甲"五舰，或毁或沉，管带邓世昌等殉国，提督丁汝昌受伤。黄海一战，北洋水师几乎全军覆没。

消息传来，举国震惊！这支看起来不可一世、国人引以为骄傲的雄踞亚洲之首的铁甲舰队，想不到竟轻易败给了一个东邻的弹丸之邦。那些日子里，张之洞每天最急不可待的事情就是等着看兵部来的塘报，密切关注战事的发展。他经常蹙眉沉思，一个人呆呆地坐着，好半天一动也不动。

"你们说，北洋水师为何如此不堪一击？"有一天张之洞问身边的幕僚们，"自办洋务数十年来，无不以兵事为重，耗时最久的是北洋水师，耗钱最多的也是北洋水师。仅仅是旗舰'定远'号和'镇远'号两条船便耗银近五百万两，相当于汉阳铁厂的全部费用之和。如此铁甲劲旅，又何以不能御敌于国门之外？"

幕僚们面面相觑着，回答不上来。

张之洞："实可见国家并非仅仅以兵存。本部堂经过这些日子的苦思冥想，终于悟出了一些道理。富强之策，强兵和富国，实则是个互为因果的关系。这些年办洋务，天津李中堂无不以兵事为重，即便轮船招商总局和电报局看似民用，实则也是为兵事而备。他自己就说过，轮船招商局‘无事时可运官粮客货，有事时装载援兵军火’。他以为强兵就能富国，这次北洋水师的全军覆没恰好就证明了此路不通。本部堂则刚好与之相反，惟有富国才能强兵。如果国力不增，便是勉强购得几艘铁甲战舰，又能如何？”

“高论！高论！”辜鸿铭击节叫好，“这正是大人比李鸿章的高明之处！如果国家不富，强兵只是无源之水，无本之木。”

“大人这是真知灼见，治本之策。”樊增祥说，“所以大人自督鄂以来，举新政，创新学，兴实业，通商务，都是出于这样的考虑。”

“国家贫弱，这是问题的根本所在啊！”张之洞叹息说。

九月初，汉阳铁厂送往英国去化验的铁轨结果出来了，原因是：含磷过高，导致了钢轨易脆裂。

接到英国来的电报后，张之洞请来了贺伯生和白乃富两位洋工师。

张之洞：“二位，怎么会这样？”

“这肯定与铁矿石的含磷量有关。”贺伯生说，“当今炼钢有两种方法，一种是酸法冶炼，用贝色麻炉；一种是碱法冶炼，用马丁炉。大冶铁矿含磷高，本应采用碱法马丁炉冶炼，但是总督先生早在广州时便订购了贝色麻炉，订炉在先，探矿在后，您刚好把这个程序颠倒了。”

张之洞沉下脸：“当初你们为何不提醒本部堂？”

“总督先生，可能您已经忘记了，作为探矿工程师，当初我是提醒过您的。”白乃富说，“1890年春天我们应聘来到总督先生身边的时候，恰巧英国方面来电，要求最后确认所订购的机炉，以便发货启运。那时探矿还没有开始，我向您建议说暂缓发货，等探矿结束后再最后确定机炉。可您不耐烦了，说‘办事哪有那么烦难的？以中国之大何所不有，只管照从前所订机炉发货！’”

贺伯生：“总督先生，我们不能改变您的决定。因为根据合约的规定，我们在未来铁厂的重大问题上只有建议权，而没有决定权。”

张之洞说不出话来，脸色很难看。

白乃富：“总督先生，现在的当务之急是对机炉进行改造，更换成马丁炉。”

“……更换机炉，又需巨款。眼下国难当头，朝廷军费尚且短绌，哪还有钱投入铁厂改造？”张之洞仰天长叹：“汉阳铁厂真乃生不逢时啊！”

“还不仅仅是更换机炉的问题。”贺伯生接着说，“汉阳铁厂由于一直没有找到合适的煤矿，依靠进口焦炭维持生产，成本高居不下；加之铁厂远离矿石生产基地，工厂的巨额亏损已经成为事实。”

张之洞：“那你们说，该怎么办？”

贺伯生："停炉。在西方，遇到这样的情况，通常情况下只有停炉。"

白乃富："是的，总督先生，停炉。除此您别无选择。"

"胡说！"张之洞生气了，"铁厂开炉总共不过三月，如果停炉，别人会怎么看？朝中的那些反对派会怎么看？停炉就意味着办铁失败，就会给人授以口柄！汉阳铁厂的烟囱必须日夜冒烟！"

但是不久，当张之洞再次视察汉阳铁厂后，他不得不正视这个残酷的现实了。

那次视察的最后一站是东码头边的货场。汉阳铁厂轧制好的钢轨，沿着厂区铁路线源源不断地运到这里，堆码在一起，准备外运。可是码头上没有停靠一艘拖运钢轨的轮驳。钢轨在不停地堆码，只运来不运走，堆积如山，偌大的货场上已经没有空地了。张之洞一行就在这钢轨的山峰中穿行着。

"这些堆积如山的钢轨，现在全部都成了废品。"贺伯生说。

张之洞走走停停，时不时地摸摸那些锈迹斑斑的工字钢；有时还从地上捡起一块石头，敲打着钢轨，发出"当当"的清脆响声。他实在闹不明白，这些看上去棱角森森、敲起来当当作响的钢轨，怎么一下子都成了废品？

"进口焦炭的成本太昂贵。"白乃富说，"德国巴伐利亚州的焦炭运到汉阳，每吨六十马克，根据上海的外汇牌价，约合中国白银二十两。这个价格，差不多可以直接在上海的耶松洋行买到一吨生铁了。"

辜鸿铭："按中国的俗话说，这是豆腐盘成了肉价。"

贺伯生："初步的预算结果已经出来了。根据目前的情况，汉阳铁厂平均每开炉生产一天，就要亏损六千德国马克，约合中国白银二千两，一年的亏损已近百万之巨。总督先生，如果不停炉，您每年就得准备一百万两银子。"

张之洞好半晌无语。

终于，他回过头来了，面色很难看，表情也很复杂。他轻轻地叹息了一声，从牙缝里挤出了那两个他最不愿意启齿的字："那就……停炉吧。"

时令已是深秋，督署后花园里落叶飘飘，黄花满地。

窗前，张之洞拥衾而坐，闭目沉思。忧虑和不眠使他更显苍老了。

近来的战事更加不顺利了。继海战北洋水师全军覆没后，陆战淮军也是一败涂地。九月二十六日，日第一军团从鸭绿江上游水口镇擎枪而渡，清军全线崩溃；第二军团在辽东半岛花园口登陆，进犯旅顺。十月九号，金州失陷；十一日日军攻占大连湾。十月二十四日，旅顺陷落，日军大屠杀。

辜鸿铭急匆匆走进来："大人调署两江一事，邸报上已正式发表了。"说着将一份邸报递给张之洞。

张之洞看邸报上明发的上谕：钦差南洋大臣、两江总督刘坤一驻节山海关督战，关内防剿各军均归节制。钦此！又：两江总督着张之洞暂署，即往江宁接替、整饬防务。钦此！

几天前军机处曾来过一份电报通气打招呼，说朝廷准备启用湘军老将刘坤一指挥前线作战，两江总督有可能让张之洞署理。

张之洞：“前线告急，李鸿章的淮军一败涂地，现在朝廷走投无路，果然想到要启用湘军老将了。”

辜鸿铭：“湘军就是救急解难的灵丹妙药么？刘坤一那么大的年纪了，垂垂老矣，他还能挽救败局于既倒吗？”

“未必，未必。”张之洞连连摇头，叹息说。

几天以后，张之洞前往江宁莅任。

武昌文昌门外码头，省城官员并绅民父老集于码头上，为张之洞送行。

张之洞：“各位请起，请起。本部堂奉旨暂署两江，以赴国难。王师凯旋之日，本部堂定当重返鄂省。”

众：“大人，多多保重！”

张之洞拱手：“各位保重！”

张之洞登上兵船。

“沂江号”兵船缓缓离岸。

张之洞伫立于船舷边，频频向岸上挥手：“之洞还会再回来的！”

“沂江号”兵船至江心，忽然往汉阳驶去。

兵船沿着长江、汉江，绕着汉阳铁厂缓缓逡巡。

“沂江号”拉响了长长的汽笛。

死气沉寂的铁厂，突然也拉响了雄壮、凄凉的汽笛声。

张之洞伫立于船头甲板，江风掀起他黑色的大氅，宛如一尊雕像。

江鸥飞旋，“沂江号”兵船顺流而下，渐行渐远。

（选自胡燕怀《大国烟云》，长江文艺出版社，2014 年版）

「作者简介」

胡燕怀，1948 年生，湖北大冶人，国家级编剧。1992 年前主要创作中短篇小说，代表作品有短篇小说《淘井》，中篇小说《白板》等，出版有中短篇小说集《风流港》。1993 年后转向影视文学创作，担任了《总督张之洞》《大清蒙古王》《大清御使》《铁道游击队》等电视剧的编剧，并三次荣获全国“五个一工程”奖。2011 年长江出版社出版了六卷本的《胡燕怀文集》。

「作品导读」

《大国烟云》是胡燕怀长篇历史小说系列《钢铁三部曲》的第一卷。《钢铁三部曲》是以中国最早的跨地区、跨行业的钢铁煤大型联合企业——“汉冶萍煤铁厂矿联合总公司”（简称“汉冶萍公司”）的发展历程为题材的系列长篇小说。汉冶萍公司是中国第一家大型股份制企业，由汉阳铁厂、大冶铁矿和江西萍乡煤矿三部分组成。作为中国钢铁工业的摇篮，汉冶萍公司也是当时亚洲最大、技术最先进的钢铁联合企业。小说《大国烟云》共 18 章，主要讲述了两江总督张之洞创办汉阳铁厂的艰难历程。清光绪 15 年（公元 1889 年），张之洞为中国修路不再受制于他国，顶着朝野各方压力开始筹建汉阳铁厂，于光绪 19 年底（公元 1893 年）汉阳铁厂建成投产，轰动中外，但因张之洞的决策失误，导致铁厂运营亏损，其主打产品铁路钢轨易脆裂不合格，汉阳铁厂在投产后不久即被迫停产。两年后，盛宣怀接手汉阳铁厂，实行官督商办，并对铁厂进行全面改造，使其恢复生产。小说以 19 世纪末中国大地上发生的一系列重大历史事件，如洋务运动、甲午战争、戊戌变法、义和团运动等为时代背景，在再现中国社会风云变幻的宏大的历史叙事中，肯定了张之洞为首的改革派创办汉阳铁厂的历史功绩，赞扬了他们为中国的工业化进程和现代转型所作出的贡献。

在艺术上，这部小说成功地塑造了张之洞的人物形象，并将历史的真实性与文学的虚构性、传奇性融为一体，具有较强的可读性。

沉沦的土地（节选）

·周梅森

民国八年秋，兴华煤矿股份有限公司大规模开采黄河故道流域的刘家洼煤田，造成采矿性地震，地表陷落。初时坍陷土地约十余顷，生荒三两处。乡人闹至公司后，双方商定赔偿约法。嗣后公司借口办矿之初，银根吃紧，未予履行。九年二月，土地继续陷落，地中民坟亦被波及，棺柩出土，白骨露天，总计受害者数千家。坍陷危及村落，部分民舍倒塌，寨墙拉裂多处。至此，公司仍未实施赔偿，乡人极为愤慨，发誓与之一拼。三月初，各村民众秘密集合，以民间武器竞相武装，推出乡绅刘叔杰为首领，拟以武力争斗。形势严重，民变迫在眉睫。情急之下，兴华公司被迫派员勘察坍陷土地之惨状……

一

刘四，刘四麻子，刘四爷，没有一片瓦，没有一垅地，却透着硬气，愣是敢称爷。四爷爱喝高粱烧，爱吃猪头肉，更爱凑热闹。偌大的西河寨少了任何体面的人物都可以，独独少不得他。你办红白喜事，若不邀他，他敢在你洞房的梁头上上吊，敢在你祖坟上掘洞。他理直气壮地认为，他生来就是吃世界的。恁大的世界，不让他吃，还留着干球？！从清朝到民国，他硬是拳打脚踢，横啃竖咬，闹得个两腮冒油，脑满肠肥。

民国九年，四爷来到这个世界已实实在在地度过了五十个洋洋得意的年头。昨日，在乡绅刘叔杰刘三先生宴请乡民代表时，他又饱饮美酒，顺便庆贺了自己的五十大寿。在酒席上，听说兴华公司要来察看矿区周围坍陷的地亩，便自告奋勇做了向导兼乡民代表。

眼下，四爷正代表四村乡民，比其他随从更卖力地陪着刘叔杰刘三先生和兴华公司矿长王子非，视察广袤的旷野。

路不好走，黄泥大道上四处是砂礓、浮土。入冬以后便再没落过一星儿雨雪，空气干燥得很，纷杂的脚步踏下去，灰蒙蒙的浮土便沸沸扬扬地腾起来。没出五里地，四爷已累得气喘吁吁，灰面人儿似的了。汗珠子开始从保养得很好的皮肉中往外钻，从额头、脸颊、脖子上往下流，贴身穿着的黑乎乎油腻腻，分不清本色的对襟小褂已被汗水打湿。

四爷委实辛苦了。

他不停地揭帽，用那软塌塌的破毡帽扇风擦汗。他感到浑身刺痒，仿佛养在身上的虱子一时间举行了总暴动。四爷有点烦躁了，出村时那点可怜的得意，已被无端的仇恨所替代："他奶奶的，累杀了四爷，要卖爷肉？不孝顺的东西！"

敢这样想，却不敢这样讲。四爷并不是所有人的爷，在三先生面前，他就不敢称爷。三先生是什么人？在晚清中过举，名流！在名流面前称爷？呸，什么东西！四爷不是那种不识好歹的东西！要不，他何以从清朝吃进民国？！矿长王子非就不算啥了，他给四爷做孙子，四爷还作兴不要哩！四爷有四爷的优越感，四爷光棍一条，通吃两代公司。甭看王子非现刻儿西装革履，油头粉面，人模狗样的，在四爷看来，通通是三寸厚的膘子肉，大白面的馍——遭吃的料。

从民国初年起，四爷就开始吃工业了。

后山庄的杨老大打水井，七尺见煤。一下子，这块闭塞的土地唱大戏一样热闹起来。先是当地乡民开小窑，后是南方过来的资本家打大井。黄河故道北岸的刘家洼，原不过有十几户山东过来的灾民，转眼间变成了一个繁华的经济政治中心，两代煤矿公司均在这儿安营扎寨。为了又多又快地运煤，煤矿公司拓了一条二十多里长的小铁道，沟通了津浦线的河口车站。十年间，刘家洼以及刘家洼周围荒芜的土地上，吸引了几千户人定居谋生。

这块土地下埋藏着富饶的宝藏，浅部煤层厚两三米，深部煤层竟厚达五六米。当国外资本几乎垄断了中国能源的时候，有多少企业家想做这块土地的主人呀！这令人垂涎的宝藏给了多少人发财的梦想。

不过，在这里发财很难。第一代公司——刘家洼煤矿公司，投银二万两，建了三座大井。出煤不到两年，适逢洪水暴发，大井淹没，资方无力维持，旋以一万五千两白银盘出。第二代公司——振亚煤矿有限公司，办矿五年，打井五座，终因军阀混战，劳资纠纷，捐税勒索，濒临倒闭。民国八年初，折洋六十万，盘给现在的新资团——兴华煤矿股份有限公司。

四爷和这三家公司都有缘分。

刘家洼公司开办之初，他找到三先生，请三先生保荐他到公司做事。那时，三先生对办矿的危害尚无深刻认识，又当着公司地方顾问，便在公司经理登门造访时，提起了此事；经理碍着三先生的面子，捏着鼻子收了他。可四爷也太不争气，吃喝嫖赌，盗卖器材，不到三个月，便被撵走了。

拿不到公司俸洋，四爷还不辞劳苦地为公司操劳。其时，适逢井下窑木紧张之际，他便走家串户四处扬言：谁敢卖窑木给公司，他就放火烧谁的房子。吓得当地乡民无不战战兢兢。后来，公司无奈，重又收用了他。

振亚时期，公司说什么也不要他了。这时，公司的后台很硬，公司的主事人是袁世凯袁总统的亲戚，公司从北京调来十余名大兵做骨干，成立了矿警队。一般的无赖都收敛了，四爷却不。公司为煤矿前途计，决定修建直通河口车站的小铁道。四爷听到消息后，用双倍的价钱买下了铁道必经线路上的十五亩薄地，连夜撮了几堆黄土充作坟茔。公司征买了所需的土地，独独买不下这十五亩，逼得公司工程搁置。四爷声称：祖坟在此，这十五亩地千金不卖。搞到后来，还是当地乡绅出面调停，公司旋以高出原价二十倍的价钱买下土地，并让他当了挂名的土木股副股长，每月老洋十块，洋面一袋，一直养了他五年。

去年初，兴华新资团接办公司。总经理秦振宇盛气凌人，根本不把四爷看在眼里，毫不客气地砸了四爷的饭碗，并扬言：此类人等，兴华将永不录用。这着实伤了四爷的自尊心，恁大的公司竟不养着四爷，这委实太不合乎情理了，很有些天地不容的味道哩！四爷生气了，发誓要给公司一点厉害瞧瞧！

盼了一年多，机会终于盼到了：兴华公司开采地下煤，造成了大片未征土地的坍陷，激起了四乡民众的愤怒。好，总算轮到四爷露一手了。

想到这里，四爷有了点小小的兴奋，扭头看了看弥勒佛一般端坐在轿子里的三先生，酒糟鼻子越发红亮起来，凸凹不平的麻脸上挤出三分得意，七分谄媚的笑。

三先生十分悠闲，白胖的手上懒散地捧着个油亮的紫陶砂壶，嘴角上噙着王子非敬奉的洋烟卷，在轿子里一颠一颠地摇头晃脑。他慈善的面孔对着左首的轿窗，两只眼睛眯着，眼皮像两扇没关严的门，瞳仁透过门缝扫视着春天的旷野。

暖暖的太阳当顶照着，阳光下，极目望去，大片大片的土地因严重的干旱而龟裂了，地里的麦苗枯黄干瘦，像老人下巴上的胡须。这枯黄中又套着醒目的白色——那是浮在土表上的盐碱，使人不由得想起没有洗净的尿布。这里的贫穷活生生地写在广阔无垠的土地上，没法掩饰，也没有谁想来掩饰。土地能够供奉给人们的最高收获，远远不能满足人们肚皮的最低需求，于是便产生了合乎情理的贫困，而这贫困却又是三代煤矿公司赖以生存的牢固基础。贫困，为公司提供了大量的廉价劳动力。

渐渐地接近了矿区，坍陷的土地开始进入一行人的视野。坍陷是严重的，本来就缺乏绿色生命的土地，在这里又被强大的外力扭曲了。

一行人停了下来。三先生、王子非走下轿子，二人一前一后，在四爷的引导下踏入了一块坟地。

坟地位于坍陷土地的斜坡上，半数以上的老坟遭到了不同程度的破坏。有些坟穴露出了腐朽的棺木，有些葬得较浅的墓中露出了白骨。坟地上的树木倒没有因此死亡，大都歪歪扭扭地立着，仿佛以自身的存在证实着这罪恶的变化。

指着裸露的白骨，四爷终于找到了发泄仇恨的机会，脖子上凸起蚯蚓般的青筋，声音颇为洪亮饱满："你们缺德哟！奶奶的，把人家祖宗抛骨旷野，这要断子绝孙的！"

王子非没说话，他根本没把四爷当作什么东西。要紧的是注意三先生的脸色，不要惹出他的不快。在最后解决这块坍陷土地问题时，三先生是举足轻重的人物。王子非居高临下地瞥了四爷一眼，眼光中很有几分轻蔑。

三先生挥挥手，很威严地打断了四爷的话头："好了！好了！不要说了。"

他转身对王子非道："坍陷确乎很严重，很严重哇！"

"是的！这是敝公司开采小湖系煤层所致，敝公司与鄙人确有不可推卸之责任。"

"事前为何不和地方协商，征买矿地？"

王子非稍一沉思，"敝公司根据采矿法及省颁条例之规定：'矿业用地，只需得到官厅许可，即可供用，损坏地容时，则负赔偿之责。'况且，采矿之初，我们并没有估计到会有如此严重之坍塌，故没有征买矿地。"

"哦！"三先生吟哦一声，点了点脑袋，又问："贵公司现有已征购的矿地多少亩？未征之坍陷土地多少亩？"

"敝公司从振亚手里接过矿地计八千七百亩，刘家洼三千七百亩，东大乡四村两千亩，东原镇三千亩。未征购的坍陷土地么，尚未做详细测量。初估一下，约有三千亩左右，主要分布在东大乡四村及刘家洼西部。"

王子非系振亚公司高级职员，后被兴华公司留用，肚里自有一本账，说出话来总是有根有据。

三先生冷冷一笑，不以为然地摇摇头。

"三千亩怕打不住吧？鄙人近月来连接乡民、乡绅之报告，坍陷之地，怕有五千亩以上吧？"

"还不止五千亩呢！"四爷立即挺着脖子证实道，"光咱东大乡就四千，三先生的地，一半坍陷区！"

王子非道："口说无凭，我公司有采矿地图，坍陷区标得明明白白！"

"哦？有图？有图就好！不过，王先生，鄙人有一言相劝：此地不同你们上海，民风剽悍得很哪！早年，乾隆皇上对此地曾御批八字：'穷山恶水，泼妇刁民'。每逢灾荒，即有暴民闹事。对坍陷土地一事，公司还要通融些哟！"

三先生这彬彬有礼的话语里已带了些威胁的意味。王子非立即察觉了，然而，他并未料到，这威胁转眼间便成了事实。

从坟地里走出来，一行人继续东行。

五里之外便是东原镇。东原镇名为镇，实则是一个规模较大的杂姓村落，素有武乡之称。早年，这村里出过一个武举。在东原镇村头上，一行人被乡民们围住了。

为首的是个中年汉子，方脸大嘴，一口黑黄的大牙，满脸短须，熊掌似的手里攥着根锄柄，浑身上下透着杀机。身前身后，男男女女聚了一群。他们衣衫褴褛，男的在前，女的在后，女的手牵着面黄肌瘦的孩子。

四爷走在前面，最先迎着那汉子。

汉子一抱拳："四哥来了？"

"来了！来了！"

"公司的龟孙子在哪？"

"喏，那个坐在前面轿里的！"

汉子腾地提起锄柄，几步冲到王子非轿前，未等轿子停稳，便撩开轿帘，老鹰掏鸡一般把王子非揪了出来。

王子非蒙了。一瞬间，脸上变了些颜色，一丝掩饰不住的恐惧，闪电似的在瘦削的脸上现了一下，一时竟不知该作何反应。轿后两个持枪矿警冲了过来，操起枪托对那汉子便抡。不料，枪托未能触到汉子身上，汉子已猛转过身，躲开了，抡起锄柄，对左边的矿警回敬了一下，却也打空了。

短暂的交锋之间，王子非已恢复了常态，恢复了一个公司代理人的尊严。他厉声将矿警喝住。他明白，在这里打将起来，他决不会占什么便宜，而且，事态闹大更难收场。

三先生也从轿子里走出，就势将那汉子骂了一通："干什么？你们想干什么？万事礼为先，兵家还讲究先礼而后兵。青天白日之下，你们招呼都不打一声，竟敢持械行凶！没有规矩了？"

汉子顺从地垂下头："是，先生，小的粗鲁！"

接着，汉子扑通一声跪下了："先生，您老人家可得为咱地方的小民百姓做主哇！"

一群人全跪下了："三先生，您可得为俺们做主哇！"

三先生大大受了感动，弓腰驼背，一一扶起众人，颇动感情地道："父老乡亲们，刘某一定为你们据理力争！看着你们深受公司之害，我亦有切肤之痛！我当会同各乡代表，与公司交涉，尽快订出一个对得起诸位的赔偿方案。"

王子非心里也很不是滋味。看着面前这群被逼疯了似的穷苦乡民，心头也掠过一丝痛楚。他们确有难处呵！祖祖辈辈赖以生息、繁衍的土地，突然在一个早晨下陷了，沉沦了，而且久久不予赔偿，自己处在这个地位上也是不能容忍的。土地是农民的命，损坏农民的土地不就是谋财害命吗！

他整了整被汉子抓乱了的衣领、衣襟，谨慎而真诚地道："乡亲们，公司对不起大家，鄙人对不起诸位。鄙人在此愿以人格保证，公司将在最短的时间里着手丈量土地，对你们的损失予以赔偿。也望诸位广为传告，以息众怨。"

说毕，王子非对着众人深深鞠了一躬，钻进了轿子。

一个满脸污垢、披散着头发的老妇人，拉着两个瘦猫似的女孩儿，扒着轿杆哭道："公司大老爷，你们说话可要作数哇！呜——呜——我们孤儿寡母就这十五亩薄地哇！俺们只要赔偿，不能卖地呀！呜——呜——呜——"

三先生摇摇头，长长叹了口气：

"流年不利，今年怕又要闹饥荒哩！"

安慰了老妇人几句，三先生也上了轿。

……

在回去的路上，四爷自行撤销了向导的职务，从队伍之首，退到队伍之中，渐渐地，他又从队伍之中，落到了队伍之尾。

肚子开始咕咕地响，身上的汗已被旷野上的风吹干了，饿中带冷，四爷不禁把老蓝布腰带杀了杀，正正经经地打了两个寒战。他开始咽着唾沫，一厢情愿地设计自己的晚餐，梦想着半斤老白干、一斤猪头肉。一阵倦怠之意接着袭来，四爷打了个很响亮的哈欠。冷饿之中又加上了困，他奶奶的！

这是四爷最辛苦的一天。

兴华公司的成立是带有偶然性的。宣统三年前后的收回利权运动，推动了中国企业家们实业救国的野心。民族工业开始把目光投向能源的开发。民国七年秋，振亚危机，濒临倒闭，英商雷斯特·德罗克尔觊觎矿权。消息传到上海，引起通达轮船公司、华生电厂、大西洋公司等十余家用煤公司的极大兴趣。他们找到曾在外商煤矿当过买办的秦振宇，商讨办矿事宜。十一月董事会成立，十二月遵照有限公司组织条例，公司宣告成立。八年一月，公司买下了振亚在刘家洼煤田的全部资产，推出秦振宇为总经理走马上任。英商大为恼怒，令其资本控制的开萍诸矿大幅度削减对兴华入股办矿者供煤。日商控制的北方诸煤矿也趁机提高煤价。入股者办矿者叫苦不迭，旋向秦振宇施加压力。

二

秦振宇颇具气势地在大转椅上坐下了。不错，挺舒适，坐垫的弹簧很好地发挥了自己的功能，颤悠悠地托起了一具一百八十余磅重的身体。椅子的扶手和靠背上的牛皮蒙面还是崭新的，散发着一种淡淡的革制品特有的气息。他把肥硕的身体扭动了一下，椅子转动了九十度，平稳、自然，没有声息。很好，振亚公司总经理的转椅仿佛是专门为他设计的。

把油亮的脑袋向椅背上一仰，宽厚的嘴角挂上一丝浅浅的微笑，他抽着粗大的雪茄，轻松而懒散地道："讲吧，子非兄，可以开始了！"

矿长王子非坐在对面的办公桌前抽烟，颧骨高耸的脸上笼罩着深深的倦意，一对深邃的眼睛少了些光泽，两片沉重的眼皮总想往一起合。尽管是坐轿，也还是够辛苦的。坑坑洼洼的道路差一点儿没把他一身骨头架颠散。他揉了揉太阳穴，打起精神道：

“总经理，陷地问题非解决不可了！三天来，兄弟遍察了矿区附近的陷地，耳闻目睹了许多事情，尤感危机深重。”

王子非随手拉开了正墙上的绿绸遮帘，一幅矿区总图呈现在秦振宇面前。总图最上方，尚标有振亚公司字样。

“振亚倒闭前，部分未征土地已有坍陷之迹象，历年遗下的大片采空老墟已沦落在即。而我公司接收时并未注意到这一严重事实，在某种程度上是吃了振亚的亏，代人受过。当时，振亚急于将矿盘出，此乃重要原因之一。接办之后，振亚所留出煤井仅三座，其中一座井位选错，距煤田较远，我公司费时三月，打通石门，开采小湖系煤层又造成新的面积坍落。目前，总坍陷面积已达三千余亩。而地方申报与我方实测相距甚远。”

“地方申报多少？”

“五千八百亩！”

“荒唐！”

秦振宇站了起来，随手旋了一下转椅，将半截烟头抛在地上，恶狠狠地一脚踩灭了。他抖动着不甚灵便的肥胖的身体，在办公桌与文件柜之间踱起步来。

“这帮土顽劣绅存心敲我们！他们把我们当作一块无主的肥肉了，都想扑上来狠狠啃上两口呢！”

“是的！总经理！这正是兄弟想和您商讨的问题。我公司接下振亚计一年零三个月，最初投资六十万，年前的董事会又追加三十万，维持至今，才基本达到收支相抵。眼下，三个煤井均正式出煤，日产一千三百吨，正是行情看涨的时候，万不可为陷地一事激起民变，毁了我们办矿大计。”

秦振宇在办公桌前停住脚步，手托下巴凝望着王子非，眼神中注满期待：

“你的意思是——”

“痛下决心，马上解决陷地问题！”王子非胸有成竹地道，“要想平安办矿，唯此一举而无它策。”

“这我知道！问题是按谁的方案来解决。按我们的实测土地与赔偿方案解决，他们是断然不会答应的。而按他们申报的土地数字和要求来解决，我们无异于被敲诈、被抢劫！另外，你也知道，即使按照我们的方案来赔偿，公司的财力也几乎难以承受！”

王子非淡淡一笑：“当然是按我们的方案来解决，财力难以承受也要承受，这是没有办法的事。而要按我们的方案解决，下一步要做的事情是：分头拜访各村寨乡绅，以期通过他们，平息四方民愤。在乡间，他们的话比你我的话用处大，还有青泉县府尹文山处，也要打点一下才好！”

秦振宇想了一下，皱皱眉："也只好这样了！"

"据我所知，在青泉县最有势力的要数刘叔杰刘三先生。总经理大约是知道的，在青泉县刘家系大族，号称刘半县，县境内刘姓乡民几乎占了半数，杂姓户族与其联姻者甚多，历任县太爷都不敢得罪他们。振亚办矿时，曾重金聘请刘三先生为地方顾问，而我们……"

"是的！是的！"秦振宇打断了王子非的话头，"我们确该在这家伙身上花费些钱钞"，他话锋一转，"可是，我们刚刚起家，每一块钱都来之不易，我们养不起，也不能养！我们的董事们要起煤来，胃口大得很，掏起钱来，手就在口袋里哆嗦，唉！"

近几个月来，秦振宇心情烦躁得很。初到矿区时的骄横、狂妄、自信，被严酷现实的猛烈冲击掠去了大半。他的心一步步沉下来，冷下来，甚至有了些受骗上当的感觉——他自己也为这倒霉的公司投资二十万！这几乎是他前半生的全部积蓄。

刚踏上这块土地，他的心像雨后的蓝天一样高远、开阔，仿佛整个世界是为他的存在而设置的。第一次踏上这座振亚修建的经理楼，他在心里便暗对自己说，他要征服这块土地，并把这块土地作为最初的基石，建起事业的大厦。他选中了王子非做矿长。王子非在振亚时便做过总矿师，有丰富的管理经验，他破格留用了他，而把董事会派来的矿长赶回了上海。王子非自然感激涕零，做起事来更加认真负责。正是在他的建议下，公司接办后即行整顿，压缩了庞杂的机构和大量不必要的开支，并在管理上实行了包工柜制，把以往矿方直接管理生产劳工，改为各包工柜管理。一个有实力、有威望的人包下一条巷道的开掘或者一块煤层的开采，矿方只认一个人讲话，既减缓了资方和劳工的直接冲突，又节约了精力、时间，生产效率也大大提高了。这些，都使秦振宇感到满意。

但是，对用一笔钱交结当地土豪劣绅，秦振宇十分反感。王子非提了几次，秦振宇均婉言回绝了。以他多年做买办的经验，此类开支纯属浪费。在德、日、英的企业里，他均很少碰到地方上的麻烦。不料，待到他来办矿，事情就不那么简单了。

现在看来，王子非是对的。

秦振宇颓然坐倒在转椅上，长长嘘了口气，又点燃了一支雪茄。

"子非兄，现在我们来算算细账吧！收买或赔偿坍陷土地，以我们实测的三千亩计，每亩八元，需洋两万五千余。交际打点各方土地，也需几千。添置、更新矿井设备，费洋更巨。而我们手头可供调拨的仅有两万余，加之日前销煤盈利一万九千，总数也就是四万块的样子。如此下去，公司只有关门大吉。"

王子非道："这只是事情的一面。另一面，煤价看涨，南方混战，南煤难以抵沪，只要我们地下的煤能采得出，运得出，年底经济形势会出现转机，这一点总经理尽可放心。"

秦振宇点点头，认可了王子非的分析，转而又焦虑地道：

“可这四万我们也不能一下子用光，以兄弟之经验，办矿决非交易股票，能够买空卖空。手头无钱，是难以应付意外之变的。”

王子非笑而不答，起身推开身边的窗户，深深吸了口气，像是自言自语。又像是对秦振宇道：“久旱无雨，今年的夏收怕是没指望了！总经理，您说呢？”

秦振宇疑惑地望着王子非：“这话是什么意思？”

王子非一笑避之，又未回答，转而道：“民国五年，振亚煤炭路运受阻，银根吃紧，公司两次削减窑工工资，最后竟以煤票抵作工资，而窑工并未群起反抗。”

“原因何在？”

“很简单。那年蝗灾加水灾，乡间颗粒无收，四乡民众都不甘饥而毙命，宁可容忍矿方的苛刻！”

“好！”秦振宇拍案而起，“你的意思我懂了，值此灾荒之际，暂时压低窑工工资，适当延长工时，以期度过危机！仅此一项，每月便可有万余盈利，好！”

沉思了好一会儿，王子非又道：“此事可由各大柜出面实行，我们只需削减各包工柜包工费用即可。另外，还要多少考虑一下可能引起的骚动。”

“顾不得这么多了！”秦振宇一挥手，“这事就这么定了！下午，你会同各方先拿出个草案来。另外，代我准备一下，近日我要亲自拜访刘三先生。”

“也好！”

王子非应了一声，准备告辞，秦振宇又亲昵地将他拉住了：“子非兄，矿上的生产还得抓紧，煤炭产量得上去。开萍已大部断绝了对各股东的煤炭供应，股东们恨不得把我变成煤填进炉膛里。我这里每天接到两三份电报催煤，没办法呀！你好好干，待渡过眼前的危机，我将建议董事会提高你的薪金！”

王子非走后，他在明亮的窗前站住了。这间经理办公室位于经理楼的第三层，也是最高层。此楼是青泉县至今为止的最高建筑，它曾装载过另一个企业家的发财梦想。如今，在旧梦的废墟上，秦振宇酿造着属于自己的新梦。他望着窗外明净的天空，陷入了不着边际的遐想中。

广阔的天空下是几座灰色的井架，井架的天棚上铁铸的天轮在飞快地转动，伴着绞车有节奏的轰鸣。从地下运出的矸石，已堆得像山一样雄伟了。歪歪车一上一下地蠕动着，远远望去像个正在爬行的甲壳虫。井架、矸石山赖以扎根的，是这块古老而贫穷的土地。秦振宇没来由地想起了《圣经》，想起了基督和上帝。他不信教，可他从洋人那里认识了基督，认识了上帝。他觉着面前这块土地就像上帝创造人类世界时用剩的一块烂泥。

然而，这烂泥包裹着黑色的宝藏，这里四处都是煤！把这些煤一个早晨同时挖出来，足以重新安排半个中国的工业秩序。

这很值得干一番。

他要和这块土地格斗，他要做这块土地的真正主人，他要为暮气沉沉的中国民族工业锻造一轮崭新的太阳……

然而，片刻的自我膨胀之后，秦振宇又回到了面前的现实中。

他重在转椅上坐了下来，随手翻起了刚到的报纸。这里远离都市，消息闭塞，了解外部世界的情况，唯有看报。京、沪出版的《时报》《申报》《民国日报》往往要晚到十余天，新闻永远是旧闻，而这些旧闻又总是使人十分沮丧。政府无能，列强霸道，巴黎和会搅起的风波经久不息。每读报纸，皆有罢工、罢课、罢市、请愿、示威之报道。北京徐世昌政府，明里三令五申，要发展经济，倡导国人办矿；暗里钩心斗角，争权夺利，乃使开办实业总不见多少实绩。广州军政府也怂恿军阀东征西讨，气得孙中山两次电告同会参众二院，发誓辞去军政府总裁一职。国家前途实难预测，在这种气氛中办矿，真真是举步维艰。

……

十

一切都过去了；一切都平息了，在战争中倒下去的英雄豪杰长眠于地下，他们的血肉之躯，最终和脚下的土地融为一体了。活着的人担负起了沉重的责任，这责任既有死者的，也有他们自己的，现在，却一股脑算到他们头上。于是，刘广田、刘四爷，刘姓门下的两条汉子被抓捕了，被判处死刑了。这段历史的最后一个标点，冠冕堂皇地打了下来。

死刑定于次日晨在县城东大门外执行。

当天下午，三先生带着一桌八大皿的宴席，亲临牢狱探望，向两位刘门好汉表示自己深深的敬意。

毕竟是民国了，狱政也随着时代的进步，向现代文明迈出了大大的一步。刘广田、刘四爷身上戴的已不是沉重的木制枷锁，而是国外进口的钢手铐、铁脚镣。

看到面目慈祥的先生，刘广田、刘四爷着实惊讶，痴痴地看了好一会儿，刘广田眼里滚出浑浊的泪水，刘四爷直直地跪下了。

“先生！”

“先生！”

三先生捂着左肋的伤口，艰难地弯下腰，伸出一只手拉起了刘四爷，也不由得老泪纵横泣不成声了：“广田、老四，是老叔害了你们！老叔让你们受累了！”

“甭说了，先生！您老人家能在这时候来看望我们，我们就知足了！”

“先生，这怨不得您的！”

先生用袖子揩去脸上的泪水，深沉地道：“你们这样想，老叔心里更不安宁！

你们是我们刘氏家族的骨血，是无愧于我们这块土地的英雄好汉，老叔救不下你们，该遭天谴哇！”

刘四爷不让先生再说下去，诚挚地道：“先生哪能这么说呢？！能这么轰轰烈烈地去死，是老四做梦也想不到的！老四一辈子骚扰邻里，祸害四乡，混吃混喝，做了数不清的混账事，招人恨哇！今日里，我能为四乡父老堂堂正正地死上一回，实乃一大幸事！先生哇，老四倒要好好谢您才是，谢您老成全了老四！老四来世变牛变马，也要再到这世界走上一回，报答您老的洪恩大德！”

先生连连点头：

“是的！是的！你们不是为自己死的，你们是为东大乡、刘家洼、青泉县的父老乡亲死的！老叔要给你们立碑传世，让人们世世代代记住你们的忠烈义举！你们的家眷亲人，将会得到父老乡亲的接济、帮持，你们尽管放心！尽管放心！”

说到这里，先生命家丁将酒菜抬进牢内，顺序摆在地上，自取海碗一只，倒满高粱烧，高高举过头顶：

“来，二位贤侄，老叔代表四乡父老为你们饯行！”

“谢先生！”

二人泪流满面，双双跪下……

探监归来，先生当即请人接来土匪祁老六，恳请他星夜带人劫狱。祁老六有愧于先生，巴不得有一个报效的机会，一口答应下，遂带所有弟兄倾巢出动，当夜奔至县城。

却不料，先生早已将劫狱的消息告知官府，祁老六和几十个兄弟遭到王占元部大兵的伏击，祁老六拒捕毙命，手下的人马除几个侥幸逃生外，大部被歼。次日晨，在二刘被枪杀之前，祁老六挨了五枪的尸体已被大钉钉在东门外的城墙上，暴尸三日，以儆效尤。

祁老六被钉上城墙不一会儿，刘广田、刘四爷被押出牢狱，执行枪决。

时代的进步也体现在行刑的手段上，砍头已被官府明令禁止，据说，砍头有碍观瞻，也很有些洪荒时代的野蛮味道。官府将杀头改为枪决。枪决固然有了文明的气息，却给围观者带来了极大的失望，枪决确不如杀头耐看。

上午九时，刘广田、刘四爷被五花大绑押出东门，两旁围观者不下千人。官府、军方出动了几百名荷枪实弹的大兵肃立大路两旁，预备弹压可能发生的骚动。

然而，什么也没有发生。

人们的热情全在这场旷日持久的械斗中消磨殆尽了。

这是刘广田想不到的。望着道路两旁木然的人群，他似乎一下子悟到了点什么，有了一种被出卖的感觉。他的神情有了些恍惚，脸色一时间白了许多，他突然产生了一丝求生的欲念。他觉着自己的死并不值得，他上当了，受骗了，被人家当枪使了……他想停下脚，赖着不走，后面的兵丁便恶狠狠地推他，用沉重的枪托打他那被捆绑的失去了知觉的肩。他被迫走了几步，又停下了，这蓝蓝的天，青青的地，马上便再也看不见了，他为一些无价值的东西，失去了眼前的一切。他将去死……

一阵恐惧闪电似的袭来，关于死的许多丰富的联想，使刘广田不禁颤抖起来，他觉着脚下发软，腿发绵，每向前走一步都战战兢兢。裤裆里湿漉漉的，破烂的夹裤筒里流出了一些热乎乎的液体……

“这一个熊了，吓尿了！”

一个伟大的发现。围观者叫了起来。

完了。二哥那包打天下的伟大形象在这一秒钟内彻底完了。

广田被围观者的叫声惊醒，立刻理智起来，他强令自己的腿不要抖，身子不要晃，然而，不行。他终于被身旁的兵丁架起了胳膊，身不由己地被拖着向前走……

产生了被出卖的念头，他的信仰便全面崩溃了，精神支柱倒了下来，过去的那个刘广田已经死去。

一个新的念头萌发了：假如他再活一回，他决不这样活，决不！什么三先生，什么仁义道德，什么纯朴世风，全滚他娘的蛋！他再也不会成为任何人手中的枪，再也不会为一些古老的破烂去拼命流血！他将只属于自己，只属于自己找到的真理和信仰……

枪声响了，一个崭新的思想，伴着鲜血，倒在古老的大地上……

刘四爷是条硬铮铮的汉子。一路上挺胸昂头，和身旁押解他的兵丁插科打诨，骂爹骂娘，间或，看到围观人群中的熟面孔，还大大咧咧地点下头。

有人喊：“四爷，唱一个！”

四爷五音不全，素来不爱唱，此时此刻更不知该唱些什么。他犹疑了一下，对那呼声没作出积极响应。

那人极其恶毒地道：“四爷也熊了！”

“放你娘的臭屁！”四爷破口大骂，“四爷见过虎，见过狼，还没见过熊是啥样哩！”

骂过之后，四爷咽口唾沫，暗自思忖起来。

得唱！唱得不好也得唱！单是为了证明四爷没熊，就值得唱一回！可是，唱什么呢？唱什么好呢？《小寡妇哭灵》？《十八摸》？娘的，太软，显不出四爷的气派。猛然间，他混乱的脑壳里蹦出了几句戏文，奶奶的！这真是上好的戏文！对，就唱它。是哪出戏里的？记不住了，反正好，气派！

四爷清清嗓子，粗声粗气地吼了起来：

叹英雄失志入罗网，

大将难免阵头亡！

我主爷洪福齐天广，

刘伯温八卦也寻常。

……

“好哇！”

“四爷是条汉子！”

“四爷硬气！”

“来，为四爷再喝个好！”

“好哇，四爷！”

这最后一声“好”喝得极有气势，应者云集，声调浑厚，余音缭绕，经久不散……

喝好声中，一粒炸子从四爷后脑钻进去，在脸颊上炸开一个巴掌大的血洞。四爷挺着身子居然又站立了三五秒钟，才扑通一声，直挺挺地倒下了，——不是脸朝黄土，而是仰面朝天。四爷死得值，四爷死了也敢面对青天。

许多年后，人们还说：四爷是条汉子！

行刑的枪声扣响的同时，秦振宇告别了刘家洼，告别了这块贫穷而可怕的土地。一路上，大地上的沉沦而破败的景象，一次又一次扑进秦振宇的眼帘：那风沙迷茫的土地，那古老森严的村寨，那背对苍天的弯曲的脊梁，那沿着深深的车辙沟吱吱呀呀艰难行进的独轮木车，那一副副因为贫血而显得苍白无力的面孔，那风沙声中的破茅屋……那不堪入目的一切哟！

奇怪，他过去从未如此深切地感受到这些。他把这块土地想象得比实际存在的要美好得多。他是带着一个伟大的梦想来的，这难道不也是他的一个悲剧么？！现实和梦想毕竟是两回事呀。

这块土地的力量太神奇，太强大了。它简直可以改造一切。秦振宇无疑被这块土地改造了，他的梦想、野心，全变成了夹杂着悲哀的缕缕惆怅。这便是他的收获，他的报偿。

离矿越来越远了，矸石山、大井架，曾经那么生机勃勃的兴华公司，渐渐离开了他的视线，淡了，远了，不见了。他揉揉眼睛，眼窝里竟聚着湿漉漉的泪。他感到浑身疲乏，像一个卖尽力气的牛，想卧倒在地，好好睡一觉，好好地……

不！他还要最后看一眼这块土地，这里毕竟埋葬着他的一个梦想呵！他要弄明白：他的梦想是如何被埋入泥土里的，是为什么被埋进去的？！假如一切重来一次，他会怎样再一次开始？

痛苦的反思，像蛇一样噬咬着他的心，纷杂的不相关的思绪，流萤般地撞入正常的思维轨道，把他的头脑搞得昏昏欲裂。

他破产了。工人失业了。乡民们支援罢工也并没得到足够的报偿。三先生自己更没捞到好处，几乎因为这场械斗失去了一半家资。那么，谁得到了好处呢？

秦振宇横竖弄不明白，他知道个“能量守恒定律”：能量不灭。那么，这能量上哪去了？为什么看不见？……也许，像地壳运动时的沧海桑田之变。大片、大片的森林卷入地下，强大的外界作用力，将它们压成了几万年后的薄薄的煤层，使能量以火的形式再次出现。

秦振宇想：假如日后他有能力重新开始，那么，这些表面已消失的能量，也许会重新聚到一起，以一种崭新的形式，推动新的历史进程……

在三先生眼里，这是一块乐土。

送走祁六爷的当天夜里，三先生便倒下了，毕竟是上了岁数，身上又两处受伤，奔波操劳了这么多天，他再也坚持不住了。第二天，他便发起了高烧，整日说着胡话。从第三天开始，进入半昏迷状态。

先生预感到死的降临，他安然地等待着死亡。现在死去，他可以瞑目了。公司垮台了，土地又回到了他的手中，回到了乡民百姓手中。公司的影响，将随之消亡。先生上对得起祖宗，下对得起后人。他用鲜血和生命护卫了日渐沦落的古朴世风。他尽可以义无反顾地去死了。

第四日，先生精神突然好了起来，执意要到土地上走一走。

家丁在轿子的座位上铺了一床厚被，先生倚靠在被上，被抬了出去。走出寨门时，许多乡民恸哭失声，他们无不担心先生此去再不归来。

在先生自家的土地上走了一会儿，家丁将轿子抬上了一个高坡。先生用微弱的声音命轿子停下。

先生从轿子里走了出来，望着蓝天，望着蓝天下广阔无垠的大地，望着地里的麦苗，深深吸了口气，仿佛要把这带有泥土芳香的空气一下子全吸到博大的肺叶里，先生的眼睛出奇地明亮起来。

土地，他的土地呀！祖宗先人辛勤开垦的土地呀！你们没有在先生这代人手上丢失！你们再也不会沦落、坍陷了！

先生昂首对天，一声长啸：

“苍天有眼……”

先生悲壮地颓然栽倒在脚下沉沦的土地上，两只手深深插入泥土中，牢牢抓着两把松软的土壤……

先生融入了大地，强化了大地。

然而，倒下了一个伟人，必然地结束了一个时代，这片土地的命运将不是三先生之类可以主宰的了。过去的，永远过去了，不管是悲惨的，还是悲壮的，无论是渺小的，还是伟大的，后人们一概把它叫做历史。

兴华煤矿股份有限公司的历史就这样结束了。民国九年六月，北京徐世昌政府以“资方不轨，参与械斗，且积欠矿区税又巨”为由，将刘家洼煤矿收归国有，交由省办。省府重新勘探后声称藏煤不多，质量低劣，旋将矿权卖与英商。是年大旱，庄稼无收，饿殍遍野。失业窑工景况更惨，刘家洼十室九空，竟有老妇烹食幼子。七月，饥民暴动，县城粮仓、店铺被洗劫一空，四乡绅士均遭劫难，三先生府第也未幸免。这片土地和这片土地上的古朴世风日渐沉沦了。这是三先生生前没有想到的……

（原载于《花城》1983年第6期）

「作者简介」

周梅森，1956年生，江苏徐州人，当代小说家、剧作家。早年当过矿工，1978年开始发表作品，之后担任杂志编辑，1985年起任专业作家。主要作品有《军歌》《黑坟》《人间正道》《中国制造》《绝对权力》《至高利益》《国家公诉》《我主沉浮》《人民的名义》等，这些小说多被其改编成影视剧，并多次荣获国家图书奖、全国“五个一工程”奖、中国电视飞天奖、中国电视金鹰奖等。

「作品导读」

《沉沦的土地》发表于1983年，是周梅森发表的第一部小说，也是其成名作。作品主要讲述了民国初年（1919年）因兴华煤矿股份有限公司大规模开采煤矿，造成黄河故道北岸的清泉县刘家洼一带地表陷落，从而引发了当地农民、矿工、乡绅地主与兴华煤矿公司激烈斗争的故事。兴华煤矿公司因土地赔偿问题处理不当引发矿上窑工罢工，村镇的地主乡绅与农民工（矿工）、贫苦农民、流氓无产者等一夜之间结成了“统一战线”，向煤矿的经营者——民族资本家发起了挑战。在这场土地争夺背后，实质是各种经济集团、政治权力、道德观念的角逐和猛烈对抗。兴华公司的出现破坏了这片古老土地的宁静，它带来繁荣的同时，也带来了世风日下的传统道德观念的沦落。以三先生为领袖的乡村传统势力试图通过反抗兴华煤矿开采，竭力维护封闭沉寂、看似和谐而又贫穷的传统宗法制社会，维护地主阶级政治、经济、道德等方面的原则。因此，“沉沦的土地”不仅仅指表面上因采矿而陷落的土地，更是指汇聚在这片自我封闭的封建宗法制大地上的各种力量的较量和最后集体的失败与沉沦，从而实现了对整个中华民族的历史观照。作品着力刻画了传统宗法制社会的代表人物——晚清举人刘三先生（刘叔杰）；同时还刻画了民族资本家秦振宇；矿工领袖，也是工业文明的代表人物刘广田；以及地痞无赖刘四爷等若干复杂的人物。在艺术上，小说呈现出了宏阔深沉的史诗风格和庄严崇高的悲剧力量，同时，在叙事中穿插地方志的手法，是这部小说在结构上的突出特色。

古巷道（节选）

· 古清生

……

巷道越来越窄，且矮，不时有坍塌的乱石挡路，空气也更显得霉腐而浑浊了。那是一种叫人头发胀、胃发呕的气味，仿佛是从烂薯窖或脏澡堂子散发出来的。

多少年了，人们就说这古巷道里面有块金。块金啊！谁挖到一块，永世享用不尽。但，从未有人敢进。1940年日本侵略军开来一个探矿队，钻进古巷道就再也没有出来。当时日本人又派一个中队去找，除了中队长跑出来，其余也都没了踪影。那个中队长，一出来就疯了，扒了军衣乱喊乱叫，被他的最高指挥官——山田大队长一枪崩了。后来，在月黑风高的晚上，人们路过古巷道的洞口时，仿佛还听到那个中队长的喊叫，骇得这一方人不敢拢近。

九疤子不时抠出一块石头贴了眼前辨认。古巷道也越来越窄矮，偶尔还传来坍塌的响声。那声音在极静的古巷道里，特别的震耳，浑浊的空气跟着震颤了，往着古巷道深处传递。

每听到这种声音，九疤子便要驻足，辨听坍塌的方位。他说："不定几时就塌我们头上的。"

起子这时才想到头上的安全帽在刚才摔跤的地方摔丢了。他心里开始升起一种不祥的感觉，右眼皮不停地跳，湿透了的衣衫包着的身躯有些微地颤抖。掏出支压得扁扁的香烟，小心地用火机点燃。这火，等下用得着。九疤子摸出个手表大的军用罗盘，就着昏暗的光看了，又展开巴掌大块纸。这是他从一本关于古巷道的书上扯下来的，上面绘的是古巷道走向图。这书，是他从博物馆找到的。

"还走？"

"走！"

起子不愿把方才的感觉告诉九疤子，但他越往里走，这种感觉越明确地闪现在他脑海里。更确切地说，这种不祥的预感，自他认识王经理就开始产生了。那天从矿里跑出来后，王经理一车把他拉到80里外的县城，说是为他压惊，把他带到县城最大的酒家——铜都饭店，叫了好丰盛的一桌酒菜。开席前，王经理要了个电话，一会儿就进来个打扮得花枝招展的女子。王经理便嘱咐道："好好伺候起子老板。”那女子就小鸟依人般贴起子坐下。九疤子龇着大黄门牙冲起子笑。

起子喝得舌头打卷了。王经理示意女子搀起子到楼上房间里休息。

起子觉得口干。胸膛像有团火一样，想不起是睡在哪里。睁开眼睛，屋里黑黑的，便伸手往床头上摸。

啪，灯亮了。起子一看，身边竟躺着陪酒的女子，一件粉红的薄纱睡衣罩着洁白的胴体，顿觉得胸中那团火扩充到周身，不住地往各处冲撞。女子被他的动作惊醒了，轻轻伸直微曲的腿，抬手扯了睡衣，便把两手搁在高耸的乳峰上。起子的那团火已烧得他不住地颤栗，伸出手轻轻地抚了下女子的脸儿，女子小猫样哼了一声，便顺势抱住起子的胳膊，贴到海绵样无限柔软的乳房了，起子就奋勇地跃了上去。

天大亮，女子轻轻穿衣出去。起子还在回忆夜晚那一幕。“当当！”响起两下敲门声，吓得起子一惊，慌忙穿衣开门，一看，是王经理和九疤子。

王经理面带微笑，点了支烟，便在沙发上坐下，跷起腿悠悠晃着，那双鳝鱼眼睛久久地盯着起子，盯得起子有些受不住了，就问：“昨晚怎么样？”九疤子站一边，伸开五个指头梳头。这时起子系好鞋带，轮换两脚在地上踏踏，冲王经理道：“醉了。”

“嘿嘿，嘿嘿……”

王经理意味深长地笑。忽然，又一下收住满脸的笑容：“起子，有趟生意得做！”

起子满心疑团，看看王经理，又看看九疤子，九疤子也一样盯着他。

“什么生意？”

王经理扔给起子一封信。信封已皱巴巴的。起子一看，是从外国寄来的，就从信封里取出信纸，那是极工整的繁体字。

“信是马来西亚寄来的，你看就知道了。”

信是这样写的：

尊敬的桐愈兄：

您好！这里我要给你讲一件事：大约1934年父亲和中美矿业勘察队到土桥矿一带勘察，那儿有一个古巷道，里面有先古开矿的青铜斧，如兄有兴致找到，吾将专程来华洽谈，促成一笔生意。

“就这？”起子说。

“青铜斧知道吗？比黄金贵一百倍！做成这笔生意，你我仨到马来岛上买块地皮，造起别墅，他娘的享一辈子福！”王经理极力地怂恿道。

“这可是挺危险的事啊！”起子想了想，十分地犹豫起来。况且，这好的事又怎会落到他头上呢？

“危险？你怕危险！哈……哈……哈！”王经理仰头大笑，笑得猫头鹰叫似的，激得起子身上像扎了麦芒似的难受。待起子呆着看他，王经理却戛然而止，一字一顿地说：“好呢，不去也行，想发财的有的是，不去你答应我一件事。”

“什么事？”

“从此你不得再在这一方收矿。我不愿再见到你！”

起子羞恼地看看王经理，又看看九疤子，九疤子没事似的，用指甲剪修指甲。

“我还你钱。”

“还钱？你准备还多少？你昨晚睡的女人，你知道是哪儿的？香港九龙红衣帮主莉莎小姐。不要你多，只给十万，看在九疤子兄弟份上，不然的话……”

“就答应了吧！”九疤子站起，若无其事地说。

起子默默权衡了一下，忽然想起武打片中那些杀人大盗，心里打个寒颤。

“我再给你十分钟考虑。”王经理明显有点不耐烦了。

“好呢，我答应你！”起子有些无可奈何。

王经理立即笑容堆面，用戴着大钻戒的手拍拍起子：“就看你的戏了。我说我不会看错，在土桥，就你。”

起子恨不得照那张柿饼脸打一拳头，再冲这张脸上撒一泡尿。

又往里走。

起子觉得一阵闷，扒开胸口上面的两颗扣子，仍抵不住四面挤过来的压迫感。

又转一个弯，巷道的水渗得更厉害了，嘀嗒嘀嗒地响成一片。

九疤子找一个没水滴的地方蹲下，又仔细地看起图来。

“九疤子。”

“嗯。”

“还得走多远？”

“他妈的，你问老子，老子问哪个去？”九疤子恶狠狠地往起一站，凶煞神似地朝起子一瞪，起子便不吱声了。

起子忽然恨恨起来，心一横，想：老子找到青铜斧，先照这家伙的腿上来一斧头，叫你狗日的慢慢在古巷道里死；出去再找王经理，把那个秃家伙拉到坟地一刀一刀地割了。

九疤子转过身，弓着腰往前走。

古巷道不规则起来，像迷宫一样。一会上，一会下，愈走愈狭，有几处简直叫人像狗一样爬。

起子又点支烟。

“嗯，九疤子！”

“嗯。”

“这烟有点甜。”

“甜怎么啦？有屁快放！”

“啊，孔雀石，孔雀石！”

九疤子停住脚，拿手电筒往两旁照，一种绿得灿烂的光泽闪耀开来。古巷壁仿佛是从一块巨大的孔雀石中穿过，孔雀羽翎一样美丽的晶块宝石宫似的。起子从未看见过这好的孔雀石。

“有孔雀石的地方，抽烟一定甜。”

“你想怎么样？”九疤子看着起子如醉如痴的样子，忍不住拧紧眉。

起子双手抚着孔雀石，不禁浑身颤栗起来。“这些，就这些也发啊！”

九疤子却漠然道：“走吧。”

起子有些恋恋不舍。在土桥收矿石，他就梦想能弄到一块像样的孔雀石，发一笔财。但那是梦想，他没有想到这里还真有这样的孔雀石。他紧跟着九疤子走。他默默地估算了方位，心想：你跑不了，等把青铜斧弄到手，他妈的再来开采，起子大小也算个人物啊！

九疤子这条恶狼，王经理比蛇还毒，还猾，找到了青铜斧，就有了资本。但这事有点儿令人捉摸不透，九疤子和王经理真正做的生意，恐不得让人沾边。

又上。忽然进入一个采矿场。约有半个球场的面积。这个采矿场呈漏斗形，地面上还积着显然是以前采下的矿，皆已风化，顶上有一块尖垂的岩石滴着水。

“留心点！”

起子知道这道理。先人开矿，很有可能用了青铜斧。起子没有手电，无法像九疤子那样细致。起子抚到一个圆圆的什物。起子拎起用打火机一照，“妈的！”愤怒一声，把那个什物往远一扔。

响声惊动了九疤子，他拿手电照着起子：“怎么回事？”

“一个骷髅。”起子道。

“大惊小怪。”

起子又找到一堆东西。起子几乎有些狂乱地喜悦：好大一堆松明子啊！他拣一根嗅嗅，松油味很足，便打着火点了一根，忽地一下明亮起来。

九疤子有些惊愕，看了看，便就光看图。

“不是这儿。”九疤子收起图走。

起子有了光，心里安定了些，紧跟在后，手里拿着根燃着的松明子，又拣了些捆了背着，这玩意比手电还管用。

他妈的王经理！起子的火把照在凝水的岩石尖上，就有许多光点跳跃。这点点的光，直叫起子想起王经理的眼睛。那眼睛里，就燃烧着这渴求的贪婪的光。

“呸！”起子狠狠地唾了一口。你舒舒服服陪女人睡觉，叫老子们来送死！

抬头看看九疤子，九疤子冷得岩石一块，撅着屁股往前走。

起子揩了把额上的汗。你他妈的九疤子，拉老子来，你今天死了老子不救你，决不救！

起子小心地一步步跟上。

起子忽然长了个心眼，一律沿着右边拐弯时作了个记号，万一……

起子最恨欺压他的人。

起子依稀记得，小的时候，就有人说他的祖父是个保长，恐怕就是乡绅一类的。而且，保长与乡绅比较，是更能激起民愤的。

他没有缘分与祖父见上面：一解放，祖父就被枪毙了。看见的人都说，祖父是被枪弹揭开天灵盖死的，临死还是顽固着。

起子不像祖父的种。

起子八岁半的时候，被人打得嗷嗷叫。

“汉奸崽子，钻过去！”八个男孩一字排叉开腿站着，让起子从头钻到尾，叫做钻胯道。起子毫无羞耻心地一气钻过去，并获得热烈的掌声。起子爬起来，拍拍手上的灰，也跟着鼓掌。

后来，人们才惊呼：“小看不到大！”起子长大后，就活脱脱一个保长模样。

起子开始狡诈。

起子叫人鸡犬不宁。

起子用敌敌畏浸了两斤谷子，围村子走一遭，家家户户就开鸡的追悼会。

“起子，起子！”

那一次，他把队长家的厦屋烧了。火苗一直往上涌，跳到正房顶上，像冲锋的士兵占领下山头，疯狂地在房顶上跳跃，欢呼，噼噼啪啪烧得干透的房梁令人愉悦地爆响。几乎只有队长一个人发癫地喊救火，他只穿了条短裤，短裤上下都是深棕色的肌肤，那肌肤叫人想起酱干肉。队上的人都来了，站在远远的地方看。队长以平日用惯了的口气喊：“快给我救火啊！”

他一喊，人们本能地骚动起来了。拎起急匆匆带来的水桶，还有别的救火家什。又有人搭梯。

“快给我救火啊！”队长又歇斯底里地喊。

但水都不多，往火上一泼，一股浓烟之后，火又烈烈地燃。

队长绝望地冲上去，接过水桶，奋力地将水泼去，又接过水桶，骂道：“都他妈……”

他往下一看，全他妈老婆孩子们看戏似地盯着他表演。他把水桶往下一掼：“烧啊，烧啊，都他妈的烧光了好！”

起子躲在好远的楠竹林里看。

轰！队长家的屋顶塌了。队长一家人“哇”地哭起来了。

起子没回家。黄昏后，他听见母亲沙哑的声音依序从几个方向传来。

“起子，起子……”

起子仇恨队长。

咚！似乎是九疤子摔倒了。起子高举火把往前看。什么也看不见，火把的光仅亮到三步远。

“起子，来……”

好一会，传过来九疤子地狱里似的声音。

起子应了声，想：“莫不是……”便随咚咚的心跳挪动两脚。

咚！起子来不及反应，眼前一黑，跌进一个直洞里。起子忍住痛，慌乱地爬起，脚踩在一个软的物体上。“哎哟”一声惨叫，骇起子一跳。起子捡火把仔细一看，脚肚子忽然挨了重重一下：“是老子！”起子这才看见是九疤子，坐在湿湿的地上，嚓嚓撕下裤管的布，紧紧地扎住流血的膝盖。

“九疤子，这是哪？”起子蹲下了问。

“管他祖先八代，歇会，等下往这边走。”

起子一看，果然有条巷道。

起子坐下，将火把插在石缝里，解开鞋带，把鞋内积水倒掉，又脱下袜子拧，再穿。

九疤子包扎好。“起子，你走前！”

“九、九疤子，还是你头走！”起子道。

“什么？你的命比老子贵？”

昏暗里，起子觉出一股浸身的凉。

起子不吱声，又换根松明子点上。

巷道愈见矮，起子只好把手也用上，匍匐。

“起子。”

“嗯。”

“见过鬼没有？”

“……没。”

“我见过，前年我去八豆山，走进一个死谷。”

“……”

“他妈的，那是个真鬼！”

起子隆重地放了个屁，他顿时有了种释放的畅快感。他仿佛看见九疤子紧皱起眉头。

左转。巷道渐阔。忽然传来一种钟鼓的声音。

“九疤子，你听！”

“嗯。”

起子侧过耳：“狗日的！你听见了什么没有？”

“狗日的听不见。”

“水，地下水！”起子一把扯过九疤子。九疤子立身前倾，摒了气听。

“几千年没涨起，未必现在涨起？我操！”

“还进么？”

“进！我打头。在你他妈起子后面走，又烟熏又臭屁，受他妈的阎王罪！”

起子殿后。起子松口气。松明子上烧得沸的松节油带着火尾子噗噗地滴在潮湿的地上。

这火真他妈够劲！起子想。

要是用这火燎燎队长那酱肉似的胸脯更他妈够劲！

那个黄昏，微凉的晚风里传来母亲沙哑的呼声。

“起子，起子……”

这声音在凉风里颤抖。当母亲走近楠竹林时，起子差一点跳起。但他没。起子看见母亲佝着背走，习习的风拂动她两鬓的白发，夕阳便抹了一层红晕上面。母亲这种走路姿势，总叫人感到她的肩上有一副担子。很沉的担子。可母亲，还不到 50 岁呢。母亲在喊，那声音的确像外祖母。

母亲走到一块大岩石旁，忽然转身站住，面正向着起子。起子从一丛茅草的缝隙看去，母亲坐在大岩石上，风拂动的鬓发遮去她的半个面庞，一轮大红的太阳在母亲背后的山岗上向下沉落着。母亲纹丝不动，像一尊雕像，一块大岩石座基上的雕像。而母亲的脸上，却分明淌着泪。静默地淌着。

起子自己也弄不清自己是怎么站起来又走到母亲面前的，他垂手低头地站在母亲面前，期待着母亲给他一个痛快淋漓的斥责，或者干脆给他一个耳刮子。他仿佛等了一个世纪，母亲毫无声息。他猛地抬起头，他看见母亲那双阅尽世事的眼睛里饱含了询问和印证的目光。一刹那，起子将目光回转过去，母亲便刷地泪流如注。这一切都被印证了，母亲毫不怀疑队长家的火是起子放的，只有起子。

不知夕阳怎样收去了它的最后一抹余晖。母亲终于站起来，拉着起子往家走。母亲的手糙得扎人，好凉，但有力。

他料定队长会寻上门来。他想象着队长怎样暴跳如雷，怎样歇斯底里冲进家来，砸碎一切坛坛罐罐……

他没料到队长是那样出现在他的面前。

九疤子一个趔趄，几乎跌成狗啃地。起子将火把举高了些，一滴松油掉在手上，他几乎就要将火把扔掉。他紧咬着牙，将火把换一个手。“呸！”一口唾沫吐到松油滴的地方。

灼痛感微弱了些。但还是不住提醒他：注意，意念再莫开小差！

起子紧咬住九疤子的脚步，甚至看得清九疤子耳根下面一片苍白。起子举着火把，火烈烈地燃着，一只栖落枝头的火蝴蝶，不住地振颤翅膀。那钟鼓之声愈来愈沉重了。起子惊异地发现，巷顶上长出了钟乳石。钟乳石似一根根冰凌，独根的，三两根并生的，火光映在上面，灿烂如镀金一样。

“九疤子！”

“嗯！”

“这是巷道么？”

九疤子立住脚，“喂，你说是什么？”

湿淋淋的四壁映着火把的光，一股阴森之气逼面。起子啪地折断一根细长钟乳石。“像他妈长成的！”

“不会！”九疤子看看岩壁，用袖子在凸起的部位擦擦，“起子，照好了。”

起子伸过火把去。

“看好了，起子，他妈的这种岩石是长不成山洞的，懂不懂？长山洞要狗日的石灰岩！”九疤子很自负，他掏出一支烟叼着，想想，又掏出支烟给起子。

“哦？”起子摇摇头，这狗日的九疤子，未必认得出石头？起子没这功夫，起子在土桥矿收矿时，凭的是事先弄来的标本，收矿时拿矿石与标本对照，哄不了他。

起子就火把吸着烟。很想找个什么位置躺一会儿。但没有。地上是水，是凸兀而起的石笋。他想笑，他妈的一样的东西，上面叫钟乳石，下面叫石笋。他又发现九疤子的腿有点跛。他几乎想喊：“九疤子，你先别跛。”

但他终于没有出声。进古巷道，好人都出不去，你跛，今儿小命就搁这儿了。

这家伙，一定是刚才直洞摔下来弄的。

可这家伙一声不吭。只嚓嚓地走。幅度越摆越大。起子扔了烟蒂，绕过一块龟背似的大石头，巷道忽然往左下方斜插下去，起子倒吸一口冷气。走前的九疤子，已下到斜坡上四五米的地方，单脚站在一块凸起岩石上，下面再也找不到落脚的地方了。九疤子试图往上上，太滑，试了几次，不成功，便仄过身，把脚往右侧一块凸石探去，那块石头却松动了。九疤子急忙收回脚，动作幅度过大，差点没有整个地掉下去。

九疤子喘着气，额上的汗直往下掉。

“九疤子，下不下？”起子被这阵势怔住。

“你先莫动！”九疤子又努力了一次，悬了脚往下探。哗！一块石头被踩松后向下滚去。

咚！少顷，石头落了底。“他妈的，起子，不深！”

“有十几米吧！”

“十几米，顶多！你把绳子系了，下！”

起子将火把斜靠在巷壁上，解开缠在腰上的尼龙绳，将绳头上的锚钩勾在一道岩缝上，用力往下拽拽，牢。“九疤子，好了。”

九疤子抓住绳子往下下。

起子趁机坐地上休息一下。摸摸口袋，掏出一块奶糖，扔嘴里嚼。

“起子，下吧。”

看不见九疤子，只听得到他的潮乎乎的声音。起子紧紧腰带，抓紧了绳子往黑窟里下去。

起子发现，斜巷并不大，抓紧绳子脚蹬在底坡，背竟可以靠着巷顶，甚至可以稍稍休息。

下到底，起子喘着气。紧接着是隆隆的大水冲击的声音撞击耳膜。

原来在这！九疤子拽了下起子：“得过河！”起子举起火把，往前走几步，果然一股大水呼啸着自左向右横挡住巷道的去路，水面总有 4 米左右。“先歇会儿。”九疤子说。

“九疤子，那玩意到底在哪？”起子有些沉不住气了，“他妈的，这财不好发！”

九疤子解开扎在膝盖上的布，拧拧水，又咬紧牙关扎上。“还没，恐怕得走到头。”

起子索性斜靠巷壁，两腿叉伸着，愣愣地盯着巷顶：那儿有个石头极像只倒扒在巷顶的猴子。

九疤子踹了起子一脚。“靠不得，坐起！”起子无奈地坐起。他也知道，走累了不能躺湿地，否则就起不来的。

“走一天了吧？”九疤子口气缓和了些，认真地打量着起子。

“嗯，一天。”起子已懒得搭理。

“得抓紧，累不死老子们，也得他妈的饿死！”

“饿死？九疤子，都是你他妈的胃口大。”

“算了，算了，莫说，要死老子陪着你，又不是你一个！”九疤子拍拍起子的肩，又捏紧拳头，在脑袋上狠力敲敲。

“人为财死啊！”起子长长叹息一声。

“喂，起子，你说什么才算好汉？”九疤子侧过身，火光恰映得他的疤子通亮。“人为财死，为财死才算得上他妈的好汉！过去我听别人讲过一个故事：有个财主过河，船翻了，别人游水上岸，他身上背了一袋金元宝，太沉，到底没上岸就淹死了。人家笑话他，说他财奴，我不！我说他是英雄，死得值！那是一袋金元宝啊！丢了金元宝空手上岸去做什么？去乞讨？去野狗一样四乡乱窜？到时再饿毙路边？”

“财，他妈的全都栽在财上！可老子却分文无有，我只有靠追忆才能享受财。我他妈的是财主的儿子。”起子又重新点燃一根松明子。松明子显然已受了潮，并不似初时燃得那么烈。

“老子这辈子为财杀过人，为财坐 8 年大牢，为财头上留下这个疤子。起子，你放心，大江大海都闯过，绝对在这翻不了船。”

翻不了船？谁能断定呢？世间事本说不清。

……

（原载于《长江》1992 年第 1 期）

「作者简介」

古清生，1958 年生于湖北大冶，客家人，祖籍江西遂川。当代作家。早年在湖北黄石大冶有色金属公司从事地质勘探、宣传和专业写作等公职，这个时期发表的主要作品有：中篇小说《苍莽》《猎狐》《楚河汉界》《古巷道》等。1994 年，古清生辞去公职，从事职业写作，主要做产业研究、地域文化考察、独立评论和美食美文写作。期间的代表作品有散文集《男人的蜕变》《风中的身影》《漂泊者的晚宴》《左烧烤右煨汤》《大嘴吃八方》《鱼头的思想》等。

「作品导读」

中篇小说《古巷道》是古清生的代表作，也是世界青铜文明的发祥地——位于鄂东南的湖北黄石矿冶小说中具有代表性的作品。小说以 20 世纪 80 年代中后期湖北黄石大冶地区矿山附近村民大肆盗取国家矿产资源的历史事实为背景，讲述了主人公起子一行人“盗矿”和“盗宝”的传奇故事。为了改变贫穷的命运，本是农民的起子抛弃传统的农耕生产方式，进入矿区盗取国营矿山的矿石，继而为了一把价值连城的古人用来采矿的青铜斧走进幽深的“古巷道”，并最终伴随着 8 级地震，丧命于古巷道。

“古巷道”是古人在采矿、开矿的过程中开凿的狭小通道。小说中的“古巷道”是以在黄石大冶铜绿山发掘的我国春秋战国时期的古矿冶遗址为原型构建的文学地理空间。地质队员出身的古清生借助丰富的想象，通过描绘起子一行人在“古巷道”里为了青铜斧展开的激烈较量和厮杀，揭示了在新的历史时期，矿区人被金钱和物质异化的悲剧，折射出了古老矿山的历史变迁和矿山人的人性嬗变。作者在对众多盗矿者进行社会和道德审判的同时，也交织着深刻的历史评判与人性思考。

受当时文坛兴起的复苏神秘文化和拉美魔幻现实主义文学的影响，小说运用了意识流手法以及大量的神秘描写，同时语言简洁凝练，古朴凝重，极富表现力。

黑 脉（节选）

· 葛水平

一

许中子看到马路对过的柳腊梅，手里拿着一条用火煨过的紫藤，歪着嘴压着腰在箍牛鼻犋。紫藤是一种硬藤，箍牛鼻犋的时候，双头往下锁，要用子母铆锁死。紫藤韧而硬，干后，收得紧。箍牛鼻犋，等牛老死了，牛鼻犋还是牛鼻犋，许中子心里清楚。而柳腊梅干这事绝不求人，求人要落人情，欠情如欠债，她也清楚。

柳腊梅弄不妥帖那条牛鼻犋，挂在胸前的两条长辫子，左甩一下，右撩一下，两腿夹着紫藤，上下舞弄得情趣盎然。

许中子觉得有意思了，是那两条辫子生动得有意思了，就喊了一声“腊梅哎”。

柳腊梅抬起了头，不知道是谁喊她，四下里望。村落里少有人踪，到了夏秋两忙时节，外出的外出，下煤窑的下煤窑，闲天忙月，日头像湿了水的布，照人的时候放不开心情。白天短得想要做什么，什么都还没有做，就到了吃饭的时候了。树丛中有斑鸠生出，叫了两声，她无意抬手的刹那看到了小洋楼前的许中子。看了一眼，低下了头，这个人不可能叫她。黄灿灿的阳光，挺立在土地上，远处，万绿丛中地平土实。许中子想起了小时候的柳腊梅。村庄孩子玩乐的事极多，掏鸟窝，蹦琉璃蛋，偷桃摘李，最有意思的事是撵兔。从来没有想过柳腊梅是一个闺女，田埂上蹦上跳下，轻巧自如得就跟会吃饭走路一样，把整个田野都闹动了。

“我在叫你呢，腊梅！”

许中子手里端着一个紫砂保健水杯，喝了一口水，仰起脖子来回“喔喔”了几下，吐出去，把剩下的水倒进手里来回搓捏搓捏，向前弹了弹湿手，想起什么，在头上抹了两下，感觉头上有了一股清爽气儿，朝着柳腊梅招了招手，叫她过来。

柳腊梅指着自己不相信地说：“叫我？许矿长，你是在叫我？”

许中子说：“叫你。对对，就是叫你！”

快晌午了，喇叭花被日头晒得瘪下去，一上午连个牛鼻犋都没有箍好，手软得下不出力气来。都说庄稼人日月贱，有的是时间，但一上午没箍好一个牛鼻犋，心里懊恼得很。再说许中子怎么会叫她呢？打从他开了矿，发了财，当了市人大代表，村庄里的人就把人家高看了，人家脸上倒是见了人还挂了笑容，那笑容浮在嘴角上咋觉得都隔了一道梁！柳腊梅走过去，离许中子有两米远的距离停下了。额头上因为箍牛鼻犋出了汗，抬手抹了一下，脸上就挂了一道黑，人看上去就又多了一份野气。许中子的心骚动了一下：这个腊梅呀，就是和那些个女人不一样！

许中子说："腊梅呀，怎么是你来箍牛鼻犋？一个女人家，手劲能有多大？"

腊梅不好意思地说："他回来啥也不干，人累得骨头都快要散架了，倒头就睡，哪还有力气箍它，箍这是小事，小事情我能做得。"

许中子说："看不出你还有体贴男人的一面，小时候你不是这样的性子嘛。"

柳腊梅越发不好意思，急切地说："小时候是小时候，人长大了就知羞了。"

许中子笑了，笑得内容丰富："我问你羞是啥？"看着柳腊梅憋红的脸他收住了笑，把指尖上一粒水珠弹过去，弹到了她的鼻尖上，她以为大好的晴天要下雨了？抬头看天，太阳当头照着眼睛都要眯成缝看。许中子很活泼地笑了两下说："腊梅啊，腊梅啊，我问你，想不想让他，志强下窑当队长？"

腊梅的脸上显出了笑，自己的男人要是能当了队长是件好事情，但不知道许中子怎么就看中了他？她试探着问了一句："许矿长，看中志强啥了，要他下窑当队长？他统领骡子还行，统领人，哪个要听他的？"

腊梅又抹了一下自己的脸。这一次是手背抹，兰花指翘翘的，小女人模样，斜吊着个身体，自上而下像一穗成长的玉米，黏软温润，有一种不可言说的奇妙。许中子就想让腊梅进屋里坐，屋里的女人因为陪孩子上学到城市里去住了，整屋子闲着，闲着一份清凉，尽管是秋老虎天气。

往屋里走，有狗不防备冲着柳腊梅蹿过来，柳腊梅跺了一下脚，展开自己手里的牛鼻犋抡了一下，同时嘴里还喊了一声："狗！"

狗是用一条铁链子拴在大门后的磨眼上，狗看着柳腊梅叫了一下，吓得缩了一下脖子。柳腊梅突然一声叫喊，把许中子的脑袋瓜弄癔症了，这个柳腊梅都这么大岁数了还这么野。

许中子说："腊梅你吓坏了我的狗。"

柳腊梅不好意思地把牛鼻犋夹在了肘窝下，红了脸说："我就怕它咬我。"

许中子搓了搓手说："我要你来我的屋里，我能叫它咬你？你不光吓了它一跳，还吓了我一跳，我的心悬着像吊葫芦，半空中蹦跶呢！"差一点想要腊梅过来摸一把了。

柳腊梅的脸更红了，绞着辫梢，低下头不好意思笑，也不好意思不笑，嘴张着说不出话来。许中子看着看了半天，看得有点心躁，好像一下子想说什么，因为狗的事情断了话头。

柳腊梅把手里的牛鼻犋伸到狗脸前说："吃吧，柴骨头，吃！"

狗呜呜咽咽了两声有些畏惧地看着，圈着一条腿探过身体来闻了闻，是干柴味道，喉管里吼着退了两步。

许中子看着，没来由地笑，手还不自觉地往上支了支滑到颧骨上的眼镜。这下子柳腊梅认真看了看许中子，他胖了，胖得裤带不是系在腰上，是搭在胯骨头上，小肚子鼓得像怀了七个月的娃，整个裤腰坠得人像一个水桶，突然觉得这么一个体形配着一个枣脑袋，戴着眼镜不好看。说："许矿长，你戴眼镜不好看，你又没有坏了眼睛，戴眼镜也看不出你斯文来。"许中子摘下眼镜说："我不是戴眼镜，是戴文化。"

柳腊梅听了惶惑地抬起头，笑了："有了钱了就往自己的脸上装文化，我没有钱，觉得戴那东西贵巴巴的，想那东西不好看。你说要我男人当队长，你刚刚说的，不是我求你的。"

许中子"噢"了一声，想要回答什么，腰上的手机响了，手机响的不是铃声，是一段鬼子进村的音乐，响了半天，响得人有点毛骨悚然。许中子看了看，不接，由它响。它就连续不停地响。这时候另一边腰又响了，响的声音是"两只蝴蝶"，这个曲子腊梅知道，社会上流行这个曲子。许矿长有两个手机。

"亲爱的你张张嘴，风中花香会让你沉醉。"

许中子张着嘴对着手机说："李老板，那股我给你滚了，抽个时间我去看你，我已经给你入了卡。你要来？那好我等你来。这不，我已经安排人招工了，不是说幸福像花儿一样嘛。什么？你听见鬼子进村了？嘻嘻，是我那个手机的音乐。今年不是抗战六十周年吗？从网上下载的，我要所有听的人知道小日本鬼子不是他妈好玩意！笑我了，老板，你的事就是我的事，我的矿就是咱的矿，你只要给咱举好红旗，红旗不倒，怎么挖的问题，就别管了。"

柳腊梅看着这个电话打不完，想走，许中子摆了摆手要她等等。这时候手机又响了，是"我与你缠缠绵绵翩翩飞，飞越那红尘永相随"。

许中子眼睛斜着柳腊梅，嘴噘起来把那句"永相随"挑细到一个高度，眼里的光眯成一根丝线，幸福得像蚕一样想把柳腊梅吊起来。"是赵老板啊，我刚刚接一个领导的电话，不好意思！你是说想把矿上的煤拉到电厂，对吧？可以。老板说的话我敢不听？再说了，我的矿就是咱的矿，你那点工资，想发点浮财也是正常的嘛！马不吃夜草不肥，我敢不给老板开这个绿灯？不就是增值发票的事情，我安排会计就是了，咱俩是穿了一条连裆裤的主！"

许中子看着柳腊梅说："腊梅，有钱了也累人。看看我这叫什么日子，左胯也响，右胯也响，你以为是他们想我？才不是呢，想钱呢！不过，这世上再没有比钱更好的东西了！没有钱拿钱活命，有了钱拿钱玩命！以前是我看见他们点头哈腰，现在，我一个电话，五分钟让他们过来，不敢六分钟到。信不腊梅？钱是一个好东西啊。对了，我想起来了，你让志强回一趟贵州老家，招一批人过来下井，这批人就让他来管理。”

志强在矿上养着骡子，矿上养骡子是为了拉地下的煤。腊梅听志强讲过，井下分一号、二号、三号、四号、五号、六号采煤区，每个采煤区离煤仓有一段距离，采下的煤要骡子拉到煤仓统一由传送带运到地面，因为不可能把传送带放到每个采煤区，曲里拐弯，不能够集中。骡子原来是放养在井下的，不见天日，直到骡子累死了才从井筒吊上来。后来骡子在井下老出事情，常常莫名其妙被毒气毒死，影响工人的情绪，就和人一样倒班，不同的是人倒两班，骡子要两班倒一班。

柳腊梅说：“许矿长，这事我得回去商量，不管是管骡子，还是管人，我都得感谢你。你让他到矿上上班，我爹说了，听着上班两个字就比下地两个字好听。”

许中子说：“当然了，从文化上讲，上班是给我履行劳动合约，你赚的是我的钱。下地呢，是简单的打粮食，顾命。腊梅，我怎么觉得见了更多的万种风情后，看到你更那个风情万种呢？像长在河滩上的地丁花，活灵灵一个人，好啊，好！”一副没有度数的眼镜，眼睛本来不坏的，报社的小刘说戴着眼镜遮丑，像文化人。他就戴了，眼睛放出来眼镜片儿一样的光，镜片儿上还反射着对面窗玻璃上的窗框。

柳腊梅没有明白过来，想起春口上贵州那边的大伯子打过电话来说，想来这里下窑，要志强和矿长说说，地不好种，毕竟赚得的钱比种粮食要宽余。那时候矿上不需要人。大伯子后来又打电话说，等种了菜籽和矿上的领导再说说。这嘴总也没有张开，不好意思给矿上添乱，现在许中子说了，心里倒抹搭起来，有了几分喜悦。

许中子的电话又响了。

“噢，是王经理呀，想要煤？你就是管煤的还缺这，什么，是你表妹？是真表妹还是假表妹？好啊，要她来找我吧，咱矿的煤就是往电厂和钢厂送的动力煤，钢厂的细白煤应该没有问题。什么？我好像记得灰粉含量百分之十二点九。好好，咱的矿咱说了算，我的就是咱的，咱表妹来了，敢不给咱表妹办！”

许中子看着腊梅，想要把她手里的牛鼻惧拿过来，还没有等着伸手，电话又响了，柳腊梅赶紧说：“许矿长，我得回去给闺女做饭，她要放学了，吃了晌午饭我叫志强来找你。”许中子点点头捂了电话的嘴很有意味地说：“你要记着多来，咱俩是光了屁股一起下过河的呀。”柳腊梅要走，狗还想上来嗅嗅她，手里的牛鼻惧挥了挥，狗歪着脑袋看了一下，扭着腰身闪开了。

拐出大门，风把许中子的话送出来：“咱的矿咱就说了算，这么大的国家，还在乎咱挖这两下？”

二

许中子习惯叫县里的大小领导老板，叫老板，一视同仁，不用分正副角色转换，当然，到了县委县政府还是要按职务来叫。许中子的矿虽然这几年发财了，但是，想来矿上发财的人也多，就目前的这个矿，年产50万吨的矿，光县里领导入股的就有8个。矿上的年产值到最后能有多少？建行贷款一千万，这个他倒不怕，煤挖没有了，还有矿在，有矿顶着呢，就怕没有尸首。零三年的时候他在矿区旁边建过一个焦炭厂，贷款一千万，干得热火朝天的时候，上面出台了一个政策，对他们这些企业在银行的贷款中形成的不良资产进行核销和剥离，他听说了，拿出一百万疏通关系，那次一下子核销掉了一千万，一百万赚了一千万，用了一年的时间做这件事。中间的环节多少花费了一些心计，但是，值得。他心里明白，焦炭一年才赚多少？这个世界上没有钱玩转不开的，没有钱，人家就把你当擦屁股纸来使，就算是，也还嫌纸质差，有了钱，拿钱去玩转钱和权来擦，擦到高兴处脸红心跳。

许中子午休了一小会儿，没有睡实，脑海里在想柳腊梅。这个女人，多少年没有注意她了，还真长成女人了！那时候，是个什么样子呢？还是上小学的时候。想到这里许中子笑了一下，一下子就想到了柳腊梅下河抓蛇。燠热的夏天，河里那时候还有水，小河，流经到这里聚了一个水瓮，阳光热辣辣有点烤背，上学的男孩子们就要女孩子扭转脸，一个个光了屁股跳进了水瓮里。是谁喊了一声呢？好像是现在下2号坑的田书，被水里的蛇缠住了，吓得所有人都往岸上跑，田书大哭，蛇缠着他一条胳膊，缠得手指头乌青。上了岸的男娃娃身体上挂着小零碎儿，顾不得遮挡，手指着水瓮里的田书，不知道该怎么办。就看见柳腊梅脱了衣裳，跳下了水瓮，两只胖手扯了蛇头和蛇尾，三扭两扭把一条小青蛇拉展了，还没有等得岸上的看清楚，一条青色的抛物线落入了岸上看着人的光身子上，吓得岸上的像炸了群的鸡扭头就跑，等回转头看柳腊梅的时候，她已经穿好了衣裳往学校路上走。许中子想：是柳腊梅开启了自己的性意识，但是，从她身体上一直没有找到那个落脚点。

看了一下手上的表，两点整。表是十二万从澳洲买来的，劳力士防水防震。有一次他去游泳池，下水的时候故意把表扔了下去，没有下水的人都看，他说，就是想试验一下这个劳力士，到底防不防水！有一个看上去肤色很白的女人，很不屑地撇了一下嘴，他本来扔表就是扔给她看的，现在看她那一撇，就知道女人还是女人，就怕不注意自己，注意了就好说。让人查了一下，是报社的记者。他找人和她说做广告，哪有见钱不睁眼的人？他后来就把她很服帖地弄到了身体下。透过二楼的阳台往矿上望，矿在捉马村的西山脚下，不算太大的矿，但是，煤质好，不是普通的贫煤，是动力煤。地下划给自己的开采面积不大，明年开采一年基本上就没有东西了。他想着，明年要采也只能是偷采国营矿，自己的矿回采率不高，因为开采不合理，地下到处是洞。几天前有温州人过来想买他的矿，他有点动心，现在想想如果加大力度搞它三个月，把采区面积的煤采得差不多了，年底就转手卖给他。

看见柳腊梅往矿上方向去。这个女人走路也不消停，全然没有那种小地方女人的低声柔气，也没有城市女人那种软言细语的做作样儿，明明想从你手里搞俩钱，还一个劲地说，把我想成什么人了，想成什么人了！从阳台上望过去，柳腊梅轻摆着腰肢，频频交换着双腿错动地看上去像个陀螺。对面溜达过来一头牛，她走近拍了一下它的脊梁，牛叫了一声，看上去她高兴了，又抬手拍了牛几下，牛抬起尾巴摇着脖铃颠颠儿跑了，她扭回头笑了起来，两条辫子在她的背上跳荡和摆动，柔软得和蛇一般酥心。这个柳腊梅，怎么一晃就长成女人了呢！

柳腊梅走进牲口院子里，志强给牲口筛草，浑身上下沾满了草叶子。牲口的草料最怕有鸡毛，从村里收来的谷草，秋天割倒捆起来是鸡们打逗戏弄的好场所，鸡们挑拣着谷草秆上遗留的谷穗，公鸡母鸡就开始亲密无间联袂演开了人间男女之事，激情燃烧起来，满地鸡毛乱飞。细小的鸡毛牲口吃了还不太要紧，大的，特别是公鸡架起翅膀准备行事了，伏到了母鸡背上，有什么事情妨碍了下一步动作，或者鸡们动作幅度大了，翅膀上的鸡毛不小心被牲口吞食了，那是要牲口命的，很容易造成肠梗阻。牲口的草料里也不能有沙石，打牙。所以说，光筛一天五十头骡子的料就够一个人辛苦了。看到筛草的志强，柳腊梅的心疼了，鼻子有点发酸，想着要下窑当队长了，就止住了鼻头的酸，咧开嘴想开个玩笑。志强说："大下午的来矿上做什么？"

柳腊梅说："想给你送暖肚儿。"

志强白了她一眼说："啥时候了，快要倒班了，是大倒，骡子都要上井了。"

柳腊梅笑着轻轻踢了志强屁股一下说："许矿长叫你呢，叫你下井当队长，还说要叫你回贵州招工去，井下要人，不想用本地人，说本地人麻缠。"

志强放下筛子，用脖子上系着的手巾抹了一下脸问："是真的？现在就叫我？"

"真的。腾出空来你快去一趟，看你累成啥了，荡了满身草灰。"

志强有些兴奋，就算是不让当队长，能让哥哥和弟弟来矿上讨一份工资，将来面对生活总还是有活头的，哥哥和弟弟用赚得的钱成了家，就算是像自己一样被招了女婿，也能有个终了的好结果，比穷得打光杆儿强。

柳腊梅拽过手巾来，前后甩打了志强身上的草灰，要他喝口水赶快走人。

柳腊梅是八年前跟他结婚的，家就她一个闺女，爹一直有病，家里把她当男孩使唤，总想着招女婿过来，好一点的哪个愿意来揽这一摊子，不好的柳腊梅还看不上呢，人一耽搁就过了找婆家的好年龄。八年前许中子买了捉马村的煤矿，叫了一班贵州的工人过来打井，打好井筒了，有人就不想跟着打井筒的人走南闯北跑，想留下来。留下来的人里就有志强。有人说合，见了几次面后，看见人还行，话不多，干活实在，又问了家里有几口人，他说有四口，上面一个哥，下面一个弟，没有父亲了。柳腊梅心里想着男娃多对自己来说是好事，留下他就不用操心那边了。就和他说，以后，我一个人挑的担子咱两个人来挑，共同来支撑这个家。明确告诉你，我是招女婿。志强说，你没有去过我老家，那地方没有地，水多地少，我都不想回去了，说家有旱地五块，数来数去少了一块，结果你猜？腊梅猜不出来。志强告诉她是草帽压了一块。腊梅笑得都快岔了气了，笑那地方穷得草帽下能藏地。志强认真地说："就想合适的时候，把我哥和弟接过来。"志强说的合适时候，是等家中的老母亲送了终。母亲去世两年了，哥和弟还困在贵州。

柳腊梅常常笑话那里的地少，却也想不到会少到草帽大的一块地也不舍得扔掉。结婚都八年了，孩子也有了，志强没有回过老家。回家一趟不容易，花销大。原来的时候煤不值钱，往出赊都没有人要，煤也就是这几年值钱了，可是自己的父亲又病着，孩子也小，就想着什么时候领了孩子回老家看看，一拖，贵州的娘死了都没有回去。活着时电话里的娘念叨想见一见儿媳妇，那是容易的事情吗？隔山隔水，隔着电话听听声音也就满足了。去年腊梅常年有病的父亲也病故了，就想着今年孩子放寒假回一趟，家里的连累少了，钱也存了俩，这一辈子回这一趟怕也就交代了。

柳腊梅拧开水管给槽前的水桶加满了水，头班的人就要出地面了，一出来，干了一天一夜活的骡子急着往槽头跑，要饮水。腊梅想，井下的人上来之前，志强就会回来，在他回来前，要帮他多做点事情。她的男人是粗人干的细活，人太累了，夜晚，累得做那事情都疲塌得起不来兴致。后来干脆就不回家了，住到了矿上，回家做不成事情还浪费觉。她有时候会偷着来矿上，就在堆草的棚子里，像鸡们一样就着谷草做一回，心里有那么点刺激，有那么点紧张，看着对面的骡子，做起来反倒有了演戏的感觉，尽情满足得很呢。腊梅就想把最好的乐儿留给自己的男人享用，让自己的男人在自己的肚上欢快地喊叫，捏她的屁股蛋子。腊梅这么想着就返身走进草棚子里，机器粉碎的草节子堆得像小山包一样，看着四下安静得听不到一点声音，她跑了两步一下跳到了草堆上，人就被草埋住，呛得鼻子和喉咙麻刺刺地发痒，人酥软得就直不起腰来。

人迷迷糊糊地便睡过去，好像听得有动静，睁开眼睛，看到是井下挖煤的上来了，地上准备倒班的牵了骡子换了衣服等下井。听得上来的人说，2 号采区的田书和他的骡子没有上来，出事情了！柳腊梅打了个激灵站起来，听得有人问，田书出啥事情了？有人说，中了毒气，现在不会说话，往地面出，骡子已经死了。

柳腊梅想，井下会中什么毒气？她是从来没有下过井的，连井口都没有去过。女人身上天生带着不干净的东西，有的地方矿上是不让女人靠前的。

志强回来的时候，田书和骡子已经被抬上来了，田书准备送往医院，骡子撂在院子里。这么大的事情没有见许中子过来。腊梅说："矿长不来看看？出了这么大的事情。"

志强说："这算什么大事？有安全矿长在，许矿长也不是什么事情都管。"柳腊梅看着担架上躺着的田书，整个看不清楚是一个人，像一块黑炭。上来的工人对田书好像没有什么感觉似的，把骡子拴到槽头，回头看了一眼柳腊梅，也就是看一眼，各自穿着埋过小腿的水鞋进了澡堂子。骡子在槽头吃草，俯首敛眉，嘴贴着槽帮，嚼着草，偶尔打一声响鼻，响声温软谦卑，还不忘抬头张望一下这边，整个一管饱了肚不生事很满足的样子。柳腊梅望着开走的车，问："地下还会有毒气？"

志强说："井下开采的面积大了，通风口下来的风铺不满，很容易生毒气，不过不大紧，风会把毒气排走的。"

柳腊梅疑惑地皱着眉头说："风要是把毒气排不走呢？"

志强说："管那么多，我又没有中毒，就当什么也没有看见。"

井下自上而下分6个煤层，每个煤层高低不等，煤层里有若干巷道和煤仓相连，矿工平时由副井口出入。田书出事情的时候快要下班了，有人闻见2号巷道里有一股怪味，见到田书跑出来说，骡子突然倒下了。有人还开玩笑说，那畜生连个性都不会起，就知道往死里受，抽它，抽急了它就起来了。有人看见田书头盔上的矿灯照着2号巷道呈现出乳白色，什么也看不见，就看见田书像鱼一样钻进去了。钻进去的田书好久没有出来，井下煤仓记工的人说，田书有两车没有拉了。就有人进去看，发现田书躺在骡子的身上，车掀翻在地上，田书张着嘴大口出气，龇着满嘴白牙，白得吓人。

这是志强目睹的第三次事故。第一次早了，那一次是透水，死了三个人。第二次是去年冬天，那时候养骡子是在井下，一年里骡子不上井，养骡子的是贵州同来的王小军。为了多赚钱，王小军养骡子还代下井当车工赶骡。那天，外面下了雪，下井前志强还和王小军在自己的家里喝了一瓶当地产的黄酒。柳腊梅炒了两个菜，一个是红椒土豆丝，一个是老酸菜炒豆芽。喝到兴头上柳腊梅也喝了三盅，喝得两个腮帮像抹了胭脂，王小军和她碰杯的时候，借着酒胆还拍了拍她的脸蛋。柳腊梅正经地说："大兄弟喝多了。"志强装着看不见，"你又不缺啥，叫喊啥！"柳腊梅疑惑地问："我是不是你老婆？"志强说："你要是下过黑窟窿，你都敢把自己给了他！"为这事情，好长时间柳腊梅不和志强说话。

那次饭后两个人往坑口走，雪下在身上，井下上来换班的工人和地上的雪形成了两种相反的色彩，上来的工人走过去的时候留下了一路黑煤灰，无声无息，覆盖了走过去的脚印，借着酒劲王小军还说：“嫂子生我的气了，不过，仔细看嫂子耐看得很。”志强回过头，看到王小军两个耳朵被冻得胡萝卜似的，笑着说：“好看你就多看看她。”井下分了手，不多时就听有人说，6号煤层冒顶，王小军和他的骡子一起被砸死了。当时的细节记忆犹新，志强和王小军的哥哥一起处理事故，商讨好了赔偿事宜，王小军被悄悄拉到火葬场火化了，他哥哥在火化单据上签了字，领了钱，矿上的人把志强扯到了一边，指着他的鼻子说：“要是还想在矿上干活，就当这事情没有发生！”

聪明人不会听不出点意思来。再发生事情，只要不是自己，管多了只会给自己带来烦恼。从此，志强只要看见胡萝卜，心里就难受。现在看见院子里的死骡子就又想起了王小军。

死人归死人，煤矿照样开，有手续的，没有手续的，一张手续开十几个口子的，遍地都是。立起招兵旗，就有卖命人，有票子赚，不愁找不到挖煤的。

柳腊梅说：“你回去说什么也得把咱哥咱弟招来，现在的社会伸手动脚就是钱，手头没有钱啥事也别想。”

志强小声在腊梅的耳朵跟前说：“知道。矿长要招十个工人，明天就让回，来回的路费矿上出，一个工人还奖励我五十块。”

柳腊梅摘着自己辫子上的谷草叶子，看着别处伸了一下舌头，看到有人把骡子抬走了，还有人说，晚上加班送到井下的说不定是骡肉包子。有人说，骡肉个球！

柳腊梅想，爹说过，马肉酸得不能吃，骡子肉就能吃了？骡子可是马的儿呀。她拽了一下志强的胳膊说：“矿上食堂里的骡肉是不是都是井下的毒气毒死的？上一次你说吃王小军的骡子肉，那小军是不是也和田书一样？”柳腊梅不敢往下想了。志强扛了她的胳膊一下说：“不该问的就别问，王小军人好好的回贵州老家了。许矿长今天给我说了要你瞅着他在的天气，去给他打扫打扫屋里的灰尘。”柳腊梅想着许中子的小洋楼，想自己是应该给人家做点啥事，不能叫人家小瞧了咱不懂礼数。想着田书，还想着明天志强回贵州的事，又想着许中子的好，柳腊梅说：“锅是锅碗是碗，人家对咱这样是高看了。”

志强看着对面的一排被煤染得黑光乌亮的骡子，脸上露出了掩饰不住的喜色。人在真实的世界呆久了，也得想想明天的一些情景：要是当了井下的队长，自己以后见人就不能是这样的一副脸面，看人家安全矿长那派头，自己得学会板得严肃点儿，唬得人心里害怕，下井的才不偷懒捣乱！心绪一下就不平静了，要柳腊梅快回去收拾明天回家的行头。

……

（原载于《人民文学》2006年第1期）

「作者简介」

葛水平，女，1965年9月生，山西省沁水县人，当代作家。著有中篇小说《甩鞭》《地气》《天殇》《狗狗狗》《喊山》等，出版小说集《喊山》《守望》《官煤》《陷入大漠的月亮》，诗集《美人鱼与海》《女儿如水》，散文集《心灵的行走》等。作品曾荣获“人民文学奖”“全国优秀中篇小说奖”“赵树理文学奖”“鲁迅文学奖”等多个奖项。

「作品导读」

《黑脉》选自葛水平的小说集《官煤》，是其反映家乡山西地区小煤窑生产状况的系列作品之一。我国山西晋东南地区由于远古的地质原因，煤炭储量异常丰富，这为葛水平书写矿工生活提供了丰富的素材。小说采用外聚焦的叙事方法，以非矿工身份的女主人公柳腊梅的视角来讲述山西的一个矿村——捉马村的故事。在这里，煤矿的经营者、管理者与监督者，包括煤窑老板、地方官员、用煤企业领导、记者等，相互勾结、沆瀣一气，构成了一股巨大的黑暗势力。他们无视安全生产，视矿工生命为儿戏，导致矿难频发。作品深刻地批判了上世纪末我国煤矿生产过程中出现的权钱交易的丑恶现象，表达了对底层人民，尤其是矿工及其家属的深切同情，同时揭示了煤矿开采对传统乡村和农民生活的破坏与冲击。

小说以“黑脉”为题，具有极强的寓意，既指现实中埋藏在地底形成一条条“煤流”脉络的黑色的煤，也指挖煤者，包括矿工们内心深处根深蒂固的愚昧与麻木意识，更指为了挣“黑钱”，“官煤”勾结所形成的错综复杂的黑色权钱交易网络。当然，在葛水平的笔下，晋东南那块古老土地的乡村世界尽管落后、丑陋、粗粝贫困，甚至是罪恶，但仍不乏淳朴、善良和温情。作者在揭示晋东南地区现实的丑恶过程中，也用饱含深情的笔触描绘了其蕴含着的博大丰富的地域文化内涵与精神。

在艺术上，小说表现出鲜明的地域特色。作品中描绘了大量的晋东南地区的地理风貌、自然景观、风俗人情，人物形象也带有鲜明的地方色彩。同时，对山西地方方言、俗语的广泛运用也体现了小说浓郁的乡土特色。

神木（节选）

· 刘庆邦

一

冬天。离旧历新年还有一个多月。天上落着零星小雪。在一个小型火车站，唐朝阳和宋金明正物色他们的下一个点子。点子是他们的行话，指的是合适的活人。他们一旦把点子物色好了，就把点子带到地处偏远的小煤窑办掉，然后以点子亲人的名义，拿人命和窑主换钱。这项生意他们已经做得轻车熟路，得心应手，可以说做一项成功一项。他们两个是一对好搭档，互相配合默契，从未出过什么纰漏。按他们的计划，年前再办一个点子就算了。一个点子办下来，每人至少可以挣一万多块。如果运气好的话，也许会突破两万块大关。回老家过个肥年不成问题。

火车站一侧有一家敞篷小饭店，饭店门口的标牌上写着醒目的广告，卖正宗羊肉烩面、保健羊肉汤、烧饼和多种下酒小菜。唐朝阳对保健羊肉汤产生了兴趣，他骂了一句，说："现在什么都保健，就差搞野鸡不保健了。"一位端盘子的小姑娘迎出来，称他们"两位大哥"，把他们请进篷子里坐下。他们点了两碗保健羊肉汤和四个烧饼，却说先不要上，他们还要喝点酒。他们的心思也不在酒上，而是在车站广场那些两条腿的动物上。两人漫不经心地呷着白酒，嘴里有味无味地咀嚼着四条腿动物的杂碎，四只眼睛通过三面开口的敞篷，不住地向人群中睃寻。离春节还早，人们的脚步却已显得有些匆忙。有人提着豪华旅行箱，大步流星往车站入口处赶。一个妇女走得太快，把手上扯着的孩子拖倒了。她把孩子提溜起来，照孩子屁股上抽两巴掌，拖起孩子再走。一个穿红皮衣的女人，把电话手机捂在耳朵上，嘴里不停地说话，脚下还不停地走路。人们来来往往，小雪在广场的地上根本存不住，不是被过来的人带走了，就是被过去的人踩化了。呆着不动的是一些讨钱的乞丐。一个上年纪的老妇人，跪伏成磕头状，花白的头发在地上披散得如一堆乱草，头前放着一只破旧的白茶缸子，里面扔着几个钢镚子和几张毛票。还有一个年轻女人，坐在水泥地上，腿上放着一个仰躺着的小孩子。

小孩子脸色苍白，闭着双眼，不知是生病了，还是饿坏了。年轻女人面前也放着一只讨钱用的搪瓷茶缸子。人们来去匆匆，看见他们如看不见，很少有人往茶缸里丢钱。唐朝阳和宋金明不能明白，元旦也好，春节也罢，只不过都是时间上的说法，又不是人的发情期，那些数不清的男人和女人，干吗为此变得慌里慌张、骚动不安呢！

这两人之所以没有发起出击，是因为他们暂时尚未发现明确的目标。他们坐在小饭店里不动，如同狩猎的人在暗处潜伏，等候猎取对象出现。猎取对象一旦出现在他们的视野之内，他们会马上兴奋起来，并不失时机地把猎取对象擒获。他们不要老板，不要干部模样的人，也不要女人，只要那些外出打工的乡下人。如果打工的人成群结帮，他们也会放弃，而是专挑那些单个儿的打工者。一般来说，那些单个儿的打工者比较好蒙，在二对一的情况下，用不了多大一会儿工夫，被利诱的打工者就如同脖子里套上绳索一样，不用他们牵，就乖乖地跟他们走了。他们没发现单个儿的打工者，倒是看见三几个单个儿的小姐，在人群中游荡。小姐打扮妖艳，专拣那些大款模样的单行男人搭讪。小姐拦在男人面前嘀嘀咕咕，搔首弄姿，有的还动手扯男人的衣袖，意思让男人随她走。大多数男人态度坚决，置之不理。少数男人趁机把小姐逗一逗，讲一讲价钱。待把小姐的热情逗上来，他却不是真的买账，撇下小姐扬长而去。只有个别男人绷不住劲，迟迟疑疑地跟小姐走了，到不知名的地方去了。唐朝阳和宋金明看得出来，这些小姐都是野鸡，哪个倒霉蛋儿要是被她们领进鸡窝里，就算掉进了黑窟窿，是公鸡也得逼出蛋来。他们跟这些小姐不是同行，不存在争行市的问题。按他们的愿望，希望每个小姐都能赚走一个男人，把那些肚里长满板油的男人好好宰一宰。

端盘子的小姑娘过来问他俩，这会儿上不上羊肉汤。

唐朝阳回过眼来，把小姑娘满眼瞅着，问："你们这里有没有保健野鸡汤？"

宋金明听出唐朝阳肚子里在冒坏汤儿，也盯紧小姑娘的嘴唇，看她怎样回答。小姑娘腰身瘦瘦的，脖子细细的，看样子是刚从乡下雇上来的黄毛丫头，还没开过胯，还没经过大阵仗。正是这样的生坯子，用起来才有些意思。女人身上一旦起了软肉，就不再是柴鸡的味道，而是用化学饲料催长的肉鸡的味道。小姑娘好看的嘴唇动了动，说她不知道有没有保健野鸡汤。

"你们饭店里有保健羊肉汤，难道就没有保健野鸡汤吗？野鸡汤本钱也不高，比卖羊肉汤来钱快多了。"唐朝阳说。

小姑娘说，她去问一问老板，转身进屋去了。

宋金明朝唐朝阳脚杆子上踢了一下："去你妈的，别想好事儿了。要想弄成事儿，恐怕五百块都说不下来。"

"一千块我也干！"

老板从屋里出来了，是一位少妇。少妇身前身后都起了不少软肉，比小姑娘逊色多了。少妇说："两位大哥真会开玩笑，你们把羊肉汤喝足了，还愁喝不到野鸡汤吗！"少妇把红嘴往旁边的洗头泡脚屋一努，说："那里面就有，想喝多久喝多久，口对口喝都没人管。"

唐朝阳看出老板娘不是个善茬儿，不再提要野鸡汤的事，说："把羊肉汤端上来吧。"

他俩注意到了，小饭店的左侧是一个挂着黑漆布帘子的放像室，一男一女堵在门口卖票收钱，四块钱放进去一位，时间不限。门口立着一个黑色立体声音箱，以把录像带上的声音同步传播出来作为招徕。音箱里一阵一阵传出来的大都是女人的声音，她们像是被什么东西塞住了音道，发音吐字一点也不清晰。右侧是一家美容美发兼洗头泡脚的小屋门面，门面的大玻璃窗上写着两行红字："低价消费，到位服务。"这样的小屋唐朝阳和宋金明都进去过，别看小屋门面不大，里面的世界却深得很，往往要七拐八拐，进了旁门，还有左道，有时还要上楼下楼。等到了单间，小姐转出来，一对一的洗和泡就可以进行了。当然了，他们洗的是第二个头，泡的是第三只脚。

小姑娘把保健羊肉汤端上来了。羊肉汤是用砂锅子烧的，大概因为砂锅子太烫手，小姑娘是用一个特制的带手柄的铁圈套住砂锅子，才分两次把热气腾腾的羊肉汤端上桌的。唐朝阳和宋金明一瞅，汤汁子白浓浓的，上面洒了几珠子金黄的麻油，酽酽的老汤子的香气直往鼻腔子里钻。二位拿起调羹，刚要把"保健"的滋味品尝一下，唐朝阳往车站广场瞥了一眼，说声："有了！"几乎是同时，宋金明也发现了他们所需要的人选，也就是来送死的点子。二人很快地对视了一下，眼里都闪射出欣喜的光点。这种欣喜是恶毒的。他们不约而同地把调羹放下了。一个点子就是一堆大面值的票子，眼下，票子还带着两条腿，还会到处走动，他们绝不会放过。由于心情激动，他们急于攫取的手稍稍有些发抖，调羹放回碟子时发出了微响。宋金明站起来了，说："我去钓他！"

如同当演员做戏一样，宋金明从敞篷小饭店出来时，没忘了带着他的一套道具，这就是一个用塑料蛇皮袋子装着的铺盖卷儿，一只式样过时的、坏了拉锁的人造革提兜。提兜的上口露出一条毛巾。毛巾脏污得有些发黑，半截在提兜里，半截在兜外耷拉着。这样的道具容易被打工者认同。

二

被宋金明跟踪的目标走过车站广场，向售票厅走去。目标的样子不是很着急，目的性似乎也不太明确。走过车站广场时，他仰起脸往天上看了一会儿，像是看一下天阴到什么程度，估计一下雪会不会下大。看到利用孩子讨钱的那个妇女，他也远远地站着看了一会儿。他没有走近那个妇女，更没有给人家掏钱。目标到售票厅并没有买票，他到半面墙壁大的列车时刻表下看看，到售票窗口转转，就出去了。目标走到门外，有一个人跟他搭话。宋金明顿时警觉起来，他担心有人撬他们的行，把他们选中的点子半路劫走。宋金明紧走两步，想接近目标，听听那人跟他们的目标说什么，以便见机行事，把目标夺过来。宋金明的担心多余了，他还没听见两人说什么，两人就错开了，一人往里，一人往外，各走各的路。

目标下了售票厅门口的水泥台阶，看见脚前扔着一个大红的烟盒，烟盒是硬壳的，看上去完好如新。目标上去一脚，把烟盒踩扁了。他没有马上抬脚，转着脖子左右环顾。大概没发现有人注意他，他才把烟盒捡起来了。他伸着眼往烟盒里瞅，用两个指头往烟盒里掏。当证实烟盒的确是空纸壳子时，他仍没舍得把烟盒扔掉，而是顺手把烟盒揣进裤子口袋里去了。

这一切，宋金明都看在眼里。目标左右环顾时，他的目光及时回避了，装作什么都没看见。目标定是希望能从烟盒里掏出一卷子钱来，烟盒空空如也，不光没钱，连一根烟卷也不剩，未免让他的可爱的目标失望了。通过这一细节，宋金明无意中完成了对目标的考察，他因此得出判断，这个目标是一个缺钱和急于挣钱的人，这样的人最容易上钩。事不宜迟，他得赶快跟他的目标搭上话。

车站广场一角有一个报刊亭，目标转到那里站下了，往亭子里看着。报刊亭三面的玻璃窗内挂满了各类花里胡哨的杂志，几乎每本杂志封面上都印有一个漂亮女人。宋金明掏出一支烟，不失时机地贴近目标，说："师傅，借个火。"

目标回过头来，看了宋金明一眼，说他没有火。

既然没有火，宋金明就把烟夹在耳朵上走了，像是找别人借火去了。他当然不会真走，走了几步又折回来了，对目标说："我看着你怎么有点面熟呢？"还没等目标对这个问题作出反应，他的第二个问题跟着就来了："师傅这是准备回家过年吧？"

目标点点头。

"离过年还有一个多月呢，回家那么早干什么！"

"不回家去哪儿呢？"

"我们联系好了一个矿，准备去那里干一段儿。那里天冷，煤卖得好。那儿回来的人说，在那个矿干一个月，起码可能挣这个数。"说着弯起一个食指勾了一个九。他见目标的眼睛亮了一下，随即把代表钱数的指头收起来了。这时，有个吸烟的人从旁边路过，他过去把火借来了。他又掏出一支烟，让目标也点上。目标没有接，说他不会吸烟。宋金明看出目标心存戒心，没有勉强让他吸，主动与目标拉开距离，退到一旁独立吸烟去了。一旁有一个长方形的花坛，春夏季节，花坛里当有花儿开放，眼下是冬季，花坛里只剩下一些枯枝败叶。这些带刺的枯枝子上，挂着随风飘扬的白塑料袋，像招魂幡一样。花坛四周，垒有半腿高的水泥平台。宋金明的铺盖卷儿放在地上，在台面上坐下了。对于钓人，他是有经验的。钓人和钓鱼的情形有相似的地方，你把钓饵上好了，投放了，就要稳坐钓鱼台，耐心等待，目标自会慢慢上钩。你若急于求成，频频地把钓饵往目标嘴里送，很有可能会把目标吓跑。

果然，目标绕着报刊亭转了一圈，磨蹭着向宋金明挨过来。目标向宋金明接近时，眼睛并没有看宋金明，像是无意之中走到宋金明身边去的。

宋金明暗喜，心说，这是你自己送上门来找死，可不能怨我。他没有跟目标打招呼。

目标把一直背在肩上的铺盖卷放下来了，他的铺盖卷也是用蛇皮塑料袋子装的。并没人作出规定，可近年来，外出打工的人几乎都是用蛇皮袋子装铺盖。若看见一个人或一群人，背着臃肿的蛇皮袋子在路边行走，不用问，那准是从乡下出来的打工族。蛇皮袋子仿佛成了打工者的一个标志。目标把铺盖卷放得和宋金明的铺盖卷比较接近，而且都是站立的姿势。在别人看来，这两个铺盖卷正好是一对。宋金明注意到了目标的这一举动。他拿铺盖卷作道具，他的道具还没怎么要，有人就跟他的道具攀亲家来了。有那么一瞬间，他产生了一点错觉，仿佛不是他钓人家，而是打了颠倒，是人家来钓他，准备把他钓走当点子换钱。他在心里狠狠打了一个手势，赶紧把错觉赶走了。

目标咳了咳喉咙，问宋金明刚才说的矿在哪里。

宋金明说了一个大致的地方。

目标认为那地方有点远。

“那是的，挣钱的地方都远，近处都是花钱的地方。”

“你是说，去那里一个月能挣九百块？”

“九百块是起码数，多了就不敢说了。”

“你一个人去？”

“不，还有一个伙计，在那边等我。我来买票。”

目标不说话了，低着头，一只脚在地上来回擦。他穿的是一种黑胶和黑帆布粘合而成的棉鞋，这种鞋内膛较大，看上去笨头笨脑。宋金明知道，一些缺乏自信的打工者，都愿意把有限的钱藏在这种棉鞋里。他不知道这个家伙鞋膛里装的是不是有钱。宋金明试探似地把目标的棉鞋盯了盯，目标就把脚收回去了，两只脚并在了一处。宋金明看出来了，他选定的目标是一个老实蛋子。在眼下这个世界，是靠头脑和手段挣钱。像这种老实蛋子，虽然也有一把子力气，但到哪里都挣不到什么钱，既养活不了老婆，也养活不了孩子。这样的笨蛋只适合给别人当点子，让别人拿他的人命一次性地换一笔钱花。

目标开始咬钩了，他问宋金明：“我跟你们一块儿去可以吗？”

宋金明没有答应，他还得继续拿钓饵吊目标的胃口，让自愿上钩者把钢钩咬实，他说：“恐怕不行，人家只要两个人，一下子去三个算怎么回事。”

目标说：“我去了，保证不跟你们争活儿，要是没我的活儿干，我马上回家。

我说话算话，你要是不信，我可以赌咒。”

宋金明制止了他的赌咒。赌咒是笨人才用的办法。笨人没办法让别人相信他，只有采取精神自残的赌咒作贱自己。赌咒算个狗屁，现在都什么时候了，谁还相信咒语？宋金明说：“这事儿我说了不算，活儿是我那个伙计联系的，只能跟他说一下试试。”

宋金明领着目标往小饭店走。走到那个头一直磕在地上的老妇人跟前，宋金明让目标等等，从口袋里掏出一把钱，抽出一张一块的，丢进老妇人的茶缸里去了。老妇人这才抬起头来，但很快又把头磕下去，说：“好人一路平安，好人一路平安……”宋金明走到那个抱孩子的年轻女人面前，一下子往茶缸里放了两块钱。年轻女人说的话跟老妇人的话是一个模子，也是“好人一路平安”。

跟在宋金明身后的目标想跟宋金明学习，也给乞丐舍点钱，但他的手在口袋里摸索了一会儿，到底没舍得掏出钱来。

唐朝阳看见了宋金明带回的点子，故意装作看不见，只问宋金明买票了没有。

宋金明说：“还没买。这个师傅想跟咱一块儿去干活。”

唐朝阳登时恼了，说：“扯鸡巴蛋，什么师傅！我让你去买票，你带回个人来，这个人是能当票用，还是能当车坐！”

宋金明嗫嚅着，做出理亏的样子，解释说：“我跟他说了不行，他还是想见见你。不信你问问他，我说了不行没有？”

点子说：“不能怨这位师傅，他确实说过不行。我一听他说你们准备去矿上干，就想跟你们搭个伴，去矿上看看。”

“怎么，你在矿上干过？”

“干过。”

唐朝阳和宋金明很快地交换了一下眼神，唐朝阳的口气变得稍微缓和些。他要借机把这个点子调查一下，看他都在哪个地方的矿干过，凡是他去过的矿，就不能再去，以免露出破绽，留下隐患。唐朝阳说：“看不出你还是个挖煤的老把式，你都在什么地方干过？”

点子说了两个矿名。

唐朝阳把两个矿名默记一下，又问点子：“这两个矿在哪个省？”

点子说了省名。

调查完毕，唐朝阳还向点子问了一些闲话，比如这两个矿怎么样？能不能挣到钱？点子一一作了回答。这时，唐朝阳还不松口，还在玩欲擒故纵的把戏，他说：“不行呀，我看你岁数太大了，我怕人家不要你。”

点子说：“我长得老相，显得岁数大。其实我还不到四十岁。连虚岁才三十八。”

唐朝阳没有说话，微笑着摇了摇头。

点子不知是计，顿时沮丧起来。他垂下头，眼皮眨巴着，看样子要把眼睛弄湿。

唐朝阳看出点子在做可怜相，真想在点子面门上来一记直拳，把点子捅一个满脸开花。这种人没别的本事，就会他妈的装装可怜相，让人恶心。这种可怜虫生来就是给人做点子的，留着他有什么用，办一个少一个。唐朝阳已经习惯了从办的角度审视他的点子，这好比屠夫习惯一见到屠杀对象就考虑从哪里下刀一样。这个点子戴一顶单帽子，头发不是很厚，估计一石头下去，能把颅顶砸碎。即使砸不碎，也能砸扁。他还看到了点子颈椎上鼓起的一串算盘子儿一样的骨头，如果用镐把从那儿猛切下去，点子也会一头栽倒，再也爬不起来。不过，在办的过程中，稳准狠都要做到，一点也不能大意。他同时看出来了，这个点子是一个肯下苦力的人，这种人经过长期劳动锻炼，都有一股子笨力，生命力也比较强。对这种人下手，必须一家伙打蒙，使他失去反抗能力，然后再往死里办。要是不能做到一家伙打蒙，事情办起来就不能那么顺利。想到这里，唐朝阳凶歹歹地笑了，骂了一句说："你要是我哥还差不多，我跟人家说说，人家兴许会收下你。"

宋金明赶紧对点子说："当哥还不容易，快答应当我伙计的哥吧。"

点子见事情有了转机，慌乱不知所措，想答应当哥又不敢应承。

"你到底愿意不愿意当我哥？"唐朝阳问。

"愿意，愿意。"

"那你姓什么？叫什么？"

"姓元，叫元清平。"

"还有姓元的，没听说过。那，老元不就是老鳖吗？"

"是的，是老鳖。"

"要当我的哥，你就不能姓元了。我姓唐，你也得姓唐。"

唐朝阳对宋金明说："宋老弟，你给我哥起个名字。"

宋金明早就准备好了一串名字，但他颇费思索似地说："我这位老兄叫唐朝阳，这样吧，你就叫唐朝霞吧。"

唐朝阳说："什么唐朝霞，怎么跟个娘们名字似的。"

宋金明说："先是朝霞，后有朝阳，他是你哥，叫朝霞怎么不对！"

点子已经认可了，说："行行，我就叫唐朝霞。"

唐朝阳对宋金明说："操你妈的，你还挺会起名字，起的名字还有讲头。"他冷不丁地叫了一声："唐朝霞！"

叫元清平的人一时没反应过来，好像不知道凭空而来的唐朝霞是代表谁，有些愣怔。

"操你妈的，我喊你，你怎么不答应！"

元清平这才愣过神来，"哎哎"地答应了。

"从现在起，那个叫元清平的人已经死了，不存在了，活着的是唐朝霞，记清楚了？"

“记清楚了！”

“哥！”唐朝阳又考验似地喊了一声。

这次改名唐朝霞的人反应过来了，只是他答应得不够气壮，好像还有些羞怯。

唐朝阳认为这还差不多，“这一弄，我们成了桃园三结义了。”他招呼端盘子的小姑娘：“来，再上两碗羊肉汤，四个烧饼。”

宋金明知道唐朝阳把刚才要的两碗羊肉汤都用了，却明知故问：“你呢？你不吃了？”

唐朝阳说他刚才饿得等不及，已吃过了。这是给他们两个要的。

唐朝霞说他不吃，他刚才吃过饭了。

唐朝阳说：“我们既然成了兄弟，你就不要客气。”

“吃也可以，我是当哥的。应该我花钱，请你们吃。”

唐朝阳又翻下脸子，说：“你有多少钱，都拿出来！”

唐朝霞没有把钱拿出来。

“再跟我外气，你就不是我哥，你走你的阳关道，我钻我的黑煤窑！”

唐朝霞不敢再外气了。从唐朝阳野蛮的亲切里，他感到自己遇上够哥们儿的好人了。他哪里知道，喝了保健羊肉汤，一跟人家走，就算踏上了不归之路。

……

十五

最后一个班，王明君在掌子面做了一个假顶。所谓假顶，就是上面的石头已经悬空了，王明君用一根点柱支撑住，不让石头落下来。需要石头落下来时，他用镐头把点柱打倒就行了。这个办法类似用木棍支起筛子捉麻雀，当麻雀来到筛子下面时，把木棍拉倒，麻雀就被罩在下面了。不对，筛子扣下来时，麻雀还是活的，而石头拍下来时，人十有八九会被拍得稀烂。王明君把他的想法悄悄地跟张敦厚说了，这次谁都不用动手，他要制造一个真正的冒顶，把点子砸死。

张敦厚笑话他，认为他是脱下裤子放屁，多此一举。

王明君把假顶做好了，只等王风进去后，他退到安全地带，把点柱弄倒就完了。那根点柱的作用可谓千钧一发。

在王明君煞费苦心地做假顶时，张敦厚没有帮忙，一直用讥讽的目光旁观他，这让王明君十分恼火。假顶做好后，张敦厚却过去了，把手里的镐头对准点柱的根部说：“怎么样，我试试吧？”

王明君正在假顶底下，如果张敦厚一试，他必死无疑。“你干什么？”王明君从假顶下跳出来了，跳出来的同时，镐头阻挡似地朝张敦厚抡了一下子。他用的不是镐头的后背，而是镐头的镐尖，镐尖抡在张敦厚的太阳穴上，竟把张敦厚抡倒了。天天刨煤，王明君的镐尖是相当尖利的，他的镐尖刚脱离张敦厚的太阳穴，成股的鲜血就从张敦厚脑袋一侧滋冒出来。这一点既出乎张敦厚的意料，也出乎王明君的意料。

张敦厚的眼睛瞪得十分骇人，他的嘴张着，像是在质问王明君，却发不出声音。但他挣扎着，抱住了王明君的一只脚，企图把王明君拖到假顶底下，他再把点柱蹬倒……

王明君看出了张敦厚的企图，就使劲抽自己的脚。抽不出脚来，他也急眼了，喊道："王风，快来帮我把这家伙打死，就是他打死了你爹，快来给你爹报仇！"

王风吓得往后退着，说："二叔，不敢……不敢哪，打死人是犯法的。"

指望不上王风，王明君只好自己抡起镐头，在张敦厚头上连砸几下，把张敦厚的头砸烂了。

王风捂着脸哭起来了。

"哭什么，没出息！不许哭，给我听着！"王明君把张敦厚的尸体拖到假顶下面，自己也站到假顶底下去了。

王风不敢哭了。

"我死后，你就说我俩是冒顶砸死的，你一定要跟窑主说我是你的亲二叔，跟窑主要两万块钱，你就回家好好上学，哪儿也不要去了！"

"二叔，二叔，你不要死，我不让你死！"

"不许过来！"

王明君朝点柱上踹了一脚，磐石般的假顶骤然落下，烟尘四起，王明君和张敦厚顿时化为乌有。

王风没有跟窑主说王明君是他的亲二叔，他把窑底看到的一切都跟窑主说了，说的全部是实话。他还说，他的真名叫元凤鸣。

窑主只给了元凤鸣一点回家的路费，就打发元凤鸣回家去了。

元凤鸣背着铺盖卷儿和书包，在一道荒路茫茫的土梁上走得很犹豫。既没找到父亲，又没挣到钱，他不想回家。可不回家又到哪里去呢!

（选自刘庆邦的小说集《黄花绣》，作家出版社，2009年）

「作者简介」

刘庆邦，1951年生，河南省沈丘县人，当代作家。当过农民、矿工、矿务局宣传部干事，曾任《中国煤炭报》记者、编辑、副刊部主任。著有长篇小说《红煤》《断层》《远方诗意》《平原上的歌谣》等，中短篇小说集、散文集《走窑汉》《梅妞放羊》《遍地白花》《响器》等。曾荣获“鲁迅文学奖”“老舍文学奖”“北京市首届德艺双馨奖”等。根据其中篇小说《神木》改编的电影《盲井》曾获第53届柏林电影艺术节银熊奖。

「作品导读」

由于特殊的工作和生活经历，刘庆邦一贯关注底层人民尤其是农民和矿工的生存境遇。从上世纪80年代末开始，国内一些偏僻小煤窑里出现了伪造矿难、诈骗赔偿金，行话叫“打点子”的犯罪现象，中篇小说《神木》就是以这一触目惊心的团伙犯罪行为为故事背景，反映当下矿工群体生活和精神状态的一部力作。刘庆邦以一个作家的责任感和担当精神，揭露了这一发生在矿工群体中的令人发指的罪恶行径，将人性之恶和人性之善描摹得淋漓尽致。小说主要讲述了两个在矿区工作的农民工赵上河（曾化名宋金明和王明君）和李西民（曾化名唐朝阳和张敦厚），将独自外出打工的“点子”元清平骗至偏远的私人小煤窑，制造冒顶事故的假象将其杀害，讹诈赔偿金之后，良心未泯的赵上河借机保护元清平之子元凤鸣，自己和李西民同归于尽的故事。作家以冷峻的态度，从精神世界和人性角度揭示了：“工业化、城镇化、市场化这一转型期农民工的生存状态”。

20世纪90年代，伴随着市场经济的不断深入，传统的生活秩序和伦理道德被颠覆，人性也不断遭到异化和扭曲，这一点在小说主人公赵上河和李西民身上表现得一览无遗。但人性终究是说不清道不明、复杂多变的。良心未泯的赵上河，后来对元凤鸣的同情与帮助即是佐证。如何在残酷的社会现实下，坚守人性以及法律和道德的底线，坚守人之所以为人的良知，这是作者对人自身提出的拷问。

小说的题目“神木”，是对“煤”的一种带有敬畏的说法，认为煤是经过了亿万年的大树演变而成，因而具有神性。人类在这蕴藏着无数“神木”的大地上，不断上演着苦难、灾难和罪恶，也自然接受着神的拷问。“神木”寄托着作者深刻的社会反思和人文期待，也表达了作者悲悯的救赎情怀。

选材的沉重的现实性和浓郁的悲悯情怀，以及平实而生动的语言，是这部小说重要的艺术特色。

轧钢厂的囚徒（节选）

·鬼金

我的心已为噩梦缠绕
我要仰面朝天躺下，让黑暗充做我的睡房……

——波德莱尔《一日终了》

一

一阵尖锐的闹钟铃声扎进了朱河的梦中。朱河猛地一激灵，连忙睁开眼睛。屋子里黑乎乎的，他还不能适应。闹钟仍在叫着，颤颤的声音让他的心脏有些不舒服。他在黑暗中伸手去勾那个可恶的闹钟，盲目地抓着，没抓到，倒把闹钟碰到了地上。朱河听到玻璃碎裂的声音，心里一惊，连忙打开台灯。他发现闹钟支离破碎地躺在地上，两个指针竟然弯曲了。他心疼地看着，心想，明天还要买一个了。他在心里责怪自己的莽撞。十几块钱就这样报销了。空荡荡的屋子里，他竟然感到了恐慌。因为，他不知道现在几点了。刚才闹钟响的时候，是十一点，现在……他悚然，赶快穿上衣服，蹬上鞋，就跑出屋。在路上，他看见前面有个行人，连忙问，几点了？那个人怪怪地看着他，没搭理他。他开始小跑起来，心里更没底了。他想，今晚可能会迟到，可能会被老杆子数落了，还要扣二十块钱。他后悔，肠子都要悔青了。他后悔不该把闹钟碰到地上。他匆匆地跑着。路灯下，跑动的身影像一个纸片。他是一个很瘦弱的人。

以前跟父母住在一起的时候，都是母亲给他看着时间，到时候就提前叫他起来，然后吃饭，再去上夜班。自从有了对象，他就决定搬出去住。这样有很多方便，对吧。可是对象栾玲也倒班，在炼钢厂。当他一个人的时候，夜班的时间掌握上就很成问题。他都晚了好几次了，在班组被点名批评，还被扣了钱。栾玲给他买了那个闹钟，刚开始的时候，他真的不敢睡得太沉，还好，那闹钟很准时地叫他，再也没迟到过。没想到今天闹钟被他摔坏了。他杀死了时间。他这样想着，脚步飞快，像安了轮子。“嘶——”轮子刹住，到厂门口的时候，掏出智能卡，刷了一下，刷卡机“嘣”的一声。这一声说明他来了，进入了轧钢厂的网络监控。

他伸着脖子想看看门卫室的钟，可是门卫室里黑洞洞的，什么都看不见。他只好开动脚下的轮子，继续奔跑，紧跑慢跑，还是晚了十分钟。

班长老杆子狠狠地用眼睛剜了他一眼说："怎么？又在家忙活了啊？你这体格，不能老这样，悠着点。"

朱河知道老杆子说的话是什么意思，他没有反驳。他不喜欢老杆子这个人。这是老杆子心情好，才说这样的玩笑话，要是他心情不好的时候就会骂人。老杆子的口头语就是：你娘个腿的怎么怎么的。

朱河没搭理老杆子，赶忙去换工作服。在他转身的一瞬间，老杆子说："你娘个腿的，这个月晚几回了，明天就给你报到工段去，扣死你个狗日的。"

朱河也没含糊，瞪着眼睛，看着老杆子说："滚你妈的，你爱怎么地怎么地。你有能耐就叫我下岗，他妈的，这驴操的工作，你以为我愿意干啊？要不是为了一口饭，我才懒得看你个狗日的脸色呢！你以为你是谁，这工厂是你家开的啊？要是你家开的话，八抬大轿请我来我都不来！"

也许是摔碎闹钟的原因，朱河的气很不顺。

这些粗话，也是朱河在近两年才无意中学会的。以前他说粗话都脸红。近朱者赤，近墨者黑，就是这个道理，对付什么样的人，就要用什么样的方法。对付老杆子这样的人就得这样。要不，他不知道马王爷三只眼。

老杆子被噎了一下，不吭声了，拎着他的大茶缸子去打水了。

朱河换完工作服，点了根烟，坐下来，心里面还堵堵的。可能有两个原因，一个是那闹钟的事，另一个就是老杆子。他狠狠地吸了一口，然后喷出来，仿佛把心里的郁闷都喷出来了。

这时候，关师傅从下面上来，看见朱河还在生气的样子说："河子，没必要的，老杆子就那德行，一张不饶人的嘴巴。"

关师傅是全班最老的师傅。他的话多少对朱河有些作用。朱河说："没啥，我也说过头了。"

关师傅说："年轻人，理解，我年轻的时候也像你这样，可能比你还厉害，像一个犟驴，横蹦乱跳的。"

朱河想跟关师傅解释一下他迟到的原因是因为那个闹钟，可他没有开口。他递给关师傅烟卷，关师傅摆了摆手说，我抽那个没劲。关师傅的老旱烟是出名的，抽一口能顶一个跟头。关师傅看上去有些疲惫，眯缝着眼睛，像在打盹，又像在琢磨事。以前他可从来不这样，一到夜班，他那两只眼睛睁得像铜铃似的。朱河看着，心想，看来他真的是老了，尤其是那一脸的褶子。一个在轧钢厂干了快四十年的人，就这样，快退休了，全部的青春年华都献给了工厂，也即将油枯灯灭了。朱河这样想，心头一沉。难道这也将是我个人的命运吗？朱河又点了根烟。老杆子打水回来，朱河就像没这个人似的。老杆子也没说话，一口口地喝着他的茶水。

磨钢工“小鼻涕”跑上来找天车。朱河看着“小鼻涕”说：“给你哥上烟，听说你小子考上了夜大。”“小鼻涕”笑着说：“朱哥，你的消息很灵通啊。”“小鼻涕”连忙拿烟，没先给朱河，而是先递给了老杆子一根。朱河白了“小鼻涕”一眼。老杆子说话了，“‘小鼻涕’，我看你不是去学习，是去泡姑娘吧？”“小鼻涕”就笑，说：“还是马师傅厉害，一眼就看出我‘小鼻涕’的真面目了，有那点意思。”朱河磨蹭着，在拖延时间。夜班在朱河心里就是地狱，尽管厂房里灯光通明，像白天，可是在他心里，仍旧如同炼狱一般煎熬着。“小鼻涕”连推带拉哀求着才把朱河拉下去，在楼梯上，“小鼻涕”掏出一盒七匹狼说：“朱哥，这是孝敬你的。”朱河笑了笑说：“你小子还不赖，还知道孝敬你朱哥啊。”“朱哥，在这个轧钢厂里，我觉得就你跟我还贴心，我不孝敬你孝敬谁，实话跟你说，我去上学就是混个文凭，你看我们厂那些有点文凭的都混得人模狗样的，我心里不服，再加上前不久我舅家的哥哥当上公司的科长，我有了文凭可能就有门，以后不用再干这天天吃灰的破活了。”朱河的手在“小鼻涕”的脑壳上弹了一个脑嘣说：“好好学，‘小鼻涕’。”“小鼻涕”感动地看着朱河，点了点头。

朱河爬上天车，一吊吊地给“小鼻涕”他们干着活，等架子上的钢堆得差不多了，朱河倚在椅子上点了根烟，看着下面砂轮在磨着钢材，钢花四溅。朦朦胧胧中，那些穿着蓝色工作服的磨钢工看上去像是炼狱里的囚徒，犹如梦境。

二十米高的天车上，朱河冥想着，想也是白想，也是瞎想，但人很多时候就是靠念想活着，不是吗？

二

朱河迷糊了一会儿，还做了个梦，梦见那个摔碎的闹钟，飞舞着向他冲过来，两个指针像剪刀扎进他的大脑，开始“咔咔”地剪着，从里面豁开，一分为二地从脑门开始向下剪着。他整个人在那把剪刀的动作中变成了两半，一半坐在天车上，另一半在半空中飞着。那些阿拉伯数字像一群媚气的小女人围绕着他飞翔的那一半身体，翩翩起舞。

剪刀“咔咔”的声音变得巨大起来，剪刀也变得庞大起来。“咔咔”向着那些钢筋混凝土结构的厂房冲过去，“咔咔”的动作着。那些网状的钢架结构的屋顶在渐渐地明亮起来，露出一片天空，一片五颜六色的天空，一片色彩绚烂的天空。他飞翔的那一半身体，开始飞上去，就像教堂穹顶上的画面。就在这个时候，一只嗜血的夜鸟扇动着巨大的翅膀，俯冲下来，把飞翔的那一半身体吃进肚子里。天空消失了。黑暗，天空仍旧被凝重的黑暗黏滞着。剪刀试着剪了几下，丝毫无损。一道白光闪过，只听“当”的一声，剪刀被击落在地，扎在钢筋混凝土的地面上，竖立者，像一个巨人。那些阿拉伯数字也像一群小妖精散落在地面上，垂头丧气地耷拉着脑袋。竖立的剪刀像一个墓碑。

下面干活的那些工人惊呆了，跑过来几个愣头青，推着，拉着，拽着，剪刀岿然不动。“小鼻涕”开始喊着“天车……天车……把这个怪东西吊起来。”

坐在天车里的另一半朱河开动天车，把钩头放下去，“小鼻涕”挂上钢丝绳，朱河开始起钩，只见那把剪刀就像生了根似的，朱河把手柄给到最大一档，才从地里面把它拔出来，竟然是血淋淋的。那些阿拉伯数字看着血淋淋的剪刀，嘤嘤地哭泣着……

“天车……天车……”是“小鼻涕”的喊声。

朱河从梦中惊醒，眨了几下生涩的眼皮，身体还有些疼，心里空空荡荡的。他摸了摸身体，梦，一个诡异的梦。他活动了一下僵直的脖子，看见“小鼻涕”在下面挥着手，喊着，在喊他干活了。他按下送电开关，开始操作起来，但两个眼皮仍旧在上下打架，吧嗒吧嗒的，忽闭忽开。一个工人竟然毛毛愣愣地钻进朱河吊着的一吊十几吨的钢铁下面，他吓出了一身冷汗，整个人马上就精神了。他后怕地看着那个工人，停下车，把头伸出窗外，大声谩骂：“你瞎了啊，没看见我吊的钢开过来吗？再不小心，砸死你个狗日的……”那个工人没敢吭声，“小鼻涕”挥着手，示意朱河别说了，朱河也就不骂了，继续干起来。他困，很困，非常困。这是他胃病后的第二个夜班，身体真的有些熬不住了，酸疼不说，整个身体几乎要散架了。他咬牙坚持着，熬着时间，心里盼望天快亮起来。本来在白天他睡了一觉，但还是不行，就是缺觉。因为胃出血，他在家休息了半个多月，患病的身体在刚刚痊愈后，仍旧显得虚弱。

三

凌晨两点多钟，朱河正在车上干活，只见老杆子大声地喊着，咋咋呼呼的。他没搭理，还在扳动着手柄干活。没想到老杆子拉了几个下面干活的工人，冲到他们休息的小楼上。

怎么了？朱河问着自己。一定是出事了。

出事了！

朱河停下天车，从梯子口跑下去，看见下面干活的人就问：“怎么了？怎么了？”范脖子说：“可能关师傅出事了。”朱河小跑着回到休息室，只见关师傅一动不动地躺在椅子上，面色苍白，像一个死人。老杆子麻爪了，急得团团转，脸上爬上了恐惧的表情。“小鼻涕”和其他工友站在旁边，大眼瞪小眼不敢说话。朱河问：“怎么回事？关师傅这是咋了？”老杆子说：“我在喝水的时候，突然关师傅扑腾一声，就栽倒在椅子上，我喊他他也不吭声。”朱河看了看关师傅说：“赶快送医院吧。”老杆子怕担事的样子说：“要不要先通知大班主任？”朱河瞪着眼睛说："要通知赶快通知啊，还傻愣着干什么。"老杆子战战兢兢去打电话。没想到，领导那边也推诿着，很怕担责任。朱河气愤地说："操他妈的，不用管他们，我们先把关师傅送医院吧。"他说着，看了看周围的人，一眼瞄到了"小鼻涕"，他说："'小鼻涕'，你不是有手机嘛，赶快挂120，叫医院来车，我们赶紧把关师傅抬到厂门口。大家都别站着，把门板摘下来，把关师傅放上去。"在朱河带领下，大家动起手来，轻手轻脚的，像是很怕惊动熟睡了似的关师傅。有人小声地说着，"关师傅也是的，厂子让内退就退了，这么大岁数，还在厂子里靠着干什么？"另一个人说："内退要少挣很多钱，一个月少一千多块钱，再说，关师傅那个不省心的儿子，他能退吗？毕竟企业的钱好挣一些。""小鼻涕"竟然没给医院打电话，他眼睛瞪着朱河。朱河问："怎么了？""小鼻涕"说："我害怕。""怕个鸟啊？现在人都要死了，你怕个鸟啊！""120来了，厂里会以为发生了大事，将来的责任我担不起。"朱河说："我操你妈，将来有事我担着。"朱河嚷嚷着，"大家听好了，将来厂子怪罪下来，我朱河担着，现在你们给我把关师傅抬到厂门口。"

大班主任苟二走进来，大家散开。苟二说，不能打120。朱河眼睛血红地说："怎么不能？""打了，公司知道了，这个月我们的安全奖就全没了。"朱河想骂人，还是尽力控制着说："那你说怎么办？要是关师傅死在了厂里更是大事。"苟二看着关师傅说："大家还是抬着，把他送到医院去吧。"他指了指"小鼻涕"他们说："你们留下四个人，还有朱河，你们去，剩下的人继续回去干活，不能耽误生产。"朱河瞪着苟二说："医院那么远，总得拿些打车的钱吧？我的钱都在澡堂子里了。"大家你看我，我看你，都说，我的也是。老杆子颤抖着，从衣兜里拿出一百块钱说："我这有一百，这事毕竟发生在厂里，到时候大家作证，要给我报销。"朱河抓过钱说："都什么时候了，你还这样抠抠戚戚的。"几个人抬着关师傅，像急行军般冲出厂房，冲进黑暗中。

天空上，星星们像一个个小洞，无法窥视到天空后面的任何东西。

路过厂区一个凉亭的时候，只见里面的水泥圆桌上，两个人影叠在一起，发出春天的叫声。

……

十一

四月快结束了，天渐渐热起来。朱河被带到派出所，铐到暖气管上。好像很多警察都这么干，电视里、电影里，也不知道是谁模仿谁。朱河蹲在那里，坐不下，也站不起来。那个带他回来的警察拿起桌上的水杯，大口喝着水。朱河觉得喉咙干了，他咽了口唾沫，更加干了，又咽了口唾沫，感觉身体里的水分都随着喉咙蒸发了。他盯着警察手里的水杯，看见水从警察的嘴角流淌出来。朱河的舌尖在口腔里跳着，它仿佛在喊叫着，渴，我渴。他呼吸着空气，渴望从空气中呼吸到一丝的湿润，可是，空气也是干燥的。他感觉到嗓子眼里有些咸。他紧闭着嘴，忍着。

派出所里进进出出的人很多，也有刚被押回来的，被带到另一个房间。朱河似乎听到打骂的声音，他警惕着，汗毛簌簌。他看见窗台上一盆蔷薇花鲜艳地开着，翕动一下鼻子，竟然嗅到了，嗅到了香味，是的，香味。他还看到花茎上尖尖的刺，向上生长着，仿佛要刺破空气。在花茎中间竟然有一张小小的蜘蛛网，上面有一个黑点，朱河相信那是一只蜘蛛。让他惊呆的是，一只麻雀蹲在窗台上，突然，麻雀飞起来，尖尖的喙啄向蜘蛛，然后像射出的箭般蹿上天空。朱河张大嘴，看着麻雀消失不见了，在他撤回目光的时候，看见一个人从窗外经过，好像是从别的屋子出来的。

那个人竟然是刀手！

只见刀手腆着胸脯，西装笔挺的，头发往后背着，脚上的皮鞋锃明瓦亮。

朱河禁不住喊："刀手……"

只见刀手向这边看了看，没看到朱河，因为朱河蹲在地上。朱河又喊了一声。刀手走过来，向窗户里张望，终于看到了朱河。这时警察呵斥道："喊什么喊？！"朱河闭上嘴，看到刀手站在窗外，那目光就像见到了兄弟，久违的兄弟。朱河只觉得眼窝一热，鼻子一酸。

"朱河……"刀手激动地喊着。

朱河看了看警察，没敢答声。

刀手走进来，和警察打招呼，看上去好像是老熟人了。警察指了指朱河问："你认识这个人啊？"

刀手说："开书店的时候，认识的一个哥们。怎么？他犯了什么事吗？"

警察说："他把他们轧钢厂的厂长打了，人家报案了，我们只好……其实这样的事我们也不想管，但是那个厂长的电话打到上面了……"

刀手给警察递了支烟，点着，然后走到朱河的身边，转身对警察说："能不能把手铐打开？这样太难受了。"

警察说："看你的面子，我只能把他从暖气管子上解开，但还得铐着。"

朱河从地上站起来，两条腿酸麻酸麻的，他蹬了两下腿，看着刀手问："你怎么也来这里了？我看你那个书屋关了，你还挺能整的，什么精神已死，书屋关闭。我还以为你离开青草湖镇了呢。没想到你又出现了，我们却在这个地方见面了。"

刀手笑了笑说："难道精神没死吗？现在谁还看书，书现在是什么？是垃圾。"他说话仍旧是那么激愤，这是朱河喜欢的。刀手继续说："既然精神死了，我只好另谋出路了，总不能饿死吧？再说了，我又不是像尼采说的那样的超人，我要活着。经过思考，我想，现在人们更多沉迷于肉体的享乐，不是吗？所以，现在我贩卖肉。”

朱河愣了，看着刀手。他想，刀手就是这么聪明的人，也是一个极端的人，在思考中能顺应时代。可是，他朱河还做不到，他还是喜欢意气用事，做事还像一个孩子。

刀手问了朱河怎么回事，对朱河说：“这里的警察我都认识，看能不能通融一下，要是罚款的话，我能帮着交上。”刀手转身走到警察跟前，说了他的意思。可是警察说：“他们厂长说了，一定要他进去，你也不想想，一个厂长会缺钱吗？”

刀手有些沮丧地说：“那就没有别的办法吗？”

警察说：“现在是比关系，不是钱的问题，你知道吗？”

刀手无话可说了。

刀手对朱河说：“没什么，不就是进去待几天嘛，到时候哥哥开车去接你，让你风风光光地出来。”

朱河说：“谢谢，你就不用操心了，没事，我还没在里面呆过呢，正好进去体验一下。”这一刻，他想到了牢房、囚徒、光头、罪人……

刀手看了看手表说：“兄弟，我还有事，先走了。改天等你出来，哥哥一定让你开开荤，哥哥那里的女人有的是。”

朱河看着刀手的背影，感觉到一丝安慰，一丝坚硬。他还不想改变自己。

朱河问警察：“什么时候送我去看守所啊？”

警察说：“你小子还着急了啊？”

朱河笑了笑说：“是有点儿着急了。”

警察说：“还没遇到过你这样的呢。”

朱河说：“其实，我一直感觉我都是囚犯，只是地方不一样，但我更想去真正的牢房里体验一下。”

警察用异样的目光看着朱河说：“你小子有病，而且病得不轻。”

朱河嘿嘿地笑了。

这时候进来几个警察，他们气喘吁吁的，看上去十分疲惫，一进屋就找水喝，还一边骂道：“他妈的，让一个疯子折腾了半天。”

看押朱河的警察问：“怎么回事？”

“一个疯子不知道从什么地方弄了一包雷管，爬到轧钢厂的厂房顶上，说要炸了轧钢厂。这个疯子已经折腾我们好几回了，他每次要去炸轧钢厂的时候，都给我们打电话，我们只好过去……”

朱河相信他们说的那个疯子一定是王来喜。

一个刚喝完水的警察看到朱河，问：“看什么看，赶快给我蹲下！你是怎么进来的？”

朱河犹豫了一下，蹲在地上。

看押朱河的警察说：“他也是轧钢厂的，这小子打了厂长，而且上面有话，要让他进去待几天，是那个厂长的意思。”

“轧钢厂的事真多，我看那个厂长不是什么好东西。我家的一个亲戚也是轧钢厂的，几天前在上班的时候犯病了，现在死了，厂方说连工伤都不算。真他妈的！”

十二

傍晚的时候，光线迷迷蒙蒙照在朱河的脸上。从光线中走出来一个人，她是小妖。

小妖把朱河从派出所里领出来。她看上去仿佛变了一个人，穿着一身合体的牛仔装，看上去那么安静肃穆，甚至还透着一丝雅致和忧伤。小妖的形象让朱河有一种早晨呼吸新鲜空气的感觉。两个人走出派出所，小妖竟然一下子挽住了朱河的胳膊。朱河动了一下，没有挣脱。

小妖说：“是‘小鼻涕’给我打了电话，才知道你出事了，你怎么这么傻啊？！”

朱河争辩说：“你不知道当时的情况，不然你也会那么做的，是人都会那么做。”

小妖说：“那也不能打人，何况还是厂长。”朱河说：“厂长怎么了？厂长就不能打了吗？”

小妖说：“我不跟你争辩这个问题，现在我把你弄出来了，你好好在轧钢厂干吧。”

朱河说：“你什么意思？是让我感谢你吗？”

小妖说：“我不是那个意思。”

朱河说：“那你什么意思？”

小妖沉默了一会儿说：“我喜欢上你了。”

朱河就像被雷电击了一下，怔怔地站住了。他仔细打量着小妖，目光就像是一支画笔，在小妖的身上一下下地描着。他还想说什么，但没有说。

两个人走到青草湖边的时候，朱河突然说：“你是说你喜欢上一个轧钢厂开天车的笨蛋吗？”

小妖说：“不是笨蛋，是坏蛋。”

回到轧钢厂后，朱河几乎一声不吭。每天除了工作，剩下的时候，他都躲在天车里看书，或者睡觉。他越来越把生活分得很清楚，轧钢厂的生存生活和个人的精神生活。

有一天，小妖打电话让他参加天车比武大赛，他对小妖说，不想参加。小妖说：“这是一个机会，也许你以后就不用开天车了，换一个别的什么工作。你就去参加吧。”朱河妥协了。

在天车比武的那天，来了很多人。轮到朱河上车比试的时候，他慢慢地走上梯子，站在梯子口，等着车上的选手下来。站在二十几米的梯子上，朱河看着下面。人群中，他竟然恍惚看到了关师傅的影子，心里咯噔一下，只觉得一阵眩晕，整个人像大鸟一般从高空坠落下来……

医院病房内，小妖红肿着眼睛，看着人事不省的朱河。除了呼吸，他现在只是一个靠药物维持的肉体。他的灵魂好像出门旅游去了。

小妖的心被咯得狠狠地疼了一下，又疼了一下，眼泪从她白皙晶莹的脸上滑落。她看着网状的输液管子，长长地叹息了一声，伸过手，虽然她的手在颤抖，很绵软，但她还是下狠心，揪掉了那些管子。

病房内，静静的，静静的……

小妖的目光从朱河身上，延伸着爬向窗外，向更高的天空爬去，就仿佛天空中有一架梯子。

（原载于《中国冶金文学》2011年第1期）

「作者简介」

鬼金，原名刘政波，1974年生，辽宁本溪人。1994年进入本溪市某钢厂工作。工作之余创作诗歌与小说。2008年开始中短篇小说写作。小说作品曾在《花城》《十月》《上海文学》《小说界》《山花》《青年文学》《大家》等杂志发表。出版小说集《紊乱的火焰》《用眼泪作成狮子的纵发》《长在天上的树》，以及长篇小说《我的乌托邦》等。曾荣获“第九届《上海文学》奖”“辽宁省文学奖”等奖项。

「作品导读」

鬼金曾说：人生于这个宇宙，终究是“囚徒”。鬼金在钢厂工作的时间太久，他非常熟悉钢厂工人在现代社会变迁中的命运。他的“轧钢厂系列小说”中的核心人物朱河就带有他自身的影子。在相关作品中，鬼金对轧钢厂内部领导的官僚主义作风、工厂对待工人所采用的机械化管理方式进行了无情的批判；同时也对在市场经济下，钢厂工人窘迫的生存境遇表示了同情。

中篇小说《轧钢厂的囚徒》一共有12章，在这部作品中，鬼金向读者讲述了主人公朱河在社会转型期，其在工厂内部遭遇到的不公正待遇，展示了一个有思想的青年工人无端陷入人生困境的悲剧。轧钢厂非人道的管理制度、工厂领导者对工人生命尊严的漠视，将青年工人朱河的梦想捏得粉碎。在那样的一个轧钢厂里，工人们只是“轧钢厂的囚徒”，是一群被生产环境所束缚的生命。在市场经济时代，利益至上的生存发展之道，不断地异化着工厂管理者与生产者的关系，也在不断异化着人与人之间的关系。对于这群小人物而言，生存是如此之难，就连死也是那般的不堪。关师傅的死让所有小人物看到了弱小生命的不堪与苦涩。

这是一部极具现实感的作品，小说的线索清晰，人物形象塑造鲜明，作者对朱河这个人物形象的拿捏非常精准，特别是在处理其与小妖的关系问题上。另外，作品中出现的几处梦境描写，具有极强的寓意。

短篇小说

丹凤眼

——谈天说地之二

·陈建功

都说北京女的比男的多，可京西不少的小伙子就是搞不着对象。

怎么，他们都没个模样儿，歪瓜裂枣似的？要不，就是不争气，都是吃饱混天黑的主儿？错啦。不信你就去看看。出了三家店，漂亮小伙儿有的是！身高膀圆的，眉清目秀的，拨拉脑袋就是一个！这里面，有劳动模范，有革新能手，也有吹拉弹唱，样样精通的。要是在北京城里，也能把姑娘们迷得魂飞神散呢。可他们是在京西，他们是井下挖煤的，是矿工。这就糟啦！姑娘们一听说干的是这一行，十有八九皱眉头，哪怕面前站的是十全十美的小伙子，回答也是两个字："不成！"

就因为这个，矿区的小伙子们搞对象不知碰了多少钉子。一来二去的，有的小伙子开始恨上身上这件工作服了，变着法儿也得把上面印着的"××矿"这几个字给抹了——走大街上怕人笑话，寒碜呀。有的小伙子还总结出一条"恋爱经验"："先不能让她知道你是矿工，等把她'俘虏'了，再亮'番号'！"于是就有那么一位，在城里的一次舞会上认识了一位姑娘。人家问他在哪儿工作，你猜他回答什么？他说："在黑色冶金粉末研究所工作。"多妙！……这笑话多啦。我可不敢再说了，京西的小伙子得向我提抗议：别净糟践我们！京西净是这号自轻自贱的人？有血气的小伙子也有的是！

没错儿！有血气的小伙子有的是。"人家看不起咱，咱自己还看不起自己？挖煤怎么了？比别人矮半截儿？就欠给他们来次'能源危机'，都把咱矿工当宝贝了！"说这话的，是燕南煤矿的采煤工辛小亮。他最容不得别人说他干的这一行不好。据说有一回有几个姑娘下井参观，领她们下来的工会干事一边走，一边抱歉似的说井下条件如何如何不好，让她们留神。辛小亮听不入耳了，说："这儿又不是万寿山，不怕崴了西太后的脚！"把那位伙计憋了个大红脸。工友们笑他说："你呀，甭想得人家姑娘的欢心，就抱着井下这些风锤电钻的过一辈子吧！"可不，别人给他介绍了四五回对象，全是第一面就吹了。至于人家一听说是矿工，连面都不见的，那就没数啦。辛小亮呢，挺挺儿地戳在那儿，还是个一米八的大汉！甚至比从前越发骄傲，越发牛气起来了！特别是见了姑娘们，眼皮抬都不抬。食堂里卖饭的姑娘们，矿灯房里发灯的姑娘们，没有不怕他的。他太损呀。到开饭时间了，你窗口晚开了一步，他就在外面敲开盆儿了："卖饭呗！卖饭呗！……真他妈白吃饱儿！矿上养着你们干什么！干不了趁早回家抱孩子去！……"从井下出来，矿灯房的姑娘收他的灯，常来常往的，有时冲他笑笑。他反倒瞪人家："谁跟你笑，瞅你漂亮？！"一句话能把小姑娘噎出眼泪……这还不算什么。最气人的是，他给矿上的姑娘们起了不少"雅号"。这家伙聪明，外号一起就准。食堂卖炒菜的姑娘老板着脸，斜着眼睛翻人，他背后管人家叫"憎恨"；卖馒头的姑娘新近把头发烫成了"大花"，他就管人家叫"花卷儿"；四号卖饭窗口的姑娘其实是很漂亮的一位，特别是那双眼睛，水汪汪的，眼角微微向额上翘着，标准、美丽的丹凤眼，这位辛小亮倒好，偷偷叫人家"吊眼儿"……食堂的姑娘们早有耳闻，气得咒他"找一个丑八怪"！这可咒不着他，反正他是决心打一辈子光棍儿啦。其实小伙子漂亮，乱蓬蓬的刺儿头下面一副白净的方脸庞，老爱眨巴着眼睛高声说笑，潇洒又粗犷。他干活儿不惜力不说，拿起什么活计都有点机灵劲儿。要是不犯"嘎"，怎么也能交上女朋友的。谁知别人介绍了好几个，他死活不肯去见面了。这可把他妈急坏了。就这么一个宝贝儿子，眼瞅着连孙子也抱不上了。每次介绍人登门，总让辛小亮给噎走。他妈不知为这跟他抹过多少回眼泪，生过多少回气。有一回，他烦了："妈，您别说啦，我这耳朵都起茧子了！我去见一面还不行！"他妈说："你早明白一点，我给你准备八抬大轿！"他说："那我可跟人家来实在的。"他妈说："我让你拐骗人去了？"得，他这"实在的"可真够"实在"啦。一见面，女方说："听说你在矿上工作？"他说："是啊。"女方又问："下井吗？"他说："当然下井。"女方下一句话还遮遮掩掩的哪："那……现在井下安全搞得不错了吧？"这位辛小亮倒好，嘎劲儿上来啦："不安全。净死人！我们矿上，净是寡妇！"这不是胡说八道吗！可他这招儿真灵，不但对象吹了，打这以后，介绍人也不大上门儿了。他妈不更抓耳挠腮了？有什么办法！整天找茬儿跟那个退休的老伴儿生气："就知道喝茶喝茶，找那些糟老头子'敲三家儿''拱猪'……儿子的事你就屁也不放一个！还像个当爹的？……"辛师傅过去也是个老走窑的，少不了那份幽默劲儿："那你说咋办吧。我这就准备绳子。你指点着，相中哪一位了，后半晌我给你捆一个回来……"

辛大妈心急火燎，见了家属区里"他婶""他姨"的，少不了唠叨儿子的"对象问题"。这嘴皮子是不会白磨的。这不，这天傍晚，热心肠的乔奶奶又上门儿啦。

乔奶奶住柳花台家属区，离工人新村好几里地远，一双"白薯脚"（雅称"解放脚"）一颠一颠地赶来也真不易。辛大妈见乔奶奶一身新，心里就明白了几分，高高兴兴地招呼她进里屋喝茶。两个老太太在里面嘀咕了好一会儿，然后把辛小亮叫进来了。

“小亮，乔奶奶特意为你的事跑来一趟。我听着，那姑娘挺不错……”

“哪儿的呀？”辛小亮举起双掌，按住两边的眼窝，使劲儿揉着，又上上下下在脸上搓了好几把，撇嘴笑着，那样子活像开始犯困了。

乔奶奶说：“那姑娘过去在京棉三厂。这不，家里只剩一个老母亲了。调回矿上上班，照顾她妈。现今在食堂卖饭哪……”

“哦。倒近。”辛小亮还是一副睡眼迷瞪的样子。辛大妈恨不得过去给他一条帚疙瘩。

乔奶奶笑了：“近还不说。那姑娘真不赖呢。听说在食堂得算顶漂亮的。双眼皮儿，细皮嫩肉……”

“得，得，谢谢您了！”辛小亮耷下眼皮，摆手把乔奶奶的话截住了。“乔奶奶，您快别说了。老远的，您跑这一趟也不易……真对不起您，我得扫您的兴了。我呀，您就找那些猪不吃、狗不啃、姥姥不疼、舅舅不爱的主儿介绍给我得嘞。您说的这位，咱消受不起。那是给矿上的小科长们啊、写材料的小白脸儿们啊、头头脑脑的儿子们啊预备的。咱可没那个福分……”

“你还不知道是谁，就……就把人家回啦？！”辛大妈火了。

“甭问。问也白搭。人家肯定看不起咱们。咱也不高攀人家。一见面准崩。让乔奶奶再白受累，咱也不落忍……”说着，他站起来，冲乔奶奶笑笑，走了。

“瞧我这孩子！瞧我这孩子！……”辛大妈气得直哆嗦，不知道该说些什么好。

“没啥！没啥！搞对象嘛，还不得由着他们？谁不得挑个可心的！强扭的瓜不甜……”乔奶奶是个开通人，咯咯笑着，深一脚，浅一脚地走了。话是这么说，她这一路可犯愁啦，回去怎么回女方的话呀。姑娘是她老邻居孟家的闺女孟蓓，二十四岁了。前儿个，孟家老太太托她给闺女张罗，她一口应承下来了：“行，行啊大妹子。别人家的闺女咱不敢说，您这姑娘还愁找不着婆家？我包你得个满意的姑爷！”谁承想，第一个，就撞上了辛家那么一个嘎小子！怎么跟孟老太太说呢。说辛小亮连名儿也不打听，就一口回绝了？那可太伤面子了。人家闺女那么漂亮，漂亮姑娘脸皮子全薄啊……乔奶奶到底是乔奶奶，来到孟家，倒也没什么为难的了。她告诉孟老太太那小伙子并不合适，个头儿不高，脸庞儿也不精神，和孟蓓站一块儿不般配！“赶明儿我给您找个合适的！把咱家小蓓介绍给那个辛小亮，太亏！闹不好，见第一面下来，咱小蓓就得气得背过气去！”三言两语，把孟老太太说得乐散了架儿，既开心，又熨帖。等闺女下班回来还当笑话唠叨个没完。没想到闺女听了，却撇了嘴，气哼哼地把手里的茶杯往桌上一推，说：“都是您都是您！多管闲事！”闹得孟老太太忽然摸不着头脑了。以前，她也给闺女张罗过，虽说闺女也不乐意让她管，可从来也没发过这么大的火呀。

孟蓓回到自己屋里，也奇怪刚才为什么要发那么大的火。慢慢地，她明白了，自己是在生辛小亮的气。俗话说，吊眼的姑娘难斗。这话不好听，可有点儿道理——丹凤眼的孟蓓确实不是那么好糊弄的！听妈妈一讲，她就明白乔奶奶在瞎说。辛小亮，她太认识啦！个头儿绝不低，脸庞儿绝不难看。哼，那家伙肯定说出了什么难听的话，乔奶奶回来不好一五一十地转达，找个话茬儿搪塞罢啦。她哪想到，孟蓓还没调回来时，就见过这位辛小亮。岂止见过，他肚子里憋什么坏水，对姑娘们抱什么态度，她都知道！

那是去年春节前，她从城里坐火车回矿，陪妈妈过节。车还没从永定门站开出的时候，她就听见靠背那边的座位上，两个小伙子在聊天。和自己一板之隔坐着的，是个高声大嗓的大块头，坐在椅子上很不老实。聊得高兴了，爽性用膀子一下一下地撞靠背，好像浑身有劲儿没处使。有时，他仰面大笑，把那支楞着又粗又硬头发的后脑勺倒过来，头发触到孟蓓的头上，气得她躲了好几回。他对面坐着的一位，是个“活宝”，岁数小，声音细，不断和自己的朋友开玩笑。开始，孟蓓倒不注意他们聊些什么，只听他们讲什么“到北京钓鱼”啦，“鱼没钓着，惹一肚子气”啦。孟蓓心里奇怪：“大冬天的，到北京钓什么鱼！”听着听着，她捂着嘴偷偷笑了：什么“钓鱼”啊！敢情这是矿工的“行话”，说的是“交女朋友”！孟蓓倒是从小在矿区长大的，还没听过这么个讲法儿哪！再听下去，那粗声大嗓的小伙子在讲“钓鱼”的经过。那个“活宝”呢，不时地插科打诨，逗他。他们的话，惹得孟蓓好几次险些笑出声儿来。有一次，她实在忍不住了，装做取开水，跑到车厢间的过道儿里，笑了好一会儿！——

“瞧瞧，为这么一趟，我妈忙活得骨头都酥啦！逼我穿上这么一身不说，还教我哪：到了北京，别露怯，显出咱没见过世面。记着，人家爸爸是煤炭部的干部，你可别叫人家‘大爷’。得按城里的规矩，叫‘伯父’……”

“嘻嘻……”大概是“大块头”学他妈的口气学得太像了，“活宝”笑起来：“结果怎么样？一进人家门，舌头就转筋了吧？”

“瞧你，咱窑工让人瞧不起，可并不是武大郎卖豆腐，人尿货软！到了她家，咱也不卑不亢，人模狗样的哪！”

“得得得，牛气不小，怎么灰溜溜回来了？”

“灰溜溜？告诉你，别说她长那模样儿咱不待见，就是天仙似的，我也不要！”

“狐狸吃不着葡萄，说葡萄是酸的。”

“烂葡萄！哼，见一面不要紧，得做几天噩梦，折我十年寿！……八成是城里找不着人家了，处理给我啦。可她家老头儿老太太还觉着便宜了我这个傻小子哪！亏那老头子还是煤炭部的，把咱窑哥们儿挤兑得够呛。说什么‘过了三家店，家雀儿都是黑的’。还说‘你样样都好，就是工种不好’。又吹！说马上要想法子把我调出井下……把我气得鼓鼓儿的，心说：你们倒样样都好。就是心眼儿不好！良心大大地坏了！要不碍着介绍人的面子，不损他两句才怪！……”

“对！”“活宝”也不禁义愤填膺了，“老弟上刀山下火海，也得给你奔个大嫂子来。明儿还给他们送喜糖去，气他！”

“算啦，别气我了！我打一辈子光棍也不找啦！……那些女的。没几个不势利的！”

“你还是认熊了！熊！熊！”

“熊？我出气了！临走，趁屋里没人，顺手把身边的暖气给他关了！把旋钮摘下来，出门又扔回他家报箱了！别看你是煤炭部的，冻一宿吧！……”

“哈哈……”

两个人又笑起来。座位的靠背又让那个“大块头”撞得“砰砰”响。

就这么着，两个小伙子简直像在说相声，你一言，我一语，聊了一路。孟蓓呢，也偷偷听了一路。她挺爱听，常常忍不住想笑。可有时却又气不过——他们也太伤众了，常把那些轻蔑的话推而广之，对女同志有一种令人不能容忍的偏见。要是在自己工厂里，熟人中间，孟蓓肯定要站起来，唇枪舌剑地回击了。哼，你们男的就那么好？她也可以举出好几例，证明有不少趾高气扬的小伙子，瞧不起她们纺织姑娘呀！想是这么想，她还是蔫蔫儿地靠在那儿听着——甚至靠背被撞得最厉害的时候，她也没有什么抗议的表示。

车到燕南煤矿，孟蓓下车了。没想到他们也在这儿下车。听到有人和他们打招呼，孟蓓一下子就记住啦。那个“一肚子坏水”的“大块头”，叫辛小亮。那“活宝”呢，叫赵涛。

这以后没多久，孟蓓就从城里调到矿上了。辛小亮在矿上是个人人瞩目的人物。他的大名经常在矿上的广播喇叭里被喊出来。超什么纪录呀，战什么险情呀，这就不必说了。就是在工会组织的摔跤比赛场地上，他也是观众们崇拜的勇士。更何况他净在卖饭窗口外喊“白吃饱儿”，孟蓓能不一下子认出他来！

孟蓓是个自尊心极强的姑娘。一瞧见辛小亮，她就想起火车上那一段，心里一直气不过——他太狂了！太看不起女同志了！可她还是原谅了他。谁让姑娘们中间，确实有那种势利眼呢。在矿上时间长了，从女伴们那里听说了好多矿工搞对象的“趣闻”，其中当然也有辛小亮的事，心里对他倒有几分敬畏啦。以至听说自己也被起了外号，她还是微微一笑，只是心里说：“哼，你这就算男子汉啦？也就给人起个外号，出出气。连个知心的人都找不到！”……可这一次，孟蓓是大大生气了。她坐在床上，靠着被子垛，猜想着乔奶奶怎样去辛家，辛小亮怎样冷言冷语。哼，他那一翻一翻的眼皮子怎么动，孟蓓都猜得出来！……这天晚上，辛小亮躺在床上，倒还和往常一样，鼾声如雷。他根本不知道，并且也不想知道自己一口回绝的，是食堂的哪一位姑娘。“真是那么漂亮？她叫什么名字？……”这样的念头他闪都没闪。高高兴兴地去看了一晚上电视，十点钟回来，宽衣上床，进入梦乡。他更不可能想到，几里地以外，柳花台家属区，有个姑娘为了他直到半夜还没睡着。别看她眼角向上翘翘着，嘴角也向上翘翘着，笑模笑样儿的。她在咬嘴唇，小酒窝一跳一跳的——气得够呛呢！

孟蓓这姑娘可不是那么好惹的。别瞧他辛小亮气粗如牛，买饭之前还是敲盆敲碗，没心没肺地捣蛋，孟蓓反正盯上他啦。结果怎么样？没过几天，孟蓓站在窗口里就把辛小亮给治了，治得服服帖帖！你说邪不邪？

第一次，就是辛小亮害得孟蓓半宿没睡着觉的第二天，中午开饭的时候，辛小亮排在四号窗口买米粥和炸糕，巧巧儿赶上卖饭的是孟蓓。

“二两粥，四个炸糕。”辛小亮把大搪瓷碗递进了窗口。

“当……当……”铁勺碰得碗底脆响。二两米粥盛上了。“砰”，放在窗口台儿上，热腾腾的米粥一涌，险些溢出来。

“拿着！”四个炸糕捏在孟蓓手里，伸了过来。

辛小亮只拿来一个碗，已经盛上了粥。如果接过炸糕，又怎么腾出手来交饭票？“搁这儿！”他把两根筷子架在粥碗上。

孟蓓眼帘一挑，瞪了他一眼，把炸糕往两根筷子中间重重一搁。筷子“啷当”滚下粥碗，四个炸糕一下掉进了粥里。

“啧啧啧，怎么搞的，你怎么搞的！……”辛小亮急得把脑袋伸进了窗口，用嘴吮着稀粥漫出的碗沿儿，烫得他不时吸嘘着。

“你干什么吃的！……我不要了！不吃了！……这叫炸糕吗？成元宵了！……”辛小亮气得喊起来，“退你吧，我不要了！”

看着他那狼狈样儿，孟蓓扑哧一声笑了，又抿起嘴，丹凤眼里闪着开心的光：“得啦得啦，凑合吃吧，下次多拿个碗来……”

“真是白吃饱儿！连个炸糕都不会放！我不要了！……”辛小亮还是怒气冲冲地喊着。

孟蓓呢，眼角也像在笑，嘴角也像在笑，还是轻轻的声音：“谁让你用的是圆筷子。要用方筷子，也接住啦……吃吧，去吃吧，吃到肚子里还不一样了？……”

唉，再发火，有什么意思呢。辛小亮气得咽下一口唾沫，端着“粥泡炸糕”，走了。

食堂就那么几个窗口，卖饭的也就那么几个姑娘。想买饭，又不想碰上哪一位，这是不可能的。何况辛小亮根本没想到孟蓓会成心治他。这么着，在窗口遇见，可不止这一次啦，孟蓓对辛小亮的怨气，这一次也没出够哪。得，这以后，辛小亮只要买饭撞上孟蓓，不是豆腐脑里多搁了卤，咸得没法儿下嘴，就是要吃白菜，她给盛了西红柿，进了饭碗，不端走还不行。有时候，辛小亮是哑巴吃黄连，有苦难言；有时候呢，站在窗口，七窍生烟地嚷嚷一通。可气的是，孟蓓还是第一次那个劲儿，不跟你发火，反倒挺得意，笑模笑样儿，细声细气的。辛小亮还是只好一走了事。

辛小亮哪受过这个呀！三次两次，他坐到饭桌前嘀咕开啦："我怎么她了？她干吗净跟我过不去！……"

"你净喊人家'白吃饱儿'，又叫人家'吊眼儿'，不治你才怪！"赵涛——就是孟蓓在火车上也见过的那个"活宝"，眨巴眨巴眼搭话了。

"可前几天还挺顺的哪，怎么……"辛小亮还是丈二金刚摸不着头脑。

"行啦行啦，包在我身上。'情报局长'给你调查调查去。"别看赵涛人不大，猴精猴精的，几十里矿区，几乎没有他不认识的人，没有他没去过的地方。自封"情报局长"，是当之无愧的。

果不其然，两天以后，赵涛的"情报"回来啦。

"你得罪人家了。"他绷着脸，神色严肃地说。

"狗屁！我看都没多看她一眼！"

"嘿嘿，就为这个！……是俱乐部老杨头儿告诉我的，你把人家晾啦！……"

天哪！辛小亮一下子明白了。俱乐部老杨头儿就是乔奶奶的老伴儿。敢情乔奶奶那次要给他说合的"食堂最漂亮的姑娘"，就是孟蓓！哈哈，自己当初连个名字都没问，现在才知道！他拍拍脑门儿，嘿嘿笑起来，捶了赵涛一拳，把坐椅晃得"吱吱"响。可慢慢的，他不笑啦，心里总有点疙疙瘩瘩的，一肚子心事。说实在的，这也是个聪明小伙儿。他寻思着，我那就得罪她了？至于吗？我当时说啥来的？说啥了？哦，——我说她"是给小科长、写材料的小白脸儿、头头脑脑儿的儿子预备的"。是为了这句话？不，乔奶奶不会把这话传给她呀！哦，是因为说了"人家看不起咱，咱也不高攀人家"？……总之，辛小亮心乱啦。"敢情是为了这，得罪她了？那怎么才算不得罪她？"他想这些的时候，眼前闪出一个卖饭窗口，里面有孟蓓那含嗔带怪的眼梢嘴角，又有孟蓓"治"了他以后那得意的笑……这里面，好像都包含着一种难以言传的深意啊！

小伙子们哪，你们谁也别夸口自己有"坐怀不乱"之勇，看看你们的血性男子汉辛小亮吧，当他从疑惑中恍然大悟，又渐渐品出一点儿味来的时候，竟也忘了自己所固守的对女同志的偏见，从吃"粥泡炸糕"开始，回味起每一次被"整治"的细节来了。虽说只有那么三两次，却被他反复咀嚼。他骂了自己多少遍"没出息"也没用……

这天，他又去四号窗口买馄饨。看见孟蓓在窗口里面，隔着五六个人，他的心就开始怦怦跳了。他要了二两馄饨。虽然还是装出平常那种不经意的样子，眼睛却偷偷瞟着窗口里那颀长的身影。雪白的工作服很合体，衬出那圆圆的肩头。松润的鬓发被身边电扇的风吹得飘飘忽忽，有一绺搭在她上翘的眼角上，她抬起右臂弯，灵巧地向上一抹，然后把手里的铁勺一挥，"当"，馄饨盛在左手的搪瓷碗里。

“两毛五，二两。”她和以往一样，重重地把碗放在窗口台上，眼睛毫不躲藏地盯着辛小亮，紧抿着小嘴，下唇轻轻地一努一努。

辛小亮慌慌张张地找出三毛钱饭票。她接过来，找回五张“一分”，往窗台上一扔。“呼”，电扇吹来一股风，把三张饭票吹进了辛小亮的馄饨碗里。“哎呀！”她肩膀一耸，眼睛一闪，作了个怪样，又噗嗤一声笑了。脸红红的，伸手把饭票拈出来。“不脏，不脏！……”她的眼睛还是大胆地朝小亮望着，“你骂我吧！”那眼睛好像在祈求。“你才不会骂呢！”那眼睛又有几分得意。

要是以往，辛小亮不又得暴跳如雷才怪！可现在……

“唉，也就是赶上你了！”辛小亮瞪着她，做出一副无可奈何的样子，苦笑着接过换给他的干净饭票，端起了饭盆。

身后，传来那姑娘的笑声，这是从心里冲出来的笑。吃馄饨的时候，他几次把勺子送到鼻尖上，心里又暗骂起自己“没出息”来啦！

这往后，辛小亮真的“没出息”啦。排队买饭，不喊了，不闹了，老实得像根木桩子。赶上孟蓓卖饭，一站进队，脸就红。这些，瞒谁也瞒不过赵涛——他老跟在他后面呀。得，这小家伙故意用话撩拨他啦：“小亮，怎么如今老实了？不喊‘白吃饱儿’了？”“你没喝酒啊，脸红什么？”……到了饭桌上，赵涛更少不了拿他开心了。小亮端起了粥盆，赵涛问“香不香”；小亮摘下帽子，赵涛问“热了吧”；小亮吃完了，赵涛指着盆底儿说：“还不刮干净点儿，多香甜的棒子面儿呀！”……辛小亮把他推一边去了：“滚滚滚。”赵涛还有“杀手锏”哪：“怎么，过河拆桥啦？你还有用得着我‘情报局长’的时候！……”

可不是！这天上早班，汽笛快响的时候，赵涛来了，兴冲冲地跳进小亮坐的人行车里，得意洋洋地说有“最新情报”，然后，忍不住举起手里的镐把儿，往小亮的玻璃钢帽盔上敲：“太开心啦！太开心啦！……‘吊眼儿’……哈哈，真妙！……”往常，赵涛有了那么一点点关于孟蓓的“情报”，且卖关子呢，非憋得辛小亮心痒难熬才说出来。可今天，他根本没心思卖关子啦：“这是第一号‘情报’，第一号！”

“得得得，今晚夜宵店不开门啊。”——赵涛平常净拿孟蓓的一颦一笑当“情报”，拉小亮去夜宵店敲竹杠。

“我请客！”赵涛举手打了个响榧。“孟蓓给胡连国来了个大窝脖儿！……你当只是你的胜利？这是咱窑哥们儿的胜利！”

胡连国是劳资科长胡玉通的儿子，本来和小亮他们一样，是燕南矿的井下工人。可他爸爸让他“支援”了燕北矿。一换了单位，就成了科室干部，不再下井啦。兄弟矿嘛，劳资科也互相协作得不赖。

胡连国追孟蓓了？辛小亮还是第一次听说。

“他托膳食科的一位副科长去说合。还说矿长办公室的打字员考上大学走了，正要补一个。透出那口风不说你也明白啦！……你猜孟蓓怎么回答？你猜不着！”

“还不美得屁颠屁颠儿的。”辛小亮说。

“去去去！”赵涛一挥手。“人家孟蓓问了一句：‘他爸爸今儿晚上要是咽气了呢？我靠谁去？！’哈哈……”

“呜——”汽笛响了，人行车“咣当咣当”起动了。赵涛凑到小亮耳边，在轰隆隆的巨响里高声喊道：“她还说啦，科长的儿子，又是科室干部，咱可攀不起，要是个井下工人嘛，差不多……这可是重要信号，重要信号啊！”说完，他又向后一躺，双腿掀起老高，开心地笑着。

“真是笨蛋！放着打字员不干，还挺爱卖豆腐脑……放着白脸儿不爱，爱黑脸儿！”辛小亮摆出一副漠不相干的神情，冷冷地笑着。

其实，赵涛早把他琢磨透了：“别猪鼻子插葱，装象了啊！”他捶了小亮一拳，放开喉咙，反复唱着《解放军进行曲》的第一句“向前向前向前”，在奔驰行进的人行车里晃着。

平常下班以后，辛小亮的眼窝里、鼻翼边，总带着黑印儿，这是他在浴室里用十几分钟“结束战斗”的标志。可今天，他足足在喷头下面耗了半个小时，下午回到了家，按惯例，晚饭应该在家吃的。可今天呢，他没魂儿了似的，终于跑到邻居家，给妈妈留下话，说矿上有事，走了。什么事啊？就是到矿上食堂吃晚饭——孟蓓在四号窗口卖饭哪。吃完了晚饭，心神不定地在山谷里转悠了好久，十点多钟，又进食堂吃了一顿夜宵——也就是说，这一天，他吃了四顿饭。食堂要是不关门，恐怕他还得去吃第五顿！害得他妈白白往商店转悠了一下午，买回来那么多好菜，预备着给他过生日！

用赵涛的话来说，自从辛小亮接到了“重要信号”，就有了十大变化。第一，绝口不提“吊眼儿”这个外号了；第二，晚饭也在食堂吃了；第三，专爱买四号窗口的饭；第四，吃饭愣神儿；第五，也不提什么“打一辈子光棍儿”了；第六……赵涛真不愧是“情报局长”，算是把小亮的心思摸透了。“伙计，咱平常挺冲的啊，这会儿还等什么呢！没胆儿就说一声，老弟撕破脸皮，帮你上门问她愿意不愿意！”这话不假。辛小亮平常对女同志要横犯嘎，真到了这节骨眼儿上，什么招儿也没啦。赵涛看着费劲儿，倒比小亮还急三分：“咱矿工搞对象，是‘集体’搞哪！找着一个有眼力的姑娘，不易！”他捋胳膊挽袖子，“反正我是完啦。倒八字的眉毛，绿豆眼儿，又摊上干的这行当，一辈子没人跟！可我小亮哥该有个好爱人啊，多精神的小伙儿，谁看不上他谁瞎了眼！……”这小伙子在井下干了几年，讲起话来总是充大，学老窑工的口气，未免粗俗。可他确有一种为了他小亮哥两肋插刀的侠气。

几天以后，辛小亮休假。这天赵涛也歇了。午饭时，他来得很晚，卖饭窗口前，已经没什么人了。赵涛到四号窗口买了饭，靠在一边，歪着脑袋，对里面的孟蓓说："给你们食堂提个意见，行不？"

孟蓓一看是他，心想："你也是提意见的人？憋什么坏哪！"她说："有意见找科长提去。"

赵涛说："我专给你提的！听说你还得头等奖金呢，我们班的辛小亮病了好几天，想吃点可口的东西都没有！你没见他一天往食堂跑好几趟！"

孟蓓的脸红了："去去去！谁病了都管，就他病了活该！"

"当真？"

"当真当真当真！"孟蓓的声音又甜又脆，"告诉他去吧，活该！"

赵涛端起饭碗，"咳"了一声，装一副丧气样儿，心里却偷偷发笑。三口两口扒完了饭，他又到了辛小亮家。

"辛小亮，今儿下午别出门啊，在家等着，有重要的事。"

"什么事啊？"

"党委书记找你谈话。"

"我？我怎么了？……"

"你好哇！……一会儿就知道啦！"

他穿着白背心，手里摇着脱下的衬衫，风车一样地转着，跑了。他跑进家属区的小酒铺，买了一升啤酒，一碟香肠："哼，今儿要不是他得在那儿等着，非逼他请客不可！"……

且说孟蓓轰出了赵涛，站在卖饭窗口里愣神儿。你可不知道，姑娘们都有一种特殊的敏感，从小伙子的一缕眼神里，也能看出此中的深意。更何况孟蓓这样的，从纺织厂的姑娘堆儿里出来，又精明得不饶人的姑娘！辛小亮心里哪怕打起一个浪花，也逃不过她的眼睛。开始，她多开心哪，降伏了这个狂气的小伙子，出了一口气，真是太棒了！到现在，她忽然明白：天哪，到底谁降伏了谁啊！你为什么老希望他站到你四号窗口的前面？你为什么在"治"了他以后，总后悔自己太泼辣，总在想："人家不讨厌你？"……爱情这东西，真是太神秘了。我敢说，不管是诗人还是心理学家，他们给爱情下的定义远没有真正的生活来得微妙。孟蓓当然深深地爱上了那个"大块头"辛小亮，可到底是从哪一天开始的？她也说不上。也许，是在火车上，第一次见面，听了他那些让人笑破肚皮的谈话之后？……可是刚才，听了赵涛一番话，孟蓓的心里又"骂"上辛小亮啦！她知道赵涛是辛小亮的"哥们儿"。哼，鬼知道是真病假病！真病，找我干什么？想吃可心的东西？回家去呀！……一天往食堂跑好几次，不是心病才怪！……想着想着，她的脸一直红到眉梢，抿嘴儿想乐：这会儿就不充好汉了，还得派个传话的来。我非去给你治治这个"病"不可！

这一下午，辛小亮真听了赵涛的话，老老实实地在家等党委书记啦。听到有人敲门，开门一看，是孟蓓，这才明白赵涛那家伙把自己骗了。当然，这比门口站着党委书记可招人高兴多了。可这……这也太突然了。他心慌意乱，舌头打不过卷儿来。

“……哦，是你！……你，干什么来了？”问完这句话，心里一个劲儿后悔。这样问，太失礼啦。

孟蓓呢，望着他，一笑，不答，坐到椅子上，眼睛在四处打量：“听说你病啦，饭也吃不下，觉也睡不好。是真的吗？……”

“胡说！”虽说辛小亮这两天真的茶饭不思，他才不会嘴软呢，“我睡得香着哪。一天吃一斤六两，活得舒坦着哪！”

孟蓓从鼻子里“哼”了一声，亮晶晶的眸子往他身上一闪：“可是你哥们儿赵涛说的。还把责任推我们食堂的人身上，说是吃得不可心儿啦什么的……说你一天进五六回食堂，还是不可心儿……”孟蓓忍不住从嘴里喷出笑来。

“你听他的？听他的……”他说了半句，把后半句咽下去了。他本想说“听他的两口子都得分家”，又觉得这么说好像有点儿那个，他“呃呃”了两声，什么也说不出来了。

“真的没病？”孟蓓就差过去捶他了。

“我从来没有像现在这样，活得自在，过得滋润！”

该死的！孟蓓气得哭笑不得！过去在纺织厂里听姑娘们议论，到这个份儿上，再硬的小伙子也得露点儿声气儿了，说自己“睡不着觉”啦，“吃不下饭”啦。可他……有什么办法！孟蓓几乎拔腿要走了！哼，过得滋润、自在，一个人过去吧！过一辈子！……姑娘的心还是硬不过小伙子，你信不？这不，孟蓓没走，坐在那儿，挺尴尬，她还是红着脸，东问一句，西扯一句。她心里想，哼，再坐十分钟，你要是还装傻，我就走，再也不理你，看你怎么办！……十分钟到了，她又想：再给你五分钟，该死！……

辛小亮和孟蓓在屋里坐冷板凳。这屋子对面，辛家的小厨房里，可紧张着哪。孟蓓刚进屋没多一会儿，辛大妈就买菜回来了，还从菜市场拽回来一位，就是上回要把孟蓓介绍给小亮的乔奶奶。一路上，辛大妈搀着老太太，千般感谢，万般道歉，骂自己的“犟头”儿子，最后无非还是那句话：请乔奶奶别见怪，再给小亮张罗一个。两位老太太你搀我扶的到了辛家，正待进门，听见里面有姑娘的声音，隔玻璃窗一看，乔奶奶忙把辛大妈拉一边去啦。

“可了不得啦，大妹子！……咱们操的哪门子闲心呀，你们家小亮这不都搞上啦……”

“搞上了？谁呀？”

“就是上次我要说给他的孟家闺女呀！……啧啧，人家敢情是秘密接头……”乔奶奶咯咯笑着，用手捂着腰，生怕笑岔了气。

辛大妈还想凑窗户上看个仔细，让乔奶奶拽到小厨房去了："别添乱！咱们七老八十的，一边待着去！"

这么着，两位老太太在小厨房里躲了老半天啦。

小厨房里还生着火炉，又赶上夏天，闷在这里可不算个事儿。这倒是次要的。主要是辛大妈着急呀，开始还听见那姑娘在笑，怎么一会儿没什么声儿了？辛大妈一个劲儿催乔奶奶一块儿看看去："您可不知道，我那嘎小子动不动就犯犟，咱们在旁边待着，别让他把人家姑娘给欺负了……"三说两磨的，等到乔奶奶经不住厨房的热劲儿，也就跟她一块儿去了。

两位老太太进了门，算是把屋里的别扭劲儿冲开了。可乔奶奶三句闲话没扯完，就点上正题啦，这可把两个小年轻的臊个大红脸！

"好小亮！我看你上次扬脖儿挺胸的，也是个发誓打一辈子光棍儿的好汉，敢情瞒着你乔奶奶哪！你不是要那猪不吃、狗不啃的主儿吗？我们孟家的姑娘可金贵哪，人家跟你？！……"

"乔奶奶，您……您扯哪儿去啦！"辛小亮一个劲儿挤眼睛。

"甭做鬼脸儿！那我也得揭发你！……"乔奶奶又转脸对孟蓓说，"话又说回来。这个小亮呀，除了犟，样样都好。你看看，我跟你妈说的不差吧，个头儿又高，脸庞儿又精神……你们站一块儿，真是好好的一对儿呢！……"

孟蓓气得直瞪对面的辛小亮。谁让她天生一副笑模样儿呢，像生气，又像笑。

这么着，这层窗户纸，让乔奶奶给捅破啦！辛大妈根本没听见乔奶奶唠叨啥，只是上上下下起劲儿地端详眼前的姑娘，乐得拢不住嘴。

"搞对象有闷在屋里搞的？这么好的天儿，俱乐部又有电影……"乔奶奶俨然是权威的介绍人的口气了："去！到俱乐部去。跟我们家老头子说，是我让你们去的，给找两个座儿，看电影！"

不知是乔奶奶的命令有威力，还是人家两个年轻人各自有心。他们红着脸，一人撑一把伞，走啦。乔奶奶真会说话：多好的天儿！——凉丝丝的雨点儿漫天飘着哪……

看着两个年轻人走了，乔奶奶的得意劲儿还没过去："昨儿矿上李书记见了我啦。问我：'乔老太，听说你净忙活着给青年人拴对儿啦。'可把我吓坏了。我说：'李书记，这没啥错误吧？'李书记乐了：'怎么是错误！那么多安心为四化挖煤的好小伙儿没人认，你给引荐引荐，让那些姑娘们知道，小伙子们心里都有宝啊！'……嘿嘿，我这个人呀，越说我胖，我越鼓腮帮子。这不，昨儿晚上就跟我那老头子说了：'你那俱乐部得给我配合！凡是我介绍去的小伙子和大姑娘，你得保证人家两个人看上电影！'谁想到，小亮他们成第一对儿啦……"

乔奶奶一边说一边乐，转脸一看，辛大妈竟笑着抹上眼泪儿了。"哟，大妹子，这是怎么啦？"

辛大妈说："我先寻思着，小亮这行当真干错了，得打一辈子光棍儿啦，谁承想找着了这么好的一个姑娘……"

两位老太太闲扯这当儿，孟蓓和辛小亮已经走上永定河畔的马路了。

"这个乔老太太，真没治！"辛小亮嘿嘿笑着，又偷偷斜眼瞟孟蓓。

孟蓓瞪他："你才没治呢！"

"哟，我怎么啦？"

"你干的坏事还少？"

"我干什么坏事啦？"

"自己想想！"

辛小亮挠挠后脑勺，好像想不起来。

孟蓓站定，把自己举的伞收了，说："过来。"

辛小亮乖乖儿地举着伞站过去了："你今儿成心给我摆什么谱啊？瞎折腾！"

孟蓓说："不让你请罪就美了你！"

"我到底怎么啦？"

"你都说了我什么坏话？老实交代！"

"没有哇。"

"装得多像！"

"我说什么来着？你倒给我提个头儿。"

"你说我眼睛来着……"

"眼睛？眼睛……"辛小亮脖子一缩，眼睛一眯，鼻子一耸，坏笑起来。他瞟着孟蓓那俊俏的微翘的眼角。"我说你是丹凤眼啊……要不，要不怎么看着我那么……顺眼呢。"

"鬼！谁看着你顺眼！鹰鼻鹞眼，长脖鹿的个头儿……"孟蓓好像不把难听的话全发泄出来不足以平"吊眼儿"之恨。终于，她也忍不住笑了："也就是啊，有一点还像个人！"

"哪一点？"

孟蓓挨他近近的，轻声说："你呀，也还算个男子汉。"

……

（原载于《北京文艺》1980年第8期）

「作者简介」

陈建功，当代作家。1949年生于广西北海市，高中毕业后曾当过煤矿采掘工。

1973 年开始文学创作。1982 年大学毕业后到北京作家协会从事专业创作。著有长篇小说《皇城根》（与人合作），出版中短篇小说集《迷乱的星空》《前科》《丹凤眼》《鬈毛》《陈建功小说选》等，随笔集《从实招来》《北京滋味》《默默且当歌》《建功散文精选》等。作品曾多次获得全国优秀小说奖、《北京文学》奖等，并被译成英、法、日、捷、韩等文字在海外出版。根据其中篇小说《找乐》改编的同名电影获得 1993 年柏林电影节青年影评大奖、东京电影节金奖等多项国际大奖。

「作品导读」

《丹凤眼》获得 1980 年的“全国优秀短篇小说奖”和“《北京文学》奖”，是一部充满生活化的轻喜剧，也是一篇京味小说。作品讲述了京西的燕南煤矿采煤工辛小亮虽在工作上是个英雄和勇士，但为人心性高傲，粗野狂放，鄙视女性，导致相亲接二连三的失败。食堂新来的女工“丹凤眼”——孟蓓也是个自尊心极强的姑娘，面对辛小亮的无理取闹，她不恼不怒，不愠不火，终于逐渐改变了辛小亮的态度，彼此产生了好感，并在好友赵涛的撮合下最终走到了一起。小说真实地反映了 20 世纪 70 年代末到 80 年代初，北京普通煤矿里平凡矿工们的生活状态和精神风貌。

在艺术上，这篇小说构思巧妙、情节曲折，善于利用人物之间的矛盾冲突推动情节发展，并且随着冲突的尖锐与缓和，情节的发展波澜起伏，张弛有度。在人物塑造上，作品十分注重细节描写，善于抓住人物的突出特征进行细致描摹，并将人物的性格刻画得鲜活生动。小说的语言干净利落，用词准确，带有浓厚的北京地方特色。人物的语言极富个性化，善于通过人物说话的语音、语调、语气表现人物的心态，刻画人物的性格，例如女主人公孟蓓说话看似不愠不火，实则绵里藏针，体现出其刚柔并济的性格，男主人公辛小亮的语言开始嚣张粗鲁，后来温和低调，透露了其内心和情感的转变，这些都令人读来回味无穷。

平炉三鬼·精鬼

·王志钦

去钢厂转悠，访得逸闻趣事若干，连缀成篇。见宋、元、明时称短篇小说为“野史”，笔下诸人诸事又上不得已居正史宝位之厂志，便欣然名之曰“钢厂野史”。

——题记

他姓秦，大名超众，五号炉甲班炉长。此人精明过人，眼睛一转一个点子，香烟一抽一个主意。平炉上人始而称他“秦炉长”，继而称他“精炉长”，再后来便称他“精鬼”了。“鬼”大概有“专家”之意，“精鬼”大概就是精明人中的佼佼者了。

精鬼年三十一，工龄十四。瘦高个，黑皮肤，小眼睛灵活有神。数年前从七号炉提拔到五号炉任炉长，许多人为之担忧，因其将领导的那班人个个厉害。精鬼笑笑，并不在意。果然，他只略施小计，便将一班人治得服服帖帖。

班里十人，半数城里人，半数农村人。他对农村人说：“我十岁才进城，该算半个农村人。望各位看在老乡份上，多指点，多支持。”

农村人只看着他，不哼声。

他对城里人说：“我这城里人当炉长，他们农村人要拆台，只有靠你们捧场了。我这胳膊不会向外拐的。”

城里人张林叫道：“好说，我们听你调遣。谁敢出头捣蛋，老子替你揍他。”

有了城里人作后盾，工作还顺当。农村人并不公开作对，可他们自有办法消极对抗。其中最刁滑的是绰号“尖鬼”的刘兴旺。

刘兴旺刚谈了个对象，缺钱花，且因约会请过三次半天假，还上班时溜出去给女友做勾线针。精鬼看在眼里，并不作声，也不制止。

临近月底，精鬼对刘兴旺说：“下周就要送月奖表报了。你扣分最多。你看记得对不对？”

刘兴旺接过本子一看，一笔一笔，清清楚楚，就连外出半小时也记上了。他正要骂娘，精鬼说：“你身大力不亏，这几天就多使点劲。给你报奖金，我也好给大家做工作。”

刘兴旺半信半疑地卖力了数日。送表前，精鬼对大家说："刘兴旺干活出死力，没话说。请过假，可事出有因，谈朋友嘛，这是喜事，我们弟兄不帮忙谁帮忙？几元钱奖金是小事，把婚姻大事搅了就他妈缺德了。"

于是给刘兴旺报了奖金。下班后刘兴旺对精鬼说："前些日子我在背后说过你的坏话，你别在意，只当我放屁就是。"

对精鬼不服气的第二位好汉叫李连宝。李连宝已婚，老婆在乡下，他便成天想老婆，想自己的，想别人的，更想那些还无归属的。

那时正时兴跳舞，各单位轮流举办，统一发票。李连宝舞技初熟，舞瘾特大，四处求人索票，好去舞会上搂个不知是谁的老婆跳几圈，解解馋。李连宝没有路子，主要供票人是张林。

精鬼对张林说："舞票别再给小李，给我。"

李连宝半月没进舞场，心急火燎。张林说："我这几天也没办法。你去找炉长吧，我看他兜里有两张。"

求炉长？李连宝不愿意。可精鬼送票上门："听张林说，你想要舞票。这有两张，你拿去吧！你真喜欢，我今晚再帮你去搞。"

李连宝情不自禁地点头。

第二天精鬼说："昨晚跑了四处地方，才弄来这两场舞票，给！"

其实那票三天前就揣在兜里了，张林给的。李连宝感激不尽，自然化干戈为玉帛了。

精鬼人精，炼钢技巧也精，现在又令行禁止，三个月后便夺得平炉第一名，精鬼也就名扬平炉内外。

好景不长，农村人不闹，城里人闹起来了，因精鬼并没有兑现诺言，护城里人，欺农村人。城里人闹可不像农村人那么含蓄，公开干。张林一股拼命三郎的劲，惹恼了敢老拳相见。马剑家里宽裕，扣他十元、二十元眼都不眨，照样迟到早退不干活。

精鬼赔小心说："炉长不好当，望弟兄们体谅。我若一碗水不端平，这碗非砸不可，我保证叫你不吃亏就是。"

不行。精鬼便开始想点子，这叫先礼而后兵。

马剑是独子，父母都是中学教师，经济上十分宽裕，可他却染上小偷小摸的毛病，他这病奇异，不撬门不扭锁，不扒窃钱包，专偷小巧的玩意，如气体打火机、多用折叠刀、钢笔电筒之类，当然，须是商店里没有的稀罕玩意。偷到手便暗自欣赏把玩，自得其乐。玩腻了，或弃之，或悄悄地物归原主。据说，这病根是小时候将别人的玩具手枪和卷笔刀拿回家时种下的。他本人也为这毛病苦恼，可积习成性，难改。

精鬼淘金觅宝般从朋友处借得一带电子表的剃须刀，除了剃须，还能按摩，还能奏乐，是进口货。精鬼让马剑玩了玩，见他爱不释手，便夺了回来，放进口袋，再不肯借。三天后早上，精鬼换上工作服就直奔炉台，存衣柜没锁，马剑看见，没理会，也上了炉台。钢水进入精炼期，一时没事，马剑坐在操纵室，神不守舍，老想着那奏乐的剃须刀。抽了半小时烟，终于熬不住，起身出去了。到了更衣室，徘徊再三，终于拉开精鬼的存衣柜门，取出那勾命的进口宝贝。他转身欲走，被精鬼堵住了。

“没想到你小子是三只手。拿来！”精鬼喝道，还丢了句骂人的脏话。

马剑焉了，完璧归赵。

精鬼说道：“你说怎么办吧？”

马剑说：“要打要罚随你，只要你不说出去就行。这实在丢人。”

马剑进厂多年，只有两次偷摸被获。因是小玩意，价值不大，马剑平素人缘关系又不错，都私了了，不曾闹大过。

马剑情愿一个月工资给精鬼，可精鬼要马剑写保证书，保证下不为例。马剑被逼无奈，只好写了。

精鬼说：“你要是不再偷摸，也不再同我捣蛋，我秦超群若说出半个字去，天打五雷轰。否则，我就把这保证书贴出去。”

以后，马剑再不敢同精鬼胡来，马剑的好友孙理也就同炉长握手言欢了。

精鬼信守诺言，口紧得很，没透半点风。

说来也怪，马剑老挂着捏在精鬼手里的那张保证书，几年来，那怪毛病竟一次也没犯。他父母若知其中就里，定会设宴款待精鬼，重重酬谢。可惜马剑也口紧得很，没露半点风。

马剑治服了，下一个轮到张林。其时正值厂里调资，班里除炉长是死条文要加级外，还有四个调资名额。班里有四个三级工， 四个名额正好，不争不吵。精鬼却无风偏起浪，对车间主任说：“我班也许能贡献一个名额。我去试试看。”

车间主任说：“各班都朝我多要名额，我正焦头烂额呢！你要是能贡献一个，那太好了！”

回到班上，精鬼说：“报告一个坏消息，原来说四个名额，错了，车间只给三个。”

四人中，张林因近来要刹刹精鬼的威风，违纪事不断，且脾气暴躁，故授人攻击之柄最多，加之精鬼又沉默不语表示认可，张林便成了众矢之的。张林虽有好友郑强帮忙，可寡不敌众，眼看败局已定。

张林无奈，求于精鬼。自己的优点，别人的缺点，他摆了一大堆。精鬼听罢说：“加工资，谁不想？我理解。”

张林说：“先说有我，我早许愿请客了。现在再拉下来，这面子往哪里放？我老婆知道了非气晕进医院不可。”

精鬼说："你这人也是，前些日子干嘛要中了邪似地故意犯错呢？"

张林不语。精鬼又说："你既然找了我，我岂能不帮忙？我去上面说说，看行不行。"

张林忙说："秦炉长，你要是给我长上这级工资，你叫我往东，我决不往西，我就是打个嗝再去，你也可以指着鼻子骂我。"

精鬼说："有你这句话，就是把我这级工资让给你，我也要帮你长上。"

精鬼找到车间主任说："不行不行，少一个名额非打破头不可。"

车间主任说："你那四个人条件差不多，能把谁拉下？我就知道你不行。算了，四个一起长。你想替我分忧，我还是感谢你。"

以后，张林同其好友郑强也不难为精鬼了。精鬼不仅又治服了两个人，还在领导那里讨了好。

又是三个月过去了，五号炉甲班又连续两天夺得平炉第一名，人均奖金五十多元。

精鬼一边分奖金一边说："上面强调安定团结，我这里强调一切行动听指挥，是一个意思。大家抬举我，我们班就能上光荣榜，多拿奖金。这也算对国家多作贡献吧！以后谁要是捣蛋，大家就朝他要奖金，拿不出来，分他的工资。

往后几年，班里太平无事。奖金不烫手，谁不想多拿呢？精鬼有能耐为班里争头奖，大家自然拥护他。再说，闹事闹没了奖金，全班人都朝你瞪眼睛，众怒难犯哪！

精鬼就这样连续几年评上先进炉长。要不是一次意外事故弄残了身体，他早评上公司标兵了，也早当上车间领导了。

精鬼早已离开钢厂平炉，可平炉上人却时时提起他："妈的，这小子比精鬼还精。"

（原载于《长江文艺》1987 年第 6 期）

「作者简介」

王志钦，1946 年生，湖北武汉人。湖北省作家协会会员。当过知青、工人、教师、《武钢文艺》编辑。主要作品有中短篇小说集《自由神下的选择》，长篇小说《黑色的梦魇》《慕容小珏》等。曾获得"湖北省楚天文艺一等奖"。

「作品导读」

本文选自王志钦的短篇小说《平炉三鬼》，是武钢文学中艺术成就较高的作品。《平炉三鬼》包括三个短篇：《精鬼》《尖鬼》和《赌鬼》，是以武钢工人的生产和生活为题材的作品，分别讲述了武钢某车间五号平炉的三个工人的故事。

“精鬼”秦超众，是五号平炉甲班炉长。虽年纪不大，但的确精明能干，智慧过人，在管理班组过程中，表现出超凡的智慧和水平。小说主要讲述了精鬼治服班组里与他对抗、影响班组生产和声誉的四个工人刘兴旺、李连宝、马剑、张林的经过。在与这四人较量的过程中，精鬼善于抓住每个人不同的喜好、特点，或者是软肋来处理问题。面对刘兴旺的尖钻刁滑，李连宝的跳舞成瘾，马剑的小偷小摸，张林的违纪不断、公然挑衅，精鬼不恼不怒，不慌不乱，细心观察、暗中安排和部署，将所有问题不露声色地、非常巧妙地予以解决，使班组连续获得优秀，人人拿到奖金，从而使自己也得到了大家的积极拥护和爱戴。在这个过程中精鬼表现出能言善辩、深谙人心、善于察言观色的特点，在处理问题时，从不急躁和莽撞，常常是以退为进，通过周旋、迂回的方式解决难题和困境，在处理工人的棘手问题时，也积极帮助工人们解决个人生活上的难题，注意协调工人之间的关系，促进工友之间的团结友爱。

小说运用现实主义的创作原则，真实地反映了改革开放初期武钢工人的生产、生活实际，反映了在我国钢铁工业现代化建设过程中，武钢工人群体的精神风貌，刻画了性格各异的工人的典型形象。小说善于运用白描手法来写人叙事，语言简洁生动，短促而有力，别具一格。

白 夜

·崔立民

这是个不需要穿棉衣的夜班，但他们都将自己越冬御寒的棉衣从更衣柜里翻了出来，带到工作现场，交给了7号台的过磅工7。

7将它们在磅房里的那条长木椅上铺盖成一个窝，将坐在一旁歪歪斜斜昏昏欲睡的那个小姑娘捂藏在里面。

这个夜班因为有女儿在场，0的心情特别沉重，且烦躁不安。从更衣室到工作现场，他谁也不想搭理，将昏昏欲睡的女儿托付给7后，便去了原料库。当他从原料库拿着这个夜班的生产计划单返回现场时，1和6他们已将那条一百五十公尺长的钢铁巨龙舞动了起来，望着这条处于亢奋状态的钢铁巨龙，望着守在这条钢铁巨龙关节部位上的弟兄们，0被感动了。

0今天的心情非常不好，临上班前，他还不敢想象这个夜班可能遇到的麻烦和困难。自己身为班长，平时严格要求弟兄们不要违反厂规厂纪，可今天他自己却背着女儿来上夜班。厂规：不准带闲杂人员进入现场。但他又不敢将女儿一人留在家里过夜，他怕发生什么意外；不来上班更不行，身为班长，自己不来，万一再有其他的人没来开不了机怎么办？无奈，他只好背着女儿来了。谁也没有问他什么，他也没有向他们解释什么，一个大老爷们带着个孩子来上夜班肯定是家里娘们不在家。往常，他们总是等0催促几次才上岗，0不到位他们是不会启动设备的，今天却不同，今天他们特别自觉，仿佛他们都知道0今天的心情不好，他们在为他们的班长分担这个夜班的重量。

0从1号台走到6号台给1和6每人发了一支烟，意思了一下自己的意思便向7号台磅房走去。磅房里0见自己的女儿在7身后的长椅上的棉衣堆里熟睡着，本想对7说上句什么感激之类的话，见7一脸怒气，怕说出什么不对她心思的话再引出她感情上的风暴来，便不声不响地离开7走出了磅房。

0突然觉得自己无处可去了。

那条钢铁巨龙龙腾虎跃着，守在它关节部位上的1和6精心侍候着它，使它处于亢奋的欢快状态之中。一切正常，0便无所事事。他没有固定岗位。他的工作是管人管事，管人管事管得厌倦了的0此刻还真想干点什么，但就是无事可干。

他不愿到他们的岗位上去，他似乎有点怕他们谁向他打听什么，他不愿向任何人解释他今天为什么带女儿来上夜班。他想，也许他们听说了关于他今天白天所发生的事，或许根本就不知道，但他转眼一想，既然7知道了，他们大概也多少听说了点，只是事情太不光彩，不愿让人难堪而只字不提罢了。

7在生他的气，0知道。

今天早晨下第一个夜班时，7还特意将他从他们中间拉出来，问他下班回家有没有地方睡觉，如果没有，可以去她那儿睡，她可以回娘家去。当时他还跟她开玩笑，说去你那儿睡要犯错误的。离开了厂后，离开了大伙和7分手之后，他才知道自己今天真的没有了归宿。

0没有想到今天会下雨。计划是今天下班后在外边饱饱吃上一顿，再喝上几两酒，最好是多喝点，让自己有几分醉，然后去公园的树林里或是江边的堤坡上死死睡上一天。谁会想到今天会下雨呢?

雨让0想到了家，想到了今天容不下他的家。今天是星期天，女儿今天要占据房间做作业，完成作业后还要练电子琴；妻子今天要占据客厅拆拆洗洗，之后还想邻居左右的凑上一桌抹几个风的麻将，没他的地方，准确地说是没他睡觉的地方，总不能因为睡觉的问题让星期天中的妻子和女儿不愉快吧。以前为睡觉的问题，特别是下第一个夜班上第二个夜班这一天，为在家里争地盘，他和妻子吵过闹过甚至动手打过，他恼火妻子不体谅他的辛苦劳累，宁可在家中打麻将，也不愿给他一个宁静的环境让他睡觉；妻子似乎有点横蛮不讲道理，说你有本事别倒班啊，你有本事去挣大钱买个两室一厅啊，不就是个小屁班长吗，有什么了不起的！恼火的时候他真想休了这娘儿们，可他害怕看女儿找妈妈时那种可怜的样子。也正是因为女儿，他让步了，不再因为睡觉的问题和妻争吵了，他不再在乎妻子是否体谅自己，他宽容地包纳了妻子许多不近人情的言行。可自己不睡觉怎么行，一个夜班下来已筋疲力竭，如果不好好睡上一觉怎么对付第二个夜班？他怕下夜班上夜班这一天和星期天相遇和节假日相遇，每每遇到这种情况，他就去家外找地方安排自己的这一天。公园里睡过，江堤上睡过，电影院里也睡过，就是没有去7那儿睡过。7有房子，十分舒适，但他不能去，尽管7一再要求他无处可归时可归她那儿，如果他去，她就离开，将他担心的流言蜚语带走。心里话，他想去，如果他愿意，7为他做什么都行。他知道7对自己是怎样的心情，但他就是不敢随意，宁可难为自己。妻子说过，哪睡都行，就是不能去那小娘们家。那小娘们指的是7。

天在下着雨，地上一片水渍。

0向一家电影院走去，不幸的是电影院今天上映新片，门票昂贵不说还清场。于是他就向电影院旁的一家录像室走去。买了张门票，钻了进去，摸黑在最后一排长木椅上躺了下来，枪战片武打片三级生活片都扯淡，他只想睡，他太累了，身心太需要用睡眠来抚慰来调整了。片刻他便迷迷糊糊起来，这种感觉让0猜想人临死之前可能就这样。

当0被人用脚踹醒时，室内已打火通明，起初他还以为到了清场的时间，当他发现观众们全部被几个手持电棍的人驱赶到一面墙壁下时，便感觉到情况不妙。录像室老板放的什么带子他不知道，他上前去向执法者解释，人家手中的电棍威慑了他为自己辩白的欲望。不例外，他也得靠墙站好，列入看黄色录像的不法分子行列。排队登记姓名单位住址。全是他娘的民工，个别待业小青年，就0一个在职职工。执法者对他还很客气，人家征求0的意见，说你是同意单位来人领你，还是让家人带钱来领你?

0权衡了一下，说我认罚!

人家点点头，说打电话去吧，五百元。

0一怔，说能不能少一点?

人家一瞪眼，说再多嘴带你走!

0只好灰溜溜地去打电话，打电话时0突然有了逃跑的念头，四下一看，没人跟来，拔腿就跑，跑着跑着速度放慢了，慢了，猛一转身按原路又飞奔回来，他想起了人家本本上记着自己的姓名单位住址。

电话拨通了。他没有告诉妻子自己具体犯了什么法，只是吓唬妻子说不拿钱来他就要被收容拘留。电话里的妻子是那么的恐慌和焦急，恐慌焦急中的妻是那么疼爱他关心他，妻说你别怕别怕，我马上带钱去赎你回家!

最后的那个“家”字让0心里一热，泪就盈满了眼眶。

妻子带钱来赎他时，一听说是看黄色录像，电话中那种同情和关怀就没有了。好在她没有发火，她是那么客气地将钱交给了人家，拿到收据时还卖国求荣地回报以微笑，并说谢谢您家!之后，妻子白了他一眼，先走出了门，他自然跟在她身后出了门。

0跟在妻子身后，三五步距离，往家中走着。他心里很委屈很恼火，他很想和谁诉诉心中的苦，但他就是不愿加快步子追上妻子跟她解释一下。解释什么，五百块钱改了姓总归是自己造成的，妻子心里有气，他心里有火，这种时刻最好是保持沉默。

如果夫妻俩一直沉默下去，沉默着走进家里也许问题很好解决。他没有想到妻子会在距家门口仅有十米远的门栋前突然停了下来，转过身，对走近她跟前的他说你他妈的屋里又不是没有，老娘的看够了赶明儿我给你借几盘带子屋里看个够，别他娘的让老娘脸上挂不住!

妻子的话让他心里发毛。门栋前，大白天，又是星期天，前后楼都是本单位的人，他不愿在这种时刻和她发生什么口角和纠纷，但不马上中止妻子的话题怕她再说下去有人上来看热闹不好收场，于是他小声地问妻子，说：“今天的口条是不是大跌价？”

跌你妈的口条！

0一怔，说你敢犯上？

再说我的舌头是口条我就说你妈的也是！

0一恼，挥手一耳光打在妻子的脸上，朝她吼：家里去，娘们家！

这一耳光让妻子暴跳如雷撒泼骂街起来，很多人围了上来，楼上楼下好多紧闭的门窗被妻子的嗥叫谩骂声叩开了。她作广告似的向街坊邻居们宣传了丈夫的丑恶行为。0的脸上实在是挂不住了，他一把抓住妻子的领口往家里拖，妻在他手中如线上上钩的鱼般拼命挣扎。

“爸——不打妈！”

0循声望去，他看见了自己家窗口铁栏杆里的那满面泪痕的小脸，那张小脸卡在两根铁棍之间变了形，充满泪水的双眼里流露着恐慌和乞求。他的手一软，放了妻子往家里跑去，他跑回家将女儿从窗口抱离开，紧搂在怀里。

妻子是什么时候进屋的他不知道，妻子又是什么时候从家里出去的他也不知道。他只知道赌气一人走了，直到他上夜班也没回来。孩子已经睡着了，临出门时他走到床边为孩子掖被子时女儿被他惊动了，她伸出胳膊一下子勾住他的脖子。他伏下身去，将脸贴在女儿的小脸上想让她安宁下来。他突然感觉到女儿的小脸滚烫滚烫的，她一定是受到惊吓在发烧，本就不情愿将女儿一人留在家里过夜的他顾不上许多了，他慌忙给女儿穿好衣裳背着她出了门。车站上，7走到他跟前，什么也没说，脱下外套盖在了他背上的孩子身上。

你咋不问问我为什么带孩子上班？

活该你！

怎么，你听说了？

你老婆的广告誉满全球！

你是怎么知道的？

电话。

谁？

五个电话找我求证一个问题，问你是不是真的看黄色录像被抓。

你怎么说？

我告诉他们要相信人民相信党！

那么你相信谁？

谁也不信，活该你！叫你去我那儿睡你不去，怪谁？背着吧你！

去你那儿比被抓更严重！

贫嘴。

车来了，7先挤了上去，把前一站上车的2从位子上拉了起来，自己坐下，然后从 0 手中接过孩子抱在怀里。这会儿开始，孩子就由 7 负责了……

处于亢奋状态的钢铁巨龙突然减速使 0 从那些烦恼的事中跳了出来，他见它仿佛突然被流弹击中了心脏一样，浑身一颤缓缓进入了静止状态死虫一样后，立即向主控台冲去。

主控台上信号显示：设备故障——6 号台。

0 用对讲机命令 6，说你赶快去通知维护的来加油！

6 问 0，能不能先不加油，我想找找漏洞，仔细找找说不定能找到。

0 没有同意 6 这么干。他离开主控制台向 6 号台跑去。6 号台上，6 已经爬到了 GB 部的齿轮箱上，正要往机器的间隙里钻。0 一把将 6 拉了下来，说干什么你？

6 说我找漏洞啊！

0 说找到了又怎样？

6 说停下来补漏啊！这漏不补常年累月要浪费多少油！

按理说 0 应该接受采纳 6 的意见，可这需要时间。油是公家的，时间是自己的；买油国家掏钱，停机没有产量完不成生产任务扣奖金是自己的。0 当然不能同意 6 这么干。他拍了拍 6 的肩膀，说你的动机是好的，可我们陪不起时间。去，通知他们来加油！

老子不去，6 闹情绪。

0 一愣，他惊讶地看了看 6，侧身扭头大拇指按住个鼻孔将另一鼻孔的阻塞物奋力喷出，巴掌嘴脸一抹拉，大腿上一蹭，转身对 6 笑了笑，说你不去我去！

6 一翻眼，说来了老子也不让加油！

0 一愣，说什么意思你！

6 说今天不补漏就不让加油，鸡巴多长时间了，加了漏，漏了加，你不停下来就永远没有人管！

0 对 6 说你是对的，可现在我要加油开机生产，你敢胡闹别怪我抹脸！

6 一笑，说你试试！

0 烦了，一把抓住 6 的领口，说你小子今天想挨揍？

6 指着自己的胸口说你试试！

要打架。1、2、4、5、7 都赶过来解劝。

1 和 2 拉开 0，说算了，头儿！

4 和 5 拉住 6，说和为贵！

7 立在一旁浑身打战，说干嘛干嘛！

在一片爱好和平的声援声中，6 和 0 的气渐渐平息了下来，不料 3 这时从地下冒了出来，探明原委后，煽起了另一股阴风鬼火，他嘲笑 6，说我还以为是厂长呢，啧啧，漏的该不是你家的油瓶子吧！

闻之，6猛地扭腰摆胯挣脱开4和5的手，冲过去给了3一拳。6这一拳将3打入了地下——那个地下室的入口里，入口下三米处是3的岗位，里边有台废边卷取机。接班时，3叫吊车吊个大铁戽沉下去；下班了，3叫吊车将那个装满废边的大铁戽升起来；如果设备运行正常，他是不会中途从地下冒出来的。

都以为6这一拳将3揍熄了火。

6也认为3该打，3的话太损人。

都认为3挨了6一拳不亏，3嘴贱。

都估计错了，再从地下冒出来的3手中握着根撬杠，不声不响地老远朝6偷袭了过来，如果不是0眼疾手快拦腰将3抱住，6要休长假。

6见状，顺手操起把大号扳手，扳手指着0，说，头儿，你放开他！

3对0说，头儿，你放开我！

6对0说，头儿，你就放开他！

0果真就松开了双手，跳至3和6之间，拳击裁判一样双臂将3和6推开，说你俩打，往死里打，谁赢了我帮谁，咱们今天不打停一个，就不是他妈的东西！

1冲到0跟前说，头儿，你这是干什么？

2也凑过来说，头儿，你是领导可不能糊涂啊！

4一旁说，你们省点劲，回去干老婆不好吗？

“爸——”一声呼叫传来。

7忙向呼叫声跑去，她将那个从长木椅上的棉衣堆里钻出来的小姑娘搂进怀里，哄着她，将她哄进了长椅上的棉衣堆里，蹲下，用自己的胸脯紧偎着小姑娘的头使之安静下来。

哐当当，撬杠落地上弹了弹躺平了。

呼，扳手飞到一把椅面上又跳到了地上。

0一手拉住6的手，另一手抓住3的手，双手往中间一牵，说，都怪我，对不起，哥们儿今天心情不好！

6说，这时候王八蛋的心情好！

3说，这会儿畜牲快活！

0对6说，你去查找漏洞，但时间不能太长。

0对3说，你去通知维护的来加油。

片刻，维护的来了，两位，睡眼惺忪，满脸不愉快，每人拎着桶油，立在GB齿轮箱旁，等6从机器的间隙中钻出来。他们不愿意等，加完了油好回去睡，但0非让他们等不可，便只好等等，他们也知道0的心情不好。

0给6的时间到了，0将6唤了出来。维护的立即上去加油，那油是乳白色的稠稠的液体，进口货，一注入，GB齿轮箱的循环油泵就转了起来，它一转，设备启动信号就亮了。

0左右巡视了一眼生产线，见1和6都各就各位，举臂用食指指天，一摇，主控制台上的1的食指便按在了设备启动键上。那条死虫般的钢铁巨龙浑身一颤，缓缓地动了起来，渐渐进入了亢奋的欢快状态之中。

0紧绷的神经随着设备运行的速度上升，平稳而渐渐松懈了下来，他沿线走了一个来回，在5号台和6号台之间停了下来，摘下头上的安全帽，抠出帽壳里的半盒烟，安全帽甩地上，用脚将它扒拉正，屁股瞄准它坐了下来。0点燃烟，脸前即刻云雾缭绕起来，他透过被空气揉动稀释的云雾看了看坐在那儿发呆的6。他知道6没有找到漏洞有些失望，但他又不能去安慰一下6，更不能去鼓励6日后继续查找。GB齿轮箱漏油有历史了，专人查找过，没有找到那针眼大的洞或线样细的缝在什么地方，关键是问题不大，油漏了加上油便可以对付几天。漏了加，加了漏，久而久之也就没人管了。年创产值利税数亿元的大企业这点油算个屁，总不能因为一点油的问题让一条生产线停下来拆设备找漏吧，就像不能因为脚气动手术割脚指头一样。

6知道0在看他，他也懒得理0。说自己思想境界有多么高6不敢，漏不漏油也不是他6该操的心。6只是想如果找到漏洞把它补上总比漏着好。是的，油是公家的，但省下来又有什么不好呢？如果每一个人都这么想，去年的成本也不会超支上百万。去年成本超支上百万的后果是全厂官兵分摊，这个月他6的奖金被扣走了一半。现在百把块钱算不了什么，可这百把块钱让6难受了。6有个非常柔顺贤惠的妻子，她非常会料理家务，亦非常体贴丈夫，但这些都以6的工资如数上交为前提。6有权自由支配的全靠奖金。没有什么爱好的6工余嗜好居委会麻将室抹抹麻将，半个月奖金手气不好没几场输光了，如今只能靠挂眼科解馋了。惨的是前天兄弟来电话，说要给孩子办十岁，让6一定去，姊妹几个聚聚杀杀家麻雀。送礼由妻子开支不由他操心，可兄弟姊妹几个杀家麻雀他6口袋里没银子丑不丑？痛定思痛，今天6任性要找漏洞不能不说与此无关。

6为降低成本消耗的想法很难得，但不实际。0不顾6的思想情绪只顾抓生产保奖金是为全班人的切实利益着想，也没错。那么3嘲讽6是何用意呢？难道说他真的是在地下闲得太无聊吗？

此时此刻在地下的3一点也不无聊，更不闲。上面的设备一运行，那面墙壁上的油迹便渐渐地又湿润了起来，仔细看看能看出有液体滑动，墙壁下有个小铁桶，一条被锤成“V”形的铁皮一头扎桶里，一头靠墙上，那从墙壁上流下来的油顺着它走进了桶里。

3的头顶正上方不是GB齿轮箱，也不知这面墙壁上流下来的油是不是GB齿轮箱里的，总之设备一停，墙壁上的油迹就干了，设备一运行，就湿润了起来。

如果这油不是GB齿轮箱里漏的，那么，跑漏的地方还不止GB齿轮箱一处。其实什么地方漏油与3根本无关，但那是油，油从墙壁上下来流到地上对他行走不利，他以前将它们收进小桶倒进大桶仅是为了自己方便。这油收进小桶倒进大桶总不见大桶满，后来才知道，大桶一满就被民工弄走了，然后又放下个空桶。这其实与他也无关，但不久前因成本超支扣掉他半月的奖金后，他对这油的看法发生了改变。

那天民工来弄油，3无理地阻止了。3不让弄，民工就没法子。那天3这么做无非是发泄一下自己的不满，厂里成本超支，扣他的奖金，那么这油被民工弄到什么地方去了呢？3要把这油给截下来，让它们成灾，让它们引起管理者们的注意重视达到补漏的目的。

那天3阻止民工弄油的结果是让人家盯了梢，那天下班在钢城一下车，就被一位自称是王老板的人拉进了餐馆。吃喝中王老板一再恳求3说小兄弟你抬抬手给我手下弟兄们口饭吃！

3明白了，王老板是个包工头儿，包揽了全厂的废油清理工作，手下养活着一帮子本村本族的乡里乡亲。他们将废油当废料清走，乡镇企业炼油厂再提炼出好油反销给工厂。

3喝了酒后发起牢骚来。王老板是个精明人，说半个月奖金算个屌，只要你小兄弟给个方便，每个月派你一条阿诗玛！

3不信，说别拿老子混点了！

王老板拍拍3的手，说他们不给烟你不让他们弄油行了吧！

果真人家就塞给了3一条阿诗玛，硬盒的。刚拿到烟时3有些不安，他不知道这算不算受贿，可转眼一想，官有贪的，权有私的，他抽条烟有什么了不起。拿了人家的不能白拿，没事时3还四下寻找废油倒进桶里。开始时他很认真，不让渣子什么的进油桶里，后来不了，后来他往桶里尿，所有的尿都尿桶里。因为那条阿诗玛让他求人办事时把事办砸了，坏事就坏在那条阿诗玛上，那是条水货阿诗玛。你水老子老子不水你？这一切，上面的人当然都不知道。三天后民工们要来弄油，3想快点把大桶弄满，他们来了再卡他们一下，非弄条真的阿诗玛不可。所以刚才他走上地面去关心了一下GB齿轮箱漏油的情况，虽说挨了6一拳，有点亏，想想阿诗玛又觉这一拳算不了什么。

0感觉到该自己操心的时候到了。

他看了看表，已经是凌晨五点钟了。他在厂大门口旁的厕所里用凉水冲了个头，整理工装和安全帽回到生产线。他走上主控制台，用对讲机通知各岗位进入战备状态。各岗位逐个回了话，4号台没有回话。0朝4号台望去，见4趴在台子上睡着了。这非常危险。一旦被纪律检查小组的抓住可就惨了。0朝4号台跑去，4号台上拍了拍4，说，醒醒你！

4一惊炸起，见是0，打着呵欠伸着懒腰怪叫了一声坐下对0说，你没事一边忙去，别烦我最好！

你他妈的抓住了算谁的？

好汉做事好汉当！

话怎么能这么说呢？

怎么说？老子有钱罚。妈的，不是为了就你的意思老子可以不来上这个夜班！

0无话可说。4的确可以不来上这个夜班，你扣他的钱，他无所谓，他有钱。这小子很早以前就开始在外面撮虾子，且非常精明老练，天生一个经济脑袋，看准了就干，瞅准起一篓子少则几十多则几百有时上千地装进了口袋。一个小工人如果把钱不当一回事了你当班长的就没治了。经济制裁失效于4后，0又不能放任4不来上班，一条生产线6个操作台7个人，少一个他当班长的就慌手脚，所以0对4的管理方法是感情交易。如果4有好机会，需要时间，跟0说一声，0非常爽快地放4一马，4一得手，总是拿出点来回敬0，但0分文不要，0说你如果讲交情义气就抬哥们儿个庄，坚持出勤。4说如果不是千儿八百的价，哥们绝不旷勤去干，否则算哥们儿不义气。

两人就这么君子协定了。

以往4只要是来了，就不让0操他4的心。他今天心里不愉快是昨天被人做了笼子。常做别人笼子的4被别人做笼子骗走了五千块，他心里窝火。他决定下夜班后去找人家追回损失，所以他想睡一会养点精神准备为保卫财产去战斗。4内衣口袋里的那块银元就是他昨天下第一个夜班后用五千元钱换回来的。“湖北造大清一两”银币，五千元拿下转手可赚四五千块。关键问题是他上了一个夜班，头昏眼花一走眼弄回了个赝品。回家后一觉醒来，观其品相估价时突然发现不对劲，擦净钱币上的锈蚀，放大镜一看钱币上的字迹图案，发现是个做工非常精致的赝品。气得他一口气差点没上来死过去，他生气不是为了他的损失，他同样可以再将它用同样的方式做出去。以前也不是没有做过。他生气的是他自己的眼力和自己的粗心大意。怪谁，怪夜班熬了夜，怪自己不该在下夜班时去做这种交易。商场如战场千真万确。此刻0来叫醒他，他心里烦，但他又不好发脾气，别看0是个小班长，在他心里算不了什么，但最好不得罪，都在一块工作，弄个见面心里烦也没啥意思。不得罪你，也不讨好你，4就给了0个不冷不热不理会地呆坐着。

0不知道4心里正烦着呢，他想4可能想睡一会是为了下班后去倒腾钱币有精力。0也想顶4干一会，让他去眯一下，可他不能这么干，这会儿谁不想去眯一会？如果今天顶了4，下个夜班5让他顶怎么办？6让他顶怎么办？都熬着吧，弟兄们，坚持就是胜利，黑夜即将过去，黎明就在前面，等太阳为你们驱散了黑暗你们就能在光明中安然地睡去！0这么富有诗意地想着，但他又不能放心地离开4，别看这会儿4精神地坐着盯着台子，你只要一离开，他准继续眯。0要放心地离开4去其他台子看看，必须得先用什么方法让4兴奋一下，才能消灭趴在他大脑里的瞌睡虫。有什么能让4兴奋一下呢？赚钱的方法，4玩多了，从小到大玩得多见得多了。前两年国家发行国库券，厂里鼓励职工购买，职工掏钱买一百，厂里掏钱为职工买一百。自己买的一百是明账，家里实报实销。厂里送的一百不明不白，家里不知道，大家都想将这一百再换成现金。4非常敏感地察觉到了职工的这种心态，立即组织了一笔现金，开玩笑地说谁想卖我打一折回收。本班组的当即就有人跟他交易了。消息传开，别班的、车间的、厂里的，有很大一批人和他做了这种交易。九十元现金换一百元面值的纸，四万元现金换回五万元面值的纸，好多人都认为4这么做不合算。然而三年之后，4将这五万元面值的纸交给了银行，银行再还给他近七万元的现金，仅这一笔不费力就赚了近三万元，且这四万元的本钱也是他找家庭成员和朋友们借的。仅此一招，0还能在班门面前弄斧？但0也有0的招数，他想起了他没当班长时为驱赶瞌睡提神的方法，这种方法使他度过了很多难熬的时刻。当班长后，身份变了，对自己的要求标准也变了，这种方法自然也就不用了。他想用这种方法刺激一下4，但又怕4学会后变为己有对工作不利，可不用此法调调4的精神状态，0还真不敢离开4。前不久厂里成本超支是官是兵心里都烦着呢，爹烦打儿子歪出气，大官找小官的事，小官找当兵的歪，纪律检查小组的现场跑得勤，带着照相机，抓住谁谁受罚不说，当事者的领导也倒霉。为了度过眼前的难关，0也顾不上他的行为有什么不良后果了。

0对4说哥们儿玩个小把戏你开开眼界？

4对0说爱玩你玩去。

0在4号台附近找到了4吃夜宵时甩的半块馍，又从后面找了个蛇皮袋从中抽出了几根透明的细线线，结成一根长线线，一头系住那半块馍，放在设备下那个地下过道入口旁，放长线至4号台上，对4说你看着，马上来戏。

4看了看没戏，眨眨眼，头便点了起来。

功夫不负有心人。那馍旁的地沟口果然真探出个小脑袋，它贼头贼脑探出头四下一看没有什么危险便爬了上来，这是个经验非常丰富的老家伙。它十分警惕地腹部贴着地面伸长着脖子探着嘴向馍接近。他身后接着又爬上来了几只，有大有小，大概是它的妻儿老小们。当它们刚一接近那馍，却不明白那馍怎么会悄然移动。它们是那么惊讶地盯着馍看，见那馍的确没有长脚，但又不明白馍为什么会走。鼠目寸光。它们面面相觑了一会儿，又向那馍拢来，且渐渐形成了半包围的阵势。0知道，精彩的时刻就要到了，他用胳臂碰了碰4，4小声说正看着呢。果真它们在逼近那馍的千钧一发之际，0已收紧了手中的细线屏住了呼吸，就在它们屁股往后一倾猛地跃起扑向那馍的瞬间，0的手腕一用力。胳膊往后一挥，那馍腾空而飞了。鼠们扑了个空，一愣，四下不见馍的踪影。嗅觉告诉它们，那馍是真的。但它们永远也不明白那馍为什么会不翼而飞。鼠们发呆的神态和鼠们思考问题的表情让4看得心旷神怡。鼠们突然一惊一乍四下散去后，4对0说这是花钱也看不到的精彩场面。

0没有理4，因为鼠们不该这么快散去。经验告诉0，它们肯定是受到了什么惊吓，不然它们还会在那儿发呆一会。0警觉了起来，他站起来四下巡视了一下，噌地向7号台磅房跑去。

4不明白发生了什么事，见0冲进了磅房，便联想起了磅房里睡觉的0的女儿，同时又联想到……果真有几个人从4号台对面的设备下的过道口走了出来，4认识他们，劳动纪律检查小组的，看他们心里烦，没理他们，见他们朝7号台磅房走去，便喊住了他们，4对他们说，刚才他听说原料库里有人在打牌。

人家问4是不是真的。

4说鬼他妈的晓得，只是听别人说的。

他们掉头朝原料库方向走去。4忙用对讲机向7号台喊头儿快撤！便见7背着0的女儿跑出了磅房向厂大门方向走去。

4一笑，又用对讲机通知其他台子说“鬼子”进村了。

0过来掏支烟递给4，说谢谢！

4接烟点燃，说自家弟兄客气什么。

过了一会，纪检的人一个回马枪杀了回来，但没抓住4的什么把柄，也不好发作，其中一人问4为什么要骗人？4说我也是听别人说的，你们要去，怪他妈的鬼在！

那人指着4，说你小子过点细！

4也指着那人，说，你给老子滚！

那人想找歪，又找不到，气得干瞪眼。

4说，看什么？别惹老子，哥们心里烦着呢！

0见4太过分了，就以班长的身份批评了4几句才让对方下台。人家走后。0对4说，你小子往后可别犯在他们手上！

4说只要老子遵章守法，他们敢犯老子，老子敢非礼他们，管他是什么人，只要老子有理！

厂房的天窗上隐隐出现了微弱的晨曦，0看了看表，快六点钟了。他巴望着7的出现，7带着他的女儿还不知怎么回事呢，他已将班里的收尾工作托付给了2，这时候他要做的是赶快从7手中接过孩子，送她去上学。学生迟到旷课不好。听女儿说过，星期一上学要穿校服，并且要早点到校，要升国旗。为了能让女儿的心和灵魂准时在国歌声中，伴随着国旗上升到一个伟大的高度，从中感受到祖国概念的神圣，0今天要早退一次，要辛苦一下，为了女儿，他只能如此。

迟迟不见7和女儿的影子出现，0心中开始惶惶不安起来。出什么事了？被人抓住了？或是……看看时间不够了，他一屁股坐在了地上。他坐在地上无奈地等着，等待7给他带来不知是祸是福的消息。

7不知是从什么地方冒出来的，她在0的身后拍了一下0头上的安全帽，说人家吓了个半死，你倒落个清闲啊！

0蹿了起来，问孩子呢？

7说丢了。

0说你别开玩笑……

7说是丢了！

0说别胡闹了，孩子要上学！

7看了看表，怨恨地瞪了0一眼，说误不了孩子上学，放心好了。

0乞求地说怎么回事？

7本想还急急他，见他一个夜班下来熬得鼻青脸肿的样子，便不忍心了。她说孩子被她妈接走了。

有这种事？

7告诉0说，她背着孩子刚跑出厂大门，就碰到了孩子她妈。她是专程来接孩子上学的，问也没问孩子这一夜是怎么过来的，接过孩子就走了，连句谢谢都没有。0摇摇头，说这娘儿们真没礼貌没教养！

0说看我的面子你别见怪！

7说我不见怪是看孩子太可怜！

0说今天下班一起走好吗？

7问干什么？

0说今天想跟你聊聊！

7凄然一笑，说你他妈的和老婆闹别扭了就想到了我，那头凉了想热这头，少跟我玩这一套，我可不是二传手。说罢，7一转身走了。

望着7走向磅房的背影，0心中有种说不出的滋味在心头翻腾。7的心0是明白的，这小娘儿们离婚后一直不嫁人是在期待着他的什么，但她从不主动去诱惑他，也从不去离间他和妻子之间的感情，只是默默地帮助着他关心爱护着他。0不知道自己是否已经喜欢上了7，更不知道自己应不应该去喜欢7或是去爱她，他唯一知道的是他欠下了她太多太多的，面对7，除了内疚还能有什么呢！

2吹着支口哨曲朝0走来，0本来将班里的收尾工作交给了他，见0没走，班里的事还得向班长请示汇报。0见2走了过来，便迎了上去，0听见2吹的那支曲子是那首叫做《糊涂的爱》的流行曲，从曲调声中0听出了那句“爱有几分能说清楚，还有几分是糊里又糊涂”，走近他的是2，可他想到的是7。

2停住口哨，说头儿，还干不干?

0看了看表，说不干了!

2说想干还能干一个钢号。

0说爱国不在于多干一个钢号!

2双脚一并敬了个军礼，说，Yes!

2吹着口哨朝主控制台方向走去。

0朝7号台磅房方向走去。

厂房天窗上此时泛起血样红的霞光，那条草绿色的钢铁巨龙被天窗上透射过的霞光涂抹上了一层彩釉似的光彩。厂房顶上的照明灯熄灭了，一只麻雀掉下来落在安全道上，叽叽喳喳地把黎明的消息从外面捎进了厂房。

（原载于《武钢文艺》1996年第3期）

「作者简介」

崔立民，1956年生，湖北武汉人。1980年进入原武汉钢铁公司从事轧钢工作，2016年从该单位退休。1989年开始文学创作，到2019年为止，先后创作了30多篇小说作品，代表作有短篇小说《白夜》、长篇小说《父亲的红钢城》。其作品曾荣获“楚天文艺奖”等奖项。

「作品导读」

作为钢厂中的一名普通劳动者，崔立民的绝大部分小说创作都是献给中国钢铁工业、献给中国钢铁工人的篇章。钢铁工人、“红钢城”一直是他小说创作的中心。在他的小说作品中，他多次写出中国工人在社会转型期尴尬的生存现实，写到他们在困境面前对国有资产和集体利益的维护、对个人人格尊严的坚守，当然也写到了他们抗争的失败，写到了他们内心的悲凉与困惑。面对着强大的市场经济的冲击，广大工人群体的兄弟情谊也遭遇着不断瓦解的悲剧。

小说《白夜》在《武钢文艺》发表后，很快被《当代作家》（1996年第4期）、《小说月报》（1996年第10期）等刊物转载。作品中的人物形象生动。作品中的八个人，除了“5”的形象比较模糊之外，其他几个人的形象鲜明，无论是责任心强、讲求兄弟情义的班长“0”，还是过于计较个人工资收益的“6”，抑或是抱有私心想趁机揩公家油水的工友“3”，以及那个经常在上班期间外出发财的工友“4”，他们的形象塑造具有极强的典型性与时代性。他们在社会转型期所做出的不同的人生选择，其实代表着当时中国广大钢铁工人的人生分化。

题目“白夜”二字富有深意，对于这些“三班倒”的一线工人而言，他们对于白天与黑夜的界限是模糊的，即使是在夜晚，车间内灯火通明，让人感觉不到黑夜的侵袭。当然，作品用“白夜”为题，在某种程度上也暗示着车间内部进步、积极的力量与倒退、消极的力量的交锋。

胭脂杏

·陈　年

磅秤的指针在数字“52”跟前哆嗦了几下，停下来。一百零四斤。一百零四斤废铁五十二块钱。废品收购站的老板麻利地算好账，拉开缠在腰间的钱包，抽出几张新崭崭的钞票，用指尖一张张捻开，边数边摆成一把扇子。

不对吧？你这家伙肯定又在秤上做手脚了。缺斤少两，你就等着下油锅吧！陈小手每次卖废品时都要这么说。

“呵！我天生胆大，不怕鬼，没听说有钱能使鬼推磨？鬼也怕有钱人。”老板一颤一颤地抖动着手里的扇子，新纸币发出动听的哗哗声。“听听，听听，我的钱是会说话的。钱通人性，就喜欢和有钱人说话。你不知道，现在有钱人都喜欢花新钱，花新钱相当于玩处女。”

新钱一块能顶两块花？那你给我换成一百块的旧钱！我就爱花旧钱，越破越好。

老板笑笑，并不回答陈小手的问题，自顾自地说：“要我说，陈小手你就是个呆鸟，不会把握机会，机会你懂吧？”老板往手心里吹了一口气，“噗的一下，就是那么一小会儿，错过了也就错过了。”

钱多扎手。陈小手很讨厌老板说话的腔调，神气个屁，不就是个收破烂的。不想再听他啰嗦，把钱揣进兜里，头也不回地走了。

猪头肉带耳朵的那块最好吃，柔韧的脆骨包在一层薄亮的肉皮下，咬着下酒有韧劲又有嚼头，越嚼越有味儿。陈小手站在“肉头”的熟肉摊前，伸着一根指头比画，“对，对，就从这边的耳根割。带上猪嘴头更好。吃猪头肉不能太肥，肥了腻嘴。”

就数你会吃，剩下的肥肉留着给谁？肉头操着油腻腻的尖刀说。

随着刀尖，陈小手不由人地张大嘴，一直瞅着肉头的刀准确地把耳朵割下去，又拐了个弯把猪嘴捎带上，才把大嘴巴合上。陈小手知道爱喝一口的男人都馋猪头肉，猪耳朵下酒最美。一口烧酒，一口肉，那美滋滋油浸浸的滋味不差个中意的女人。

肉包在透明的食品袋里，红润润油汪汪的一块，香气凝成一股绳儿直往鼻子里蹿。有点肉醉，陈小手的嘴角不自然地抽动，舌头下面藏着一条虫，不一会儿就从嘴巴里爬出来。陈小手咽口唾沫，用手背擦了下嘴角。掏出刚才卖废品的新钱，肉头用他油浸浸的手一抓，票子的边角上沾满油污。想起收购店老板说的，花新钱相当于玩处女，陈小手拿着肉往胭脂的店里走。

胭脂在街的拐角处开着一家理发店，地段不是旺市也不太冷清。铺子有个好听的招牌名儿——胭脂杏。三个大字飘在一片粉白的杏花林云端。“杏”下面的“口”字描画成一张红艳艳的嘴巴，微微张着，似乎一动，就要吐出一串串情意绵绵的话来。三个大字下面还有四个小黑字：杏发出众。同样“杏”下面的“口”字，画成一张嘴。谁也说不清为啥叫个这店名儿，反正街上的男人一听这名，嘴里酸溜溜地往外冒水。

路过菜市场陈小手又拐进去买了黄瓜，香菜。外加一瓶二锅头。

现煮的猪头肉，闻着就香。陈小手拎着酒肉笑嘻嘻地推开理发店的门。胭脂正在给一个老顾客理发，从镜子里剜他一眼，没和他说话。

陈小手不生气，一屁股坐在客人刚才坐过的椅子上看胭脂理发。胭脂一只手拿着小剪子，一只手插进客人的头发里，手指头叉开，食指和中指缝里捏着挑起一小缕头发，黑色手柄的小剪子在上面轻轻一掠，燕子剪水一样。动作又轻又快。

胭脂来矿上开铺子有几年了，人们都知道胭脂年轻时干过那种事，现在人老色衰，就是想找个合适的窑黑子嫁了，然后安安生生地过日子。但她想找个啥样“合适”的人却没人知道。

刚出锅，还热乎着呢！看看没人理，干坐着无聊，陈小手自来熟，拎着东西边说边钻进胭脂里面的小房子。胭脂的理发店不大，但收拾得齐整，外面是店面，贴墙根挂一面大镜子，镜子下的台子上摆着理发工具。里面用一块三合板隔开，算是卧室、厨房。板上开一个小门，门上挂一块半截子的白帘子，里面的床腿呀，桌子腿呀，还有女人淡粉的拖鞋，半隐半现。有一些暗示藏在帘子后头。也把一些想入非非的念头隔在外头。

帘子上面绣着喜鹊登梅的图案，那几只喜鹊活着，时不时地随着帘子飞几下。飞得理发的男人们心花花乱。

刀呢？切菜刀放哪儿啦？陈小手在里面咋咋呼呼地喊。胭脂不理，放下小剪子，退后小半步，看看剪出的发型，又从镜子里瞅瞅顾客的脸形，想一想拿起一把小黄梳子插在头发上。薄片的小黄梳子，在黑黑的头发间月亮一样的穿进穿出，雪亮的剪刀刃沙沙地咬着头发。胭脂有一个习惯，拿起理发工具做营生的时候不说闲话，不管多重要的事，都要等理完发手停下来再说。

猪头肉拌黄瓜，神仙闻着味儿也走不动。陈小手在里面把洗净的黄瓜在案板上敲得梆梆响。他用声音暗示胭脂要开饭了，也在暗示外面那个理发的人快点走。

蒜呢？家里有蒜没了？没蒜可不行，猪头肉没蒜逼不出味来。陈小手知道胭脂手里有活，没工夫和他搭话，可还是要咋咋呼呼地喊。这样喊着顺畅舒服，似乎胭脂真成了他的老婆。谁家的男人做饭时不顺嘴喊老婆剥几瓣蒜或是来一根葱？

磨磨蹭蹭地把香菜择好，蒜也剥好，外面的人还没有走的意思。忽然想起没买醋。陈小手挑开帘子问胭脂醋放哪儿啦？胭脂在镜子里看到陈小手的头上停着一只扑扇着翅膀的喜鹊。也不回头，用梳子指了指里面架子上一溜瓶子。陈小手身子缩回去，在那一溜瓶子里找，一个一个拧开盖子闻，最后找到一只空瓶子，有日子不用，瓶底子长着一层白膜。

我先买醋去，吃猪头肉没醋，就和男人没女人做伴一样没味。陈小手一个人唠唠叨叨地从里边出来，认真看一眼理发的人，都在一个矿上住着，低头不见抬头见，看着面熟，但却叫不上名儿来。

理完发，胭脂拿起吹风机把围在顾客身上幔布上的碎头发屑吹掉，一只手捏住男人的后衣领，另一只手拿一把大软毛刷子掸藏在脖子窝深处的碎头发屑。清理干净，把顾客带到洗脸池边，摆好凳子，调好水温，洗净头发渣，再坐到镜子前，用吹风机边吹干边整理出发型。

刮脸不？胭脂问。现在有了电动剃须刀，来理发店刮胡子的客人少了，当然能要得了剃刀的理发师傅也越来越少。

刮！从鼻子里哼出一个字。说完男人身子往椅子上一躺，享受地闭着眼。理发店的窗台上常年摆着一只小碗，里面放着些碎肥皂头，用时倒一点开水，拿一把软毛刷子来回地转，转着转着白白的泡沫就多了。

胭脂拿起吸饱肥皂液的刷子往男人脸上涂。抿嘴！干脆的两个字，女人抹得的时候都要这么叮嘱客人一声。拿起剃刀，胭脂看了一眼镜子里的男人。发现男人正偷着瞟自己，胭脂喜欢这样的眼神，也常常被这样的眼神忽悠打动一下。过后又平常如旧。

刀是新磨过的，胭脂先放在自己的头发上试一试刀刃快不快，轻轻一触，噌的一声，几根头发落下来。

一只手托着男人的脸，另一只手指捏着剃刀轻轻落在脸颊上。手指沾过水，有点凉。刀锋利无比，只是这么顺着刃口一拉，脸颊便光洁如新。

手要轻，活要好，脸要笑。这是当年师傅教给她的吃饭口诀。前两句她做得好，后一样做不来，只要一拿起推子剪子，她脸上的笑，就被风刮跑了。也不是故意拿捏做样子，她知道这是以前落下的毛病。当初，爹是不同意她学这门手艺的，爹说，一个女孩子家成天摸完男人的头摸男人的脸，这营生脏，还有点张不开嘴。不喜欢爹这样说，心里留了意，做营生时，总要摆出一本正经的样子。慢慢地成了习惯，改不过来。

胭脂也知道有的顾客挑理，嫌她的样子死，干活时没个笑模样。和钱没仇，但就是不会边做营生边和顾客调笑。不过，她的手艺好，能使来剃刀，会刮胡子，会剃光头。刮胡子是个手艺活，没有几年的功夫不行。新手刮不了胡子，不是割了下巴就是划了脸。血糊拉碴地难看。

男人咧着个嘴，难看得要死。疼？胭脂用询问的眼神看一下。男人不方便说话，点点头。胭脂拧个热手巾把捂在嘴上，硬胡子用热毛巾捂过，刮起来不疼也省刀刃。

小卖店跟前就有，几分钟的路，陈小手拿着醋回来，看到那个男人还没走，眯了眼，舒舒服服地半躺在椅子上，让胭脂给刮胡子。陈小手用劲一甩帘子，上面的喜鹊飞得老高。

找你三块。

还没涨价？

没呢，都是些老顾客，熟人熟脸的涨不起来。胭脂的声音。陈小手知道街上理发店都涨了价，理一次发三元。

外面没了顾客胭脂也进来帮忙，头发低低地盘成一个髻，一把淡黄色的小梳子插在上面做簪子，懒散中透着说不出的味道。陈小手心里麻丝丝的，胭脂这样的小女人，就像凉拌猪头肉一样，虽然上不了大席面，但男人们私底下还就是好这一口。

拌好的猪头肉红润油亮，胭脂伸手捏起一小块猪耳朵，不是直接放进嘴里，而是把嘴张得大大的，手一松，肉掉进嘴里。

知道你好这口，我赶着锅口买的。香不？陈小手讨好地问。

胭脂眯一眯细长的眼，嘴里吧唧吧唧大声地嚼。香，真的香，是肉头家的吧？他家这味儿我一吃就能吃出来。哎，陈小手，你听说没？街上人都说肉头家煮肉时放大烟壳子？

大烟壳子我早听说了，放大烟好，放了大烟人们才能吃出瘾来。越吃越爱吃，越吃越想吃。陈小手顺手捏了胭脂一把。胭脂也不躲，很自然地靠上去。

陈小手和胭脂的关系用当地的土话说叫朋锅或是搭伙，不领证不结婚，平时胭脂住陈小手家，陈小手也住胭脂的理发店。谁也不管谁的私事，有合适的对象各找各的，没有就暂时朋锅。陈小手隔三差五地相亲，胭脂也和别的男人见面。谁也不吃谁的醋。

胭脂还想吃个醋溜土豆丝，陈小手麻利地炒了。

屋子小，摆不下桌子，陈小手和胭脂头顶头围着一小块切菜的案板，陈小手专拣肥肉吃，把瘦肉留给女人。吃着饭胭脂忽然说，帮我问问，看谁要盘店？

陈小手心里顿一下，笑着说，找上好男人了？

胭脂嘴里嚼着块黄瓜含含糊糊地说，就是想出去走走，有机会在城里学习学习。

学习？就你，还学习？早干嘛去了？老毛驴的岁数了才想起上学呀。陈小手咧开大嘴呵呵地笑。

胭脂脸上现出一丝恼来，我这样的人咋了？我就不能学习了？

能，能，能，陈小手看胭脂脸色不好，不敢得罪，一口气连说了三个“能”。

胭脂知道陈小手从来没个正经样，懒得和他斗嘴。拿过小手的杯子，喝了一大口，一股辣劲冲上嗓子眼。上啥学哩，就是想去太原学点新潮的理发手艺。现在有几个人头发长了才理，城里人都实行漂染呀，洗护呀，直板烫呀，陶瓷烫呀，干洗呀，按摩呀，再不出去学学新活儿，慢慢地我的理发店该关门了。

出去学手艺也不用卖铺子，回来接着干呗！一根肉丝卡在牙缝里，陈小手捏根火柴棍边剔边说。

不想回来了，小地方不养人，学了新手艺，我想在城里开一个大发廊。胭脂看了一眼门帘上的喜鹊登梅图案，有风吹过，上面的喜鹊跃跃欲试地想飞。

你是本地人，认识的人多。帮着问问，价钱低点也行。

在城里开？陈小手想起以前对胭脂的传闻。看来这女人是熬不住了。

嗯，到城里开。胭脂夹了一筷子土豆丝，醋放得少了，不脆，吃起来有点发蔫。

真想走？陈小手问。

早走晚走都是个走，到哪都是一个人，我老守着一个地方有什么劲儿？胭脂喝了酒情绪有点低。

等个称心的男人呗。陈小手想开个玩笑。但没笑出来。

好男人早没了？胭脂用筷子来回地拨着一段香菜。

那是你眼高。跟前的好男人多了去。一句话就一口酒，陈小手不知不觉喝得眼前起了雾。

胭脂刚来矿上开理发店时，是他给找的铺子。胭脂的表姐和陈小手家是邻居，那时胭脂的爹刚死，脚上穿着一双白鞋，鞋面挑着两颗麻桃，像是两只眼睛，低低地在人们的腿缝间无声无息地游走。一副让人心疼的可怜样儿。胭脂说，她学过理发手艺，想在矿上开个店，大哥帮着租个房。

正好陈小手的一个朋友有个店要出租，陈小手便帮她租了下来。后来听说，胭脂的爹是让她给气死的，胭脂在城里的理发店，靠手艺也靠身子。她爹丢不起人，连气带病死了。等胭脂得了信，已经入土，爹走了，亲情散了。村里没法待，胭脂只好投靠矿上的表姐。表姐也不想收留她，要不她以前的这些丑事，还能在矿上有鼻子有眼地传出来？陈小手不在意这些，女人嘛，有点风流事，有点故事才会让男人惦记，晚上睡觉时咂巴着嘴想。

不过陈小手不惦记胭脂，他刚订了媳妇，媳妇的嘴角长着一颗痣，那小女人，妖得很，撅着小嘴说，那是一个馋痣，专为找陈小手长的，跟了他以后准能过上吃香喝辣的好日子。说得陈小手心里毛毛糙糙的，老想着亲那张小嘴嘴。

胭脂的理发店生意出奇地红火。胭脂的手艺好，胭脂的人缘好，胭脂这种模模糊糊的从良身份也好,馋嘴的男人们都想看看做过那种事的女人是怎么个样儿。平日里有贼心没贼胆，现在借着理发偷看几眼也是满意的。众人拾柴火焰高，受大家照顾，胭脂手里有了钱，很快就买下了铺子。

日子过得真快，一晃都五年了。

什么时候走？陈小手喝了一口酒问。

也不急，等铺子出手了再说。胭脂另倒了半碗酒，和陈小手碰个响，一仰脖干了。“吃口菜，吃口菜，干喝酒一喝就醉。”陈小手没话找话。胭脂又倒了半碗，脸上泛起一层晕，粉艳艳的上彩。身子发软，轻飘飘的，嘴里叫着不能喝了，不能喝了，再喝下午开不了店门。

陈小手嚷嚷着，开啥店呢？不开了。今儿咱高兴，高兴了就是爷，是爷就不给人理发。给钱也不给那孙子理。

胭脂也跟着嚷，对，给钱也不给那孙子理。

两个人喊着喊着声音小下来，陈小手说，要不我娶了你吧，我养活你。我呢，受点委屈，好的没有，赖得也能将就。你也不用成天给男人洗头洗脸了。

胭脂的脸拉着，话，刀子一样丢过来，我说，陈小手你也不撒泡尿照照，你养活我？你自己还成天偷鸡摸狗混饭吃呢！说着话从陈小手手里夺过酒瓶子，又要喝。陈小手赶紧把盘子碗撤下来，端到水龙头下洗。

胭脂气鼓鼓地坐在镜子前拿着小镊子一根一根地扯眉，时间长没修，都长得有点变形了，胭脂看着镜子里的自己有些呆，眼看着就是三十五的大关，女人过了三十五岁走的都是下坡路，老得快，一天一天样。唉，老了，真老了。不是胭脂不想折腾，而是折腾不起了，没有多少好日子等着她折腾。

陈小手给自己规定，千万不能贪，路子好但不能多做。老走夜路的人容易遇上鬼。东西卖了钱，够他几天的生活费就行。铁价高时，少拿一点。便宜时，就多拿几块。陈小手的“拿”是领导暗里同意的。也不是陈小手和领导有特殊的关系，只能说陈小手命大。几年前在井下放炮时碰上瞎炮，陈小手死里逃生捡了条命，但他的脸给毁了，煤粉镶进破损的肉皮里，左上边脸留下一大片蜘蛛样的煤斑。出了院，那个嘴角长着一颗馋痣的准媳妇又找了新人。陈小手不怨人家，年轻轻的姑娘谁也不想成天瞅着让人恶心的蜘蛛。

经过磕磕碰碰，陈小手有点灰心丧气，没事时就爱赌上一把。输多赢少，但他迷恋赌钱的那种感觉，成百上千的钱风一样来，又风一样去。不过陈小手不让自己陷得太深，只玩工资，输光就离开赌场。输得没饭钱时陈小手就出去想办法解决一下生活问题，在矿区偷点废铜烂铁，也不大偷，小打小弄。被抓住了，让单位领导领回教育教育，罚几个钱，然后放人。后来陈小手隔三差五地让领导接送，领导的脸也是脸，领导绷不住了，让他家里有啥困难提出来。陈小手笑了，让矿上给他出笔整容的钱。后来，矿上机分厂的废铁，陈小手随便拿，只要不是用汽车拉，能背多少背多少。陈小手很知足，每次不多拿，只卖足生活费就行。

陈小手出事后，怕死再不敢下井，矿上给他调到场面上看澡堂子，以前上班累得贼死，一下班就想睡觉。现在工作清闲，隔三差五地去胭脂的理发店坐坐，接个电线，安个插座。遇到胭脂忙时，也帮着洗洗头，扫扫地。再后来，两个人便住在了一起。

想不到的顺，几乎没费事，房子便出手了。交了一半定钱，写好卖铺子的契约，只等胭脂收拾利落，腾空房子便把另一半钱也交了。

胭脂把东西都收拾好，给陈小手打了个电话让他过来吃饭。胭脂包了饺子，西葫芦羊肉馅的，吃了滚蛋饺子她也就从矿上滚蛋了。

磅秤的指针在数字“50”跟前哆嗦了几下，停下来。不多不少一百斤。废品站的老板麻利地算好账。

你又缺斤少两了。陈小手说。

爹亲娘亲不如钱亲!

噢，你们家孩子都管钱叫爹？陈小手眼白向上一翻。

老板没回答陈小手的问题，把一小摞钱递到陈小手手里。阴森森地笑着，“人要懂得把握机会，机会你懂吧？”老板往手心里吹了一口气，“噗地一下，也就是这么一小会儿。”

陈小手慌慌张张拿起那一摞钱，贼一样溜得飞快。

陈小手从外面进来时，一眼就看到坐在里面包饺子的胭脂，先是觉得特别别扭，后来想起那块经常挡着的喜鹊登梅的帘子不见了。心一下子空落落的，这种女人心肠真硬，说走就走了。

饺子吃得没滋没味，陈小手倒了半碗蒜醋，还是吃不出个咸淡来，最后咬了只独头蒜，辣得鼻涕眼泪一起流。

吃了饭，胭脂去洗碗，陈小手坐在那儿发呆，以前都是陈小手洗碗，胭脂在旁边吸一根烟，有时，一根烟还没吸完，顾客已经上门。胭脂把吸了半截的烟，插进陈小手的嘴里，起身给顾客洗头。烟蒂常沾着胭脂的口水，湿湿的，陈小手也不嫌弃，吸得云山雾罩的。

临走理个发吧！以后没机会了。陈小手有点不舍地说。

理个啥发型？板寸？要不来个毛寸？毛寸显得人精神也年轻。

啥寸不寸的。没那么花哨，就剃个光头吧，光头好，泻火，一目了然，走哪都是五百瓦的电灯泡！陈小手吮着牙花子说。

胭脂打开旅行包，把理发工具取出来。电动推子在头皮上耕地一样地跑，黑色的麦子一层层地躺倒。推子的嗡嗡声响成一片，声音有点刺耳，钝了，推子该加油了。停下手，胭脂用小油葫芦往里面点了几点煤油，再紧一紧螺丝。

票买了？

买了，夜里十点的车。

推光头最后的一道手续是用剃刀刮头皮，刮成青白色，一点黑头发茬也不能留。剃光头是真功夫，普通人根本剃不了，在剃头行里一直传着一个小徒弟剃葫芦霜的笑话。

雪亮的刀刃子刮得头皮“噌噌”地响。“对门的二婶子给我说了个女人。”陈小手猛地一转头，他忽然想真真地看一眼胭脂。

胭脂正在干活儿，没提防男人动弹，手下一不小心，拉了一个小口子。血洇洇地出来，粉粉的，撕一块面巾纸沾干净血。胭脂有些慌，也有点不好意思，师傅说过，刮破的是客人头，而丢的是你自家的脸。顾客的头脸走到哪都是一张理发店的活招牌。你拉了人家的头脸，只能说明你手艺臭。

大中午血旺，那口子一直洇洇地往出渗血。胭脂从外面买了根雪糕，敷在伤口上。看着陈小手脑袋上顶着一根伊利雪糕，胭脂大声笑起来。“没劲吧，你说你，扯不扯淡？你相媳妇和我说个啥？”

也没啥，就是想告你一声。陈小手的眼睛一直盯着胭脂看。

噢，长得挺好看吧？胭脂有点酸溜溜地说。

咱这张脸有女人找就不错了，还敢挑拣人家的模样？男人的牙很白，一笑胭脂的眼前亮一下。

后来谁也不再说话。天忽然阴了，要下雨。

刮脸不？

刮。

胭脂把刷子沾上热热的肥皂水，弯下腰，脸低低地俯下来，男人能闻到女人身上好闻的苦杏味。刷子上还留着热水的温度，抹在脸上温温的，舒服得像在用一条热毛巾擦脸。仰脖！胭脂说，陈小手听话地仰起脸，脖子抻得老长。有一股淡淡的肥皂味儿，热热地散在嘴边。胭脂仔细看着手下的活儿，有涂得不均匀的地方，又补上两刷子。陈小手的半个脸还有脖子都白得起腻，像是戴了面具。胭脂从镜子里看一眼陈小手，上半边脸的那个大蜘蛛，狰狞地爬行在上面。胭脂的手指小心掠过那一大片煤斑，把手里的剃刀移到男人的脖子上。陈小手的胡子稠密，脖子上也是一片黑森林。

别再说话了，要不我就成杀人犯了。胭脂破例在理发时和顾客说笑，胭脂笑起来很好看，一排碎碎的牙齐整整的。

看到胭脂笑了，陈小手想和她开个玩笑，把手藏在围幔下，裤裆处支起一个小帐篷。胭脂笑得更响了，边笑边骂，流氓样。男人浑身的肌肉放松，手也不老实起来，从围幔下伸出去，摸女人结实浑圆的大腿。胭脂下意识的一躲，手下又多出一道血口子。不由得有些气恼，叫你不要动，偏动，这下好了，又开了一个口子。陈小手不觉得疼，趁机握了胭脂的手，笑呵呵地说，一家人嘛，割就割一刀。我的这个人早晚还不是你的。

谁和你是一家人，各门各姓的。胭脂还嘴。这样的玩笑话他们经常说，顺嘴就来，已经没有新鲜味儿。胭脂也不把这话搁在心里，耳边风，轻轻一吹就走。男人吗，就是过过嘴瘾。占点便宜，谁也不会当真娶她。

脖子凉凉的有东西在滚动，陈小手用手一摸，红红的一片。

你真敢杀人了。陈小手连说带笑地跳起来。

天黑了，雨还没落下来。胭脂把剃刀推子擦抹干净，放进旅行包里，从墙角里拿起一把扫帚扫地。今儿个就不走了！陈小手看着女人笑，女人没说话，弯着腰扫地上的头发渣子，那些油亮的黑麦子沾了土，灰头土脸的。胭脂雪白的一截腰露在外面，腰眼中间有一颗胭脂痣，淡粉色，如同被人有意点了胭脂点，楚楚动人。陈小手的手抬了几抬还是没忍住放在那段雪白上。胭脂不动，静了几秒，回过脸有情有义地看着陈小手。

胭脂和陈小手在一起睡觉也不是一次两次了，每次都是鱼欢水欢的。这一次两人都绷着劲，都想好好地做一次，表现一下。可两个人的身体碰在一起时一下子陌生起来，不知不觉有些离别的伤感夹在里面。想起兜里要送女人的东西，陈小手从被窝里爬起来，光着身子去取，在外面的大镜子下看着自己上下两处的丑样子，陈小手有点难过。

那是一颗玉白菜，光头好，水色也足。银星金店标价一千六。

胭脂把玉放在手心端看了一会儿，笑着说，玻璃货吧，花了几块钱？

陈小手点点头说，不值钱，玻璃的。

外面的雨声炒豆样敲着玻璃，雷声在不远处吼着。雨越下越大。

陈小手是光着屁股被警察从被窝里摁住的，本来要揪他的头发，可他新理了一光头，滑溜溜的。只好掐着他的脖子。那时胭脂已经穿好衣服，拎着伞，提着箱子准备出门。

陈小手因偷盗重要工业器材被劳教三年。大概快过年时，管教说有一个女人来看他。隔着铁栅栏，陈小手一眼认出那个女人是胭脂。胭脂挺着大肚子，丑了很多，丑得完完全全像个别人的老婆了。

胭脂一见面就骂陈小手是个王八蛋，骂陈小手害死她了。她说她怀了陈小手的孩子。

陈小手有些发呆。

胭脂说肚子里的那个孩子叫杏儿。在她们老家“杏”“幸”同音，种杏树就是种幸福。

（原载于《阳光》杂志 2009 年第 6 期）

「作者简介」

陈年，女，曾用笔名刘湘纤，山西大同人，当代作家。2007年开始小说和散文创作，在《天涯》《当代小说》《山花》《作品》《芳草》《西湖》《长城》等发表作品。有多篇小说被选载，并收入《中国短篇小说年选》。代表作有小说《胭脂杏》《小烟妆》《九层塔》《外乡人》《豆腐河》《梅花沟》等，出版小说集《给我一支枪》《小烟妆》等。另有散文《浮生如寄》入选《2013年散文年选》。曾获得"乌金文学奖"和"阳光文学奖"等奖项。

「作品导读」

《胭脂杏》最早载于《阳光》杂志2009年第6期，后被《小说选刊》选载，并入选《2009年短篇小说年选》。作品讲述了因井下放炮时遭遇意外事故导致毁容的矿工陈小手和发廊妹胭脂平凡而普通的爱情故事。胭脂早年出卖过身体，后来来到矿上开了一间叫"胭脂杏"的理发店；陈小手在发生事故后被派去看澡堂，后来沾惹了赌博的恶习，还时不时盗窃矿区的废铜烂铁，这两个有着不光彩过去的底层人，也都有一颗渴望真爱的善良之心。他们在相互的扶植帮衬中、在琐碎的世俗生活和精神鼓励中，经过磨砺和考验，最终走到了一起，获得了较圆满的结局。

作品通过陈小手和胭脂的故事，为我们描绘了生活在社会底层的普通矿区人的日常生活，表现了他们的喜怒哀乐和精神世界，在揭示普通小人物的盲目、无知、贪婪、怯懦的本色同时，也表现了他们人性中的善良、真诚、抗争和勇敢。小说没有塑造高大的人物形象，也没有表现特别突出的矛盾冲突，但我们在这平凡、琐碎的日常生活描写中，感受到了独特的韵味与深意。

小说文笔流畅、感情细腻，语言简洁，文字活泼而灵动，人物及场景描写细腻生动，细节真实，并且极富生活气息，同时又带着淡淡的苦涩和哀愁之美，充分表现出了女性作家的柔软和温情。

成长在煤矿，并长期生活在煤矿的作家陈年曾说："矿山不仅仅是苦难和死亡，它深藏的能打动人心的东西我并没有写出来。"从精神层面描写底层矿工群体的生活状态和喜怒哀乐，挖掘其中的真善美，在艰辛的甚至是残缺不幸的生活中寻找世俗之美，在庸常而卑微的生命中探寻生命的尊严和亮色，是陈年追求的目标和创作的动力。

炸 窑（节选）

·荒 湖

1

天气转冷的时候，二赖子曹记突然停止了晃悠，只见他手捏一截筷子，肩上搭着一件黑不溜秋的棉袄，像狗似的，蹲在自家门口。

在我们土村，所谓“赖子”，就是无赖、泼皮的意思，所谓“二赖子”，当然是排名第二的赖皮。头号赖皮曹滚，两个月前跑到隔壁的炭村，与煤老板雇用的黑社会团伙打了一架，造成对方一名重伤、二名轻伤，结果判了五年，如今正坐在县城的大牢里受刑。曹记吸取了曹滚的教训，不敢与煤老板当面抗衡，只好在村里到处晃悠，寻找着恰当的报复机会。

那天早上，曹记去了一趟细琴的代销店。细琴说，镇上的炸窑队又要来了……他立马抖了抖身上的棉袄，一溜烟回到自家门口，然后贴着墙壁蹲了下来。

早饭过后，从炭村方向突然传来“砰”的一声炸响。曹记哆嗦了一下，身上的棉衣差点掉落到地上。他扭头瞥了一眼房屋上首的枫树林，随即以拿捏毛笔的姿势，掂起手上的半截筷子，在裤裆前头的空地上，重重地划了一笔。炮响过后，从炭村方向飘来一股烟雾，烟雾很快笼罩了土村的上空，正好盘旋在他的头顶上。曹记翻着眼睛，仰头骂了一声，然后瞧了瞧面前的地面。他瞧见，那些被他写出的并排着的“正”字，已被烟雾投下的阴影完整地笼罩住了，就像鸡爪爬过的印迹，显现出一副乌七八糟的样子。

这时，只见媳妇杏花一边捂着耳朵，一边从对面的萝卜地里跑出来，随后一头扎进细琴的代销店里。

二赖子曹记瞥了一眼媳妇，然后举起手上的半根筷子，冲着头顶上的烟雾，又一次骂了起来，那样子就像骂着一架刚刚完成扫荡的敌机。结果，因为身子抖动得厉害，背上的棉袄终于滑落了下来。

曹记先是骂政府里的炸窑队。他说，你们这帮狗娘养的，年年炸窑，年年没炸出个名堂来，你们简直就是一帮废物！他说，你们一个个暗地里与煤老板勾结在一起，现在又装模作样地跑下来炸窑，你们糊弄哪个呀？你们以为我们老百姓是苕呀？我们才不苕呢！我们什么都知道，我们只是懒得计较了……一天到晚把老百姓当猴耍，你们终究不得好死的！接下来，他开始骂那些非法开矿的煤老板。他说，你们这些见利忘义黑心烂肝的家伙，你们不顾老百姓死活，不顾把山炸痛了把水搞脏了，成天躲着人民政府发黑心财，你们终究也是不得好死的！曹记最后跳了起来，指着天骂道：

"你们这帮狗娘养的，你们搞得我老婆生不出孩子来，我日你们祖宗八代！"

二赖子曹记的媳妇杏花，就是因为背后炭村老是出其不意地放出炮响，造成习惯性流产，结果失去了生育能力。为此，他三番五次地跑到那些放炮的窑口里，动不动躺上半天，死活不走。头两回，正好遇到煤矿里组织检修，煤老板懒得搭理他。到了第三次，煤老板不讲客气了，掏出手机，临时喊来一帮戴墨镜文过身的青壮汉子，他们七手八脚地将他抬起来，像扔掉一块石头似的，"哟嗬"一声，将他扔在炭村和土村交界处的茅草丛里。曹记从茅草地里爬起来，拍了拍手，一边嘀咕着，一边嬉笑着回到了土村。不久，他决定另辟蹊径，开始投诉他们，他不相信这社会没有王法了，他不相信告不倒他们。可是，一年多过去了，状子都写了三遍，人也去过几回，镇上的法庭还是没有给出让他信服的结果。

曹记瞧了瞧细琴的代销店，店铺的木板门关得紧紧的，上头贴着一些五颜六色的广告宣传品，宣传品上画着女人半裸的身子。每次路过那里的时候，曹记会忍不住瞥上一眼，越看越觉得那画上的女人挺像细琴，屁股比南瓜还肥，皮肤比萝卜还白，不管你站在哪里，那双像黑葡萄一样的眼睛，老是不远不近地勾着你。

这会儿，杏花那女人肯定正偎在细琴的胸怀里，哭得像个孩子。

自从有了习惯性流产过后，这女人就变得疯疯癫癫，神神叨叨，只要听到隔壁炭村传来炮响，她就会捂着耳朵到处疯跑。有一次，甚至跳进了塘里，幸亏塘里没多少水，只有一些稀泥，结果被人扯起来的时候，从头到脚糊满了黑乎乎的泥巴，看上去像个怪物。二赖子曹记将老婆跳塘的事写进状子，法庭里那个姓王的书记员看后，忍不住笑了起来，说："曹师傅，你哪里是写状子，你简直是在写小说啊……炭村开矿放炮也不是一年两年了，你们土村那么多育龄妇女都没流产，唯独你媳妇流产了，还跳塘！你看这事情，叫我们说什么好呢？"

骂了政府，又骂了矿老板，二赖子曹记的心情似乎好多了。他笑了笑，一边嘟囔着，一边拾起地上的棉衣，然后披在背上。

"跑么事啊？跑你妈个逼！"曹记冲着细琴的代销店，忍不住骂起媳妇杏花来，"你没听出来吗？刚才不是矿老板放的炮，是炸窑队放的……你这个疯子！"

杏花留着一头长发，每次跑起来，头发就会扬起来，越扬越高，远远瞧去，像一支燃烧的火把。遇到这种时候，二赖子曹记就会气得要命，就会跺起脚来，恨不得立马追过去，用麻绳捆住她的手脚，狠狠地揍她一顿，然后将她的头发剪掉，剪得一干二净，剪成像庙里的尼姑一样。

骂过媳妇后，曹记的心情越发好些了。他嘘了一口气，重新蹲下来，然后别过脸去，从棉衣的袖管里，抽出一坨黑不溜秋的棉絮，以他那种惯常的吊儿郎当的眼神和动作，缓缓地吹着气，将捏在手指上的棉絮吹过头顶，吹到半空中。

五年前的那个冬天，曹记穿着母亲亲手缝制的棉衣，兴高采烈地娶回了王杏花。五年来，曹记似乎从没脱过棉衣，一天到晚套在身上，连夏天都当枕头使用。今年初春时节，棉袄上的五粒扣子全都落光了，曹记干脆拦腰扎了根草绳，从村东晃到村西，又从村西晃到村东，嘴上哼着电视剧《济公》的主题曲“鞋儿破，帽儿破，身上的袈裟破……”代销店里的细琴瞧见了，一把将他揪进店里，当天给他缝好了扣子，随后将草绳扔进门口桥下的水沟里。一周前的那个早上，细琴瞥了瞥曹记身上露出的棉花坨子，又一次将他揪进店里，责令其将衣服脱下来，准备替他缝补一下，结果却遭到曹记的拒绝：

“不用了……越破越好！”

“你真是个赖皮。”细琴一边织着毛衣，一边嗑着瓜子。她努了努嘴，将嘴上的瓜子壳吐在他脸上，“我真是瞎了眼，当初怎么会看上你这么一个不成器的东西！”

“你这个女人，真是头发长见识短……我懒得跟你说了！”曹记从脸上揭起瓜子皮，眯缝着眼睛，像吹棉花坨子一样，轻轻吹在地上。他的眼睛本来就小，说起流氓话来显得更小，这会儿，他的两颗绿豆小眼全埋在单眼皮里，就像被树叶盖住的两粒籽儿。他又习惯性地拉扯着棉衣的破袖子，揪出一坨黑乎乎的棉花：“补么事呀？有么事好补的呢？你要是真想补，还不如趁早熬碗排骨汤，给我补补身子，最近虚得很！”

“活该！”立冬过后，细琴一直在给肚子里的孩子织着毛衣，眼看就要织完了。她呼的一声站起来，从毛衣里拔出一根亮闪闪的金属针，对着曹记的肩膀抽了过去，“你吃在碗里盯着锅里，身子能不虚吗？你找我要排骨汤喝，你真是找得巧！有本事，你回去找你那个疯子老婆要汤喝！”

“她是个得了病的人，她是个残疾人……你还这么骂她，你也骂得出口！”二赖子突然黑了脸，瞪着细琴，“你也是女人，好不厚道哎。”

“我说错了！就当我没说。”细琴连忙将针插回去，红着脸，低着头重新织起毛衣来。

店铺里弥漫着一股雪花膏的香味，曹记刚一进来就闻到了。他立马变得高兴起来。他就喜欢细琴的这种性格，敢说敢作敢当，敢于承认错误，一是一，二是二，不纠结，不固执，不像杏花，一天到晚傻里巴叽的，还动不动哭个没完。

这时，二赖子突然露出一脸坏笑，直盯着细琴圆鼓鼓的肚腹：“细琴哪，我的好女人，你是真的不懂，还是假的不懂？你跟我简直白混了一年多……我二赖子为么事不穿新衣服啊？我是有理由的！我是有自己的盘算的！我告诉你呀，傻瓜，我家里的钱就是堆得像煤山一样，我也不会轻易跑去买新衣服穿……我是男人，不像你们女人那么爱臭美。”

说到这里，曹记又扯出一坨黑乎乎的棉花来，眯缝着眼睛，对着细琴肉滚滚软乎乎的胸脯吹了过去：

“古代有个叫济公的人，你听说过吗？没听说过吧？电视上都放过好几遍了……你这个女人，一点知识都没有，一天到晚只晓得嗑瓜子！济公这个人，跟我差不多个头，长得也不么样，却一辈子想得开，比我二赖子还想得开！他老人家一到冬天穿着一件破袄子，比我还破！么事也不干，到处晃悠，可他老人家从来就没饿过肚子，人家还给他送酒喝……鞋儿破，帽儿破，身上的袈裟破……”曹记又忍不住哼起来。

“你别老是吹吹吹的！”细琴腾出手来，对着半空中的棉花坨子挥了挥，“好心变成驴肝肺，你这个没良心的，滚！”

“我知道你是好心，怕我冻着了……我心里有数。”曹记先是躲闪着，随即凑过身子，嘴巴贴着细琴的耳朵，眼睛珠子扫了扫村口的那条土路，轻声地说：“你晓不晓得呀？傻瓜，我要是穿得太光鲜了，这个社会上的人，马上就会认为我曹记身上有钱，不像个困难户。”

“你本来就是个穷光蛋，装什么富人哪！”细琴嘲笑道。

“咸鱼也有翻身的时候，有你享福的那一天。”曹记瞥了一眼村子上首的枫树林，那里有一眼煤窑，前几天才停工。

“好啊，我等着那一天。”女人笑了笑，瞥了一眼门外的路口，又吐出一口瓜子壳，“你还是先把你家那两间土坯屋改造好了，再跟我说享福的事。”

“我晓得！”曹记直盯着女人的肚子，眼睛里露出若有所思的神色，“俗话说，先筑巢后引凤……不把家里的土坯屋拆掉，我二赖子绝不把你们母子请进我曹府的门！”

细琴笑了笑，揉了揉腰身，然后扶着肚子，瞥了一眼枫树林的方向，最后一脸严肃地盯着曹记：“忘了跟你讲了……听说新来的张镇长这两天就要过来炸窑了。”

“谁说的？”

“曹权说的。”曹权是村长。

“他跑来做么事啊？那个色鬼……他怎么没找我说这事？”

“昨天晌午的时候，他过来买烟……他说到处找你……看不到你的鬼影子。”细琴瞪了他一眼。

“他怎么不打电话给我？”

“他打过了，半天打不通。”细琴瞥了一眼曹记的裤腰，那上头别着一部破旧的手机。半年之前，她承诺过曹记，哪天他不在土村晃悠了，扎扎实实找件事情做，她一定替他买部新手机。

“你这女人，一天到晚只晓得嗑瓜子，差点误了我的大事！你怎么不早说呢？”曹记火急火燎地站起来，他想立马去找曹权，“这几天我就不过来陪你了……改天，给你送一大瓶雪花膏过来，够你涂一辈子了！”

2

立冬过后，气温陡然间降了下来。山里的茅草全都倒伏着，像是让人滚过似的，地里的萝卜缨子一周前就发黄了，这会儿，让陡起的一股北风吹了起来，像随手散发的传单，满村里乱飞。

曹记在门口蹲久了，手脚开始发凉。他一边对着手掌哈气，一边倒腾着双脚，眼睛仍然盯着村口的方向。

那天晌午，曹记刚刚离开细琴的代销店，结果曹权主动找来了。曹权说，二赖子，你跑到么地方去了？我像找牛一样找你！曹记像诸葛亮似的，捏着下巴笑了笑，村长大人找我有么事吧？曹权说，你别给我卖关子了，细琴没跟你说啊？我不相信！曹记又笑了笑，没有啊？到底是么事啊？曹权说，新来的张镇长要来炸窑了，你说么办呀？曹记反问道：你说么办？你是村长，你说么办就么办。曹权瞥了瞥枫树林里的窑口，嚷道，你真是瞎扯淡！我要是晓得么办，跑来问你二赖子做么事啊？曹权又说，“在土村，谁不晓得你二赖子点子多，我这不是亲自过来请教你吗？”曹记从棉袄里揪出一坨棉花，吹在曹权身上，然后掉头盯着窑口说：“这还不简单？去年么样弄的，今年照样么样弄……依我看，就在煤窑口上塞几捆草得了。”曹权说：“你说得轻巧！那帮炸窑的家伙都是专业队伍，他们越来越狡猾了，那种塞草的搞法，太老旧了，骗不过他们……炭村的人都这么说。”

接下来，两人一边嘀咕着，一边朝着窑口走了过去。最后商量的结果是，由曹权和曹兵共同拿出两千元交给二赖子，给出的条件是，曹记必须负责妥善处理好窑口，必须保证将镇上的炸窑队伍蒙混过去，不让他们炸掉煤窑，如果实在要炸，顶多也只能像去年那样，象征性地在洞口放一小炮，然后让他们迅速滚蛋。

这时，阳光变得灿烂起来，房子上首的枫树林里，传来一阵麻雀的声音，听上去像是一锅正在热炒的蚕豆。曹记一边对着手掌哈气，一边回过头去，瞥了瞥树林底下的窑口，那地方早在几天前已经变成一个土堆，远远瞧去，像一堆准备越冬的有机肥。

随后，他数了数面前写出的“正”字：一共是三个，只差最后一横了。这些天来，曹记侦察过许多回了，炭村没拿证的煤矿一共有二十家，截至目前，已经炸出十四响了，再响六声，镇上的炸窑队伍应该转移到他们土村了。曹记老早还注意到了，炸窑队平均每天炸了六个矿，按照这个进度，他们可能在明天，最迟后天就要过来了。

北风尖啸着，从村口的方向刮了过来，到了人的脸皮，风就成了像一把把小刀，割得你难受。二赖子曹记放下筷子，决定抽根烟，这样会暖和一些。他打开棉袄，掏出一支皱巴巴的“红金龙”，用手抻了抻，然后插在黑乎乎的嘴洞里。“红金龙”四元一包，是他从细琴的代销店里赊来的。这几天，二赖子又恢复了一天两包烟的习惯，细琴不给他烟，他就抢过店里的记账本，主动在纸上划了一笔：“少不了你的！你这个女人，一天到晚只晓得嗑瓜子……到时候，我保证以双倍的价钱给你结账。”

一会儿，杏花被细琴送了出来，手上捏着几块饼干。细琴远远地瞧了一眼曹记，对着他吐了一口瓜子皮，然后掉头进了店里。

杏花一边咬着饼干，一边兴高采烈地回到萝卜地。吃完饼干后，她瞧了瞧炭村的方向，随后蹲下来，一屁股坐在刚刚挖出的萝卜上。曹记故意侧过身子，背对着她，嘴上喷着烟雾，眼睛死盯着村口的土路。

土路上到处坑坑洼洼，尘土一次次地扬起来，夹杂着漫天飞舞的萝卜缨子，看上去像是打仗似的。去年的这个时候，镇里的炸窑队伍也是从那里摇摇晃晃地冒出来，然后就像日本鬼子一样，朝着村子挺进。

到了晌午，气温陡然开始回升，二赖子感觉到脑门冒汗了，干脆脱了袄子，扔在门口的青石上。冬日里的阳光格外明媚，连地里的萝卜缨、河沟边的茅草，还有枫树上的叶子，一齐露出五彩缤纷的颜色。

可能是因为这些天盯得太紧了，曹记突然感觉到两眼有些发胀。他扔掉手上的筷子，一边打着哈欠，一边揉了揉两只像蚕豆似的眼囊，然后以逆时针的方向，将视点从村口的土路慢慢地向左移了过去。

他先是瞅见了一根杉木电线杆。电线杆立在他家的萝卜地上，杏花正坐在地上扯着萝卜上的缨叶，随后将白花花的萝卜扔在筐里。他瞧见电线杆上扯着两条细若游丝的电线，电线上纵向蹲着两只个头相仿的麻雀，微风吹翻了麻雀上的羽毛，但它们仍然纹丝不动地蹲在那里，像是睡着了，瞅上去就像一个标点符号中的分号。

接下来，在百步之内，曹记又瞅见了另一根电线杆。也是杉木的，插在萝卜地和梨林之间的地坑上。梨林是头号赖皮曹滚家的，因为长年没人调理，地里的茅草厚得像卷起的毛毯。电线上同样蹲着两只麻雀，麻雀纹丝不动地蹲在那里，像是睡着了，因为它们横向并排蹲在一起，所以瞅上去不像一个分号，倒像两个逗号。

再接着，曹记的视线开始顺着电线的走向，向左一拐，朝着山岭的方向延伸过去，于是他瞧见了几棵乌黑溜秋的梨树。曹记最讨厌的是梨树，因为那年种梨时，他吃过一回大亏。土村没什么矿藏，完全仰仗田里的庄稼和地里的几棵果树。那年冬天，曹记突然变得勤快起来，把村里抛荒的一些旱地租了过来，随后还把县里的农艺师请来了，统一栽种上几十亩杂交梨子。梨子倒是按期结果了，曹记以为发财的机会到来了，没想到天有不测风云，一场突如其来的暴雨，将地里没长熟的梨子全都刮掉了。

山岭上的梨树将电线杆遮住了，树枝上没什么叶子，枝丫横七竖八地戳在那儿。曹记想起了春天里梨花盛开的情景，他的心似乎暖了一下。

这时，二赖子的视线突然收住了，停在一幢灰黑色的房屋上，半天不愿离去。

“狗日的，我怎么没想到这层呢？这几天害得我白蹲了，把腿脚都蹲麻了，啊哟！”曹记扔掉手中的半截筷子，使劲地拍了拍脑门，然后一边嘟囔着，一边从墙根上站起来。因为蹲得太久了，结果站了半天，一双腿脚半天没能站直。他只好咬着牙，扶着墙壁，将酸麻的腿脚伸展开来，然后斜着身子，使劲地踢蹬着，半天才觉得血液流畅了，那感觉像是让一股强电流过了一遍。他一边呻吟着，一边轻轻地放下腿脚，小眼睛炯炯有神。放在石头上的棉袄，因为太阳的照晒，变得香喷喷的。曹记将头埋在棉衣里，闭着眼睛，用力闻了一下，然后踌躇满志地从家门口晃了出来，那样子像是完成了一项伟大的工作。

接下来，他站在门口的土路上，掉头越过自家的土坯屋，最终将视线停留在树林底下那个塞满茅草的土堆。

“嘿嘿嘿！”曹记得意地笑了笑，结果惊飞了树林里的麻雀。这时，这个土村有名的二赖子，在连续蹲了一周过后，皱巴巴的脸皮上，终于露出一副胜券在握的神情。

……

12

这时候，天气突然起了变化，下起了蒙蒙细雨，天上乌云也开始游动起来。老人们摇了摇头，陆续返回家里，年轻人和孩子仍然待在现场。

曹权从人群里出来后，径直去了细琴的代销店。作为一村之长，他觉得自己最好不要待在现场，该回避的要回避，这是他一贯的做法。刚才，张镇长在来土村的路上，主动跟他打过电话，最后一次问他是否在煤窑里入了股。曹权先是否认了，随即又支支吾吾地承认了，然后留下话说，如果张镇长这次炸窑能够手下留情，他会心里有数，过些日子再专门登门谢恩。没等张镇长答话，曹权主动把电话挂掉了。

其实，张镇长也没想要说什么，也跟着把电话挂掉了。

刚才，当黄眼龙扛着炸药走向窑口的时候，曹权紧张得要死，但随后瞧了炸药放置的地点，他终于松了一口气。他就是这个时候，悄悄地走开的。他突然想见到细琴，他要告诉细琴，他和曹兵合伙开办的煤窑，在这次炸窑行动，不会有什么危险，过了这个冬天，就会挖出煤炭来，如果她肚子里的孩子，果真是他的骨肉，他一定会好好地负起这个责任的，他要让她放心。

这时候，细琴却不在店里。

曹权围着店铺转了一个圈，甚至还去了店外面的土桥底下，也没有看见她。曹权盯着店门上的广告纸里的裸女想，细琴这女人，突然跑到么地方去了呢？

这时，张镇长已经被曹记扯到了他家的大门口，二赖子松下手，指着门缝说：

“你亲眼瞧瞧啊镇长，你好好看看……看看这屋里坐着什么人？”

“到底坐着什么人呀？”

镇长甩了甩手，拍了拍袖子，脸色涨得通红。土坯屋的大门虚掩着，只露出两指宽的一条缝隙。张镇长朝里瞥了一眼，似乎没瞧出什么名堂，于是推了推门。门开了一半，张镇长又朝里瞥了瞥，这回终于看清楚了，堂屋里头点着几支烛火，正中位置坐着一个尼姑，那尼姑闭着眼睛，手上敲着一只木鱼，一股浓烈的香火气息扑面而来。

张镇长回头瞥了瞥曹记，只见他突然跳到门口的青石上，从袖管上扯下一坨棉花，然后大声地说：

“这全土村，谁不知道呀？连三岁小孩都知道，我这屋子半年前就改成了庙宇……你们自己凭良心说，这屋子离窑口不到一丈远，能让他们炸吗？你们敢炸吗？死了人么办呀？”

“不到一丈远？起码有十丈远，你也太会夸张了！”负责爆破的黄眼龙接过话说。

“这到底是么回事？”张镇长盯着黄眼龙，然后掉转头来，他显然在找寻着什么。

“什么庙宇呀？怎么成了庙宇了？去年还住着人的……怎么现在成了庙宇呢？”黄眼龙拨开人群，来到门口，他歪着身子，朝里睨了一眼，又睨了一眼，眼睛里突然露出惶恐的神色，“二赖子，这到底是么回事呀？你跟张镇长解释清楚，怎么没听曹权说起这事呀？”

“这不是明摆的吗？”曹记立马跳下来，“这还用解释吗？我老婆王杏花没有生育能力了，她把这世道看破了，看穿了，削发当尼姑了……这还用我说吗？”曹记用力拍着胸脯，脸色再次涨得通红。

张镇长用力一推，屋门完全打开了，大伙一齐涌到门口。他们果真瞧见，昨天还是满头长发的杏花，今天却头戴布帽，身着尼姑的服饰，正端坐在堂屋里。她的脸色看上去像涂了蜡一样，闪着一种特殊的光泽，她一边敲着木鱼，一边嘴上念念有词，背后是一尊闪闪发光的观音塑像。

曹记一把将门关上了：

“她正在念经，你们不要进去打扰她，你们这个样子，会吓坏她的……她胆子小，见不得这么多人，尤其是见不得你们这些炸窑的人。”

“这到底是么回事啊？”张镇长又环顾了一下四周，“么样没有生育能力？又么样看破红尘……这到底是么回事啊？我怎么不知道呀？”

“你最好到炭村去问问，他们知道是怎么回事！”曹记黑着脸，指了指山的那一边，“我老婆一共怀了好几个孩子，已经流了好几次产，她每怀一次，就流一次……这事情，他们炭村的矿老板们都清楚，镇法庭的王书记员也清楚，土村的人就更不必说了，连三岁小孩都知道。”

“你私自开办庙宇，经过宗教部门了没有？”张镇长指着土坯屋问了一声。

“他们土村开煤窑，乱放炮，把我老婆的肚子都搞落了，搞得我没有后代……他们这样搞，经过你们政府了没有？”二赖子指着山背后的方向，瞪着镇长。

“曹权呢？曹村长！曹权这家伙跑到哪去哪？”镇长掉头喊了一声。“刚刚还在的呢，这家伙跑到哪里去了，你们赶紧给我把他找出来。”

这时候，那个放线的爆破工，突然从屋背后的垃圾堆里跑过来，手上捏着一把女人的头发。他瞧了一眼曹记，然后扯过张镇长，走出人群，对着他的耳朵嘀咕了一番。

雨仍在下着，是那种很细小的雨，半天都没打湿衣服。

张镇长再次抓过电喇叭，很快返回到树林底下的窑口处，然后喊话说：

“乡亲们，党和政府下这么大的力气，来治理非法开采，你们说为了么事呀？还不是为了广大老百姓！那些搞非法开采的人，为了一点蝇头小利，不顾破坏青山绿水，不顾老百姓的死活，动不动弄出事故来，动不动死人……结果呢？暖了自己的口袋，害了一方百姓！你们自己说，对这种恶劣行为，党和政府能坐视不管吗？党和政府能视而不见吗？不能，绝对不能！只要我张某人在这里当一天镇长，我就不会不管，而且要一管到底！”

现场里一片沉寂，连麻雀飞过的声音都能听见。

“乡亲们，你们都是明白人，你们都是有想法的人，你们自己说，这窑应不应该炸掉？”张镇长继续喊话说，“你们跟二赖子是一个村子的，你们都是乡里乡亲的，情况肯定比我清楚……你们自己说，如果你们有谁说，这屋子的确是座庙，那女人的确是尼姑，我们立马打道回府。”

没有一个人吱声。

“既然大家没什么话说……老黄，你过来！”张镇长突然黑着脸，喊叫道，“请大家各就各位，做好爆破准备……请乡亲们迅速离开现场，迅速离开，每个人都要离开……我给你们五分钟时间，越快越好，越远越好！”

现场立马一片哗然，大伙果真一个个掉头就走，一些女人和孩子，甚至抱着脑袋，一边尖叫着，一边朝着家里跑了回去。

张镇长捏着电喇叭一路小跑，拐过细琴的店门口，然后站在高高的土桥上。

只有曹记独自站在自家门口。

他黑着脸，眼睛里布满了慌乱。他先是瞧了瞧窑口，又瞧了瞧散去的人群，接着瞧了瞧张镇长，最后才掉过头去，瞧了瞧杏花。杏花仍坐在堂屋里，闭着眼睛，一边敲打着木鱼，一边轻声地念着佛经。

"一……二……"张镇长瞧了瞧手表，又瞪了一眼曹记，"二赖子，我们要放炮了……我可提醒过你呀！"

"你放吧，你敢！"曹记又瞧了瞧杏花，对着她喊了一声，堂屋里的女人似乎没有听见，她依旧闭着眼睛，专心地敲着木鱼，她的木鱼越敲越好了。曹记急了，掉头盯着张镇长说，"姓张的，你敢放！你还有这个狗胆子！我想你绝对不敢放，就是给你十个胆子，你也不敢放，你才来镇上几天呀……好，只要你不怕断子绝孙，你大胆放，我知道……你绝对不敢放！"

"点火！"

"不能炸呀！"一个女人突然嘶叫了一声。

这时，村里的人已经返回到代销店门口，他们一齐掉过头去，只见细琴突然从村子里钻了出来。她腆着硕大的肚子，一边手舞足蹈地扑向曹记家的土坯屋，一边尖声地喊着"杏花！"

"砰！"炮还是响了。

"姓张的，我日你祖宗！"曹记一边骂着，一边抱着脑袋瓜子，从门口蹿了出去。

刹那间，从窑口里喷发出来的强大冲击波，如同一股看不见的浪头，朝着曹记家的土坯屋翻滚而来。眨眼之间，土村唯一的一幢土坯老房，在连续摇晃了几下过后，"轰"的一声倒塌了。

大地上腾起一股像蘑菇一样的巨大烟尘，周围的枫叶纷纷掉落下来，烟雾涌向空中，半天都没散去。

这时，细琴早已钻进屋里，曹记没跑几步，突然停了下来，也跟着掉过头去，朝着家里扑去。

"杏花啊，细琴啊……你们在哪里啊？"

房子差不多全塌了下来，只剩下一些断壁残垣和一些发黑的木条。曹记像疯子一样，敞着棉衣的领口，站在废墟上，双手不停地发抖。四周弥漫着呛人的尘雾，曹记一边咳嗽，一边胡乱地寻摸着能够触到的任何物体，那样子，完全就像一个瞎子。

"救命啊！"曹记一边找寻着，一边哭喊着。

这时，炸窑队里的人已经赶来了，乡亲们也赶来了，他们全都涌进废墟里，七嘴八舌地参与着救援。村长曹权在砖瓦堆里找到了杏花，她光着头皮，身上全是血，一根掉下的横梁，正好戳穿了她的咽喉，脖颈上一直咕咕地冒着血泡。细琴是被张镇长发现的，她被压在观音像的底下，脑袋被砸扁了，张镇长一边抱着她，一边指挥着大伙，迅速打电话给120急救中心。

曹记一头扑过来，从张镇长身上夺过细琴。他一边抽着自己的嘴巴，一边说“是我害了你呀细琴啊，我对不起你呀细琴。”

细琴的双手一直放在肚子上，她似乎笑了一下，嘴里涌出一口鲜血。

她忽然艰难地抬起一只血乎乎的手，在二赖子的耳朵上摸了摸。曹记愣了一下，然后立马低下头去，将耳朵贴着她鲜红的嘴巴。

曹记刚刚俯下身去，一对小眼睛立马瞪得大大的，后来越瞪越大，那样子看上去恐怖极了：

“么事呀？你说么事呀？细琴，细琴！你再说一遍，你给我再说一遍，再说一遍！儿子啊，我们的儿子啊……快救救我的儿子啊！”

这时，雨下大了，刚刚炸过的窑口，远远瞧去，像一眼破洞。

（原载于《芳草》2012年第4期）

「作者简介」

荒湖，原名邹晓芳，曾用名邹定日，1966年生，湖北大冶人。湖北省作家协会会员。曾在国有大中型钢铁企业当过工人，后进入地方党政机关工作。20世纪90年代开始小说创作，先后在《人民文学》《中国作家》《青年文学》《长江文艺》《黄河文学》《作品与争鸣》等文学期刊发表(转载)小说，作品入选多种选本。出版有长篇小说《魔庄》，小说集《半个世界》《无缝对接》。曾获“《长江文艺》完美(中国)文学奖中篇小说奖”“《中国作家》中篇小说征文二等奖”等奖项。

「作品导读」

《炸窑》发表于《芳草》2012 年第 4 期，是荒湖著名的“土村”系列乡土小说之一。作品主要讲述了土村的“二赖子”曹记为了利益，想方设法阻止炸窑队炸掉土村的头面人物曹兵和村长曹权合开的一口黑煤窑，最终导致妻子杏花和情妇细琴被炸死的悲剧。为了争夺邻村炭村丰富的矿产资源，矿产资源匮乏的土村人私开煤窑，试图通过地道战的方式强取利益，在这个过程中官商勾结在一起，而本是这官商勾结的权钱联盟的受害者曹记，却为了2000元的报酬，为了免费翻修自己的房子，葬送了妻子杏花和情妇细琴及孩子的宝贵生命。“土村”人在这场对利益的争夺中，不仅毁掉了亲人的生命，也抛弃了人性和道德。荒湖笔下的“土村”是处于社会转型时期的当代中国农村的缩影，通过“土村”世界里的故事，作家表达了其对中国农村现代转型过程中许多重大社会问题的深入思考。

“二赖子”曹记是小说中塑造的最生动鲜活的人物形象。作为一个靠使泼耍赖维持生活的乡村社会底层人物，曹记身上似乎带着阿Q的影子，这个生活困顿的“流氓无产者”整日无所事事，吊儿郎当，油嘴滑舌，偷鸡摸狗，懦弱无能。贫困与人格的缺陷致使其成为“土村”最招人嫌厌的人物，有时甚至失掉了做人的尊严，但他身上依然有着乐观、隐忍、抗争的品格和对美好生活的向往与憧憬，可惜的是，人性中的贪婪将这些美好统统毁灭了。小说表现出鲜明的地域特色，不仅描绘了黄石大冶地区乡村的风俗人情，还运用了大量的大冶地方方言和土语。

第二辑

诗歌

炼钢炉前工人兄弟朝炉子里投放什么东西

·胡晓光

在炼钢炉前
我们看到那些炼钢的工人兄弟
正一包一包地
朝炉子里投放什么东西
就像农民朝农田里投放种子一样
这种劳动的姿势意味深长
使我们联想到更多完成一种目的的过程

后来我们得知
这是一种炼产钢质的原料
投放怎样的原料
就会产生怎样的钢材
像我们读书一样
选择什么样的书读
将产生什么样的思想

后来我们知道
钢铁是怎样炼成的
对于小时候读过的那本很有名的书
加深了印象
理解了意义

现在 我们至少可以提醒自己
每一个日子里
我们该朝生活里
投放什么

1989年

（原载于《诗歌报》1990年第9期）

［作者简介］

胡晓光，1963年生，湖北大冶人。1982年开始写诗，早期主要写作乡土诗歌。1986年参加《诗刊》在杭州举办的“青春诗会”，诗歌创作水平从此不断攀升。1990年发表代表作《钢铁工厂》，引起诗坛的广大关注。90年代初期，他曾两次荣获《诗歌报》年度优秀诗作奖，并荣获首届“湖北优秀青年诗人”称号。1993年下海经商，期间中断诗歌写作。2015年他重返诗坛，先后创作了数量众多的诗歌作品。其诗作多从生活细节出发，抒发诗人独特的生命感悟。诗风朴实、清新、智性。截至2019年底，胡晓光出版了三部诗歌集，即《抒情与怀念》（1992年）、《光是好的》（2017年）、《三个湖》（与他人合著，2018年）。

［作品导读］

这首诗歌是胡晓光的早期作品《钢铁工厂》（组诗）中的第三首。《钢铁工厂》是一组抒情诗，作者借助于钢铁工厂这样一个独特的劳作空间，从钢铁的生产过程以及钢铁工人的生产活动中凝练诗意，将他个人的生命感悟写成诗行。与该组其他三首诗歌即《钢铁工厂》《出钢时刻》《等待出钢》相比，入选的这首诗歌其叙事意味更为浓厚，语言也更为浅近。

构思巧妙，意蕴深远，是这首诗歌的一大特点。诗人由炼钢工人朝炼钢炉内投放原料的具体活动，联想到“更多完成一种目的的过程”。诗歌由近及远，又由远及近，将工人的炼钢与农民的播种、读书人的择书而读相结合，凸显人类生产活动中“投放原料”的重要性。诗歌的第三节利用语义的双关技巧，将钢铁的冶炼与人生的淬炼紧密结合。在诗歌的最后，诗人直抒胸臆，阐述炼钢工人的投放原料的“合目的性”行为给我们的生活带来的重大启示意义。另外，这首诗歌的语言简洁，具有鲜明的口语化特色。语言简单、朴素，却又充满智慧。

冶炼者

·董宏量

应该给冶炼者
铸一座钢像
高高的耸立在
钢城广场的中央

铸前倾的身躯
弓一样绷紧的脊梁
热风扬起的工衣
宛如鹰隼强健的翅膀
圆圆的探火镜
悬挂在隆起的额头
一个是喷红的月亮
一个是熔金的太阳

铸奔涌的火海
组成背景的辉煌
铸微眯的双眼
射出男子汉灼热的目光
铸紧抿的嘴角边
汗珠正在滴落
浇灌着繁星般的钢花
怒放在袒露的胸膛

应该给炼钢者铸像
用他们冶炼的钢——

他们冶炼着世界
也冶炼着自己的形象

（选自董宏量的诗集《少女与鸽子》，广西民族出版社，1991 年）

「作者简介」

董宏量，1953 年生，湖北武汉人。当代著名诗人，有着“钢铁诗人”的称号。退休前曾在《武钢文艺》任主编。18 岁开始诗歌创作，“钢铁工人”“钢铁工业”一直是其诗歌创作的核心。截至 2019 年，出版了三部与之相关的诗歌集，即《钢城黎明》（1979 年，与高伐林合出）、《蓝色的眼睛》（1984 年）、《少女与鸽子》（1991 年），另外，他还创作有大量的散文、小说与歌词作品，有多篇作品被选入《中国诗歌年鉴》《中国散文年鉴》《中华活页文选》等文学选本和中小学辅导教材。

「作品导读」

这首《冶炼者》是诗人董宏量献给炼钢工人最美的赞歌。全诗四节，首尾两节一起一收，中间两节着重描绘了冶炼者的形象。语言生动、形象，富有画面感与音乐美。在诗歌中，诗人从冶炼工人工作时的身姿、工衣、面部表情等角度对其进行描绘，一系列动词或动词短语的运用，增强了作品的情感表现力。如“前倾”“绷紧”“扬起”“悬挂”“熔金”“喷火”“奔涌”“微眯”“紧抿”“滴”“浇灌”“怒放”“冶炼”等词语的运用，准确、贴切而生动，画面感强。诗中几处比喻手法的运用，更是将冶炼工人的形象描绘得惟妙惟肖。另外，诗中大量五字短语（如“前倾的身躯”“绷紧的脊梁”等）的出现，以及诗歌几处“铸……”句式的运用，这些都增强了诗歌语言的节奏感与韵律美。全诗从头到尾押“ang”韵。

意象生动，组合奇特。在诗歌中，诗人将“扬起的工衣”“圆圆的探火镜”“钢花”等工业意象用自然界的“鹰隼强健的翅膀”“太阳”“月亮”和“繁星”来作比，将工业意象与自然意象并置，意象的组合奇特、生动，使整首诗歌在诗歌风格上兼具阳刚之气与柔美之风。

金

·敏 捷

通过火焰 我看见您
以眼泪的形式
答谢火焰
剑呀 锄呀
铜都时代的智慧锋利的无边
我们并不知道正是我们的双手
让铁飞起来
喧哗在人类的头顶
望着天空 我 多么希望
它落下来
站上我们的双肩
构成我们信心的全部
沉沉的金属是我们生活的重量
如果金属代表一种精神
到达男人的前额
还有什么能对峙它的光芒
在天空 黄金
率领它高贵的家族
昼夜歌唱

（原载于《楚文化》，香港商务印书馆，1997 年）

「作者简介」

敏捷，原名李和平，1962 年生，湖北武汉人。1982 年初开始发表文学作品，曾用笔名李宜叁、里菲、飞飞等。早期从事诗歌、剧本的创作，1997 年转向散文创作。曾在全国各大报刊杂志以及网络媒体上发表诗歌、散文作品千余部。其诗歌作品曾多次在全国大型诗歌比赛中获奖。

「作品导读」

从人类文明的发展历史上来写金属对于人类的全部意义，这本是一个古老的话题。在这首诗歌中，诗人别出新意，彰显“金属精神”对于“我们”、对于人类的全部意义。什么是金属精神？我想在诗人眼中，它就是“纯粹、真诚、坚韧”，它是赤诚与高贵的。铁水在炉火之中百炼成钢，黄金在炉火之中不断得以净化，这就是金属的精神。在诗歌的开篇，诗人用敬语“您”来表达他对“金”的那份纯粹、真诚的赞美。整首诗歌的写作，视野开阔，意境深远。诗歌从赞美金子的赤诚之心开始，追溯到青铜时代“我们的双手”所创造的人类文明，由此诗人渴求着“我们”重新拥有那份钢铁般坚定的意志，重建人类的信心。他也渴求着那份赤诚与高贵的美好精神成为所有男人的品格。整首诗歌意境开阔，意旨深远，令人回味。特别是诗歌中的几组意象描写，较为独特，如含着“眼泪”来“答谢火焰”的“您”、“锋利无边”的“智慧”、“喧哗在人类头顶”的“铁”，诗人对这些意象的呈现独特而饱含深意。

铜绿山

· 翁德林

剥开三千年冻土
露出一片黑鸦鸦的旷古
一个民族的指痕
如同一枝枝五叶子花
盛开在岁月的风口
让世界都闻到
一股青铜的芬芳
我们的祖先
就是在这片
没有门牌号码的古址上
用钝器 把最坚硬的愿望
凿成一口一口的井
一条一条的巷
然后 他们以爬行的姿势
把一篓篓坚硬的物质
搬进熔炉 然后
在一片粗犷的笑声中
叮叮咚咚地淌出了
人类最早的青铜
淌出了一滩又一滩
不可思议的奇迹
软弱的人类 从此

铮上了坚朗的钙质
火耕水耨的年代 就这样
被铜斧劈成了一条条竹符
当然 青铜给战争
也插上了翅膀 要不然
就不会有楚国尚武的典故
从熊渠的冒死浪行
到楚成王的北线计划
从熊通的“观中国之政”
到楚庄王问讯周宝九鼎
一个一个起伏的情节
被青铜焊接成了
一个一个金属的古董
铜绿山呀 铜绿山
你用三千年的凹部
一口咬定
中国的青铜不是来自西方
你用凸起的事实
让蓝眼睛 黄眼睛
一切能辨真伪的眼睛
一眼就能看出
中国 埋着青铜的根部

（原载于《黄石文学丛书·诗歌卷》，青海人民出版社，1999年）

「作者简介」

翁德林，1956年生，湖北黄石人，现居北京。曾先后工作于黄石园林旅游局、黄石东楚晚报、中央电视台等单位。翁德林的文学创作题材广泛，擅长写作诗歌、歌词、纪实文学与剧本，曾在《诗刊》《人民日报》以及中央电视台等报刊、媒体发表文学作品千余件，且有多篇作品荣获国家级奖项。其剧本代表作有《杜鹃山》《莞香》等。

「作品导读」

在众多书写大冶铜绿山的诗歌作品中，翁德林的这首诗歌算得上是其中的佳作。

意境开阔、深远，是这首诗歌突出的特色之一。在诗歌中，诗人将大冶铜绿山的青铜开采、冶炼史与中华民族的文明发展史紧密相连，并将古代楚国复杂的历史穿行其中。诗歌由近及远，由远及近，思接千载，意味深长。在诗歌的前半部分，诗人用充沛的情感赞美了“我们的祖先”坚忍执着的生存意志与勇于开拓、勇于创造的美好品质。而在诗歌的结尾之处，诗人不无骄傲地向世界宣告：“中国的青铜不是来自西方”“中国　埋着青铜的根部”。历史与现在、东方与西方、青铜文明与人类社会的发展就这样被有机地结合在一起。

这首诗歌的意象鲜明，画面感强。诗人一开始将“民族的指痕”比作是“一枝枝五叶子花”，将“青铜的芬芳”比作中华民族悠久的文化散发出的魅力，诗歌从形态、味道等方面来凸显“民族”这一意象，想象奇特。在随后的几节中，诗人对“我们的祖先”这一意象进行了集中描绘。他们将“最坚硬的愿望”“凿”成井巷，以“爬行的姿势”将矿石“搬进熔炉”，在“粗犷的笑声中”“淌出”“人类最早的青铜”，诗歌语言富有极强的画面感与表现力。

另外，这首诗歌的语言富有音韵美。除了诗句尾字押韵之外，诗句中的“一口一口”“一条一条”“一滩又一滩”“一个一个”等短语的出现增强了诗歌的韵律感。

铜 斧（节选）

· 曹树莹

O
时间推我掉进莫名的深渊
这个春天　远去的积雪还未融化
我独处一隅　正在屏气凝神
任由石头　沙子　黑土接踵而至
我不下深渊谁下深渊
其实我不是它们的敌人　最多
我的锋刃带着我饱满的锐气

现在　我的身体埋在土里
永远是一颗不会发芽的种子
温润的土壤复活我的柔情
同时也带来睡眠　连梦
也温情脉脉　联想使我兴奋
我开始厌倦声音　哪怕是一只
青蛙　也能撕破平静的书页

我不想成为隐士　可是我
确确实实已从大地上消隐
我熟悉的面孔　气息甚至恐慌
突然从今日的链条上脱离
消融在暗淡　近于隐私的伤口
没有人能够抵达欲望的海洋
唯一可以流动的小河已经干涸

忧伤之手举起猝不及防的空间
那些漂浮的东西已从身上流走
我的身体一直在下沉　下沉
气定神闲原来真是可以修炼的
我看到　一朵巨大的白棉花
从未如此纯洁　从我的手心
非常缓慢　缓慢地绽开

P
都是在他们的手中醒来
这些松明子　融化掉一小片黑暗
所有被光晕迷惑的眼睛
只看见　一丛丛水草
在水中摇曳　成为最后的浪漫

他们对稀薄的空气毫不在乎
飘飘忽忽的水草　难以照亮
他们的心　他们并不比其他物体
醒目　也不必有任何粉饰
他们活着　是地下的幽灵

我的斧柄曾让他们的手
留下硬茧　硬茧的厚度
是他们的个人观点　穿越空气
在矿井里交流　是植物的花蕾
是汗水在冬日凝成的一块圆冰

他们知道　自己并不在生命中心
能点亮松明子　是一种象征

他们没时间到寺庙里停留
尽管经文几乎铺天盖地
可它们连一棵小草也抚慰不了

如今他们的骨骼成为了化石
泪水变成琥珀 松明子
早被矿灯取代 可我依然怀念
在我斧柄上留下体温的那些手
以及那些摆动 短暂的水草

Q
矿井完全封住了我的出路
一浪高过一浪的脏水
连岩石也被淹死 更何况
人 没有长着水底动物的腮
流水线上 全是不肯闭着的眼睛
不能呼吸的喉管
他们在膨胀 腐烂 分解
就像一张纸在水中消融
一些牙齿和骨头 落在我身边
一起成为这个世界不好消化的物体

那些水流朝着一个方向
犹如天命 伸出浪的利齿
可咬碎不了我们 尽管生命
十分纤弱 如同一根小草
面对水 我的身上长出一层锈斑
而他们的骨头只能洗得发白
他们舍弃了皮肉和内脏
只把语言缩进了骨头
将来的人们捡起这些骨头 不要随便乱扔
请一定贴上你高贵的耳朵

（选自曹树莹的诗集《隐逸的火焰》，长江文艺出版社，2012 年）

「作者简介」

曹树莹，1956 年生，湖北大冶人。1972 年 11 月入伍，在部队期间开始从事文学创作。1991 年 7 月毕业于解放军艺术学院文学系。此后他在军队从事专业创作。2001 年从部队进入地方工作。其诗歌作品曾在《人民文学》《诗刊》《中国作家》《上海文学》《中国诗歌》等刊物上发表。出版有诗集《无岸之河》《幽蓝的柔波》，以及长诗诗集《隐逸的火焰》等，曾荣获第六届“湖北省文学奖”、第三届“长江文艺·完美（中国）文学奖”等奖项。另外还出版有长篇小说《梦中的钟声》《太阳从明天升起》与中篇小说集《人们每天面临的河流》《曹树莹中短篇小说集》。

「作品导读」

《铜斧》是一首近 600 行的长诗，这首诗歌与长诗《金色琵琶》《银燕》《铁流》一起被作者收入诗歌集《隐逸的火焰》中。

《铜斧》的意境开阔，内涵丰富。整首诗歌一共 26 节，依次用 26 个英文字母来排序。诗歌以诗人故乡大冶铜绿山古矿遗址出土的古铜斧为抒情者，呈现了铜斧、在矿井中劳作的工人、地底下的生灵在矿难之中、在黑暗之中、在历史之中生命的沉沦与上升。在诗歌中，诗人对历史与现实、对过去与未来、对地狱与天堂、对生与死、对黑暗与光明、对生命的脆弱与坚硬等进行了深刻的思考，展现出了诗人开阔的视野与博大的胸怀。

上述节选文字为长诗《铜斧》后半部分的三节内容，在这段节选文字中，诗人生动形象地呈现了昔日矿工在井下卑微而艰难的劳作生活，对井下透水事故中矿工的死亡、肉体的腐烂以及“铜斧”的抗争与沉默等进行了生动呈现。诗歌的语言富有极强的穿透力，譬如“我的锋刃带着我饱满的锐气”“他们活着　是地下的幽灵”“流水线上　全是不肯闭着的眼睛”，每一行文字的背后似乎都别具深意。特别是诗歌叙述者“我——铜斧”的设置，独具新意，增强了整个诗歌的现实感。诗歌的意境虚实相生，含义丰富，意境深远。

采石场的后半夜

·田禾

我写的采石场是村庄的一个山坳，
山路又高又陡。记得我小时候，
爬上去过一次，那一次爬上山顶，
才知道山的那边还有村庄。
山的更远处是一片陌生的山峦。
采石工在这边山坡上打眼、装药、
安插雷管、点炮。岩石在轰然一声
巨响中，纷纷破裂、碎开、瓦解。
点炮的人，像点着了屁股，跑得飞快，
后面轰隆隆一片，都是黑烟。

夜深了，碎石机的轰鸣声仍没有停息。
两个采石工用钢钎撬着炸开的
松动腐石，另几个轮换着用大铁锤
敲破化开。大锤落在石头上，
山谷发出一阵空洞的回响。
采石工手累酸了，变换一种姿势，
继续敲打。周围是祖宗的坟地，
溅起山中埋骨的沙土。

后半夜，由于起雾，寒意四起，
采石工把搭在树枝上的褂子穿在身上。
有人靠着草丛中的一块墓碑睡觉，
有人在自己的膝盖上睡着了。还有
几个，打着哈欠，坐下抽烟，说话，
一个问另一个："今天初几？"

“小亮的二爹昨天得肺癌死了。”
回答者答非所问。

（选自田禾的诗集《乡野》，江苏文艺出版社，2013 年）

［作者简介］

田禾，原名吴灯旺，1960 年代出生，湖北大冶人。当代诗人，现居武汉。1982 年开始诗歌创作，已出版诗集《喊故乡》《野葵花》《在回家的路上》《乡野》和日文诗集《田禾诗选》、韩文诗集《起风了》、蒙文诗集《还原》、土耳其文诗集《江南丝绸》等 16 部。诗歌被选入 300 多种中外重要诗歌选本和中小学语文教材。曾荣获“鲁迅文学奖”“华文青年诗人奖”“徐志摩诗歌奖”等奖项。

［作品导读］

湖北大冶是全国有名的矿冶之乡，田禾先生曾在很多诗歌里头写过他的家乡。这首《采石场的后半夜》用一种看似平静的口吻写到了村庄后面的采石场半夜时分的场景，写到现代人在过度开掘矿产资源的同时，也在为自身掘墓的悲剧。与其他诗人的同类题材作品相比，这首诗歌运用了一种更为平静的叙事口吻来呈现现代人在生命面前的那份冷漠与麻木、疲乏与脆弱。

诗歌用非常详细的文字，描绘了采石工人炸开、敲碎山石的过程，“打眼、装药、安插雷管、点炮”，岩石炸开后，他们又用大锤将石头“敲破化开”，“采石工手累酸了，变换一种姿势，继续敲打”，整个劳作过程是如此的繁琐、辛劳，可他们还是要连夜工作。这部分文字越是具体，越是体现出了采石工人的那份暴戾、冷漠、麻木。因为他们炸开的不仅仅是山坡的石头，还有他们祖宗的坟地，他们对于生的执着、盲从与他们对于死的无视形成了鲜明的对比。诗歌中最具有意味的地方在于诗歌的结尾处。采石场的后半夜，当工人们靠着草丛中的墓碑睡着的时候，有一个人却在想着另一个人的死，对于“肺癌”的关注，对于死的关注，也许，会成为这群采石工人在半夜中“醒来”的动力。诗人田禾写作该诗的用意也许正在于此，因为这样的结尾，整首诗歌也就完成了意旨上的升华。

赌石人

·毛 子

在大理的旅馆，一个往返
云南与缅甸的采玉人
和我聊起他在缅北猛拱一带
赌石的经历
——一块石头押上去，血本无归
或一夜暴富

当他聊起这些，云南的月亮
已升起在洱海
它微凉、淡黄
我指着它说：你能赌一赌
天上的这块石头吗？

这个黝黑的楚雄人，并不搭理
在用过几道普洱之后，他起身告辞
他拍拍我的肩说：朋友
我们彝族人
从不和天上的事物打赌

（原载于《湖北诗歌现场》（2013 年卷），长江文艺出版社，2014 年）

「作者简介」

毛子，1960 年代出生，当代诗人。湖北宜都人，现居湖北宜昌。曾在《诗刊》《汉诗》《扬子江诗刊》《诗探索》《人民文学》《中国诗歌》等刊物发表诗作。其诗歌作品曾荣获“闻一多诗歌奖”“中国屈原诗歌奖”等奖项。已出版诗集《时间的难处》《我的乡愁和你们不同》。

「作品导读」

因为盛产翡翠，在中国云南与缅甸的边界，聚集了众多的赌石人。赌石，是一个风险性极高的投资行为，在赌石活动的背后，折射出了人类在自然面前的有限与在财富面前的迷狂。《赌石人》这首诗歌语言简洁、清晰，诗人用极其节制的语言表现了一个彝族采玉人的本真与淳朴。这首诗歌的题目为“赌石人”，在诗中出现了两个“赌石人”的形象。诗歌的前半部分，诗人向读者展示出了第一位“赌石人”——那位彝族采玉人，因为“他在猛拱一带”有着“赌石的经历”。在诗歌的第二节，诗人竟不动声色地展现了第二个“赌石人”的形象——“我”，与前者相比，“我”的赌博方式更为大胆与狂妄，“我”将那个挂在天上的月亮作为赌石的对象。的确，月亮本身就是一个大石球，在地球人眼中特别在中国古人眼中，它有时就像一个白玉盘，它是皎洁的，它的光芒是柔和的。对于“我”的挑战，前者“并不搭理”，起身告辞时，“他”说的那句话让人回味无穷。“我们彝族人 / 从不和天上的事物打赌。”简短而朴实的话语，充分体现了“采玉人”对于人世生活的专注、对于上天的敬畏。

地心的蛙鸣

·老 井

煤层中 像是发出了几声蛙鸣
放下镐 仔细听 却没有任何动静
我捡起一块矸石 扔过去
一如扔向童年的柳塘
却在乌黑的煤壁上弹了回来
并没有溅起一地的月光

继续采煤 一镐下去
似乎远处又有一声蛙鸣回荡……
（谁知道 这辽阔的地心 绵亘的煤层
到底湮没了多少亿万年前的生灵
天哪，没有阳光 碧波 翠柳
它们居然还能叫出声来）
不去理它 接着刨煤
只不过下镐时分外小心 怕刨着什么活物
（谁敢说哪一块煤中
不含有几声旷古的蛙鸣）

漆黑的地心 我一直在挖煤
远处有时会发出几声 深绿的鸣叫
几小时过后 我手中的硬镐
变成了柔软的柳条

（选自《我的诗篇——当代工人诗典》，作家出版社，2015 年）

「作者简介」

老井，本名张克良，1968 年生，江苏宿迁人。1984 年初中毕业后进入社会。1989 年进入煤矿系统工作。老井先后在井下从事过多个工种。1987 年开始写诗，先后有诗作发表于《诗刊》《星星诗刊》《扬子江诗刊》《诗选刊》《草堂诗刊》《天涯》等刊物。曾荣获“第二届桂冠工人诗人奖”，其作品多次荣获“全国煤矿文学乌金奖”。出版有诗集《地心的蛙鸣》《坐井观天》。

「作品导读」

作为一个在大地深处工作了二十多年的诗作者，煤矿、煤炭工人一直是老井诗歌创作的中心。沉重、压抑、坚硬、粗粝而满怀悲悯，是其这类诗歌共有的特点。与众多同类以井下采煤活动为题材的诗歌相比，诗歌《地心的蛙鸣》却充满了轻盈与柔软。这首诗歌舍弃了对井下工人工作时的艰辛、劳累以及危机四伏的工作场景描写，却写到了“我”在大地深处与黑暗、与自然、与众多亡灵的对话，写到了一个卑微的生命对另一群未曾谋面的生命的敬畏与尊重。

在诗中，诗人将“辽阔的地心”比作“童年的柳塘”，期待着“乌黑的煤壁”“溅下一地的月光”，想象着“漆黑的地心”发出“深绿的鸣叫”，并将“硬镐”比作“柔软的柳条”，想象奇特而意象新颖。诗歌中“我”的形象饱满而生动，特别是诗歌最后一节，极富有意味。诗中一系列动词的使用简洁而贴切，如“扔”“弹”“贱”“刨”“回荡”等。

老井说，他一直把诗歌当作“灵魂的指示灯”与“精神的补血剂”。正是因为如此，他才能超越艰辛与苦难，写出那些有温度与有诗意的句子。

勘探地球的人

·马 行

1
勘探队。大风将至，众神归位

有人，逃回城市
有人，舍不得老婆孩子，调总部后勤
有人，调进一座炼油工厂
有人，嫌累，回农村了
有人，调总部机关，寻得一把加官晋爵的椅子
有人，嫌工资少，辞职到广东打工去了

大旷野，千山万水重整方向。不想走，或是走不了的，皆是徐霞客的化身
唐：善调教风沙，仪器员
许：像闪电，测量工，来自清华大学
潘：云，气象专家
田：狼毒花，电缆技术员
胡：火，爆炸工
马：戈壁石，观测员，喜写诗

2
我，秋天，1210 名勘探队兄妹
住在天山下

一抬头，就能望见天山
再抬头，可望山顶上的雪
这多好啊。我是个不优秀，也不算称职的男人

我知道，勘探的远方，名叫荒凉
那里潜伏着的饿虎
终将吞吃掉，我剩余的青春

而我，不为别的，仅为了这一座天山，以及山顶上的雪，也可蹉跎掉整个人生

3
勘探队。大雨过后
戈壁滩面目清新，小水洼眼神清澈

一顶，又一顶的野营帐篷，仿佛一个又一个省份
一辆，又一辆越野车，仿佛能把整个宇宙装进车厢，统统运走

4
寂寞是阳光的手，抚摸着大地

第十九号帐篷内，勘探队最美女队员田莉莉，是一位女神？
还是《聊斋》里一个鬼？

她的美，内敛，不扩散，仅局限于勘探队
她的美，是引线与 TNT 炸药的距离

此刻，她低着头看手机。她的旁边，爆炸工张子良，捧一束百合花
技术员刘同敏，揣来两块热乎乎的烤地瓜
此刻，从炊事班猪圈窜出来的一只小黑猪，探着嘴巴拱啊拱，拱帐篷门口的
一朵小野花

5
她是艳丽的罂粟，绽放在东经 87.51/ 北纬 44.40 的天山脚下
她是寂寞的长信，被春天退回到塔克拉玛干沙漠公路 289 公里的铁皮房子
她是天使之泪，滴落在蒙古国Ⅺ二维区块
她是一只沙狐的前世今生，在准噶尔盆地北缘乌伦古勘探区，和着流水的节拍翩翩起舞

6
祁连山下，河西走廊
烽火台年久失修，夜空蓝得就像一个童话

刘同敏，喝醉了酒，冷不丁拔出尖刀，把内心的伤捅在张子良肩上
张子良手持铁棍，抡在刘同敏庞大的身躯上

天亮了，车轮滚滚
勘探的远方，像重低音在回荡

张子良，亮亮的大光头，一片荒凉
刘同敏，抱着吉他，低头弹唱

7
副队长成爱民，驾驶罗利冈水陆两用车，去拖陷进沼泽的卡车
后勤班连夜打造小木舟
只身前去探路的施工员青岛阿纪，遭遇群狼
测量班长玉海因车祸牺牲

来自蒙古高原的明天，八级大风
将横扫勘探区

8
准噶尔大戈壁，那个扛着被大风刮烂的勘探队旗，跨着大步
　走进地平线的年轻人
依然没回来

帐篷门口、测量副班长周忠军
坐在石头上
噙着泪、吹响一把口琴

9
前行，谁的车队像星空一样寂寥？
前行，谁的命运像轮胎样爆裂？

前行
那是周忠军，成爱民，刘同敏，青岛阿纪，与死神一起游荡，
　在无边的风沙中
前行
那是包有刚，张子良，田莉莉，诗人马行，与狼群一起奔突，
　在干旱的大地上

10
“我们有火焰般的热情，战胜了一切疲劳和寒冷……”

大旷野，你是一棵野草与一片云的对话
你爱上地平线的时候
我终于理解了千山万水，千山万水也理解了我

大旷野啊，你是老卡车运来的白天和黑夜，你是我和宇宙胸膛里
　鼓荡的大风！

（选自《我的诗篇——当代工人诗典》，作家出版社，2015年）

「作者简介」

马行，原名马利军，1969年生，山东利津人。1991年进入胜利油田工作。1989年开始发表文学作品。2002年，他与李心释等人组成“三象诗歌小组”，2004年加入中国作家协会。主要写作诗歌和戏剧，也写小说和随笔。至2019年年底为止，他发表的诗集有《马利军诗选》《慢轨》《从黄河入海口到塔克拉玛干》《诗歌：海拔3650米之上》《无人区》等。另外，还出版了学术随笔集《在中国古诗屋檐下》、散文集《大地上的行走》以及报告文学《国梁》等作品。曾荣获“中华宝石文学奖”“老舍青年戏剧文学奖”“山东省泰山文艺奖”等奖项。

「作品导读」

《勘探地球的人》是诗人马行赞美石油勘探工人的一首佳作。这首诗歌一共10节，诗人用极其平静的笔调对地质勘探队员的野外生活进行了集中的描绘，语言简洁、朴素而满蕴着深情。

诗体形式的新颖性，是这首诗歌的一大特点。诗人巧妙地将散文、小说、戏

剧的创作元素引入到诗歌写作中，诗人将小说情节的连贯性及其叙事性特色、将戏剧情节的冲突性、将散文的“形散神聚”的结构方式运用其中，多重文体因素的融入使得这首诗歌意蕴极为丰富，意境深远。整个作品的语言也具有鲜明的特色，除了第 1 节之外，其他的几节多用长句子。其诗句的排列方式，既是诗歌式的，又是散文式的。如诗歌的第 1 节，诗人一开始就使用的诗歌分行排列句子的方式来写作，诗行较整齐；但后面的多个诗节中，诗句的安排很自由，甚至很多处的诗句就是一个很长很长的句子，有的句子长达 30 多字，如第 9 节诗歌的诗句安排非常具有典型性。诗歌的语言整体上多口语化，但局部的语言使用不失凝练，如诗歌第 3 节的第 2 句与第 4 节的第一句等，诗歌的行文自由，灵动。

马行说“诗歌不仅是诗歌，也是无限可能的能量，更是天地之间关乎美与慈悲的伟大祈祷。”也许是因为那份博大与宽广的胸怀，使得马行的诗歌能够突破种种外在形式上的禁锢，在诗歌的整体创作上显示出独有的风格。

炼钢，炼钢

·田 力

钢花，有时候要比急促的雨滴
更密集。我知道，映红天空一角的
不仅仅只是太阳

一双手，加上另一双手，是两双手
对，无数的手
从鲜嫩，到粗糙
从一个夜晚，伸向另一个夜晚

搬动是必须的
工装下的面孔，是相似的
矿石去和矿石说话，而我们不必说话
一个手势，一个眼神，一个奇怪的动作
顶多，借助一声银亮的哨子

是窜舞的钢花使炉中的钢水得不到潜藏
我片刻的沉寂与你持久的匆忙
恰如一只蝉，转换声调时
突然出现的停顿
和宁静

（选自《我的诗篇——当代工人诗典》，作家出版社，2015年）

「作者简介」

田力，1962 年生，辽宁鞍山人。1982 年进入鞍钢第二炼钢厂工作，主要从事一线生产工作，先后在铸锭、炼钢、连铸等车间工作，2017 年从鞍钢退休。1983 年开始写诗，曾在《诗刊》《诗歌月刊》《诗潮》《诗选刊》《星星》等刊物发表诗歌作品。至2019年年底为止，写下近3000首诗歌。出版有个人诗集《留在工厂的指纹》（2017 年）。

「作品导读」

作为家中的第三代鞍钢人，田力的诗歌与鞍钢紧密相连，鞍钢、钢铁工人一直是他诗歌的核心。作为一个在钢厂工作多年的钢铁工人，田力对于炼钢的劳动场景再熟悉不过了。诗歌《炼钢，炼钢》用一种较为新颖的方式，对炼钢厂工人的劳作生活进行了具体的描写。密集的钢花、无数的手、工装下相似的面孔、工友们奇特的交流方式，这些日常化的劳动场景被诗人写进这首诗歌里。没有哀伤、没有愤懑，只有平静与淡然。

田力说：工厂是有心跳的。他熟知炼钢厂的心跳，他的大部分诗作都在为写出工厂的心跳而努力。炼钢工人对待工作的那份真诚与执着、炼钢工人劳作时的那份安静与默契、炼钢厂喧闹的背景下工人们的那份淡然与宁静，这就是这首诗歌呈现出的"炼钢厂的心跳"。诗歌的语言简短、平实，却充满了情感的张力。"……（只）是……"这一句式在诗中多次出现，诗人用它来表达他对工厂真实劳作场景的确认。四节诗歌的语言看起来各自独立，但又相互关联，首尾两节遥相呼应，一起一收，笔墨自然。特别是诗歌最后一节，诗人用两组对立的意象来凸显工厂那份繁忙与难得的平静，结尾处的比喻生动而独特。

第三辑

散文

淬火

·徐 迅

中学毕业后，有段时间我在家里整天无所事事，茫然不知所措。乡亲们见了心里瞧不起，背后就免不了议论纷纷的。父亲听着，心里很是着急，就对我说：“皇天饿不死手艺人，你跟我学打铁吧！”

父亲的铁匠铺在家乡的街上。屋很矮，整日的煤烟熏染，使屋子显得异常的黑暗。但这不足二十平方米的铺子，就是父亲为了养家糊口而一辈子拼命劳作的所在。这里终日里都充满着力与火的拼搏，浓黑的煤火烟子，呛人肺腑。父亲的脸就让这烟熏得很黑很沉。父亲很少说话，一会儿锤着燃烧通红的铁，一会儿又拉着风箱。繁忙的铁匠活总这样没有片刻的闲暇。

进了那间铁匠铺，我就感觉如鸟关进了笼子，成天地围着炉火、风箱、铁砧子转。开始，父亲叫我拉风箱。那活儿就如推磨的驴子，只是在原地不停地走动。父亲叫停就停，叫拉就拉，风箱呼啦啦地叫唤着，扇出熊熊的炉火，看到由于自己弄出来的通红的东西，我就有些兴奋，更发狠地拉着风箱。父亲见了，忽然皱了皱眉头，搭上手，让风箱的节奏慢下来。不断重复着这个动作，不久我就感到头脑发昏，手酸背痛。当然风箱更拉不起劲来。这时，父亲又伸出手，帮我迅疾地拉起来。亦慢亦快的，似乎都在一念之间。我被这单调乏味的活计弄得急躁得不行。父亲说：“你悠着点，慢慢就有味儿了！”说着，拎起铁锤，只是锤那通红的铁。

除了拉风箱，我另外的事情就是做父亲的下手，挥舞大铁锤锤铁。这营生除了要有一副孔武有力的手臂，还要有很好的判断力。刹那间，能将铁锤锻打到需要锻打的着力点上。起始，驮着那杆沉重的铁锤，我总感觉宛若扛着一座大山。铁锤每每地落空，在铁砧上哐当一响，震得自己的虎口发麻。更糟糕的是，往往由于自己没掌握好火候，父亲只得将冷却了的铁放进炉火里重烧了——这叫回炉。回炉是铁匠之大忌，一件铁器因此就无法锻成了。一出现这种情况，我心里总是歉歉的，泪水寒寒地噙在眼眶里，伤心地望着父亲。父亲无暇责怪，只是专注地处理那回炉的铁器。待那铁器锻造成了，他才叹口气，从火炉里又取出一件赤体通红的铁块，唤着我：“来，——锤吧！用心一点，你就会把握住了！”

我奇异的是父亲锻造每一件铁器时，那份锻造工艺品似的虔诚和专注。父亲是一位优秀的手艺人，作为一个天才的铁匠，他对每一块铁，每一铲煤都有一种敏锐的感觉。眼光微微一瞥，他便分辨得出煤的产地，那铁能锻造成什么样的器具。对铁，他简直吝啬到守财奴的程度。那时，最好的铁是一种被锻压成块状的，称作“豆腐铁”，父亲托人买了许多，但他很少用。用的都是从废品收购站廉价买来的废铁，奇形怪状，往往为锻造一种铁器，要费出很大的劲。但父亲却常常乐此不疲。终于，屋角那成堆的废铁，都被他锻成了一件件漂亮的器具。我松了一口气。父亲却默默地，不失时机将一件锻造成功的铁器从容地插进冰冷的水中，进行最后的“淬火”。这才说：“你莫小看这些废铁，只要用功，什么东西也能打成！”

“悠着一点，慢慢就有味了！”

“用心一点，你就会把握住了！”

“只要用功，什么东西也能打成！”

……

后来，由于我天生体弱，也因为我的移情别恋，我终究没有成为父亲这门手艺的继承人。而是告别父亲，去读书和到异地他乡谋生去了。但身居异乡每每在生活、事业和工作中不顺心的时候，我便想起跟着父亲打铁的那段时光。恍然明白，父亲说的那些朴素而质朴的话，就是在给我的人生进行着一次又一次的“淬火”！

1996年3月26日，北京东城区和平里

（原载于《新疆教育报》，1996年4月20日第4版）

「作者简介」

徐迅，1963年生，安徽潜山人。中国作家协会会员。作品曾发表于《人民文学》《十月》《中国作家》《青年文学》《北京文学》《中华散文》《散文》《美文》等报刊，并有多篇作品被《新华文摘》《中华文学选刊》《散文·海外版》《散文选刊》《读者》《青年文摘》等选载和入选多种文集。著有小说集《某月某日寻访不遇》、散文集《徐迅散文年编》（4卷）、《半堵墙》《响水在溪——名家散文自选集》《在水底思想》以及长篇传记《张恨水传》等。

「作品导读」

破旧黑暗的铺子、呛人肺腑的浓烟、单调乏味的活计，怎能吸引一个内心茫然的毛头小子安安心心地学打铁？迷茫如此，才更应在铁锤轮番起落、风箱一张一弛间锻打坚韧的意志和吃苦的精神。一块生铁，需要多次回炉，多次锤炼敲打，方能去除生铁中的杂质，使铁变得更纯粹坚韧。那淬火便是升华，使原本发软的铁变得坚硬刚强，可谓百炼成钢。锻打一块生铁，在火焰中完成一次痛快淋漓的造物工作，和锤炼一个人在本质上并无二致，都是耐性与创造力的结晶。

通读全文，没有华丽的辞藻，没有晦涩的意象，字与词之间都是自然无饰，行文舒卷自如。文章在写人叙事时，多用朴素的白描，简练而深刻，特别富于表现力。如描写“拉风箱”一段，刚开始拉风箱的我因为不懂诀窍，只会听从命令，所以稍有成效，便得意忘形，父亲见了，也只是“皱皱眉头，搭上手”，耐心仔细地指导“我”掌握诀窍；还有“我”帮父亲打下手，父亲在“我”失误时对“我”的反复训练等等，尽管使用的语言都很平常、普通，却清新委婉，蕴含丰富，平淡叙述间将父亲对儿子的耐心、对工作的专注一一勾勒，将人生道理娓娓道来。由于语言上这种质朴自然的美和出自肺腑的直率自然的情，达到了高度的和谐，从而建立了一种纯正朴实的新鲜作风。在破旧黑暗的铁匠铺，我们不仅可以看见狂舞四溅的火星，听见砸碎晴空的惊雷，还有一言一行间父亲对儿子似淡实浓的暖暖的爱。

走进塔里木

·贾平凹

八月里走进塔里木，为的是看油田大会战。沿着那条震惊了世界的沙漠公路深入，知道了塔克拉玛干为什么称作死亡之海，知道了中国人向大漠要油的决心有多大。那日的太阳极好，红得眼睛也难以睁开，喉咙冒烟，嘴唇干裂，浑身的皮也明显地觉得发紧。车上的司机告诉说，地表温度最高时是七十摄氏度，那才叫个烤呀！公路未修的时候，车队载着人和物资从库尔勒出发，沿着塔里木盆地边沿走，经过阿克苏，经过喀什，再到和田，这是多么漫长的道路，然后沙漠车才能进入塔克拉玛干腹地。这么一趟回来，人干巴巴的，完全都失了形！司机的话使我们看重了车上带着的那几瓶矿泉水，并且相互恶作剧，拧对方的肉，问：熟了没？喉咙也就疼得咽不下唾沫，将手巾弄湿捂在口鼻上。在热气里闷蒸了两个小时，突然间却起风了，先是柏油路上沙流如蛇，如烟，再就看见路边有人骑毛驴，人同毛驴全歪得四十度斜角地走，倏忽飘起，像剪纸一般落在远处的沙梁上。天开始黑暗，太阳不知坠到哪里去了，前边一直有四辆装载着木箱的卡车在疾驶，一辆已经在风中掀翻了，另外的三辆停在那里用绳索拉扯，仍摇晃如船。我们的小车是不敢停的，停下来就有可能打滚，但开得快又有御风起空的危险。司机说，这毕竟还不是大沙暴，在修这条公路和钻井的时候，大沙暴卷走了许多器械，单是推土机就有十多台没踪影了。我们紧张得脸都煞白了，幸好大的沙暴并没有发生，而沉甸甸的雾和沙尘，使车灯打开也难见路。艰艰难难地赶到塔中，风沙大得车门推不开，迎接我们的工人已都穿着棉大衣，谁都不敢张嘴，张嘴一口沙。

接待我们的是副调度长王兆霖，人称沙漠王的，他笑着说：中央领导每次来，天气总是好的，你们一来就坏了。我们也笑了，说这正是老天想让我们好好体验体验这里的生活嘛！

我们走进了大漠腹地，大漠让我们在一天之内看到了它多种面目，我们不是为浪漫而来，也不是为觅寻海市蜃楼和孤烟直长的诗句。塔里木大到一个法国的面积，号称第二个中东，它的石油储量最为丰富，地面自然条件又最为恶劣，地下地质结构又最为复杂，国家石油开发战略转移，二十一世纪中国石油的命运在此所系，那么，这里演绎着的是一场什么样的故事，这里的人如何为着自己的生存和为着壮丽的理想在奋斗呢？我们在塔中始终未逢到好天气，风沙依旧肆虐，所带的衣服全然穿在身上，仍冻得嘴脸乌青。沙漠王是典型的石油人性格，高声快语，又诙谐有趣，领我们去看第一口千吨井，讲这里的过去，讲这里的将来。去英雄的沙漠车队，介绍每一个司机的故事，去看用铁板铺成跑道的飞机场，去亲自坐上沙漠车在沙梁间奔驰，领受颠簸的滋味，去看各处的活动房，去看工人床头上都放的什么书。在过去有关大庆油田的影视中，我们了解了石油人生活的简陋，而眼前的塔里木，自然条件的恶劣更甚于大庆，但生活区的活动房里却也很现代化了，有电视录像看，有空调机和淋浴器，吃的喝的全都从库尔勒运进，竟也节约下水办起了绿色试验园，绿草簇簇，花在风沙弥漫的黄昏里明亮。艰苦奋斗永远是石油人生活的主旋律，但石油人并不是只会做苦行僧，他们在用着干打垒的精神摧毁着干打垒，这里仍是改革的前沿阵地。不论是筑路、钻井、修房和运输，生产体制已经与世界接轨，机械和工艺是世界一流，效益当然也是高效益，新的时代，新的石油人，在荒凉的大漠里，为国家铸造着新的辉煌。

我们在沙漠腹地的日子并不长，嘴里的沙子总是刷不净，忽冷忽热的气候难以适应，我就感冒了，又开始拉肚子，但我们太喜欢那红色的信号服和安全帽，喜欢去井位，在飓风中爬井台，虽然到底弄不明白那里的生产程序和机械名称，却还要喋喋不休地问这问那。新疆是中国最大气的地方，过去的年月里容纳了多少逃难的人，逃婚的人，甚至逃罪的人，而今的塔里木油田上，为了一个共同的目标，五湖四海的人走到一起。塔里木改变了他们的人生观，培养了他们特有的性格和行为方式。他们是那样好客，给你说，给你唱，却极少提到这里的艰苦，也不抱怨这恶劣的气候，说许多趣话，甚至那些带彩的段子，使你感受到生命的蓬勃和饱满。我们采访了那些在石油战线上奋斗了一生的老大学生，更多地采访了那些才从大学毕业分配来的大学生，问他们为什么没有留在大城市，没有去东南沿海地区。他们对这些似乎毫无兴趣，只是互相戏谑：谁谁在这里举行婚礼的那天，竟自己喝醉了酒，沉睡得一夜不起；谁谁去出车，车在半途坏了，爬了两天两夜，又饥又渴昏倒在沙梁上，幸亏派飞机搜索才救回来，去修那辆车时，才发现车座下面还有着一瓶矿泉水的，真是笨得要死。谁谁的媳妇千里迢迢到库尔勒，指挥部派专车将人送到工地，说好明日再送回库尔勒，可活该倒霉，这一夜却起了特大沙暴，甭说亲热一下，连睁大眼睛端详一下媳妇都不可能。这些年轻人给我们留下了极深的印象，从沙漠回来后，当我们在繁华的城市坐着小车，就每每想起了他们。世上有许多东西我们一时一刻离不了，但我们却常常忽略，如太阳如空气，我们每日坐车，就忘了车的行走需要的是石油！现在的小孩子，肚子饥了要馍馍吃，馍馍是哪儿来的，孩子们只知道馍馍是从厨房来的。我们也做过一次小小的调查，问过十三个坐车的人：车没油了怎么办？回答都是：去加油站啊！谁又知道发生在沙漠中的这些极普通又极普遍的故事呢？

接触了不同岗位不同层次的石油人，临走时，我们见到了塔指的三个领导。邱中建，这是石油战线上无人不晓的一个名字，他的一生几乎与中国所有的大油田的历史连在一起，如今已经六十多岁的人，祖国需要他到塔里木来，需要他来指挥这一场新体制新工艺高水平高效益的石油大会战，他离开了北京和家人，一人就长年待在塔里木。钟树德呢，这位塔指的大功臣，为了中国的石油事业，他献出了自己的一只眼睛。他自始至终在塔指，大漠中的每一口井台上都流过他的血汗。当我们见到他的时候，他才从塔中回到库尔勒不久，而那只完全失明的眼睛，因失去了功能，沙子落进去，摩擦得还是血红血红。梁狄刚更是个传奇人物，他的母亲居住在香港，年纪大了，一直希望他也能定居香港，但他虽是大孝子，可忠孝难两全，当中央电视台的记者采访他时，他没有什么华丽的辞藻，只说了句：我不能丢弃我的专业。与这些领导交谈，你如坐在一张世界地图前，坐在一张中国地图前，他们的襟怀和视角是那么大，绝口不提自己的事，只强调这一生就是要为中国找石油。塔里木油田可能是他们人生最后要找的一个大油田了，党和人民让他们来，这就是他们一生最大的幸福。但他们压力很大，因为中央领导一个接一个来塔里木，历史的重任使他们不敢懈怠，如何尽快地发现大的场面，使他们只有日日夜夜超负荷地工作着。

我们去塔里木，我们是几个普通的不能再普通的人，又行色匆匆，但石油人却是那样的热情！所到之处，工人们让签字。签什么字呀，一个作家浪得再有虚名，即使写出的书到处有人读，而比起石油人是多么微不足道啊！他们一有机会就让我写毛笔字，我写惯了那些唐诗宋词，我依旧要这么写时，工人们却自己想词，他们想出的词几乎全是豪言壮语。这些豪言壮语在别的地方已经消失了，或者有，只是领导的鼓动词，而这里的工人却已经将这些语言渗进了自己的生活，他们实实在在，没有丁点虚伪和矫饰，他们就是这样干的，信仰和力量就来自这里。于是，我遵嘱写下的差不多都是“笑傲沙海”“生命在大漠”“我为祖国献石油”等等。写毕字，晚上躺下，眼前总还是这些石油人的一张张黑红的面孔，想，这里真是一块别种意义的净土啊，这就是涌动在石油战线上的清正之气，这也是支持一个民族的浩然之气啊！回到库尔勒，我们应邀在那里作报告。我们是作家，却并没有讲什么文学和文学写作的技巧，只是讲几天来我们的感受。是的，如何把恶劣的自然环境转化为生存的欢乐，如何把国家的重托和期望转化为工作的能量，如何把人性的种种欲求转化为特有的性格和语言，使我们进一步了解了石油人。如今社会，有些人在扮演着贪污腐化的角色，有些人在扮演着醉生梦死的角色，有些人在扮演着浮躁轻薄的角色，有些人在扮演着萎靡不振的角色，而石油人在扮演着自己的英雄角色。石油人的今生担当着的是找石油的事，人间的一股英雄气便驰骋纵横！

从沙漠腹地归来，经过了塔克拉玛干边沿的塔里木河，河道的旧址上是一眼望不到头的胡杨林。这些胡杨林证明着历史上海洋的存在，但现在它们全死了，成了之所以称为死亡之海的依据。这些枯死的胡杨粗大无比，树皮全无，枝条如铁如骨僵硬地撑在黄沙之上。据说，它们是千年不死，死了千年不倒，倒了千年不烂。去沙漠腹地时，我们路过这里，拍摄了无数的照片。胡杨林如一个远古战场的遗迹，悲壮得使我们要哭。返回再经过这里，我们又是停下来去拍摄。那里修公路时所堆起的松沙，扑扑腾腾涌到膝盖，我们大喊大叫。为什么呐喊，为谁呐喊，大家谁也没说，但心里又都明白，塔里木油田过去现在是没有个雕塑馆的，但有这个胡杨林，我们进入大漠腹地看到了当今的石油人，这些树就是石油人的形象，一树一个雕塑，一片林子就是一群英雄！我们狂热地在那里奔跑呐喊之后，就全跪倒在沙梁上，每人将矿泉水喝干，捧着沙子装了进去带走。这些沙子现在存放在我们各自的书房，我们不可能去当石油人，也不可能长时间生活在那里，而那个八月长留在记忆中，将要成为往后人生长途上要永嚼的一份干粮了。

1996 年 10 月

（原载于《人民日报》，1996 年 12 月 18 日第 11 版）

「作者简介」

贾平凹，1952 年生，陕西丹凤人。1974 年开始发表作品，1975 年毕业于西北大学中文系。出版作品有《贾平凹文集》24 卷，代表作有《废都》《秦腔》《古炉》《高兴》《带灯》《老生》《极花》《山本》等长篇小说 16 部。中短篇小说《黑氏》《美穴地》《五魁》及散文《丑石》《商州三录》《天气》等。作品曾获得国家级文学奖“茅盾文学奖”“鲁迅文学奖”“全国优秀短篇小说奖”“全国优秀中篇小说奖”“全国优秀散文（集）奖”等 5 次；另获“华语传媒文学大奖”“施耐庵文学奖”“老舍文学奖”“冰心散文奖”“朱自清散文奖”“当代文学奖”“人民文学奖”等 50 余次；并获美国“美孚飞马文学奖”、法国“费米娜文学奖”、香港“红楼梦·世界华人长篇小说奖”、首届北京大学“王默人－周安仪世界华文文学奖”、法国“法兰西文学艺术骑士勋章”。作品被翻译出版为英语、法语、瑞典语、意大利语、西班牙语、德语、俄语、日语、韩语等 30 多个语种，并被改编为电影、电视、话剧、戏剧等 20 余种。

「作品导读」

石油对于一个国家而言，是宝贵的财富，但石油工人那份热爱和执着的精神更是无价的。

本文通过“我”走进塔里木亲身感受塔里木的环境，以及讲述塔里木里石油工人的生活情况来表明中国人向大漠要石油的艰难和决心。在“我”进塔里木时，炎热的天气便让我难以忍受，而且塔里木的天气变幻莫测，这些都从侧面表明了从沙漠中开采石油极其不易，更何况塔里木地表自然条件最为恶劣，地下地质结构最为复杂，这些都无形中为开采石油增加了难度。但当“我”近距离地和石油工人们接触时，他们却从不抱怨，反而会让你感受到生命的蓬勃和饱满，这些都是源于对祖国的热爱以及自己强烈的责任感和使命感，大家都在为自己所热爱的事业而奋斗，虽然随着国家的富强和科技的进步，石油工人的工作生活环境也有了一定的改善，但艰苦的条件依旧就是他们生活色调的主流，即使是这样他们仍苦中作乐，这样的精神难道不是无价的吗？塔指的三个领导更是如此，他们或是远离家人，或是因为环境而受伤，但这些都不能阻止他们为中国找寻石油的使命感。就是这样的一份热爱和责任感，才使得千千万万中华儿女前仆后继的投身于国家的石油事业。

本文的语言平白质朴，没有一丝一毫的雕琢，只是将“我”亲眼所见、亲耳所听的生活事实娓娓道来，但却在字里行间透露出石油工人的热情与豪迈。越是平淡简洁的文字，越能带给读者心灵上的震撼。

最后的铁匠

·刘亮程

铁匠比那些城外的农民们，更早地闻到麦香。在库车，麦芒初黄，铁匠们便打好一把把镰刀，等待赶集的农民来买。铁匠赶着季节做铁活儿，春耕前打犁铧、铲子、刨锄子和各种农机具零件。麦收前打镰刀。当农民们顶着烈日割麦时，铁匠已转手打制他们刨地挖渠的坎土曼了。

铁匠们知道，这些东西打早了没用。打晚了，就卖不出去，只有挂在墙上等待明年。

吐尔洪·吐迪是这个祖传十三代的铁匠家庭中最年轻的小铁匠。他十三岁跟父亲学打铁，今年二十四岁，成家一年多了，有个不到一岁的儿子。吐尔洪说，他的孩子长大后说啥也不让他打铁了，叫他好好上学，出来干别的去。吐尔洪说他当时就不愿学打铁，父亲却硬逼着他学。打铁太累人，又挣不上钱。他们家打了十几代铁了，还住在这些破烂房子里，他结婚时都没钱盖一间新房子。

吐尔洪的父亲吐迪·艾则孜也是十二三岁学打铁。他父亲是库车城里有名的铁匠，一年四季，来定做铁器的人络绎不绝。那时的家境比现在稍好一些，妇女们头戴面纱，在家做饭看管孩子，从不到铁匠炉前去干活。父亲的一把锤子养活一家人，日子还算过得去。吐迪也是不愿跟父亲学打铁，没干几天就跑掉了。他嫌打铁锤太重，累死累活挥半天才挣几块钱，他想出去做买卖。父亲给了他一点钱，他买了一车西瓜，卸在街边叫卖。结果，西瓜一半是生的，卖不出去。生意做赔了，才又垂头丧气回到父亲的打铁炉旁。

父亲说，我们就是干这个的，祖宗给我们选了打铁这一行都快一千年了，多少朝代灭掉了，我们虽没挣到多少钱，却也活得好好的。只要一代一代把手艺传下去，就会有一口饭吃。我们不干这个干啥去？

吐迪就这样硬着头皮干了下来，从父亲手里学会了打制各种农具。父亲去世后，他又把手艺传给四个弟弟和一个妹妹。他们又接着往下一辈传。如今在库车老城，他们家族共有十几个打铁的。吐迪的两个弟弟和一个侄子，跟他同在沙依巴克街边的一条小巷子里打铁，一人一个铁炉，紧挨着。吐迪和儿子吐尔洪的炉子在最里边，两个弟弟和侄子的炉子安在巷口，一天到晚炉火不断，铁锤叮叮当当。吐迪的妹妹在另一条街上开铁匠铺，是城里有名的女铁匠，善做一些小农具，活儿做得精细。

吐迪说他儿子吐尔洪坎土曼打得可以，打镰刀还不行，欠点儿功夫。铁匠家有自己的规矩，每样铁活儿都必须学到师傅满意了，才可以另立铁炉去做活儿。不然学个半吊子手艺，打的镰刀割不下麦子，那会败坏家族的声誉。吐迪是这个家族中最年长者，无论说话还是教儿子打镰刀，都一脸严肃。他今年五十六岁，看上去还很壮实。他正把自己的手艺一样一样地传给儿子吐尔洪·吐迪，从打最简单的蚂蟥钉，到打坎土曼、镰刀，但吐迪·艾则孜知道，有些很微妙的东西，是无法准确地传给下一代的。铁匠活儿就这样，锤打到最后越来越没力气，每一代间都在失传一些东西。比如手的感觉，一把镰刀打到什么程度刚好，等等。尽管手把手地教，一双手终究无法把那种微妙的感觉传给另一双手。

还有，一把镰刀面对的是广阔的田野，各种各样的人。每一把镰刀都会不一样，因为每一只用镰刀的手不一样，每只手的习惯不一样。打镰刀的人，靠一双手，给千万只不一样的手打制如意家什。想到远近田野里埋头劳作的那些人，劲儿大的、劲儿小的，女人、男人、未成年的孩子……铁匠的每一把镰刀，都针对他想到的某一个人。从一块废铁烧红，落下第一锤，到打成成品，铁匠心中首先成形的是用这把镰刀的那个人。在飞溅的火星和叮叮当当的锤声里，那个人逐渐清晰，从远远的麦田中直起身，一步步走近。这时候铁匠手中的镰刀还是一弯扁铁，但已经有了雏形，像一个幼芽刚从土里长出来。铁匠知道它会长成怎样的一把大弯镰，铁匠的锤从那一刻起，变得干脆有力。

这片田野上，男人大多喜欢用大弯镰，一下搂一大片麦子，“嚓”的一声割倒，是大开大合的干法。这种镰刀呈抛物线形，镰刀从把手伸出，朝后弯一定幅度，像铅球运动员向后倾身用力，然后朝前直伸而去，刀刃一直伸到用镰者性情与气力的极端处。每把大镰刀又都有微小的差异。也有怜惜气力的人，用一把半大镰刀，游刃有余。还有人喜欢蹲着干活儿，镰刀小巧，一下搂一小把麦子，几乎能数清自家地里长了多少棵麦子。还有那些妇女，用耳环一样弯弯的镰刀，搂过来的每株麦穗都不会散失。

打镰刀的人，要给每一只不同的手准备镰刀，还要想到左撇子、反手握镰的人。一把镰刀用五年就不行了，坎土曼用七八年。五年前在这儿买过镰刀的那些人，今年又该来了，还有那个短胳膊买买提，五年前定做过一只长把镰刀，也该用坏了。也许就这一两天，他正筹备一把镰刀的钱呢。这两年棉花价不好，割麦子的镰刀自然卖不上好价，七八块钱出手，就算不错。已经好几年，一把镰刀卖不到十块钱。什么东西都不值钱，杏子一公斤四五毛钱。卖两筐杏子的钱，才够买一把镰刀。因为缺钱，一把该扔掉的破镰刀也许又留在手里，磨一磨再用一个夏季。

不论什么情况，打镰刀的人都会将这把镰刀打好，挂在墙上等着。不管这个人来与不来，铁匠活儿不会放坏。一把镰刀只适合某一个人，别人不会买它。打镰刀的人，每年都剩下几把镰刀，等不到买主。它们在铁匠铺黑黑的墙壁上，挂到明年，挂到后年，有的一挂多年。铁匠从不轻易把他打的镰刀毁掉重打，他相信走远的人还会回来。不管过去多少年，他曾经想到的那个人，终究会在茫茫田野中抬起头来，一步一步向这把镰刀靠近。在铁匠家族近一千年的打铁历史中，还没有一把百年前的镰刀剩到今天。

只有一回，吐迪的太爷掌锤时，给一个左撇子打过一把歪把儿大弯镰。那人交了两块钱定金，便一去不回。吐迪的太爷打好镰刀，等了一年又一年，等到太爷下世，吐迪的爷爷掌锤，他父亲跟着学徒时，终于等来一个左撇子，他一眼看上那把镰刀，二话没说就买走了。这把镰刀等了整整六十七年，用它的人终于又出现了。

在那六十七年里，铁匠每年都取下那把镰刀敲打几下。打铁的人认为，他们的敲打声能提醒远近村落里买镰刀的人。他们时常取下找不到买主的镰刀敲打几下，每次都能看出一把镰刀的欠缺处：这个地方少打了两锤，那个地方敲偏了。手工活儿就是这样，永远都不能说完成，打成了还可打得更精细。随着人的手艺进步和对使用者的认识理解不同，一把镰刀可以永远地敲打下去。那些锤点，落在多少年前的锤点上。叮叮当当的锤声，在一条窄窄的胡同里流传，后一声追赶着前一声，后一声仿佛前一声的回音，一声比一声遥远、空洞。仿佛每一锤都是多年前那一锤的回声，一声声地传回来，沿我们看不见的一条古老胡同。

吐迪·艾则孜打镰刀时眼皮低垂，眯成细细弯镰似的眼睛里，只有一把逐渐成形的镰刀。儿子吐尔洪就没这么专注了，手里打着镰刀，心里不知道想着啥事情，眼睛东张西望。铁匠炉旁一天到晚围着人，有来买镰刀的，有闲着没事看打镰刀的。天冷了这里还是烤火的好地方，无家可归的人，冻极了挨近铁匠炉，手伸进炉火里燎两下，又赶紧塞回袖筒赶路去了。

麦收前常有来修镰刀的乡下人，一坐大半天。一把卖掉的镰刀，三五年后又回到铁匠炉前，用得豁豁牙牙，木把儿也松动了。铁匠举起镰刀，扫一眼就能认出这把是不是自己打的。旧镰刀扔进炉中，烧红、修刃、淬火，看上去又跟新的一样。修一把旧镰刀一两块钱，也有耍赖皮不给钱的，丢下一句好话就走了，就这样三五年不见面，直到镰刀再次用坏。一把镰刀顶多修两次，铁匠就再不会修了。修好一把旧镰刀，就等于少卖一把新的。

吐迪家的每一把镰刀上，都留有自己的记痕。过去三十年五十年，甚至一二百年，他们都能认出自己家族打制的镰刀。那些记痕留在不易磨损的镰刀臂弯处，像两排月牙形的指甲印，千年以来他们就这样传递记忆。每一代的印记都有所不同。一样的月牙形指甲印，在家族的每一个铁匠手里排出不同的形式。没有具体的图谱记载每一代祖先打出的印记是怎样的形式。这种简单的变化，过去几代人数百年后，肯定会有一个后代打在镰刀弯臂上的印记与某个祖先的完全一致，冥冥中他们叠合在一起。那把千年前的镰刀，又神秘地、不被觉察地握在某个人手里。他用它割麦子、割草、芟树枝、削锨把儿和鞭杆……千百年来，就是这些永远不变的事情在磨损着一把又一把镰刀。

打镰刀的人把自己的年年月月打进黑铁里，铁块烧红、变冷、再烧红，锤子落下、挥起、再落下。这些看似简单、千年不变的手工活儿，也许一旦失传便永远地消失了，我们再不会找回它。那是一种生活方式。它不仅仅是架一个打铁炉，掌握火候，把一块铁打成镰刀这样简单的一件事。更重要的是打铁人长年累月、一代一代积累下来的那种心理沉淀。通过一把镰刀对世界人生的理解与认识，到头来真正失传的是这些东西。

吐尔洪·吐迪家的铁匠铺，还会一年一年敲打下去。打到他跟父亲一样的年岁还有几十年时间呢，到那时不知生活变成什么样子。他是否会像父亲一样，虽然自己当初不愿学打铁，却又硬逼着儿子去学这门累人的笨重手艺。在这段漫长的铁匠生涯中，一个人的想法或许会渐渐地变得跟祖先一样古老。不管过去多少年，社会怎样变革，我们总会在一生的某个时期，跟远在时光那头的祖先们，想到一起。

吐尔洪会从父亲吐迪那里，学会打铁的所有手艺，他是否再往下传，就是他自己的事了。那片田野还会一年一年地生长麦子，每家每户的一小畦麦地，还要用镰刀去收割。那些从铁匠铺里，一锤一锤敲打出来的镰刀，就像一弯过时的月亮，暗淡、古老、陈旧，却永不会沉落。

（原载于《驴车上的龟兹》，春风文艺出版社，2007 年）

［作者简介］

刘亮程，1962 年生，新疆沙湾人。2000 年加入中国作家协会。著有诗集《晒晒黄沙梁的太阳》，散文集《一个人的村庄》《风中的院门》《库车》，长篇小说《虚土》等。曾获“第二届冯牧文学奖文学新人奖”“2013 年度华文最佳散文奖”“第六届鲁迅文学奖”“第十六届百花文学奖”等奖项。被人誉为“20 世纪中国最后一位散文家”“乡村哲学家”。

［作品导读］

《一个人的村庄》首版后，在全国引起巨大反响，《天涯》《大家》《北京文学》《散文选刊》《南方周末》等报刊都作了隆重介绍，作者本人也一鸣惊人。

在这个追求效率和数量的年代，在这种机器人取代人工的年代，在真迹的复制品泛滥的年代，每一件产品的产出都要精确地计算时间和成本。在这个浮躁的时代留下了一片宁静，那就是在库车的一家铁匠。

吐尔洪·吐迪是这个祖传十三代铁匠家庭中最年轻的小铁匠，他的父亲是库车城里最有名的铁匠，父亲就这样靠一把锤子养活了一家人。吐迪从父亲手里学会了打制各种农具，父亲去世后，他又把手艺接着往下一辈传。打镰刀的人，要给每一只不同的手准备镰刀，这镰刀仿佛联系着人与人之间微妙的关系。记得有一回，吐迪的太爷掌锤时，给一个左撇子打过一把歪把大弯镰刀，那人交了定金就再没来取。等到太爷下世，吐迪的爷爷掌锤，他父亲跟着学徒时，终于等来了一个左撇子，领走了那把等了整整67年的镰刀。在这67年里，铁匠每年都取下来，把那把镰刀敲打几下，每次都能看出一把镰刀的欠缺处，这个地方少打了两锤，那个地方敲扁了。叮叮当当的锤声，在一条窄窄的胡同里流传，前一声回应着后一声，后一声追赶着前一声。世世代代的铁匠，在一方小小的铁炉旁工作，前一代培育了后一代，后一代承接了前一代。

浮躁的诉求与“完美”的作品距离太遥远，铁匠穷尽一生来磨炼技能，这种不断进取的精神从不以“差不多”结尾，永远不说完美，打成了也还可再精细些。精妙的艺术品需要在时间中慢慢酝酿，也正是他们用时光以及双手去创造这个世界上独一无二的作品并赋予作品生命力。总有些人坚持一份本心，守护一片宁静，在咆哮的浊浪中独行。

转身

·塞 壬

从那以后，再也没有人跟我提起过1Cr18Ni9Ti、3Cr2W8V、H13、D2、GCr15、W9……它们是特种钢的代号，这些埋藏在钢铁料场深处的精灵，这些曾跟我鼻息相闻、有着隐秘默契的金属元素，我了解它们，跳荡韧性的镍、重的铬、脆的锰、硬的钨、蓝色光标的钒、绿色的钼……它们彻底地被后来的另一种生活抹掉了。一九九八年，我离开了那个露天的钢铁料场，放下了跟随我三年的激光分选仪——它被磨得掉了漆，锃亮锃亮的，有着浑然天成的质感，它像步枪一样优雅。怀念或者追忆，是一个人开始衰老的表征，喋喋不休、固执、多梦、易怒，就像我现在这样。我从来没有像现在这样深深地怀念那段生活。我时常试图触摸我的一九九八，但总是忍不住要发抖，一种既明亮又隐秘、既悲亢又忧伤的情绪一下子攫住我，原本就要抓住的感觉一下子就滑脱了去，而后的内心就空荡荡的。那国有企业固有的意识形态、那庞大的生产链及有形和无形的机器，全部的声音是一个声音，全部的形态是一个形态，它们变成了一种回响，在我头顶隆隆而过——不，它们是从我身上碾过。一些词只与时代有关，下岗、分流、算断，当那个时代过去，它们也就死了。我在一个下午脱下了蓝色的工装及红色的安全帽，空着手，一个人走出钢铁厂的铁门，它“砰”地关上了，它把一个人的命运就此切断。那个遥远的下午如此简单。

它像一个宝藏那样被我抖抖索索地打开，激动，回溯到过去的青春岁月，一个热烈时代的尾声：钢铁，集体，国家，劳动的荣光……我兴奋起来，了不起的工人阶级，铁饭碗，城市户口，看病不要钱……绝对的骄傲。一九九四年，二十岁，我进入了这家有着五万职工的大型钢铁公司。二十岁，脸上长着淡淡的桃子毛，满眼盛着笑，给天空仰起一张鲜艳的脸，胸腔能飞出翅膀。这公司是抽象的，抽象到我无法准确地描摹它。它似乎可以与外面的世界隔绝，架构完全跟市级的一样。它有自己的学校、医院、银行、超市、电影院、报纸、电视、通讯……它甚至还有自己的文学、艺术、体育，啊，这些与钢铁无关的东西！这样的一艘巨轮，当它行驶到一九九八年的时候，就像是一个垂垂老矣的人，承载了过多的负累，它疲惫、破败，甚至千疮百孔。运送钢料的火车从窗外隆隆地开过，它发出嘶哑的鸣叫，巨大的喘息，笨重而迟缓。亏损，已不再是一个敏感的词。然而根深蒂固的钢铁帝国情绪致使鲜有人愿意离开它，这观念几乎是致密地覆盖式的，甚至大学毕业的年轻人还拼命地往里面挤，他们依然相信这艘巨轮是命运的避风港。我这样说，并不是忽略了一种真正的情感——热爱。这是不能忽略的，不论在后来离开或者留下的人们，我依然相信有太多的人是出于这样的一种热爱，对劳动的热爱，对钢铁的热爱，对自身技术的热爱，对国有企业的庄严气质的捍卫和膜拜，对钢铁公司百年来一种文化惯性的深深认同！当一九九八年，“下岗”一词席卷这艘百年巨轮，毫不例外地，诸如人性的险恶、卑劣、自私等特性暴露，绝不只是电影情节所描述的那样，现实有过之而无不及，所有这些都是意料中的，它简单、浅显到让人没有再去叙说它的欲望。九年后，我在南方回望，过去的一切就再一次复活。一个人的转身是缓慢的，像落日那样缓慢。而后来的那些痛苦像经文那样喃喃唱诵，一直唱到现在，这些个失眠的夜晚。

“你最终还得服我管……”

“你从来就没法管住我……”

“……”

我转身了。

这是我最后一次跟车间主任的对话。这个自以为在这个大事件中可以支配一个人命运的中年男人，他愚蠢的得意被我冰冷地撕成碎片，他的笑容僵住了。我深深地了解，跟这样的人没有对话的基础。那个遥远的下午，它所发生的一切是那样突然。我原本是有准备的，但这瞬间的决定还是让我惊讶——也许没有比这更加合情合理的了。

从车间回班组，经过磅房、钳工班、材料宝再横过铁路，我看见着蓝色厂装的工人三三两两地走过，钳工班的老师傅从钢铁料场干活归来，跟我打招呼，我向他挤了一个微笑。啊，所有这一切，将不再跟我有关系，我将是一个陌生人。班组里，班长、师傅带着几个师兄妹去了料场看钢。我换上绝缘靴，戴上安全帽和棉线手套再围上白色毛巾，无意识地，这一次做着这些，我的每一个动作显得那样深沉，我小心地压好帽檐，扎实脖上的毛巾，尽量不透露出关于告别的任何信息，哈腰下去系鞋带，眼泪竟涌了出来。从工具柜里拿出我的激光分选仪，枪身锃亮锃亮的，我用手指慢慢地摸过枪身，一片冰凉，泪水就滴落在那上面。擦好铜电极，绕好线，把它扛在肩上。

很快就到了露天钢铁料场，钢料在料仓堆成小山，料仓绵延几百米。一股浓浓的铁腥味迎面扑来，我一阵兴奋，张开肺叶，做了一个深呼吸。料场依然是一派劳作的欢腾。多少年过去了，我再也没有这样的经历，在南方的写字楼里，我再也无法体会到关于汗液和力量的劳作，关于机械、设备、技术、力量、人的体能之间的较量的劳作。马达声声，火车隆隆，天车在装料。料仓里，烧切工人在用乙炔氧焊切割钢料。电工、钳工在维修设备。分选工，也就是我们，深入料场腹地，用手中的枪，把一块块不锈钢、滚珠钢、模具钢等一一分选出来，分类，做上标志。这样避免它们混进普钢，被倒进炼钢炉，造成浪费。要知道，它们都是特种钢，是钢铁中的贵族。我们分厂的职责就是为公司四大炼钢分厂提供钢铁料，我们分选、切割好的钢料直接进入炼钢炉。

面对料场，我总会有一种难以抑制的情感，这样的情感让我战栗。料场是父性的，不仅是因为，我们要靠它吃饭。这就像农民面对他的土地，充满敬畏的感恩。它展现给我苍茫和遒劲的走向，像父性的背脊，裸露雄性的犁沟，有力的线条，绵延起伏。放下肩上的激光分选仪，深入它的腹地，我完成一次又一次内心的攀爬。我如此了解这一切，如此情愿永远深陷于它的腹地，它让一个女子温柔，让她皈依内心的宁静。多年后，我对以文字谋生的方式依然缺乏安全感。“技术，掌握一门技术，你的一生就有了保障。”师傅就是这样告诫我们这些当徒弟的。小师妹跟着我，她提着电源和黄色的小漆桶，一言不发地跟着我。我弯下身去看钢，随后，连珠炮般地，用我短促而有力的声音喊出：G20、H13、ICr18Ni9Ti、Cr12、CrMo……小师妹快迅地用毛笔蘸漆一一做好标志，不抬头地，我一口气看了一大片，像是跟谁赌气似的，我又不停地向上攀，向上攀，可怜的小师妹趔趔趄趄地跟着，她不爱说话，总像一个影子一样贴着我。我知道，她是极依恋我的。上到了一个小山顶，找了块大钢料，坐上去。风从江面上吹过来，汗湿的衣服被风吹得贴到后背，凉津津的。我看见，对面料仓的几个师兄，他们也上到了一个小山顶，坐在那里吹风呢，他们挥舞着白毛巾跟我打招呼。放眼料场，一切尽收眼底，如果是过去，我也会挥舞毛巾跟他们相呼应，然后享受征服的快意。但是现在，我把枪搭在旁边，我要慢慢地跟我的料场告别。这么多年过去了，我无数次地想起过这次的告别。现在我写到了这次告别，人是如何把告别写出的？人们通常是怎么告别的？人是无法写出告别的。

“菊。”我喊小师妹，同时我拿起枪，把它交到她手上。

“这把枪就给你了，你要拿好，你现在完全可以单独看钢。”她眼里满是慌乱，她知道我作出了一个什么样的决定。突然地，她失声痛哭起来：“师姐，你不能走啊，你走了，谁也不会要我，我会被组合掉……”

我心里涌起一阵阵悲伤。十九岁的菊，瘦弱的肩膀，薄薄的身体，父亲因工伤躺在家里多年，母亲在外摆摊卖水果，听说还很不本分。有两个弟弟在念书。小小年纪，她就扛着家里的负担。分选钢铁的工作要两个人完成，一个人拿枪看，一个人做标记，显然看钢的人才是主角，它包含着这项工作的所有技术含量。通常是两个人轮流换着看。跟菊一批的新徒弟中，菊并不差，但她深深的自卑感以及过于内向的性格使她跟班组的人有距离。我不否认，即使是普通工人也都会有很重的势利心态。一个弱者，是不太可能有人缘和得到关注的。

我为她擦去眼泪，跟她说：“从现在开始，你要学会自救，你的技术是没问题的，下岗前，有二次技术比武，你要把握机会。”

“把头抬起来。”我跟她说，“你父亲是工伤，家里困难，厂里有规定，像你这样的，可以得到特殊照顾，你要利用好这个条件，相关资料，我会替你写好的。”

她泣不成声，我不知道为什么会跟她说这些无用的话。我能为她做什么呢？菊的命运，只能听天由命。多年后，我在南方的城市，看到成千上万的这样的弱者，他们薄薄的身体，清澈如水的表情，薄薄的，一览无余的命运。他们沉默，沉默汇集成巨大的暗流，这样的暗流让跟它对视的人心里不安。多年后，我在南方认识了诗人郑小琼，她说，面对这样的弱者，我觉得我耻辱地活着。

我谢绝了菊请我吃饭的要求，我不能矫情地，再一次地在她面前流露出我对她命运的牵挂。那没有用。

班组十五个人，下岗指标是五个。原则上，技术好，人年轻，工作态度踏实的不会有问题。但是，我是谁呢？身份上，我跟班组的其他人还有些不一样。他们的标签是：全民所有制合同工。我的标签是：集体所有制合同工。在班组，我和菊都是弱者，这个标签让我跟菊一样，备受歧视。我至今不明白怎么会有这两种性质的区别，我依稀地知道，全民工是由国家发工资，集体工由分厂发工资。下岗，首先要下的，就是我这样的集体所有制的工人。我通过自学成功地拿到了专升本，有本科文凭，理论上，公司是特保的。但是我没有丝毫的安全感，我和菊一样，有过硬的技术、有特保的条件，这些都不能让我们看到希望，因为我们是弱者，只能等待被挤兑。等待，只能是一场噩梦。我曾参与公司宣传部报社招聘记者的考试，成绩是全公司第二名，由于我的集体所有制合同工这一性质，我失去了进报社的机会。从那以后，我学会了沉默，一个弱者面对命运的沉默。多年后，流浪于南方，我像一个容器，吞咽生活所有的苦难，面对困境，我是一个哑者，用沉默消解，这样的沉默不是消极，而是更为务实和清醒的态度。当我用文字聊以糊口度日，我再也没有找到拿着激光分选仪的那份从容和踏实感。我落选的消息传到分厂，我的车间主任得意地说出了那句经典名言：你最终还得服我管……有两个年近四旬的女师傅，不论从体力上，还是技术上肯定不如我们，而且干活偷懒是出了名的，她们过去享尽了国有企业体制的种种好处。从另一个侧面，我们清楚地看到，这种体制的重大悲哀在于，为企业造就了一大批技术不精、不思进取成天混工、思想守旧的中青壮年。我听见她们时常嘀咕：都自学拿到本科文凭了，还在这里跟我们抢什么饭碗，真是……这是在说我，我马上扭过头去。我从来没有过牺牲自己，把名额留给别人，自己去成就一个英雄的念头，我远远没有那么伟大。我应该永远属于这料场，我感受到料场需要我，当浓浓的铁腥味将我挟裹，我随之而来的兴奋就是对它的深深呼应。这铁腥味像油漆般簇新、新锐，有活力、向上，有一股蓬勃之气。我不止一次听到班组有师兄弟说起喜欢这铁腥味，它大片大片地开放，像一种毒，刺激着我们这些年轻的神经。成组成组的诗歌写给了这料场，完成我胸口那股抒情的欲望。是料场让我滋生抒情的欲望，写诗的欲望。它如此本能，我要表达，要喊，我选择了文字。这些诗发表在公司的报纸上，微薄的稿费寄到班组，一段时间没来，就会有人问起，仿佛有永不枯竭的稿费会源源不断地寄到班组似的。

收拾东西，是一个伤感的过程。我的工具柜是钳工班的老师傅给我焊的，漆成墨绿色，很漂亮。我只放着书和一些换洗衣服，一面镜子、洗发水、香皂，木梳和搽脸的乳液，工具我不能带走，要亲手交给班长，让他签收。柜子里有一幅油画，我用玻璃压着。这是林为我画的，我把它拿出来，仔细地端详。

画的背景就是钢铁料场。它阴郁、沉闷，天车伸出长长的臂膀，把天空压得很低，料场绵延起伏，像古旧的城堡，远处，有烟囱在冒着烟。不远处，有一个人站在料仓的铁墩上，做着一个古怪的动作，他的身体变了形，像是一个趔趄，也像是要摔倒的样子，那样子明显有扭曲的痛苦，在料场面前，他如此渺小，似乎还在慢慢萎缩。画的主体是我，是我的一张仰向天空的脸。脸是橘红色的，像一枚多汁的浆果，这是他采用了马蒂斯的用色。因为微笑，嘴唇微微张开，但它似乎向外喷出气息，它如此饱满，散发浓郁的年轻身体的野兽气味，生鲜，有原生的活力。这是我认识林不久后，他为我画的，他说，我让整个料场黯淡。

林是公司的先锋派画家。那个时候公司的文学、艺术非常活跃，跟外界的交往频繁。这些作家、艺术家们都是工人。林刚好跟我在一个分厂。他是一个天车工，在我头顶工作，年长我八岁，已婚，对我而言，他是个思想上的异端分子，洞悉世俗的一切，但同时又屈从于世俗的一切。他嘲笑我是个处女，嘲笑我相信一分耕耘一分收获，嘲笑我认定的那些美好以及我口中的那些大师，那些经典，那些被人们反复传颂的种种美德。当然，这些嘲笑是善意的，调侃的，是有趣的，是充满快乐的。应该说，它多少动摇了我内心的信念，往大处说，是世界观。

我最初跟他最根本的分歧在于，我一直认为我首先是一个工人，其次才是一个诗人，我属于料场。他一直自诩自己是一个艺术家（而非画家），他属于整个人类。是世界的。这个观点我后来逐渐认同，作为艺术的一面，我看到了自己的狭隘，但是，我最终无法接受他骨子里瞧不起工人的心态，我最后跟他说，你瞧不起工人，你无法属于整个人类。这也是我跟他永远的区别。他送给我的那幅画，我一直不太喜欢，料场在我眼里是父性的，它开阔明亮，为我展现劳动的欢腾，让我充满敬畏，我被料场苍莽的气质吸引，它绝不是阴暗、落后、卑微、压抑人性的城堡，不论是物的，还是非物的，料场被扭曲成这样，我心里很不舒服。这幅画，虽然他是在赞美我，但我一直把它压在工具柜的木板上，几乎没有示人。

应该说，林改变了我，但最终我又跟他如此不同。我时常去他的班组玩，他的情人是一个在分厂浪得出了名的女人，很滥，传说她有很多男人。我在林的多幅油画中见识过她过于饱满的臀部和乳房，我素来看不起淫荡、放浪、没有自尊的女人，她们太贱了，应该羞愧而死。中午，我们在饭堂打了饭，就聚在林的班组去吃。这个时光，几乎全被我们用来谈论所谓的艺术。我被林灌了很多东西，从绘画的印象派、野兽派、立体派到神秘主义、超现实主义和后现代主义；从波普、偶发、行为、大地艺术到反艺术、非艺术的达达主义。为了能跟他同步，我私下在书店买了很多关于艺术和哲学方面的书籍，了解梵·高、高更、马蒂斯、莫迪里阿尼、毕加索、达利、杜尚等人的作品，把萨特的存在主义、尼采的著作、弗洛伊德的学说拼命往脑子里灌。小说的阅读我从勃朗特姐妹、《红楼梦》、托尔斯泰以及法国文学著作，转向了卡夫卡、福克纳、马尔克斯、詹姆斯·乔伊斯以及当时刚刚流行的米兰·昆德拉。林不停地嘲笑我，说我应该更早读到这些，这是作为一个艺术家最起码应该了解到的，这只是基础部分，更重要的是创作力，创作力，懂吗?

这样的谈论持续了三年，从我这方面来看，我的角色是没有性别的。林当然不同，如果我是个男的，他不会有这样的热情。他需要一个像我这样的听众，在公司小有名气，年轻，可能还貌美。他需要我崇拜他，像他的情人崇拜他那样。那个女人总是用敬畏的眼光看着我，恭顺、温柔。在过道上，要是跟我碰着了，她总是闪在边上，低下头去，让我先过。她是年长于我的。每每吃完饭，她会默默地收拾狼藉的桌面，然后拿到外面的水龙头去洗干净。她为林洗衣服，把它们晾干，然后拿熨斗小心地熨得平平整整，悄悄地往他的西装里塞折得很漂亮的棉手帕。她轻声款语地跟林说，叫他不要用这样的口气跟我说话，每一句话，充满着对林的爱。这样的爱带着母性，包容，深沉，这分明是天底下最好的女子，我从来没有看到过她有淫荡、轻佻的举动。出于偏见，我在相当长的一段时间里对她一直冷漠着，我对这种冷漠感到内疚不已，我竟然漠视一个善良、怀着深沉的爱情的女人，她是多么纯粹，爱得那样义无反顾！就算是一个荡妇又有什么关系呢?

一个初冬，她怯怯把我叫进她的更衣室，拿出一件绿色的毛衣来，说，这是最新的花样，我打完半个月了，怕你嫌弃，一直不敢送给你……从那以后，我就叫她姐，公开地叫，这在以前是无法想象的，我居然跟一个荡妇亲密地走在了一起。

想起她，我总会把她跟菊联系在一起。两个弱弱的女子，挨在一起便会散发苦难的味道，她们沉默着，让人们不忍注视。听林说，她是个离了婚的女子，所谓的淫荡，是她被两个花言巧语的恶棍给骗了，两个下作的男人四处散布说他们睡了她，她在床上如何如何……人们似乎更容易相信一个人的恶。我也是其中之一，让人痛心啊。我总在寻思，是什么让她越过流言的障碍，让她如此明目张胆地跟林在一起，从而把这个荡妇坐实了？唯一的答案只能是爱情。至于林，他似乎更迷恋她的肉体，似乎得意于一个男人对一个女人绝对占有的虚荣，拥有情人，似乎更符合林作为艺术家的体面。他当然没有感受到她的美好，她那远远超越了他的所谓艺术内涵的纯良品性。他不明白爱情才是世界性的，甚至是超越艺术的。

在与林的交往中，他确实向我打开了另一个世界。他后来带着我去认识了一帮画家，有的搞架上画，有的搞行为艺术，也有的搞装置艺术，这些艺术家当着我们的面，隔着画布跟模特乱搞。林说，我需要这样的启蒙，但我只是笑笑。骨子里我认为，这些画家不论从哪个方面都无法启蒙我，性的张扬、全盘否定传统、反传统就是先锋、把性作为艺术对象就是先锋等等，在我看来，他们的手法都没有超过早期的达达主义。依然性啊，生殖器啊，身体器官啊这些陈辞滥调。林跟他们交往，仅仅是希望留在他们那个圈子，那个所谓的艺术圈子，继续保留他那“先锋”的标签。我拒绝了跟他一起去参加这类艺术沙龙，同时说出了伤害林的那句话：你太可怜了。我一直强忍着骨子里不断增长的对林的不屑情绪，这句话造成了我对他永久的伤害。我一点都不内疚。他知道，我把他看透了。看透一个人，是那样让人难受。

林曾向我强调，评判一个作品要忠于内心，而不要去相信这个作者的名气以及那些关于作品好坏的种种标准，这个看法我至今依然保持着。在公司举办的一次大型艺术作品展览活动的闭幕式中，他激烈地批评公司一位颇负盛名的老画家的作品：水平太差了，仅雕虫小技，完全谈不上创意，根本不配参展云云。我虽然知道林有作秀的成分，但还是第一个站出来为他鼓掌。我不想掩盖我对他在这方面的激赏。在他与他的情人之中，我看到人性的美好与悲凉，它修正了我先前的某些偏狭，同时我更加清楚地看到，我总是那么容易为人性中的美好而感动，哪怕是卑微的，我都会没有任何偏见地，对这样的美表示由衷的赞颂和敬畏，并对平凡的人生和苦难的命运满怀着热爱和祝福，所有这些，我认为不是你如何先锋、叛逆、有多少学问、读了多少书、获了多少荣誉就能做到的。一九九八年，我二十四岁，当时我已意识到，我可以做到离开料场，可以一个人去任何地方而不会有恐慌和畏惧，我不会无端听从一个人，听从某件事，我摆脱了精神的某种障碍，我可以越来越开阔而没有偏见。我似乎可以对自己的人生作出判断和选择。我对车间主任说的那句：你从来就没法管住我……这句话虽然有点突然，但是它的前提是，我应该完成了个体的独立意识和自由意识，我应该可以转身。林从来都看不起身边的工人，憎恶听起来不太体面的露天钢铁料场，形容它是地狱，但他带着他的艺术、他的世界性在那个“地狱”呆了一辈子。

我没料到在我决定离开的时候会那样难过，我从来不知道我对料场怀有这么深的情感。虽然离开的想法由来已久。一九九八年，当那个大事件将要来临之时，我相信有太多人完成了他们一生中最重要的转身。它一定给人们内心带来了颠覆性的震撼。不论是选择离开或者留下，他们都不同程度地做过强烈的挣扎，大事件让人们在瞬间深刻地感受到自己对钢厂的感情，对自身技术以及对劳动本身的深厚感情。而我，四年中慢慢成熟起来，我的身体像一枚熟透的桃子，裸露出甜的秘密。他是一名电工。有着细长的身材和羞怯的面容，澄澈的单眼皮眼睛，隐藏着他内心已定的主张。看见我面色会微微的潮红，我知道他喜欢我，我精于这样的判断，并为此兴奋不已，满足于这样的虚荣中，享受浑然不知情的乐趣。他确实被我耍了几次。他傻傻的样子让人疼到骨子里，而太多的沉默让我们没来得及交流，不，我们没来得及相爱。多少时候，我在料场期待他的身影出现。当我望向他那里，他一定是准时地望向我这边。

（原载于《人民文学》，2008 年第 1 期）

「作者简介」

塞壬，女，原名黄红艳，1974 年生，湖北黄石人，现居东莞长安。已出版散文集四部。两度获《人民文学》年度散文奖、第七届华语传媒文学大奖新人奖、第十六届百花文学奖、第六届第七届鲁迅文学奖散文提名奖、第四届华语青年作家奖、第六届冰心散文奖、第十一届广东省鲁迅文艺奖等。

现主要从事散文创作，认为散文是表达自我的文本，是发现自我、发现世界，是确立自我与世界的关系的文本。散文表达我，也就是表达众生。

「作品导读」

只有经历过那一段由计划经济向市场经济转型时期的人，才可能完全理解塞壬《转身》这一篇文字。这是一篇有剧烈阵痛的文字，是一篇有历史厚重感的文字。

这一篇文字，是作者回望自己九年前从一个大型国有钢铁企业“转身”时的心路历程的记录，详细讲述了自己在“告别”的最后一刻的种种感受和表现，以及工作四年中的种种故事。从作者身上，我们可以看见“转型”时期一个国企职工的“宿命”——下岗、分流、算断，以及这种“宿命”给他们带来的内心的挣扎和震撼。正因为如此，这篇文字就打上了时代的烙印，具有了普遍的意义，成为我们了解和研究那段历史的“标本”。

读罢文章，内心的第一感触就是文章写得很真实，不论是生活方面的细节还是人际交往之间的火花，抑或是不同思想之间的碰撞，这些都是作者真情实感的切身体会，他的字里行间都是带着温度的。

在她的《转身》中，写了自己将要离开钢厂，并在整理物品的时候看到了林送给自己的画，并且展开了对林的回忆。作者和林有很多的不一样，在思想上甚至可以说有很大的矛盾，但是他们依然能在一起讨论着艺术。作者也许是个思想保守的人，是林为她打开了新世界的大门，林告诉她认识这个世界其实还有很多的角度，也告诉他评判作品要忠于自己的内心而不受其他因素的干扰。这样一个思想保守的人，在林“先锋”的思想的影响下，世界观发生了或多或少的动摇，如今自己将要离开，却突然想起两人“没来得及相爱”。作者就保留着这样微妙的情愫和似有若无的念想，相信着“他一定准时地望向我这边”，这样的感情，是多么美好。

开滦行

·马景源

初冬，北方一场大雪刚过，田野还白茫茫一片的时候，我们到张之洞故乡——河北省南皮县，参加该县举办的张之洞逝世100周年研讨会后，便到沧州乘汽车直奔唐山，去参观举世闻名的开滦煤矿。因开滦新近开辟了国家矿山公园，并兴建了开滦博物馆。

开滦煤矿是我十分向往的地方，该矿1878年建矿，比我们大冶铁矿建矿早12年。1890年湖广总督张之洞在湖北首创中国钢铁工业，兴建汉阳铁厂，开办大冶铁矿作为汉阳铁厂的原料基地，厂矿投产后，由于煤矿开采失败，冶炉无供冶炼之煤焦，几致停炼。刚刚诞生的中国钢铁工业，眼看就要死于摇篮之中。是开滦的煤炭救了铁厂，使铁厂得救后，组成“开平矿务公司”，在伦敦注册，开平矿遂落入英国人之手。

中国近代实业界的北方巨头周学熙，在袁世凯的支持下，多次与英国人交涉，要收回开平矿权，没有结果。只收回了水泥厂，周在天津成立启新洋灰公司，这家启新洋灰公司后来兼并了兴建在大冶石灰窑的“湖北水泥厂”。在开平矿权一时难以收回的情况下，周学熙于1907年6月在天津设立北洋滦州官矿有限公司，并派人在马家沟选址勘探、建矿，按照西方资本主义的管理方式进行经营，与开平竞争。周学熙系安徽建德县(今东至县)人，1898年任开平矿务局会办，民国初年任袁世凯北洋政府的财政部长。

滦州矿出煤后，对开平矿构成直接威胁，英国人岂能善罢甘休，他们对滦州矿采取围剿政策，妄图致滦州矿于死地，两矿于是展开激烈的斗争。辛亥革命后，由于时局变化，两矿合并，成立开滦矿务总局，英华各派总理管理。共和国成立后的1952年，中国人民才真正收回开滦矿权。这就是开滦煤矿的历史。

开滦，中国第一座大型机械化煤矿，在旧中国70年的漫长历史中，矿工一直受着帝、官，封三座大山的重压，生活痛苦不堪。矿工们将痛苦和压抑的心声编成歌谣：“下煤窑呵下煤窑，累断筋骨压弯腰。当几年骡子拉几年套，当几年花子抱几年瓢。”“拉大筐呵拉大筐，跪着爬着钻老塘。脖子勒得冒血津，浑身蹭得全是伤。管煤炭千滴血，条麻绳拉断肠。”

哪里有压迫，哪里就有反抗。开滦工人在旧中国70年中，举行过68次罢工斗争。有首歌谣云：“不怕地，不怕天，矿局门前立旗杆，局矿联营八十里，矿工齐心要造反。公事房前一跺脚，资本家发抖煤窑颤。”

1952年，人民政府代管开滦煤矿，使之成为中央企业，在煤矿进行民主改革、生产改革，矿工当家做主，生产热情空前高涨，煤炭年产量由1949年的335万吨提高到1955年的773万吨。在“文化大革命”中，开滦煤矿不但不停产，而且提出“多出煤、出好煤”“万人矿日产万吨煤”的口号，成为“特别能战斗”的群体，这个群体在唐山大地震后迅速站立起来，很快恢复了煤炭生产。

从博物馆出来，太阳已经悬挂中央，那门前广场上高高耸立的主碑光彩熠熠，小鸟在公园旁边的冬青树上跳来跳去，叽叽喳喳，像在欢迎来此参观的客人。回望博物馆，我不由思绪万千，开滦的历史，与大冶铁矿的历史多么相似。开滦煤矿被英国人强占，大冶铁矿则被日本人控制。两矿一北一南，相距几千里，命运却相同，都遭受强盗的宰割。这说明了一个道理，政府无能，国家落后，民族工业的发展是多么的艰难。

我们在冬日温暖的阳光里，向博物馆左侧前行一百余米，首先映入眼帘的是一座雄伟的井架和在蓝天白云下飞转的天轮，它像擎天柱一样支撑着这座煤城。这是开滦煤矿130多年前打的第一口井，是中华大地上第一个用机器开凿、西法开采的煤井。这口井经过那次大地震，至今仍在使用，仍在出煤。当年这口井的开凿，标志中国煤炭采掘业由“土”到“洋”的转变。如今来此参观的人，无不啧啧地感叹说：“这真是中国的矿井王，使用了130多年仍在出煤，这是多么伟大的奇迹啊！”

在一号井不远处，摆放着中国最早煤矿自备发电厂的发电机组，那机组硕大、锃亮，酷似如今摆放在重钢轧钢厂旁的当年汉阳铁厂从英国购回的那台8000马力的蒸汽机。其保存之完好，令人惊叹不已。接着进入电气设备陈列馆，这里从美国电学家、发明家爱迪生建设世界第一座发电厂一直介绍到现代发电设备的演变、供电方式的进步，给我们上了一堂生动的电学知识课。

最后则去参观百年“达道”。开平唐山矿1881年出煤后，由于全国各地对煤炭的需要，于1897年在唐山井西北开凿一条新井，为使新井生产的煤炭运往唐山井井架之下装火车经唐胥铁路运出销售，在唐山矿与西北井之间修筑了一条联络铁路支线，两井之间有一条街叫广东街，顾名思义，这条街住的多为广东人，是建矿时从广东招募到此开矿的工匠居住的地方，是唐山市第一条主要街道，是唐山市的起点。为了让联络铁路支线通过广东街，于是在街基下面开凿一条南北走向的隧道式桥洞，称为“达道”，是中国最早的铁路、公路立交桥，是百年开滦历史的见证。此“达道”虽于1920年2月停止使用，但至今保存完好，这又是一个奇迹。

开滦这座北国大地上的大型机械煤矿，跨越了三个世纪的沧桑，经过了几个时代的荣辱兴变，至今仍然挺立在神州大地之上，多么令人欣慰啊！

这次开滦之行，感触良多，像上了一堂中国洋务运动的历史大课，看到了洋务运动创造的系列中国第一，振奋不已。也体会到民族工业的发展，与国家的强弱息息相关。煤炭工业如此，钢铁工业亦如此。旧中国汉冶萍公司的倒闭就是当时中国历届政府的无能。离开开滦时，我一次又一次回望这座百年老矿，默默地祝感，祝愿祖国永远繁荣昌盛。

（原载于《武钢文艺》，2010年第3、4期合刊）

「作者简介」

马景源，1935年生，湖北赤壁人。湖北省作家协会会员，湖北省地方志学会会员，被誉为“矿山里走出的文史专家”，曾被评为湖北省地方志系统先进工作者。1956年开始发表文学作品。先后在国家、省、市各级报纸、刊物发表小说、散文、报告文学、纪实文学、人物传记等文学作品。1999年，出版了长篇小说《克虏伯之恋》。后来又从事史志编撰工作及中国近代洋务运动的研究，主编有《大冶铁矿志》《汉冶萍公司志》《大冶铁矿团志》等史志资料，并发表了《张之洞与大冶铁矿的早期开采》《张之洞创办钢铁工业之远见卓识》等系列学术论文。他编撰的《汉冶萍公司志》发行到英、美、德、日等国，而他编撰的《大冶铁矿团志》为国内公开出版的第一部团志。

「作品导读」

民族工业对于国家的发展来说，十分重要。中国近代民族工业发展曲折，但在各方同胞的共同努力下，虽是曲折，却也取得了一定的成就，其中便有举世闻名的开滦煤矿。

作者通过参观举世闻名的开滦煤矿，先讲述了开滦煤矿对刚刚诞生的中国钢铁工业的重要性，以及它相关的曲折历史，表明了开滦矿权来之不易。紧接着又从矿工的经历入手，讲述开滦煤矿成为中央企业并进行民主改革、民主生产的历程，同时，这也体现出这些改革为煤炭的大量生产奠定了基础。遥望历史，回首当下，这让作者不禁对大冶铁矿的历史发出感叹，同是民族工业，大冶铁矿就没有这么好的命运了。

紧接着，作者又把目光转向雄伟的井架和飞转的天轮，通过讲述体现了第一口井的开凿对于中国而言具有的重大意义。中国最早煤炭自备发电厂的发电机组，以及现在发电设备的演变，供电方式的进步，都让我们体会到科技的进步。其中百年“达道”又是开滦的一个奇迹。

跟随作者参观博物馆视角的转变，带领读者对开滦的煤矿有了新的认识，同时回顾历史，在这一步步中，不仅仅是作者感受到祖国的强大，读者也是如此，民族工业在当时举步维艰却仍然顽强地度过了那段岁月，这其中的努力和坚韧不屈的精神也是当代我们应该学习的，在这种信念的指引下，我们的祖国必然会走向强大与繁荣。

在无人之境寻找英雄

·冯敬兰

虽然只去过一次，却总也忘不了那个地方。那里叫柴达木。

乘车奔驰在柴达木空旷、干燥的无人区，偶尔能碰到湖，或叫湖的地方。

叫冷湖的地方，没有一滴水。根本就没有湖，只有冷。

五十多年前，第一批石油勘探队员翻过当金山口，进入柴达木盆地后，人困马乏的他们在大戈壁上度过了第一夜。戈壁泛着黛青色，看上去像一片深邃的湖，湖面泛着冷冽的光芒。他们要为后续部队留下标记，然后从这里走向盆地的更深处。冷湖，如此精彩的名字，不知先从谁的脑海里浮出，心中一定还有浪漫的诗篇吧？当他们向更苍凉更严酷的柴达木腹地进发时，冷湖成了他们后方的大本营和心中温暖的家园。

1997 年夏天，我和几位文学朋友游历柴达木盆地，第一站就到了冷湖。青海油田机关和生活基地已于八十年代后期搬到甘肃敦煌七里镇，主力油田分布在柴达木盆地西部的花土沟一带，大队人马都在西部。冷湖成了敦煌和西部之间的转运站。人去屋空的石油小镇冷湖，晴天白日下许多房子张着黑洞洞的窗口。听不到鸡犬之声，看不见小孩子在马路上追逐奔跑。人气弱了，树也死了。为了救活树，留守处的工人从遥远的地方拉水浇灌，听说花了二十多万，树，仅救活了两棵。干裂的树干举着这一点点昂贵的绿色，顽强地挺立在干燥的戈壁风里。站在冷湖空旷的马路上，我被那里的清冷和沉寂震撼。枯树和大烟囱遥遥相对，生命与生命的依傍，只在此时此刻才有如此强烈的感受啊。

七月的戈壁，在骄阳下也显得冷。因为看不见一抹青翠的绿，也没有鲜花，哪怕是一朵矢车菊呢。那些看到的遗址、听来的故事都和石油息息相关。

冷湖第一口高产功勋井“地中四”的遗址还在，如今竖起了纪念碑，“英雄地中四，美名天下扬”，蓝天朗日里字字凸现。1958 年 9 月 13 日，地中四井油龙冲天起，日产八百吨，在中国石油界引起极大的震动和惊喜。这是中国石油工人征服柴达木无人区的辉煌战绩。在随后的自然灾害中，许多石油工人被营养不良和艰苦劳动夺去了健康和生命。

苍茫天地间，地中四井纪念碑与日月共存。获得永恒的，还有那些长眠在大戈壁上的石油人。

冷湖附近是四号墓地。大概是为了避风吧？墓地选在一片四面是高坡的低洼地。戈壁上只有石头，没有黄土。远远望去，灰蒙蒙一片，走到近处，才分出深灰和浅灰，深的是新坟，浅的是老坟。这是全中国最独特的墓地了，坟茔依坑就坡排开，不知几百几十，统统由大石头、小石头、石头块、石头片堆积而成，天上没有飞鸟，地上没有青草。苍穹下面，我们无声地从一排排墓碑前走过，不忍惊扰长眠者孤寂的梦。

肖缠岐，“柴达木的铁人”，英雄的钻井队队长，在井场发生失火或井喷时，他一贯舍生忘死冲在前面，1970 年 7 月 23 日凌晨 3 点 30 分，井上发生卡钻，因为情况十分危险，他让工人离开钻台后，亲自操起刹把解除事故，不幸牺牲在钻台上，年仅三十一岁。

冯淑坤，向秀丽女子采油队队长，在会战中过度劳累，一个严寒的冬夜，死于天然气中毒，年仅二十九岁。

赵存喜，司机，别号赵劳模，是青海油田“多拉快跑的老黄牛”，他在搓板般的路上颠簸了二十三年，又在这条路上光荣殉职。年仅三十七岁。

这是一对夫妻——陈自维和张秀贞，他们是第一批进入柴达木的勘探队员，也是第一对在帐篷里举行婚礼的恋人。1981 年，张秀贞积劳成疾死于癌症，终年四十五岁。1987 年，已调往华北油田的陈自维也患了癌症，他写了一篇题为《一个老柴达木人的心愿》的文章刊登在《青海石油报》上，表达了对柴达木深切的怀念。他最大的愿望就是死后葬在柴达木，和妻子在一起。因此，他们成为第一对合葬在此的爱人。墓碑上并列着他们的名字，昭示着他们的理想和爱情在这里得到了永恒。

这是一组父子墓。迟文政，1968 年北京石油学院毕业分配到柴达木，在钻井队当工人，二十年间始终在一线摸爬滚打。他结婚十七年一直两地分居，妻子和一双儿女远在大庆，每年全家团圆的日子只有一个月。1988 年迟提升为副经理，分到了一套房子，这一回他下决心要把妻子调过来，儿子就要升初中了，女儿也九岁了，他要弥补一个丈夫、一个父亲的责任和全部的爱。7 月 7 日，一家四口结束了几千公里的旅程，乘坐一辆伏尔加牌小汽车向柴达木盆地疾驶。然而，横祸就在旦夕之间降临到他们头上，一辆载重大卡车迎头撞过来！迟文政和他的一双小儿女从此永远厮守在一起，而给妻子留下了一个相伴终生的噩梦。

还有这个，“陈贲（1914—1966），字伟志，福建闽侯人”。墓碑上寥寥几字，与其他死者毫无异样。我必须把后来了解的情况补充在这里：（陈）早年就读于清华大学，是石油部部长康世恩的同学，1939 年在西南联大地质系毕业，后考入中央地质所，曾随地质学家黄汲清在四川搞构造地质测量，曾受地质学家孙健初邀请在玉门工作，1944 年赴美国实习，归国后任中国石油公司勘探室工程师，

1949 年以后，任石油部总地质师。1957 年被打成右派，下放青海油田监督劳动。他负责编制了青海冷湖油田开发方案，首先提出了冷湖油田是侏罗系生油层补给的正确观点；他总结的冷湖油田断块油气藏富集规律，对国内断块油田的研究起到了借鉴作用。他学识渊博、为人正直、品德高尚、富有爱心，得到当地工人的爱戴。1966 年 6 月 12 日，“文革”风暴刮进柴达木，陈贲首遭批斗，是夜，他愤而弃世，年仅五十四岁。

还有一位并非柴达木人，叫黄先驯。他生前是北京石油勘探开发研究院工程师。黄的一生同样不幸，1957 年被打成右派，送北大荒劳改，1967 年被打成现行“反革命”，送山西服刑。1979 年平反出狱，1980 年因癌症去世。一个从青年时代就献身石油的人，最后的愿望是把遗骨埋葬在柴达木——因为他在 1957 年遭厄运之前已经买好了去柴达木的火车票，行前参加机关的大会，做梦也没想到成了右派，从此噩梦缠身。既然生不能去，就让灵魂留下吧。

……许多死者的年龄只有三十岁、三十二岁、三十六岁、三十八岁、四十岁、四十七岁……，多么令人心痛的年龄！车祸、井喷、癌症，或各种意外事故，几乎没有一例是自然死亡，简直是触目惊心！

走出墓地时，同行的朋友肖复华指着远处的高坡说：“你看，那是咱北京学生的墓，车祸死的。他是安全科长，去处理车祸的路上，自己遇上了车祸。”我抬眼望去，天地间他的墓冢轮廓分外清晰。干嘛自个儿在那儿？我问。他老婆让埋在那儿。她在北京，两地分居。肖说。我黯然无语。茫茫戈壁，没有绿色，也没有任何参照物，驾驶员发生意外太难避免，谁出车祸就是谁的宿命。

冷湖虽然没有湖，但是柴达木盆地有许多湖。柴达木，在蒙语里就是盐泽。

为我们开车的青海油田的老马师傅说，我们正行走在“盐泽”上，真把人吓了一跳。他索性把车靠在路旁，让大家下去看“盐湖”。远看像被五铧犁翻过的黑色土地，踩上去是万般坚硬硌脚啊。世上竟有这样硬、这样干的湖，竟有这样黑、这样脏的盐。毕竟不白叫湖，原来真的有水。一个小小的池塘或说是一眼超大的“井”，洞开在黑地上，引起了大家的好奇。嘿！你别看小，卡车照样掉下去。马师傅告诉我们，哪年哪月谁谁开着“解放”一头栽了进去；哪年哪月谁谁开着“东风”掉了进去，车斗里几个民工一看不好，赶紧往外跳，司机卡在驾驶楼里，没出来。我们小心翼翼地探出身子，果然触目惊心。平地里兀然出现这么一个水坑，真有点儿猝不及防。谁能想到它有几百米深？马师傅说有人探过，三百米还不到底。这直径也就两米多的水池（或塘、井、坑），周边一圈儿洁白的结晶盐，蔚蓝色的湖水很黏稠，一块土坷垃扔下去，连个水花都不起，颤颤悠悠慢腾腾地往下落。亿万年以前的大海原来藏在这儿！一望无际的巨大盐盖上，不知还有多少这样的水坑，星星点点，分明是大海的眼睛，在越来越少的机会里，顽强地凝视着天空。

在这个无人之境，一条电话线路与公路相伴伸向戈壁深处。每一根电杆，每一寸路段，都让我的心动，在一瞬间会有眼泪涌上来。看看那些电杆，它们矗立在这亘古以来的蛮荒之地，任狂风肆虐而岿然不动，它们终年无语，它们无须诉说。因为，它们自己就是硬汉和英雄的象征。在无际的戈壁里行走，我的心会默默地与那些永恒的生命对话。

通往柴达木西部石油生产一线的公路非常好，汽车一百公里以上的速度也很少颠簸。可是最早的路却是勘探队员和他们的骆驼踩出来的。

我听到了一位18岁男孩范建民的名字。小范从河北老家自愿报名来到柴达木，担任勘探队的驼运员，他的工作是赶骆驼。他比谁都清楚全队的身家性命全系于他，大伙的吃喝穿用是一刻也离不开骆驼啊。骆驼不光是他的命，更是勘探队的命。可是，那天收工后，骆驼少了一只。他顺路去找，月黑风高，哪里有骆驼的影子？骆驼没了，小范也没了，战友们又去找他。一个月后，人们在戈壁上发现了小范已经风干的遗体。那是1955年的春天，跨过四十多年的时空，我仿佛看见范建民年轻的身影依旧在戈壁上奔跑。

还有一位老人，他正走在我们的前面，他总是走在队伍的前面，因为他是我们勘探队的向导啊。老人叫依沙·阿吉，乌孜别克族，新疆若羌人。1954年，阿吉带领第一支勘探队进入柴达木时已经年届花甲。在经过长途跋涉之后，到达西部的阿拉尔草滩。许多年前，为了躲避兵荒马乱，阿吉不得不把帐篷支在这里。老人把勘探队员带到一个地方，他有些激动地让大伙儿快搬开那几块大石头，一个黑色的“泉眼”裸露出来。原来是石油啊！队员们立刻欢呼起来。从此，“油沙山”“油墩子”“油泉子”“开特米里克”……，不断有新的地名出现在勘探队的地图上。那个年代发现的所有石油探区，没有一个能和阿吉的名字分开。老人的墓地就在戈壁深处的花土山。花土山没有花也没有草，五彩斑斓的地质断层裸露在风中，名字由此得来。阿吉在万年不变的山顶永生。

柴达木盆地西部屈指可数的每一个地名，都是青春和生命的象征。南八仙——据说八位女勘探队员在此遇难。她们是谁？从哪里来，怎样到的柴达木？是在黑风中迷路了吗？还是遇到了群狼？她们陷入绝境时男人们在哪里？今天还有谁会想起她们？……我看到过她们的美丽，我听到过她们的歌唱，因为我也曾从那个时代里走过，尽管那时我很小。她们爱笑也爱哭，也在亲人面前撒娇耍小性儿，也喜欢漂亮的衣服也憧憬理想的爱情。可是，当一个勘探队员，到最艰苦的地方为祖国寻找宝藏，才高于一切，才大于一切。她们的理想与生命一同走进了永远。在没有绿树红花的地方，有着最美的地名——红柳泉、花土沟、花海子、绿草山、红沟子……；在看不见水的地方，有着许多的湖——冷湖、苏干湖、柴达木湖、察尔汗湖……。在无人之境，青春和生命走向了永恒。

不知不觉，我们看见了第一座井架，第一口抽油井，看见了夏日里高高耸立的纪念碑——“开发油沙山石油事业而光荣献身的烈士永垂不朽”，字字耀眼，仿佛是烈士们凝视着今天的眼睛。前面，终于有大片的建筑了，还有树！是活着的，焕发出生机的绿树。那就是花土沟，全中国海拔最高、生存条件最恶劣的油田。

自从家属撤到敦煌以后，花土沟也冷清了，没有家属和孩子，生活区那些空置的楼房迅速破败，出现了一道道的裂缝，像遭受了地震似的。职工的生活又分成了两半。钻井、采油、输油、测试等第一线职工，每两个月倒休一次，后勤、维修人员及机关干部轮流在西部“固定”，每期三个月。往返路程在一千公里以上（写到这儿，我不能不想到那两个字——车祸，它简直就是青海石油人命运中的“黑洞”）。尽管如此，那也比从前好多了。因为有盼头。在石油人的命运中，选择是常常不存在的。即使有选择的可能，也是无法选择的两难。

那晚，因为疲劳，我 12 点就躺下了，西部时间比北京晚 2 小时。可是，我头痛欲裂，胸闷难忍，刚刚迷糊就被憋醒，几乎一夜未睡。我生平第一次体验了高原反应。

我知道，无论科技的发展怎样超越人类的想象力，永远会存在一些艰苦的行业，让成千上万的劳动者为此默默无闻献出青春和生命。

命运从来都是不公平的，但无论世事如何变化，那些为了公共事业献身的人，都应该永远受到尊敬；那种不畏艰难、勇敢坚强、肯吃苦而毫不诉苦的英雄情怀，都无疑是人类精神旅程上的航标灯。

（原载于冯敬兰散文集《风景：一个女作家的心灵世界》，石油工业出版社，2010 年）

［作者简介］

冯敬兰，女，1950 年生，祖籍河北蔚县，中国作家协会会员。先后毕业于北京师大女附中、齐齐哈尔医士学校、鲁迅文学院和北京师范大学文艺学研究生班，文学硕士。1968 年从北京下乡到黑龙江省宝清县八五二农场（后改制生产建设兵团），1978 年调华北油田，1991 年回到北京，2005 年退休。先后做过下乡知青、儿科医生、文化干部，曾任中国石油文联秘书长。已出版个人作品集六部、人物口述史一部，策划、编纂图书、画册多部。作品曾获河北省文艺振兴奖一次、中华铁人文学奖三次和期刊奖多次。

［作品导读］

柴达木，在蒙语里就是盐泽的意思，那里的盐泽有几百米深，又干又硬，充斥着又黑又脏的盐，周边还有一圈儿洁白的结晶盐。柴达木恶劣的地理环境给我国石油工作者的勘探工作带来了极大的困难。在柴达木的大戈壁上，曾留下无数英雄的故事。《在无人之境寻找英雄》就是一部赞美石油勘探工人不畏艰难险阻，为了我国的石油事业默默奉献的英雄篇章。

在文章中，作者提到了肖缠岐、赵存喜、陈自维和张秀贞等人的墓，他们都那么的年轻，却都因为不同的原因留在了柴达木的戈壁上，正如作者所说“车祸、井喷、癌症，或各种意外事故，几乎没有一例是自然死亡，简直是触目惊心！”人固有一死，或重于泰山，或轻于鸿毛。他们为石油事业默默地奉献了自己的一生，是石油发展史上不可或缺的一部分，包括给“我们”做向导的老人和其他的石油工作者，他们都用他们的热爱无私地为石油事业做着奉献，把自己的一生都留在了戈壁上，成为了永恒，他们又何尝不是“湖”的一部分呢。

全文中作者的语言是简练的，每一句话都蕴含着深刻的寓意。比如“前面，终于有大片的建筑了，还有树！是活着的，焕发出生机的绿树。那就是花土沟，全中国海拔最高、生存条件最恶劣的油田。”在全国海拔最高、生存环境最恶劣的油田里还有焕发生机的绿树，可见石油工人们即使是对待一棵树都煞费苦心，同时也暗示出石油工人们身上展现出来的活力。以及“可是，我头痛欲裂，胸闷难忍，刚刚迷糊就被憋醒，几乎一夜未睡。我生平第一次体验了高原反应。”句子朴素平淡，却让人深思。作者初到这里都是难以入眠，那长期工作在这里的石油工人们又是怎样艰难克服的呢？文章在娓娓道来的叙述中蕴藏着丰厚的底蕴，让人们惊叹于石油工人不畏艰险克服困难、付出却不求回报、永远坚守在第一线的英雄精神。

卖书记

·老　九

隐藏泪水最好的地方是心灵。隐藏泪水最好的武器是时间。

一

许多年以后，我也不会忘记2001年深秋的那天下午，天空中飘满了无奈的泪水和衰老的树叶。在我悲怆的视线和迷乱的思绪中，两辆咣当咣当、左摇右摆的小拖拉机，载着熘尖熘尖、脏哩叭叽、不见本色、大小不一的编织袋渐行渐远。车轮下的道路，越变越细，后来干脆成了一条踌躇的绳索，晃晃悠悠，不疾不徐，抽打着我的灵魂。我的大约8000册藏书们，被一袋袋地“抢”走，它们不能选择，无奈地横七竖八拥挤在许多袋子里，呼吸困难，备受折磨，开始了离开温暖之家的流浪和哭喊。书是有生命的，同样也有一生的经历，在我深情的目光里。从此，我和我可怜、可爱、可敬的书们，已远如星辰，万里相隔。我伫立如桩，失魂落魄。一任强劲之风阵阵打击着我的耳骨，一任泪水飞蹿，直到妻在楼上重复地呼喊，才恍如梦醒，颤抖不已，蹒跚着爬上楼梯。

二

我住在三层（共四层），是70年代初复兴集团始建的砖混结构老楼。妻用盒尺认真丈量过，实用面积为42平米，只有一间半屋，没有客厅，有容一人转身的厕所，阳台是后来外面硬加上去的，东侧作为简易的厨房，西侧摆放上一张折叠桌，四张折叠小凳，权作餐厅。我们夫妻卧室的家具是根据空间大小固定在墙上的，电视柜与床间只容一人下肢通过。儿子的屋，只能放一张单人床、一张小书桌和我一只巨大的书柜。那只书柜跟了我许多年，我真怕它离开我或我离开它后，彼此因相思不得而迅速苍老，早日走上天堂。

三

我的脚步沉重而滞涩。楼道里有狼藉的书屑和黑糊糊的纤维碎片，空气中充斥着些许尘埃和印刷品被突然撕裂而逸出的油墨芬芳，虽然沁人心脾，却让我从心底感到彻骨的悲哀。

我缓缓地蹭进家门，一屁股瘫坐在瓷砖地上，背靠墙壁，无力动弹。眼前的一切是那么的空空荡荡，了无生趣，我的五脏六腑仿佛都被掏干了，左手的那一卷污浊的钱币，快乐地滑落在地板上，而且还滚了两滚。

“怎么这么长时间呀？”妻正在收拾她的衣服，她步履匆匆，来来往往，像一只兴奋的苍鹰，左突右撞，左手一块抹布，右手轻轻地捏起那卷钱，匆忙地点了点。

“1700块！这么多？”她似乎有意在回避我的视线，面部洋溢着“世界大战”胜利后的喜悦。此时，我的思绪已游离到楼下，在心里无声地反抗了一句“要不还多！”

四

四个收破烂的小伙儿，刚才乱七八糟地往编织袋里扔书时，异常高兴给力，他们扔满了一批，就从我家门口外面用脚一踹，袋子们就一个又一个滚下去，他们又蹿到二楼与三楼的中间平台，如法炮制……起初我制止过，但我的制止在他们面前显得苍白无力，没有屁用。

“这是书啊！怎么能用脚踹呢？应该这样抱着送下去！”我左手钩住袋子下角，右手攥住袋子的封口，将袋子抱在胸前，从三楼到楼下，完美地示范了一次，颇有榜样的感觉。

“好好，我们也这样！”四个小伙儿答应得挺痛快，可等我在屋里过道处轻轻地装书时，屋外仍旧是一阵接一阵，坚定不移地“咕咚咕咚”声。他们对于我那些可怜的书们，依然是我行我素，冷漠无情。我只有无奈，懒得再理会。

五

许多年以后，我一见圆形锋利闪闪发光的铁钩子，定会敏感和恐惧。这种敏感和恐惧，就来源于那个卖书的下午。等收破烂的几位小伙儿，从我家滚下了所有的大小袋子后，他们开始用一杆大秤，在杆上的铁丝环里穿进一根光滑舒展的木棍，那木棍是他们吃饭的家当，闪动着汗渍和手油，接着“啪”的一声铁钩子刺进装满书的袋子上口，一个个地称斤两。

“啪”“啪”“啪”，铁钩子像钩在了我的肋骨，我的肩膀，我的手臂上，我听见书们在喊疼，在挣扎，在躲闪，我觉得我的身体多处在流血，创口深及骨头，内里浅红的肉已翻卷外露，宛如一朵朵盛开的娇艳玫瑰。

我不禁猛然大叫：“算了，你们别一袋袋过秤了，用手掂一掂估估分量就行了！”四个小伙儿彼此对望几眼，嘴角不约而同地飞起了狡黠、讨好和意外的笑意。我知道我肯定会亏，我知道他们会把我的书们在市里的地摊上来个二次兜售。但我无奈、无暇、无权管这些了，我只是不愿再听见钩子的“啪啪”声，我只想尽快结束出卖我书们的过程，结束对我精神和肉体的双重摧残。因为我已经很恶心，想呕吐，且仿佛肠子肚子胆汁都要吐出来。所以，他们给多少钱，书有多少斤，我一百一地忽视。

六

“我把楼道拖拖，你把剩下的书整好！（我的书从来都是我自己整理），洗个澡，躺一会儿，我待会儿去超市买点东西就回来！”

“我要吃猪头肉！”

“行！”

“我要吃放盐的油炸花生米！”

“行啊行！”

“给我买两盒极品云！”（23 元一盒，平常我抽 4.5 元一盒的石林，1990 年以前抽 1.25 元的灵芝）

“三盒、三盒吧！”

妻的温柔，使我忘记了上午我俩的“世界大战”。

妻收拾完从三层到一层的楼道，挎着一个破包，娉娉婷婷地走出了家门。妻是个爱干净的女人，是个干活麻利的女人，是个思维缜密的女人，是个特别有主见的女人，是个说一不二的女人，是个与我敢打世界大战战无不胜胜而不骄持续作战永远指挥永远正确永远胜利的女人。她不仅像猫，有 9 条命，而且还像猫那样安静，我甚至都没发觉她出门前何时淋浴更衣过，房间里有股“飘柔”的芳香。妻就像博尔赫斯《南方》中的达尔曼，跨出门去，就成了一个崭新的自己。

七

“你个土匪女王！”我骂了妻一句，她没听见，或者我有意没让她听见，门外传来她坚定、有力、清爽的脚步声。我用抹布把仅剩下的一只大书柜细擦了两遍，把仅剩下的 1800 多册书们，小心翼翼、分门别类地摆在书柜里，又款款深情地与书们说了一会儿话，然后穿着塑料拖鞋躺在床上，思绪开始上天入地，四处漫游……

八

1976年6月我到复兴煤矿下井，1998年3月我被从矿宣传部调到了复兴集团宣传部，在复兴矿从业22年。复兴集团离矿5公里，离我家居住的矿工人村7公里。70年代末风气顿开，意识形态渐渐解禁，我当井下工时便搞开了文学。及至1979年末，西风东渐，国内外大量的新书纷纷登场。那是一个饥渴的年代。于是，我从那时起就开始拼命地买书。中国的传统教育和中国的传统文学，一直在昭示着我那一代人，要做一个好作家，一定要先“苦其心志，劳其筋骨”，一定要先广泛涉猎，厚积薄发。因此，天文、地理、历史、哲学、美学、医学、自然科学、音乐、绘画……只要是我看着有用的书，全部拿下。

有一次，因疯狂购书，忘乎所以，竟花光了身上的硬币，连二角五分钱的公共汽车票都没钱买，只好步7公里漫漫快乐的回家之路。为了买书，特别是买西方现代名家的书，我卖掉了父亲留给我的准备娶媳妇用的一套家具，且对左邻右舍和矿工友们吹牛，是想换一套新的；我还卖掉了一只英格纳手表，一辆永久牌的自行车，俨然成了马尔克斯笔下的《没有人给他写信的上校》。同时，写作上也收获渐丰，陆续在省级以上报刊发表了69万字的小说散文。

九

许多年以后，我回忆那段时光，只能用“着魔”定性。我由衷地感谢复兴煤矿的领导，他们在我一边搞文学一边搞企业新闻宣传时，大胆地给了我相邻的两套房，我把它们打通了，只走一道门。当时，矿上有人向领导反映此事，矿领导这样回答：“你要是一年能在××报，给咱矿上12篇稿子，也给你两套房！”××报是国家级有重大影响的大报，上稿难度可想而知。而对我来说，文学功力助推了新闻宣传，新闻宣传又助推了我在广阔的世界中结识了更多老师和朋友。二者相得益彰，共同促进。有了些许稿费后，再买书就不捉襟见肘，妻也就表示认可，我买书就更加疯狂。

十

伍尔夫有一篇著名的文章《一间自己的房子》。在我看来，它不是政治理论的范例，描述的是一种思想如何尝试着与它所处的环境和世界达成一致，她的指向是普遍的，与性别无关。我不知夏洛特·勃朗蒂是否也有过这方面的感触。

我复兴煤矿的老房子，不但面积较大，关键是60年代中期盖的老旧的二层楼，房内的空间高度竟达3.5米。因此，我的万余册书们，在一排排书架上筋骨舒展，直达楼顶。一到家，一看到我的书们，顿觉了得，自信爆棚，好像自己真的成了站在巨人肩膀上的才俊。岁月作证，那段时光，我家成了市里文友的一个沙龙，偶尔还有北京、石家庄、广州、深圳的作家、艺术家光临。我们讽古喻今，画饼充饥，滔滔不绝，其乐融融，心似微纤，大于宇宙。多少个不眠之夜，妻也忙忙活活，时而聆听，时而加餐，时而插话，书是我和妻及朋友们共同的良师益友，共同的原动力，共同的精神世界最亲密、最可靠、最直接的感发物。

十一

生活总是变幻莫测，出神入化，大脑老爱困于一隅，直线思维。

复兴集团的大好调动和儿子越来越临近的高考，使我和全家的生活轨迹必须要改弦易辙。妻深刻的分析，让我心悦诚服：一是要从矿搬家到复兴集团，矿的房子得退掉，现在的房子没有那么大那么高了，盛不下我的书们，更盛不下我的生活态度和价值走向；二是儿子已上高一，2003年中期就要高考，不能因读我的“闲”书而影响他升大学；三是我和妻都是企业的普通职员，多少年的二级工资，没钱马上买商品房，尤其是大商品房。在山穷水尽、走投无路的情况下，唯一正确的选择就是——卖书，卖与我多年亲近、不可或缺、视作生命一样的书们。

妻的意见铁定如山，不容置疑，她相信一个影响深远的选择会改变我们的生活，我们的性情，进而改变我们的人生和命运。她的自信与果断，宛如大地一样广阔扎实，又像天空一样浩瀚无垠。然而，事到临头，真的操作，我又是那么的被迫无奈，自我分裂，疑虑重重，出尔反尔。甚至明知迟疑、争辩和反抗全是徒劳，但又出于男人的本能、固执、好恶，不由自主地反抗、争辩和迟疑，哪怕最终结果依然是徒劳。

那天上午，妻对我斩钉截铁地指示：“把该留的留下，对孩子考学没用的，有点黄的，家里盛不下的统统卖掉，就留那一个能锁的大书柜的书！”此后，我马上开始认真挑拣，该卖的码一堆，不该卖的码另一堆。然而，在我看来都不该卖。于是，反反复复，从该卖的那堆再拿到不该卖的这堆，后来，不该卖的这堆反而越来越大，该卖的那堆却越来越小……

十二

“你想想孩子要上大学……咱们有钱买大商品房吗？”

“咱可以往一间半屋的床下放啊！你看看这书，还有我写的许多眉批呢！”我抱起一套卡夫卡的文集，对妻晃晃放下，又陆续拿起普鲁斯特的《追忆似水年华》，乔伊斯的《尤利西斯》，马尔克斯的《百年孤独》，萨特的《恶心》，加缪的《局外人》，李贽的书等，与妻争辩。

“你以为你是金圣叹啊？卡什么卡，一个奥地利的病男人……还百年孤独呢！现在好多人，连一天，一夜的孤独都受不了。我看你快成‘局外人’了。再说，你可以上电脑看呀，我这周给你买台电脑！”

“电脑阅读哪有印刷品阅读的质感呀！还有我眉批中的灵感、智慧、思想都找不到了，书到用时方恨少啊……李贽谓，童心为本真之源，童心失则本真失矣！”

妻“刷刷”跨到两堆书中间，开始在不该卖的那堆上，“啪啪啪”往该卖的那堆上猛扔。

“你也不用猪脑想想，这么高的书山，我和儿子上阳台做饭、吃饭都得仄歪着身子，万一不小心碰倒，把我和儿子压死……衡量咱家日子的好坏，不在你的书有多少，而在儿子能不能考上大学，而在你的大脑和你的品位！要活好，就不能认死理儿，就不能一条道走到黑，要与时俱变……你的看法没用，生活的看法才是最正确的看法！还孤独呢，孤独会使落伍更落伍，落伍会使孤独更孤独！”

十三

我的争辩，激发了妻的灵感。陌生而深刻的词汇，连珠炮似的轰然而射。我的争辩，无异于悲剧的命运和反抗命运的悲剧。

“你看看，这本博尔赫斯小说选（1984年版，上海译文出版社），这本福克纳的《喧哗与骚动》（出版社同上），才一块多钱，以后再买，价钱不知涨多少倍！”我又从钱上切入，感觉自己辩才甚佳。

“看电脑呀，不用花钱。是过日子重要？你的书重要？还是我和儿子的命重要？还是儿子上大学重要？他又那么爱看闲书，肯定会影响学业！”

“难道书就不重要？”

“也重要，但要服从家庭的重要！要留书，你买大商品房去呀！这个5600块的小房，不知多少人想要呢！领导给咱是福分！”

妻多次提到了她和儿子的生命，提到了房子，提到了儿子上大学，她有的放矢，句句打在我的软肋上，又一次把话题归到原点。我只有无奈，只有服从，夫复何言！无论我转向何方，总有拦路的高山。巴尔扎克的手杖上刻着：我粉碎了一切障碍。而我面临的境遇是：一切障碍粉碎了我。我内心的时钟，与家庭的时钟，外部的时钟，截然对立，反差强烈，难于调和。妻的意见无疑是正确的，妻的正确，是在我不断犯错后形成的。我不断地犯错，更强化了妻的正确。

就这样，因为一本书，几本书，几十本书……我和妻展开了无数次此起彼伏的拉锯战，你放到那堆，我放到这堆，你刚刚放到那堆，我马上拿到这堆……我屡败屡战，百折不挠，弄的妻血脉贲张，气极撕书，我愤而夺书……最后竟吵了起来，动开了手，喊出了离婚……夫妻的战争围绕该卖不该卖的书们持续升温。末了，妻一字一句地撂下一句话：“我不管你、咋、着，最后剩下一书柜，否则，离——婚！”随之，不再理我。

十四

当无奈又一万次降临时，我只能想得开，看得开，全盘接受它。不管别人怎么看，我这辈子认定自己是个从一而终的男人，再加上妻有那么多的理由，我当然应该无条件投降。“服从命令听指挥，不让领导受难为”。既然已习惯了无奈、妥协和控制，既然无奈、妥协和控制已成了可怕的习惯，那我还反抗什么呢？

此时，我竟然想到了马尔克斯的《礼拜二午睡的时刻》，那是一篇“控制”感很好的短篇小说。“控制”“妥协”“无奈”多么美好的字眼，它们在生活中、家庭中、工作中的位置，原本这么重要啊！何为文学？在我看来，文学是沉潜，是包容，是总和，它比历史更悠远，更真切，更柔软，它比哲学更丰富，更具象，更灵动。我早期选择了搞文学，我为什么不能“灵动”一些呢？文学又一次拯救了我和我的原罪，我43岁的年龄，总算没有白活。

十五

妥协是生活的核心，生活是妥协的艺术。

接下去，我开始一丝不苟、严肃认真、不厌其烦地按照妻的指令选书。渐渐的，该卖的书一堆两堆三堆越来越多，该留的书三堆两堆一堆越来越少，后来我的一把鼻涕一把泪洒进了该留的书里，一、二、三、四、五……一本又一本的数起来，总共1856本。在清点中，惊喜连连，接踵而至，若干书页中竟清理出一块两块五块十块一毛两毛五毛的真金白银呀！我陡然想起我跟妻刚结婚那几年，有时没钱买饭吃，吃发的白糖充饥，卖啤酒瓶，卖衣服买烧饼吃的岁月与心心相印，要是当时发现了它们，多好啊！我意味深长又莫名其妙地狂笑了几声，“嗖”地站起来，伸展双臂，热血直冲脑门，豪气干云，我不知道我为什么突然之间变成了另外一个男人。

十六

那天下午，我和妻多云转晴。妻擦洗、拖地、收拾完屋内外，开始切猪头肉。这时我的情绪又毫无来由地低沉下来，再一次感觉到四周空空荡荡，少书的干渴和对于少书干渴的恐惧，刹那间包围了我，我浸润其中，一分一秒逝去的时间长得让我难以忍受。妻切割猪头肉锋利的刀，仿佛在切割我身上的肉，一片片很单薄很均匀很好看的肉片，那是艺术品呀！妻的刀工端的娴熟、漂亮而出色。

居然还有酒，是衡水老白干比较便宜的那种，还真的买了三盒极品云，我和妻喝得猛烈而快捷。

“午饭和晚饭儿子都在学校吃的，没叫他回来，让他看咱们吵架，看你没出息的穷酸样啊？”妻运筹帷幄，早有安排。不知不觉中，我和妻都喝大了，我们就聊，说起过去买书，说起今天卖书，说起因借书、还书而走到一起，说起早年的穷困、饥饿和打架，说房子，说儿子，说钱，说工作，说这么多年连个“小米”都没混上（小米比芝麻还小），说的越来越没边没沿……两个小职员面前竟是一堆又一堆烦心、困难、纠结，真是“贫贱夫妻百事哀”啊！后来我们就流泪了，就互相用毛巾给对方擦泪（那时买不起纸抽，觉得奢华）。妻抽泣着说：“我也不想卖书呀！我知道你心疼呀！可咱们一点办法也没有呀……我又能怎么办啊？”“别说了！别说了！别说了！有些书是绝版呀……”此时，二层楼下传来孩子嘹亮的歌声和欢快的狗吠。这成了提醒，我们的房子隔音效果不好。于是，我和妻哭声放低，又互相检讨上午不该吵架，刚住进来就扰民，以后低头不见抬头见，不好做人呀……

那一夜，儿子回来很晚，独自睡了，累了两三天的我和妻，睡得像死猪一样，一觉天光……

夜色真清凉，只有风在响。

十七

第二天中午、下午和晚上，市里 30 多位过去的文友陆续打来电话：

“你咋了？你们家咋了？出啥大事了？那么好的书卖它干吗？”

“市里好多书摊都卖你的书呢？有你签名，还有你的狗屁眉批，多可惜呀！早知道卖给我算了，我出高价呀，你神经了吧？”

“你没闹离婚吧？有啥过不去的坎，跟哥们说说不就完了，真是的……”

一周后，北京、石家庄、广州、深圳等地的朋友纷纷来电质询，大家调侃的是一个意思：“你也太不够哥们了？怎么把我签名给你的书都卖了？！你缺这点钱啊……”

我支支吾吾，不知从何说起，从哪解释，我的情绪一下子坏起来，并且坏了很多天。

十八

许多年以后，当我儿子大学毕业，参加了工作，我们一家三口谈到了2001年深秋那天卖书的往事。儿子与妻子对视几眼，笑曰："爸，你当时在家过道堆成的书山，我妈早让我悄悄地卖开了，今天多少本，明天多少本，啥该卖不该卖的？你哪知道实情啊！"

于是，我们一家三口就嬉笑，就坏笑，就大笑。然而，笑过之后，我觉得我们的笑声空洞无味，黑色幽默。

我开始无语、无奈、控制、妥协、尴尬、心痛，遂马上转向了另一个快乐的话题，似乎把2001年深秋那一天卖书的经历彻底忘却了。

（原载于《文艺报》，2013年8月26日）

「作者简介」

老九，本名杨佑田，男，1958年生，汉族，河北师范大学中文系毕业，现供职大型煤企。曾荣获"冰心散文奖"等多个文学奖项，中国作家协会会员，中国煤矿作家协会副主席。

曾在国家级、省级报刊发表小说、散文若干，出版小说集《连环劫》、散文集《所有的笼子都在寻找鸟儿》《见证》《大跨越》《聚合之道》《思想的力量》《企业集团文化建设实务》等。因其小说充蕴着浓郁诗意、怪诞推理，敢于审丑，主题多维，人物鲜活，创作手法别具一格而广受好评。

「作品导读」

这是一篇真切、深情、妖气的散文。河北作家老九，以自己的亲身经历，以个性现代的语言，以浓缩精炼的素材，讲述了卖书的疼痛、反复的挣扎、世事的艰难，凸显了人生的无奈、妥协、控制，表达了精神向度在物质、转圜、环境下的破碎、凋零和守望……

《卖书记》通过一个视书如命的文化人的一次卖书经历，展现了两个世界：一个虚张声势，真理在握的现实世界；另一个不声不响，不现身，不在场的内心世界。而恰恰是这个"有理"的世界才有着更多的受质疑，遭控诉，被反思的性质。

其深刻的意义，在于它浓缩折射了在这个物质对于精神的强行挤压、世俗战胜了理想、电子阅读日益替代纸质书籍的时代，一代知识分子内心的纠结、困惑与痛苦。

艺术手法上，叙述语言客观冷静，细节生动准确。文中叙述卖书的整个具体过程语言文字客观冷静详尽，字里行间却充满卖书人的无奈、妥协、痛苦。开始决定卖书时，“我马上开始认真挑拣，该卖的码一堆，不该卖的码另一堆。然而，在我看来都不该卖。于是，反反复复，从该卖的那堆再拿到不该卖的这堆，后来，不该卖的这堆反而越来越大，该卖的那堆却越来越小……”这个细节极其准确地表达了作者卖书时“不得不如此”的那种无奈、矛盾和痛苦的心绪。正是这种客观冷静更突出了情感上的无奈、妥协、痛苦，使没有生气的语言文字充满了让人思考的巨大空间。这种无奈、妥协、痛苦是在卖与不卖、哪些卖与哪些不卖的纠结中产生的，而这种纠结反映的是正是精神与物质的碰撞。

石油信仰

·第广龙

提起铁人，指称是唯一的，说的就是王进喜，这已成为常识。王进喜就是铁人，铁人就是王进喜，几乎不用解释。既然叫铁人，那一定超越了凡人，一定与众不同。的确，王进喜这个名字，铁人这个名字，代表着一个时代，代表着一种精神，即使在如今，也是响亮的，有力量的。

我每次到大庆，都要去铁人纪念馆，已经去了五次了。在介绍铁人事迹的图片前，我总是克制不住要流泪。有一段视频，是铁人跳进泥浆池用身体搅拌泥浆的场景，我看一会儿，眼睛赶紧转到别处，我不忍再看，再看下去，我的难过，会从胸口顶出来。作为一个过来人，我的感动，不是由于脆弱，也不光是我也有一个石油人的身份。

我眼前的铁人，也有一个知道疼的肉身，对于冷热，其实和我的感知是一样的。在生理上，王进喜不是特殊材料合成的，受了凉，他一样会感冒，遇到重物的击打，他一样会骨折。当铁人跳进泥浆池，用身体搅拌泥浆，铁人的骨头一定也钻心般疼，他腿疾未愈，混合了水泥的液体怎么能不刺激皮肤，怎么能不产生烧灼感呢。东北的夜晚，人在户外，穿得再厚实，那也得不住跺脚，劳动的间隙，铁人把光板羊皮袄垫在钻杆上，躺下去就能稍稍歇息一下，铁人的脊背不冷吗？一定冷。铁人穿过的这件羊皮袄还在，就像刚从冰天雪地归来，上面有星斗的擦痕，有来自两千米，三千米地下深处那乌黑的印记。铁人戴过的钢盔，骑过的摩托车，用过的笔记本，都是老物件，也都留下来了。

铁人的形象，在我的心目中变得清晰，变得血肉分明，是在我把自己投入大野，在储蓄了石油的大山日夜颠簸之后。是的，就在上世纪八十年代初，我年轻懵懂，前途茫然，竟然就做了一个决定，穿上油工衣，成为在风雨里奔走的一员。我原来认识的铁人，在纪念邮票上，手握刹把，站在钻塔下，是高大的，威风的，但并不具体，只是一个轮廓，甚至，是一个符号。和我之间，隔着一层，我更多是通过想象，勾勒出铁人的精神面貌。当我来到一口油井跟前，就有了细节，有了我的体验。这是不一样的，包含的，不光是职业相同而产生的心理共鸣。石油从地底喷涌而出，由于压力作用，发出体积放大而释放出来的吼声，我的耳膜也鼓风机一样响应着。一天下来，我满身油污和尘土，身子骨疲惫如一个旧包袱，我必须承认，从一开始，我对我的身份，并不感到自豪，更不可能充满热爱。对我来说，这只是一个无奈的选择，走到这一步了，硬着头皮走下去，总归是一个饭碗，能养活自己。起先，我的思想动态就如此。说来惭愧，我一点也不先进，我的觉悟不高。

面对艰难，一个态度叫认命，一个态度，是拥抱，视之为必然而激发出强大的意志。我把铁疙瘩搬起来，又扔地上，一次次重复，我的力气用光了，睡一夜，力气又回来了。我有过抱怨，甚至绝望。可是，我高考落榜，当兵又没走成。曾有过短暂的打工经历，因为拉架子车拉不动，被辞退了，我对自己的生存能力是怀疑的。当我在石油的山水间安顿下来，一天天的，我饭量增大，胳膊上也膨胀出了瓷实的肌肉，我能轮着大管钳上紧油管的丝扣，也可以走一早上山路，走到井场不歇息，一会儿就把柴油机发动着。我证明了自我，获得了自信，对于石油的情感，也发生了微妙的变化。

其实，人在一个环境里，香气熏着，还是冷风刮着，都有相互试探和接纳这么一个过程。开始舒服了，身子骨容易软。多吃苦，又何尝不是成长的需要。当时看，命运对我过于严格，一路过来，再看，我庆幸这份赐予，也感谢自己没有退缩，没有沉沦。世上的路，有的能走通顺，有的遇见的磕绊多些，走过去了，会觉得更值得。我在我的年轻，看似有太多的亏欠，而我的得到，却一直在，一直随身。钱能花光，脱离实际的欲望，常常把人性杀伤。在筋骨受累，肠肚鸣响的跌宕中，人有了自知，有了自重，到啥时候，都成全着人，让人学会承受，有向前走的耐力。

在中国地图上，不论东西两端，还是南北纵贯，抑或中心腹地，如果把一个个油田标注出来，就是一幅石油版图。这些名字，是炽热的，粘稠的，是黑色的。打出中国陆上第一口油井的延长，抽油机还在转动；哪里有石油，那里就有玉门人，黑油山，鸭儿峡，耕作石油的脚印，还轮廓分明；克拉玛依因为一首歌而朗朗上口；大港在天津，海风拂过高高的井架；大庆，一面旗，一团火，无上荣光和骄傲的象征，王进喜就在大庆，大庆和王进喜是一体的，合体的。我加入到石油的行列里，开始深入地了解他，亲近他，在我的心中，他是我的父辈，石油如同血液，贯通了我们……王进喜，就是从玉门来到大庆，而成为铁人的。玉门走出去了多少好汉啊！我来到长庆，就知道，这个油田的骨架，这个油田的魂魄，主要的构成，就来自玉门。大庆，更是广为人知，这个大油田，这个奇迹，就是以铁人为代表的石油人，在茫茫雪原上，用双手托举起来的。长庆和大庆，一个在东北的黑土地，一个在西北的黄土地，相隔遥远，因为石油，又血脉相连。当长庆蹒跚着脚步，艰难地打开大山里的石油之门，铁人已经长眠于地下，已经远去了。但是，铁人不死，铁人的精神不死。石油有枯竭的那一天，或者，出现替代能源，再也不用打油井了，铁人还会继续活着，被一代一代人记忆，不是传说，是史实，有过这么一个人，一个了不起的人，提起他，敬佩是由衷的。

铁人说：“宁可少活二十年，拼命也要拿下大油田。”豪迈的话语里，有一股子狠劲，一股子倔强劲。那个时代，祖国大地上的建设者，认准一个目标，打仗一样，冲锋在前，愿意付出，不怕牺牲，非要见到结果才罢休。我能背诵铁人的诗：“石油工人一声吼，地球也要抖三抖”直接，坚定，底气之足，勇气之大，是一种彻底的袒露和呈现。我在黄土高原上，上山钻沟，从一个棋盘一样的井场到又一个棋盘一样的井场，油工衣穿烂了，再换一身，翻毛皮鞋磨透了底，能凑合穿接着穿。上夜班给我留下的记忆最深，流星如雨，天幕深蓝，钻井平台上的马达，跳起来又被按住，我的身子里，也奔突着一匹马。我能驾驭这奔波的人生吗？工休间隙，我躺着土坡上，嘴里嚼着青草，我有我的忧愁，我不知道能不能找下对象，也不知道过年能不能请上探亲假回家，可我知道，我不能输，我是一个掘进者，石油的那胸大肌一般的隆起，涟漪一般的构造，被我攥紧，被我介入，我也在开发自己，向着我的梦想和失望，向着我的体力劳动。我的能量，不是一次性的，能释放也能聚集，我的强大，就是我的沉默。

在大庆，铁人无处不在。铁人属于一个民族，大庆更以诞生了铁人而与众不同。钻井队有铁人队，学校叫铁人小学，人里头树立的标杆是新铁人。走在大庆，走过铁人桥，走在铁人广场，走进铁人小区，走向铁人纪念馆，这些用铁人命名的，这顺理成章，理所当然。如果说这些只是表面，在内里，铁人已经成为大庆，成为大庆人的文化基因。这是昭示的结果，也在不知不觉中，影响到人的行为。我和大庆人说话，我的西北口音，交流没有障碍，大庆的西北人多，公园里，腰上挂收音机晨练的老汉，听的就是秦腔。王进喜就是西北人，来到大庆，乡音不改。老一辈人，工作条件差，吃的喝的，都紧张。脚跟站稳了，基础打下了，日子在向好，感念的，是老一辈人，以自我的牺牲，给后人铺开了腾挪的场面。大庆的黑土地，抓一把都抓出油，草甸子铺展天际，石油早就埋在地下面，种一块石头，也开得出花。和其他油田一样，哪里有石油，就调集人马，到那里去，大庆人来自西北，来自全国各地，后来，晚辈长大了，就说东北话，说普通话。不过，骨子里，都属于干一件事情，非要干到底，有打算，不实现不罢休，不是给别人看，是给自己看，工作的标准和要求，一定是最高的，这是所有石油人共同的特征。

我曾经迷惑，石油所在的地域，为什么都偏僻荒凉？天安门广场多平坦，下面没有石油，即便有，那也不会允许立起井架的。大庆在发现石油之前，就没有大庆，发现了石油，才有了一个正式的名字。我在西部的长庆，油田的名字也是随着石油的挖掘才给起下的。在这里，在山里走一天，也不见人烟。啥都没有，通向井场的道路，是专门修筑的。那些年，有兵马，就得备粮草，物资供应无法和外部连通，当地贫瘠的出产，也满足不了十几万人的需求，于是，挖石油的，也从事了各种生产活动。大庆就有被服厂，农场。我到长庆，是八十年代初，石油工人，不再住地坑子，住干打垒了，也不再用铁锨炒菜了，生活条件的改善，更多的依靠自身的努力。依然有放羊的工种，也有压面条的铺子，里头上班的是随丈夫到油田的家属。那些年的油田，就是一个社会，一直延续到九十年代后期。油田举办工贸展览会，轻工业产品，农产品，应有尽有。甚至有汽车保险带，有包装用的编织袋，甚至有喝的果醋，穿的皮鞋。这些，都是油田自己生产的。据说，有的油田，还有酒厂，卷烟厂，由于质量保证，不光自己用，在社会上也是知名品牌。

时间往前走，石油行业也不再是原来的样子了。许多地方，因为有油田，而发展出一个城市，石油人也有了安定的生活。可是，我自打来到油田，就用感官体验了一个词，野外作业。的确，时代在变，人的面貌在变，这看得见。不过，环境的荒凉，没有变，许多力气活，还得靠人力完成。最考验人的，就是孤独了。那些守单井的，一天又一天，连个说话的人都没有，就对着镜子，自己和自己说话，不然，倒休的时候，出了山，舌头都是僵硬的。野外队逐油而迁，每到一个油田新区，都是从头再来，就连简易厕所，也得重新挖。行业的特性，注定了这群人的生活，有残缺，有长夜的煎熬。

其中一定有传承，我的女儿在油田长大，参加工作，也成了一个石油人。那个地方叫白豹，高高的土山，路是土路，下雨吸足水，太阳暴晒，变得蓬松，塘土一尺厚，人走上去，没过腿肚子。山顶上一个采油站，叫白一转，全站只有六个人。女儿上一晚上夜班，一次次爬到大罐上量油，早上换班，还要给站上的人做饭。小时候倒没有娇惯，整天做作业做不完，家务活没怎么承担，厨房帮手，最多也是洗碗，没炒过菜啊，结果煮鸡蛋加水少了，把锅都烧漏了。如今的年轻人，选择多元，不太愿意吃石油饭。和女儿一起招工的，有两个到白豹看了一下，转身就放弃了，还有一个，哭了一礼拜，也卷上铺盖走人了。女儿坚持住了，在白豹过了冬天，又过了夏天。谁不心疼儿女，女儿不在家，她的房子空着，父母的心，也是悬空的，又包含着期望，人的成长，都会有一个个关口，天有阴晴，人有离合，挫折，苦累，委屈，经历了，能转化，会受益一生。女儿没有让我失望，在油田，在白一转，迎着能吹跑石头的风，没有吹倒，她的收获，我给不了，广阔而粗糙的油田，让她有了自己的天地。

“这困难那困难，国家缺油是最大的困难；这矛盾那矛盾，国家没油是最大的矛盾。”这是铁人说的。国家有需要，铁人掏出的是滚烫的肝胆。铁人知行如一，言行合一，恨不得把浑身的干劲，都释放在钻井平台上。铁人得到了什么？是一个石油人的荣耀，在铁人看来，这比什么都宝贵。人心都是肉长的，铁人也有家人，也有欲求，一份自觉担负起来的责任，让他有舍弃，把一个人字，大写在黑土地上。铁人离开几十年了，他的名字，更加深切地被后来者怀念和记取。当我再度来到大庆，走在凌晨的让胡路，阳光倾洒，楼房，树木，都有感官，明亮的身形，温热起来了。我在铁人纪念馆，又一次看着铁人的记账本，又一次感叹唏嘘。看一个人，既要看大的方面，透过一些细小处，在一些私密化的方面，才看得更真实，更能看清人格和人性。铁人重病在床，探视他的人，有的带了钱。铁人一笔一笔，记录了三笔，一百元的，三百元的，人不行了，反复叮嘱家人，一定归还。铁人在末尾写了四个字，我不困难。铁人文化程度不高，才活了四十七岁，铁人又超越了自我，他以加速度燃烧生命，抵达了大境界。一个只知道无私付出，而羞于索取的人，一个有大爱，也在细微处对自我有要求的人，更高大了。这是人的高大，这是风云岁月里，石油人的高大。

（原载于《文艺报》，2018 年 6 月 29 日第 8 版）

「作者简介」

第广龙，1963 年 8 月生于甘肃平凉。现居西安，中国作家协会会员，中国石油作协副主席，西安作协副秘书长。甘肃诗歌八骏。参加《诗刊》第九届“青春诗会”，参加《诗刊》第九届“青春回眸诗会”。已结集出版九部诗集，十部散文集。获首届、第三届、第四届中华铁人文学奖，敦煌文学奖，黄河文学奖，全国冰心散文奖。

「作品导读」

第广龙先生的《石油的信仰》，主要讲述的是石油人的故事以及他们的精神。文章的开头，第广龙先生说，提到铁人，他唯一想到的就是王进喜，铁人就是王进喜，王进喜就是铁人。他以以小见大的方式突出展现王进喜面对艰难的工作任务、恶劣的工作环境时依然兢兢业业的工作态度，以此反映出全国千千万万油田里石油人为了祖国默默付出，不求回报，始终坚守在石油开采第一线的石油精神、石油信仰。

文章的中间部分，作者以第一人称的口吻叙述了“我”的经历，写出了“我”到油田工作的迫不得已以及一开始对油田工作诸多的不适应，但是最后“我”选择了拥抱这份工作，甚至后来女儿都成为了一名石油工人。作者通过真挚的情感，平淡自然的交谈将读者带入到作者的内心世界，带到那个属于“我”的时代，让读者仿佛身临其境的体会到了“我”的煎熬与孤独、“我”的乐在其中……，折服于作者的真性情之中。

文章描写的对象主要是石油工人，作者看似很平常地叙述了石油工人的不易和作者对石油工人的赞美："在大庆，铁人无处不在。铁人属于一个民族，大庆更以诞生了铁人而与众不同：钻井队有铁人队；学校叫铁人小学；人里头树立的标杆是新铁人。走在大庆，走过铁人桥，走在铁人广场，走进铁人小区，走向铁人纪念馆"，体现出铁人精神已经融入到了石油人生活的方方面面；却展现了石油工人们怀着一腔赤诚热血，春蚕般的为祖国石油事业奉献出一分力量的铁人精神，例如："因为有油田而富足了一个城市，石油人也因此有了安定的生活。但是环境的荒凉很难改变，许多力气活还得靠人力完成。最考验人的就是孤独感。那些守单井的工人，一天天连个说话的人都没有，有时就对着镜子自己和自己说话"，以及"石油工人一声吼，地球也要抖三抖""国家有需要，铁人掏出的是一颗滚烫的肝胆"等叙述，语言中没有华丽的辞藻，都是朴素地描写着石油工人的奉献，但却在自然、平淡的形式中流露出蕴藏的巨大的精神力量，让人回味无穷。

铁之魂（散文诗）

· 矛舍

钢的自白

谁都说我的性格刚强，其实我刚中有柔，柔中有刚。我沉默，我也爱动。一出炉，我就按照要求和兴趣，有时沸腾，有时镇静。而当我的理想之光照引着我时，我却高兴得在镇静中有沸腾，在沸腾中走向镇静，我的挚友叫我是“半镇静”。

我沉重，可以使大地喘息；我轻盈，能变成神女的轻纱。

我有时也很随和，对性格不十分相同的伙伴，也能融合在一起。

在历史的长河中，我敢于承受冲击和重压，也能抗拒悄悄而来的腐蚀。随着岁月的流逝，我却能保持我一颗纯洁的心……

熔池·闪光的海

海，从来就是蔚蓝的。

而炼钢炉的熔池却像金灿灿的闪光的海。

闪光的海，给了我闪光的心。于是我曾日夜徊在这金色的海边。

这里的海面汹涌澎湃，海的上空飘动着浓浓白云，狂风，在海面上吼叫着奔跑着。

这吼声是对炼钢工的理想的赞歌！

这奔跑是为了追赶失落的时间！

那漂浮在熔池渣面上未熔化的石灰块，像大海中飘动的白帆，在金色的海浪上颠簸着，它将悄悄地远航，去探望炼钢工日夜思念的地方。

闪光的海，给炼钢工以闪光的爱，闪光的爱，使炼钢工的心坎装不住严寒。

闪光的海，像炼钢工的情怀，永远坦荡、深远……

熔渣的追求

它沉着地漂浮在沉重的钢水面上，捕捉它的理想。

它不停息地编织着它永不休止的意念中的憧憬。

它闪闪发亮，因为它早已把自己纯洁的心献给了钢。

它不知疲倦地追求那无限的美与静！

为了钢的提纯，哪怕沾污了自己，招来无数的误解和冷遇！

然而它从不歇息的捕捉，它的追求，它的对理想的执著的爱。

钢与渣

在炉火通红的熔池内，在钢与渣火热的相处时刻，最活跃、最耀眼、最惹人注目的往往是渣而不是钢！

渣，总爱漂浮在钢水的上层，而真实的钢，总是泰然地沉在渣的下面。

渣的闪烁，招来了多少对自己的赞誉！多少门外汉却又把它当成了钢！

然而在任何时候，渣仍然是渣，钢仍然是钢！

钢　　花

绚丽多彩的钢花，是炼钢工在探索道路上的明灯。

沿着这钢花，找到了冶炼的起点和终点，也判断了钢的软与硬，纯与杂……

如果没有钢花，炼钢的过程就像进入了深沉的黑夜。

钢花，总是映着炼钢工微笑的脸；有了钢花，就有了春天。

即使是一颗微小的钢花，都蕴藏着巨大的力和爱……

这不眠的钢花，正像炼钢工不眠的心。

这光灿灿的钢花，正在编织着一个光灿灿的世界。

钢　　锭

它原是金色的瀑布，汹涌澎湃，金光灿灿，像要冲毁一切黑暗。

它像蕴藏着太阳的无限的热和光，在无限的空间，等待着人们去对它的无限的发掘。

它终于凝固了，像沉重的山，那样的沉默、冷漠，又那样粗犷……

然而，它也蕴藏着它的纤细，它的柔软，它的热烈，它的豪放和它永不衰败的真诚的心。

它原就是金色的瀑布，没有冷漠，只有热烈。

不尽的微笑

——炼钢工印象之一

他总是微笑着。他的脸并不白皙，黝黑中泛着红润，在火热的阳光下，习惯于他额头上流淌着暴雨。雨在他的脸上成了无数条清澈的小溪，小溪映着炉火，闪烁着诱人的阳光下的涟漪。

这雨滴，这汗水，湿润着他脚下平坦而又崎岖的路，抚慰着路边的浅草；浅草奉献出自己的翠绿，铺展着一条宽广而翠绿的没有尽头的路，这没有尽头的遥远的路，却孕育着并不遥远的希望，使一滴汗成为一个理想，一个希望……

他总是微笑着。是不尽的希望，蕴含着他不尽的微笑！

粗犷与纤细

——炼钢工印象之二

厚实的大手，粗壮的胳臂，凸起的肌肉，不平的起伏的胸膛……

每一个隆起，都是力的转动。

这里没有纤细，只有粗犷。

站在炉前，他敞开自己的胸襟，像是要装下这高热的太阳。他喷洒着自己的汗水，将一分一秒虔诚地又奉献给了太阳。

然而，我却在粗犷里看到了他的纤细，他无时不在关注着他的起点和终点，它的美和净，和他对理想的求索的爱……

啊，他原始粗犷的！也是纤细的！

它渗透在他的里里外外……

冷落的钢锭

它因报废而被冷落。

它寂静而寂寞。

它的全身像凝聚着冷冷的微笑！

它从未怨恨自已被遗弃，而它的心却充满着善良的惋惜，惋惜那蹉跎它的青春岁月，惋惜于自信过于骄横既无情又无知的同路人。

它冷冷地微笑，静静地惋惜他那一颗早已失落的羞愧的心！

感　觉

即使在浓烟滚滚，暗淡无光的空间!

凭一声匆匆的脚步，一点吼声我就能立即断定他是谁。

当我和他在一起的时候，我仿佛总是听见他的心浪像是潮涌，有时又静谧得像一棵无风的树，在静中思虑着这炉钢的冶炼。

这充满绚丽多姿的静中的动。

这蕴藏了排山倒海分秒必争的动中的静。

这艰苦的拼搏。

这残酷的炼狱。

这是全过程的蜕变。

这是一场伟大的孕育。

矿石的忧郁

它原本静悄悄的沉浸在原始的梦里。

原始的梦有着原始的美。

当第一声地层断裂的时候，它开始认识了自己，感觉到自己的存在和价值。

期望地火来一次真实的融熔，变成火热的岩浆，喷离出那沉睡的地层，温暖那冷酷的冰川……于是它选择了燃烧，选择了炉膛，孕育了那金色的瀑布。

这瀑布奔向大地，洒遍人间。

而矿石却在金色的瀑布中被遗忘了。

至今却仍有人说:矿石只不过是石头……

沉重中的飘逸

350 吨的大吊车，吊起一个一千六七百摄氏度的高热的太阳。那沉重而稳重的起吊声，像在给铸锭工以召唤、以向往、以求索……

这 350 吨，这 35 万公斤，这光灿灿的每一滴钢水，都是无限的力的源泉。

我听着那起重的沉重的声音，我自己也感到沉重，当一眨眼，大吊车移行，我看到的却是它在沉重里的轻盈。

每当移行一厘米、一分米的轨距，那 35 万公斤却又像神圣的使者，它将去激发自己和他人的激情。

每一分，每一秒，在分分秒秒中我却看到了沉重中的飘逸……

铁　　路

走火车的路，叫铁路。
铁路是因为铺有铁轨。
其实铁轨不是铁是钢。铁做不成轨道，只有钢才能做成。
因为习惯于铁钢不分，故俗称之为“铁轨”，只有行家才称之“钢轨”。
铁是钢的基，是魂；钢是从铁经过精炼而来，是铁的精华。
铁路正确的称呼应该是钢路，因为路是用钢轨铺成。
铁钢不分是概念的朦胧。朦胧，有时也是一种美。
习惯不叫“钢路”，而叫铁路，也是一种钢铁朦胧的美。

我来自泥土……

我是钢铁，我来自泥土！
经历了古生代，跨越了冰川，承受过无数无情的地震波，投入了炉火的熔炼。
然而我又最终远离了炉火，最终走向了自己真实的自由造型。
或方或圆、或扁或角、或薄或厚、或大或小……
这并非是我意志的选择！而这个选择却又增添了我的自信和真诚。
用这个真诚承受着巨大的负荷！
在没有路的地方开路，在无桥的地方造桥，用自己的真诚托起了人间的花园。
我来自泥土，我是钢铁！
我用苦涩的汗水，湿润曾经干涸的泥土。
我来自泥土，我又必将回归泥土。
我真诚的企望不要忘却这曾经承受过巨大荷重的真诚！

炉火的怀念

我的童年，曾真实地畏惧火。
我的人生路却终又选择了火。
路的坎坷，岁月的蹉跎，我也从未远离这充满神秘的炉火。
那暗红色，是炉火的疲累。
得意而骄狂时，呈现淡淡的蓝色，它亮的发白，亮的刺眼。
在这块神奇的天地里，只有用有色眼镜才能判定是非曲直，最终才能洞察出谁是真正的钢铁，谁又是残渣。

是炉火不知疲累地烧去了我的疲累和忧烦。

是炉火给了我不知疲累的生命的欢歌。

是炉火培育了一代又一代的新人。

满怀激情的来了！

坦荡荡地走了！

那永葆激情的淡蓝色的炉火，至今我只有怀念。

（原载于《武钢文艺》2011年第5期）

「作者简介」

矛舍（1920—2017），原名傅师曾，江西南昌人。曾为武汉钢铁公司高级工程师，我国著名的散文诗创作者。1946年他开始从事文学创作。1947年主编综合文学刊物《流星》，随后又担任了中共地下文学刊物《人民的旗》的主要撰稿人。四十年代发表《结束》《笛》《困惑》等多部小说。解放革命战争时期开始散文诗创作。先后有三本散文诗集问世：《岁月浅草》（1997年）、《梦之外》（2011年）、《光影的追寻》（2014年），出版诗文集一部《老树三叶·矛舍卷》（2007年），其散文诗作品多次入选各类散文诗选本。另外，矛舍先生还出版有《半镇静钢》《平炉快速炼钢》《优质钢快速熔炼法》等多种专业著作，并发表多篇专业研究论文。

「作品导读」

散文诗《铁之魂》一共由15篇文字组成，每一篇与钢、与钢铁冶炼紧密相连。整部作品充满着浓郁的情感。写作者采用托物言志、借物抒情的方式，将他所热爱的钢铁人生呈献给读者。在作品中，诗人对他所熟悉的“半镇静钢”、熔池、熔渣、钢花、钢锭、钢轨、炼钢工人、炉火、起吊车等进行了深情的歌唱。他了解钢铁冶炼的过程，他也了解钢铁的各种性能。他赞美甘愿在炉火中燃烧的矿石，他赞美那些“总是微笑”、既“粗犷”又“纤细”的炼钢工人；他同情那些被冷落的钢锭；他不满那些“惹人注目”的钢渣；他欣赏“钢铁的朦胧美”；他为“半镇静钢”“自白”，歌唱它那颗纯洁的心；他真诚地希望人们不要忘却钢铁“曾经承受过巨大负荷的真诚”……整组散文诗作品情感丰富，主题鲜明。

另外，这组诗歌语言生动，富有表现力。作品大量采用拟人、比喻以及对比等修辞手法，语言生动，优美。在诗人眼中，炼钢炉的熔池是“金灿灿的闪光的海”，钢花是“炼钢工在探索道路上的明灯”，凭借着这些钢花，炼钢人可以判断“钢的软与硬，纯与杂”。而那些炉火“得意而骄狂时，呈现淡淡的蓝色，它亮的发白，亮的刺眼。”作品的文字简短，有力，富有形象感。

第四辑

戏剧

钢铁夫人（节选）

·裴有猷

胡　涓　女，铁原钢铁厂厂长。
胡　撞　胡涓女，大学生。
代楚雄　胡涓第一个丈夫，企业家。
刘东江　工人。
杨世杰　胡娟第二个丈夫，工程师。
碧　茜　该厂处长，胡涓的同学。
孟　辉　碧茜的丈夫，该厂的总经济师。
巩　川　该厂党委书记。
苏　云　该厂处长。
惠　群　该厂会计师，处长苏云的未婚大媳。
沈　波　该厂的采购员、苏云的次子。
老　向　该厂物资部长。
向　往　该厂职工，沈波的未婚妻，老向女儿。
向　荣　该厂司机，老向的儿子。
总　工　该厂总工程师。
罗　满　该厂车队队长，后为库工。
黄菊花　该厂职工。
个体户　黄菊花未婚夫，扩印彩照的个体户。
男女职工若干人。
……

（六）

一柱特写在掌声中照亮着胡涓，她站在靠近天幕的讲坛上作大会发言。

胡　涓　……我们的改革是一场深刻的革命，是干着前人从未干过的宏伟事业，这本身就意味着探索和艰辛，是需要我们万众一心，群策群力，全力以赴的。

然而现实并不尽如人意，有些人热衷于内战，热衷于内耗，逼着我们不得不拿出许多时间和精力来对付……

（胡涓隐去，讲话仍在继续，舞台上分成几个表演区，巩川、苏云、杨世杰、孟辉和碧茜各占一角，在用不同的收音机倾听着，舞台中间是几个工人拿着报纸在读着）

胡涓的声音 比如某个亏损企业，市政府已经批准了给一笔启动资金，可是银行却卡着一个子不给，为什么？就因为有几套房子没有无代价地给他们住；又比如，某企业处分了本厂的一个犯了错误的职工，铁路上却卡他们的车皮计划，让你想进的进不来，想出的出不去。为什么？因为这个职工是铁路上某头头的外甥，而且现在竟然把他安排在该厂所属的路段上专管车皮计划！又比如某企业非常需要引进人才，可有关部门就是卡着不让进，为什么？因为得罪了某些有来头的人物，逼得你不得不去麻烦市长出面解决……

（除了几个看报的工人，全部隐去）

工人甲 （读报）“我们活得很累，并不完全因为事业的艰难，很大程度上是被内耗折腾的，如果哪位统计学家把被内耗消费的能量统计一下，一定大得惊人……”（黄菊花和一群工人扶着大汗淋漓的胡涓出来）这是在轧钢厂的外面。

胡　涓 行了行了，别把我看得那么娇贵。

黄菊花 坐这儿坐这儿，这里有风，那轧机上的活也是你干的？一般的男人都受不了，那红钢有八九百度。（几个男工人有的拿着汽水，有的提着冰水桶，七嘴八舌地围了过来。）

众 怎么样？快把衣服解开。

我怕你会晕过去，真不简单。

来来来，喝汽水。

喝冰水，冰水凉些。

黄菊花 不能喝冰水，你以为她的肠胃像咱们。

男工甲 来来来，喝汽水。

胡　涓 （一连喝了几瓶）哎呀，舒服多了，热起来心里发闷，喘不过气。

男工乙 叫你别翻钢你偏要翻，我又不敢拦。

胡　涓 拦什么？受不了我不会跑？哈……谁替我数了一下没有？我翻了多少条？

黄菊花 我在操作台上帮你记着呢，五十三条。

胡　涓 我还不错嘛，哈……

男工甲 这是小钢，要是大钢……

胡　涓 还大钢，就这小的，我一叉子下去，人都跳起来了，钢锭理都没理我。

众 哈……

胡　涓　唉！我才干这么一会儿都受不了，还是小钢，可你们七百多公斤一条的钢锭，八九百度的高温，一翻就是几个小时，工资却只有百分之七五，我胡涓对不起大家……

男工甲　嗨！这几千万又不是在你手上亏的。

男工乙　厂长，一句值千金……唉！那天卖二五零轧机，我也去了，真混！

胡　涓　我没有怪大家。要过日子嘛，老婆孩子张着嘴。放心，不能再这么下去。

工人丙　厂长，人心都是肉长的，办公室的水泥地板生不出钱来，钱得从轧机里往外挤，人活就活在一条心上，想干，谁都拦不住，不想干，枪毙也没用。

女工甲　厂长，心贴着心，两个心都是热的，你把背对着我，我的心是冷的，你的心也未必热，有的干部也假模假样的下来，可他这里站站那里看看，干嘛？监工，你监吧，动作快慢你看得出来，我出了几斤力你也看得出来？

男工丁　（拿酒瓶子上）吃饭了吃饭了，围那么紧干啥？厂长的那点风全让你们挡住了，闪开闪开，厂长，喝酒不？

黄菊花　你疯了？这个时候让她喝酒。

胡　涓　（夺过酒瓶看了看）有三两，你以为我不敢喝？（仰起脖子）

黄菊花　（夺下酒瓶子）别逞能了，看你身上的血管，快把肉皮撑裂了。

胡　涓　有本事把酒放在这儿，等我过这阵子。

黄菊花　过了这阵子我就不给你喝了，你那酒量我知道。（夺回酒瓶）

众　　　哈……

巩　川　（急上）你上轧机了？

胡　涓　你怎么知道的？

巩　川　工人打电话控告你，说拦都拦不住。前天炼钢厂也有人给我打电话，你在那里也拿着钢钎子往炉口冲。

胡　涓　哟！我受监视了？(稍停)谢谢大家。我只是想找一个想问题的角度，拿百分之七十五的工资，流着百分之三百的汗，遇到问题会怎么想。

巩　川　(点头)是啊，搞了几年商品经济，脑子里钱的分量多了，人的分量少了，马克思批判过的拜物教借尸还魂了。吴教授的那本心理管理也是有感于此而写。老胡，我想信息中心的工作应该增加一项内容，全厂的思想感情的动态应该及时反映上来。

胡　涓　这个意见好。嗯，还有，许多职工家里有不少困难，有的住着危房，有的人病了没钱住院，有的怀了孕福利得不到落实，咱们往往不能及时帮他们解决，这些，信息中心应该及时告诉我们。

（一群满身满脸全是油泥汗水的职工，敲着饭碗，胡乱唱着上场）

胡　涓　喂，这半个班轧了多少？亏了赚了？

众 谁知道？那怎么算的出来？

胡 涓 你们的核算员呢？谁是核算员？

众 核算员是干什么的？哪有什么核算员？

胡 涓 什么？（陡然严肃得可怕）闹了半天，……刘东江呢？把刘东江叫过来。

众 工段长，工段长，厂长叫你。

刘东江 （上）你叫我？

胡 涓 （压了压火气）你半个班赔了赚了？（刘东江不语）核算员呢？没有，不是叫你派人去培训中心培训吗？

刘东江 人手不够，干活的……

巩 川 给了你们两个临时工为什么还不够？那两个临时工你们要了吗？

刘东江 要了。

胡 涓 要了临时工为什么不抽人参加培训？

刘东江 多两个人大家干得轻松点。

巩 川 你这个刘东江！定员超额，吨钢的工资含量提高了知道吗？那是成本！

刘东江 那才几个钱？

胡 涓 （大喊）那不是你私人的钱是不是？惠群。

惠 群 （上）厂长。

胡 涓 算出来了吗？

惠 群 这半个班他们每吨钢亏五角。

胡 涓 亏了！（点烟没点着。不点了。冲着刘东江曲脸）这意味着什么？一个班轧三百吨就亏一百五，一天就是四百五，一个月就要亏一万多，一年就是十几万！这十几万你给？咱们厂到什么关口了？你还亏！（稍停）亏在哪里知道吗？（大喊）后半个班给我赚回来？（气呼呼地坐在石头上）

巩 川 （打电话）要你们总支书记，班组派人参加核算员培训的通知下达多久了？……刘东江的工段就没有派！总厂的决策不能令行禁止，改革的措施还怎么推行？现在全厂所有的班组都在赚，就你这个刘东江，只生产不算账，生产的越多赔的越多。

胡 涓 （夺过电话）叫厂长接电话……我是胡涓……我不听你解释，你失职！建立班组核算制度，是提高职工的经营意识和扭亏为盈的关键，少投入多产出靠的是工人的脑子和手，是生产现场，不是你的办公室！今天一上午我就没有看到你的影子，整天躲在绣楼里还要你这厂长干什么？明天到指挥中心汇报你半年来的工作。现在要马上采取补救措施。你们亏了。刘东江当工段长不合适。另派一个。

刘东江 巩书记，就这么把我撤了？

巩　川　还不该撤？

刘东江　我犯了什么错误？

巩　川　渎职。(胡涓放下电话)

刘东江　我什么地方偷过懒？我还有哪点力气没有拿出来？人家干不动的我干，人家休息我还在干。

胡　涓　这都是实话，肯干，肯吃苦，这都是对的。可光凭这些行吗？论力气，机器比你大多了，论劳动时间，机器能连续不停地转，你也差远了，那要你干什么？不就因为人比机器多了个脑袋。

刘东江　那你把我的先进也撤了。

胡　涓　我要向职代会提建议的。亏损的先进不能要。这个厂就因为这种型号的先进太多了。

刘东江　我不干了！

胡　涓　不干回家。

刘东江　(一愣)……回家？让我回家？……小涓子……小涓子……胡涓……巩书记，我革命了几十年就落得这么个下场？你怎么不说话？你怎么不说话？

巩　川　(咬着牙——恨铁不成钢地)你让我说什么？

刘东江　我要你说句公道话。我十几岁参加革命，立过功负过伤，哪次号召我刘东江不是指到哪里打到哪里？人家怕危险我不怕，人家不愿干的我抢着干，人家当了官我不攀。人家加了钱我不比，送我去学习我回回让给了别人，现在快五十了，临了落了个这？（狂怒）这公平吗？这公平？（哽咽）

胡　涓　(火气已经平息了许多)东江哥，你别觉得受了什么委屈了，革命对你是公平的！过去革命需要那样，你那样做了，给了你荣誉了嘛，今天需要科学技术文化，要四化，你为什么不化？没有劝你？没有批评没有拉你？像一截子系牛桩，摇不动拨不起移不走，还要把周围的人都系住，你，你成了绊脚石了！

刘东江　我是绊脚石？好！好！我去市委告你？（下）

胡　涓　(坐下捧着头)唉！真难……

黄菊花　(轻声地)厂长吃饭吧。

胡　涓　(抬头看到男工丁)让你把那酒给我喝一口(接过酒咕嘟了几口，仍拿着酒瓶子凝思)，巩书记，让老刘去当环卫队的队长吧？栽花种树是他的强项，也是个工段级，也管着几十号人。

巩　川　行，将来万能轧机一上，他更是跟不上了，弄不好还会出事故

总　工　(上)老胡，老胡，好消息。

胡　涓　还能有什么好消息？

总　工　你先看看这些。（递给她一叠纸）

胡　涓　合同？全是合同？工字钢八吨，十五吨，角刚……型号这么杂，批量这么小……哪来的？

总　工　老代在旅游点和人家谈成的买卖。

胡　涓　那靠得住吗？

总　工　有预付款，全汇到我们账号上了，刚才来了个长途，我接的，各商店因为不到结算时间，钱不好提，他就想了这么个主意，预付款有一百多万哪。

胡　涓　用什么给人家？咱这设备……

总　工　没有东西给，我这总工程师不是失职了？老杨，喂！老杨，快快来一下。

杨世杰　（上）什么事这么高兴？

胡　涓　代楚雄在外面和人家订的合同。

杨世杰　（一张张地翻着）胡闹！型号这么杂，批量这么小，咱这设备……又不懂轧钢，跑这来胡掺和什么！谁定的合同谁交货，我搞不了。（欲下）

总　工　（拉住他）哎哎哎，我有个点子，（给他一张纸）把闲置的二五零用上。

杨世杰　这得多高的成本？

总　工　轧钢头子嘛？砌个烧煤的小炉子，用钳子挟着往轧孔里塞，要多少成本？

杨世杰　那多慢？交货时间……

总　工　你看，这一家要得最急，（笑了）关键是这一百多万，你那个设备改造就可以上马了？怎么样？

胡　涓　（一拍大腿）就这么定了，设备改造马上上马。定做的部件，明天派人带上图纸去上海，软件公司的预付款可以拨给了，（发现手上的瓶子，欲饮）你来一口不？不太好喝。

总　工　哈……你来吧，我血压高。

胡　涓　我来。（喝着）

黄菊花　（对男工乙）咱厂的形势好了，你就可以攒点钱把老婆接回来了。

男工乙　咱这和尚庙僧多粥少，两万多人少说也有千把和尚，有钱也不好找？

胡　涓　嗯？……我替你们找尼姑，（打电话）我要纺织厂，请你们厂长……喂，你是老妖婆吗？哈……本人钢铁，哈……喂，和你商量个事，你那尼姑庵里想还俗的多不多？不少？太妙了……哈……对了！你真聪明，咱两家来联欢哪，长期的？阿弥陀佛，功德无量，说定了啊，喂，可别尽弄些老嫂子来占我们小和尚的便宜，哈……（压上电话，看看酒瓶子还给丁）

男工丁　（接过酒瓶子一看）啊？光了？

胡　涓　哈……

众　　哈……

——切光

（剧终）

1990 年 9 月 23 日

（选自《黄石文学丛书戏剧曲艺卷》，青海人民出版社，1999 年）

［作者简介］

裴有猷（1931—2010），原黄石市东钢公司离休干部。1949 年参军，在部队从事过创作；革命多年，无官无职，无妻无子，孑然一身。写过小说，文字很干净，有很好的功底，风格近于娟秀而全无军人的粗犷豪迈。参加工作后，开始写作剧本，其作品《钢铁夫人》获得湖北省首届剧本文学评奖的剧本奖。

［作品导读］

无场次大型话剧《钢铁夫人》是湖北黄石剧作家裴有猷的著名作品，也是长江中下游矿冶戏剧的代表作品之一。

《钢铁夫人》写的是改革大潮中的现实题材，剧作家把剧情的展开放到了一个很独特的场景中，场景的选取有着鲜明的时代感。铁原钢铁厂是一个非常典型的环境，是那个时代工厂的一个缩影。在经过那场史无前例的“文化大革命”后的中国矿冶工业，就像铁原钢铁厂一样，千疮百孔，百废待兴，急需人们努力工作，进行改革。党的十一届三中全会以后，我国进入了改革开放的新时期。钢铁企业的发展环境呈现出前所未有的宽松，钢铁工人们的心态达到前所未有的舒畅、活跃，钢铁企业的发展有着前所未有的机遇，但也还有一些遗留的问题，有人为的阻力，这是当时这个时代的特点。

《钢铁夫人》塑造了以钢铁厂厂长胡涓为代表的一群钢铁工人的形象，选取了铁原钢铁厂作为剧情的场景，采用开放式的戏剧结构和浓厚的富有人情味的地方语言，展现了改革大潮中黄石矿冶人身上那种特有的无私奉献、乐观向上、刚性的精神风貌，理性与感性结合的特质。

矸子山上的男人女人（节选）

·李宝群

时　间：现代。

地　点：北方，一座历史悠久的矿山。

人物表：

秦铁柱——五十多岁，女子拣煤队党支部书记，外号秦大咧咧，是当年井下有名的掘进队队长，典型东北汉子，妻子已去世。

佟　丽——四十多岁，女子拣煤队队长，劳模，丈夫死于矿难，矿山关闭后成了养羊专业户。

大咋呼——五十多岁，女子拣煤队里的泼辣娘们儿，丈夫也死于矿难。

梅三姐——三十多岁，女子拣煤队女工，自幼喜爱京剧，为爱情放弃当演员嫁给了矿工黑子。

亮　亮——二十多岁，女子拣煤队最年轻的女工，父亲死于矿难，矿山关闭后曾去夜总会谋生，一直和姑姑相依为命。

平　平——二十多岁，女子拣煤队里生活最困难的女工，长年侍候多病的丈夫、奶奶，还有一个很小的孩子，矿山关闭后成了养兔专业户。

小　霞——十几岁，佟丽的女儿，小哑巴。

铁柱妈——老一代矿山女工。

大林奶——老一代矿山女工，身体多病。

亮亮姑——老一代矿山女工，亮亮父亲去世后一直拉扯着亮亮，有眼疾。

黑　子——梅三姐的丈夫，矿工，矿山关闭后在小煤窑挣钱。

大　林—平平丈夫，伤残矿工，半瘫在床。

九　嫂——拣煤队女工。

二　琴——拣煤队女工。

三　丫——拣煤队女工。

刘大炮——倒煤的大款，富庶的小煤窑主，当地矿区一霸。

女子拣煤队女工们，刘大炮的几个手下。

第四场

光启。

棚户区，暮色苍茫，一家家灯火闪动着。

亮亮姑仍在高坡处伫望，大林奶在井台压水。

亮亮姑　(焦急地)唉，这个死亮亮啊，啥时候才回来呀！

铁柱妈手拿几张报纸一路小跑上。

铁柱妈　哎哎，老姐儿俩都在，这盖新楼的事报纸都登出来了！

大林奶　(看报纸)好，好啊，这回是要动真的、来实的了！

铁柱妈　看，增加的面积平米只要咱六百多，像你家这样特殊困难的还有特殊政策，这上边都写着哪。

大林奶　(急接过看，激动地)真是太好了！亮亮姑总算等到这天了！土埋大脖了能住上新楼房，死也能闭上眼了！

铁柱妈　哎，咱可不能死，要是没了那才屈得慌哪！到时候咱老姐儿仨得硬硬朗朗地一块儿进新楼！

大林奶　是这话。死咱也得死在新楼里！(悲喜交加地拭泪)唉，我那老头子，我那儿子，都没赶上这一天呀！

铁柱妈　是呀是呀，还是咱们有福啊。得，我得赶紧找铁柱合计合计！(下)

大林奶　我，我也得赶紧回去告诉大林。(来劲儿地压满水，提水下)

亮亮姑继续焦灼远望。

亮亮穿着高腰皮靴、高档裘皮衣，手里提几个大袋上。

亮　亮　姑——

亮亮姑　亮亮——(急迎上)

亮　亮　姑，托那么多人捎话非让我回来，出啥事儿了？

亮亮姑　啥事儿？半个多月了你都不着家，你跟姑说，你到底在城里干啥了？

亮　亮　姑，咱回家说吧。你看，我给你买了这么多好吃的，还有营养品。

亮亮姑　不，你这就给我说！(打量亮亮)你，你哪来的这身衣服？你是不有啥事瞒着姑？

亮　亮　姑，我，我找着工作了，在市里当模特，活儿不累工资还挺高的。

亮亮姑　当模特？可我怎么恍惚地听她们说你在外头跟了一个男人？

亮　亮　谁这么埋汰我？那是她们看我挣钱多，眼红！姑，用不了一年我准能让你住上大房子，还能治好你的眼睛。到那时候我天天陪着你，我还会是你的亮亮！

亮亮姑　亮亮！不，不行，你得跟姑保证，你要发誓！

亮　亮　(痛苦默立)好，我发誓，我向天发誓！姑，咱回家吧。(扶着姑姑下)

梅三姐推着三轮车上，呵着手走进家门。

梅三姐家升光。黑子系着围裙向桌上摆放酒菜。

梅三姐　黑子，我回来了！

黑　子　可算把你盼回来了，冻坏了吧。(忙上前帮梅三姐脱外套)

梅三姐　今天运气不错遇上俩大活儿，累死了！在家干啥了，又喝大酒了？

黑　子　嘿嘿，今几个我要好好犒劳犒劳我老婆。夫人上坐！

梅三姐　(笑着回应)多谢相公！(坐，见一桌子菜)黑子，你哪儿来的钱？

黑　子　尝尝！(夹菜喂梅三姐)再尝尝这个，你最爱吃的。

梅三姐　(脸渐变色)你背着我去刘大炮那儿了？(扔筷子)我不吃了！

黑　子　没事儿。大矿我都干得了，到那跟玩儿似的！(拿出一沓钱)看，这才几天就挣了这么些，你点点！

梅三姐　(拧身)我不点。

黑　子　三姐，马上要盖新楼了，这回咱咋的也得弄个大房子，还得好好装修装修，这都得钱了。刘大炮路子野手上订单多，我有技术他愿意花大价钱聘我。三姐，我挣钱了，你再也不用去蹬三轮了。哎，我保证，只要挣够了钱我立马儿回家！

梅三姐　我不听，不听！黑子，我宁可不住大房子宁可不装修宁可蹬三轮。我只要你，只要你不出事儿，只要我们全家平平安安的！

黑　子　三姐！

梅三姐　黑子，你还记咱俩订婚那天的事儿和你跟我说过的那些话吗？我要你再说一遍！

黑　子　我……

梅三姐　(慢慢摘下墙上的箫)那天，我要从宣传队去市里考剧团，你听到以后大雪天跑到女工宿舍找我，拿着我送你给你的这支箫像个疯子似的在我窗户下边吹了大半宿。

黑　子　那天晚上我都快冻成冰棍了，可一点儿不觉着冷，我吹呀吹呀拼命地吹……

梅三姐　我也疯了，我从窗口跳了出来。咱俩一块跑上了矸子山。在山上你亲了我，亲了那么长时间，我都快背过气去了！

黑　子　到死我也忘不了！当时我和你说：我赵黑子是个挖煤的，可就是豁上命我也要让你过上好日子，一生一世我都会疼你爱你守着你。

梅三姐　我说，那咱俩就守一辈子——

黑　子　你说完我都乐蒙了，然后你唱戏，我吹箫，一直到天……真他妈好啊！

幕后箫声飘动。

梅三姐 黑子，那你就该听我的话呀，从今以后再不去刘大炮那儿了，你答应我！你不想听我一辈子给你唱戏了？

黑　子 想呀！咋不想？

梅三姐 那你就答应我。你要是答应了，今晚上，不，现在我就给你唱！

黑　子 好，我答应，我答应你，不去了！

梅三姐起身。长夜深处，鼓板轻响。

梅三姐 冤家——（含泪唱）

“都只为思凡把山下，与青儿来到西湖边；风雨湖中识郎面，我爱你深情眷眷风度翩翩——”

长夜飘动着梅三姐的歌声，她以长围巾作水袖轻轻起舞。

黑　子 （痴痴看着，流泪高声地）好！（持箫吹起来，与梅三姐舞着唱着）

光暗。

佟丽家升光。梅三姐的歌声飘动。

佟丽、小霞在灯下看书。

屋里有草料、水桶。旮旯儿里拴着羊，成了临时羊圈。

佟　丽 真想不到养羊还有这么多说道，妈还真有点儿上瘾了！（兴奋地一会儿拌料一会儿喂羊）妈这双手干不了别的，可挤羊奶铡草拌饲料点儿问题没有，这么干下去，不定哪天妈还能当个养羊状元哪！

小　霞 （无声地比划着）你指定行。（又在小黑板上画了一张大大的咧开的嘴）佟丽是你秦大爷？嘿，别说，这张嘴还挺像大咧咧！

母女俩都笑起来。小霞又伸出大拇指。

佟　丽 明白，妈明白。以前他这张嘴一咧咧起来就没谱，老让妈觉得靠不住。这一段日子他真是，妈这颗快死的心都让他给点着了……

小霞欢快地作吹喇叭状，又将花手巾蒙在头上，做新娘子状来回走动着。

佟　丽 （笑）这孩子咋啥事都懂。唉，过去他跟你爸好得像亲兄弟，这些年也多亏了他在边上帮着咱娘儿俩。（望着丈夫的遗像）八年了，这八年你爸一直在我心里，一天都没离开过。妈要是真迈出这一步，你爸会怎么想？

小　霞 （指着父亲的遗像比划着）爸也会高兴。

佟丽默默无语。

小　霞 （又在小黑板画出了一座大房子，比划着）你，我，秦大爷一起住新家。

佟　丽 （看着画）是呀，明年就要进新楼就要有新家了。霞，妈要拼命地干，再干上几年就给你治病送你上学！霞，一会儿你秦大爷要过来，妈想留他好好吃顿饭。

暗转。

屋外，秦铁柱左挎手风琴、右背小鼓，胸前挂着唢呐、小钹等小乐器，后背一小箱上。他心情不佳，把家伙什放下，呆坐出神。

黑子一身酒气晃晃悠悠出了家门。

秦铁柱 黑子，你等等，你小子真上刘大炮那小煤窑了？

黑 子 是，咋了？闲着也是闲着，挣点儿是点儿。(欲走)

秦铁柱 你给我站下！你小子脑子有病了？刘大炮那是有名的“凶窑”“死窑”，他是在拿你们的命赚钱哪！

黑 子 (沉痛的)我就剩这条命了，就得拿它换钱。让三姐受苦让她养活，我赵黑子对不住“爷们儿”这个词儿！大哥，你要有能耐把矿上生产恢复了，我还第一个下井！(晃晃悠悠地下)

秦铁柱心中郁闷难当，抓起鼓槌狠命地打起鼓来。

鼓声，激愤的鼓声。大咋呼、九嫂唠着嗑走上。

九 嫂 妈呀，这么多家伙！大咧咧，你这是要开音乐会咋的？

秦铁柱不理，闷头打鼓，鼓声越来越激愤。

大咋呼 拉倒吧，就他那两下子，长得那奶奶样儿，开音乐会还不把人都吓跑了！

秦铁柱 (更火了)说啥呢？我长得不好？年轻二十岁我也是一大帅哥！我这两下子咋的？吹拉弹唱我哪样不比他们那帮人强？(继续打鼓)

二琴等女工闻声而出，围着看。

秦铁柱 都别惹我！我还没过劲儿呢，我是打把式卖艺的！王八蛋，老子就卖了！(操起唢呐在高坡处一通猛吹)

大咋呼 好！男愁唱，女愁浪，不唱不浪不热闹！(喊)哎，都来看节目啊！

人们陆续出来观看。小霞跑来，开心地围着秦铁柱。佟丽也闻声出。

佟 丽 秦铁柱，你，你这唱的是那出啊？

秦铁柱 佟丽，你别管！今天我要撒欢耍一阵，不然我得憋疯了！哎，我给大伙来段《打虎上山》咋样？

众人齐声叫好！大咋呼胡打鼓，小霞乱敲钹！锣鼓点响起来。

秦铁柱 (走圆场，亮起杨子荣的身段，唱)

“穿林海，跨雪原，气冲霄汉。”

女工们 (叫)好！

佟 丽 都停下！大咋呼，你没看出来他心里不好受吗？

众人停下，都看着秦铁柱。

大咋呼 是有点儿不对劲。大咧咧，到底谁惹你了？跟大伙说说！

女工们 是呀！……秦叔……秦铁柱大哥，到底咋回事？

秦铁柱 唉！(默默拿出两份执照)

大咋呼 （看）妈呀，我馄饨摊的执照！你给办下来了！

九　嫂 小卖店的执照！太好了！我去那么多趟都没办下来。

佟　丽 秦铁柱，这是好事儿呀。

秦铁柱 （苦涩地）好事儿？丢人哪！我去找侯科长帮你们盖章，这猴崽子看咱没给他上钱，架着二郎腿说：“慢慢排号吧，不还没饿死人吗？在我这儿你们是个小数，还是小数点后边的小数！”还说：“你秦大咧咧不是爱叽里哇拉耍活宝吗？你在我这儿来一通我就给你盖！”（悲凉地）奶奶的，我们是煤黑子，可我们也是人！耍，你耍我，我就跟你耍！我带着这些家伙什儿到了他办公室。小样儿，我这“小数点”“点”不死你！我会儿唢呐会儿鼓，二人转、快板书，会儿功夫全楼都给“点”着了，他们局长、书记都出来了。这孙子一看不好立马把章——

舞台深处传来悲怆的乱鼓声，唢呐声。

大咋呼 啥也别说了！别人说啥都是放屁！你是响当当的爷们儿！一纯爷们儿！

九　嫂 对，俺那口子说了，往后咱家日子好了，不谢天不谢地，就谢你秦铁柱大哥！

女工们 对，在我们眼里你就是共产党！你就是党中央！……往后你就站在天安门上挥手指方向，我们都听你的！

秦铁柱 嘿嘿，这可整大发了，一家伙把我整中央去了！得，一看见你们这帮人我啥气都消了。受多大屈吃多大亏——值了！

大咋呼 不行，我得给你消消气。走，上我家去！我请你吃饭好好陪你喝顿！

九　嫂 哎哎哎，上我家去！我家还有两瓶好酒没动呢。

二　琴 哎哎，我早就想请秦大哥了。秦大哥，我给你好好儿炒俩菜。

大咋呼 哎哎排号排号，我先说的！大咧咧，先上我家！（扯住秦铁柱右臂）

九　嫂 不，还是上我家去！（扯住秦铁柱左秦臂）

女工们 （一齐拥上）上我家上我家！

秦铁柱 行了，一会把我扯零碎了！我还有紧事儿呢，咱们改天吧——拜拜！

女工们默望着，佟丽更是百感交集

收光。

平平家升光。

平平正在喂兔子。大林躺在炕大林奶悠着孩子。

平　平 这几只也打蔫儿了，真急死人了！（喂兔子）吃呀，咋都不吃呀？

大　林 我来试试。（费力地爬过去，喂）好兔子，求求你吃点儿吧！这是得啥病了？昨天还活蹦乱跳的咋成这样了？唉，当初我就担心养不活，可你偏要养！

平　平 会不会是着凉了？

大　林　来，放我这儿，我这儿暖和。(将兔子放人怀中)平平，实在不行，咱把那些好的赶紧卖了吧。

平　平　不，我不卖！大林，这是咱家的盼头啊！头一次看见这些兔子，一摸它们这毛绒绒的身子我就喜欢得不行。你看，它们这小样儿多可爱，这小鼻子，这小嘴，小眼睛。别看现在就这几只，将来它们生下小兔，小兔再生小兔，就会变成几十只、几百只、多好啊！那我就成兔妈妈了！等它们都长大了，卖了钱还上债，治好你和奶奶的病。

大　林　平平，你是在做梦吧。这几只都这样——

平　平　你放心，明天我就去淘弄药。

秦铁柱拿着小箱颠颠地上。

秦铁柱　药来喽！看看，灵丹妙药！取家伙什儿，今儿个我当把白求恩！

平　平　(忙取勺、碗)秦大爷，真是太谢谢你了。

秦铁柱　(调着药)哎，我这叫为兔子服务，发扬革命的人道主义。来，兔爷，张嘴，哎，喝了病就好喽！(喂药)兔奶奶！

平　平　秦大爷，我指定把兔子养大。让我来吧！

大林奶　(端水过来)铁柱，喝点儿水暖暖身子！多亏你了，真不知说啥好了。

秦铁柱　嘿嘿，大婶，那就啥也别说了。

大　林　(拼力爬起)秦大爷，你，你是我们家的大恩人哪！(重重叩头于炕上)

秦铁柱　哎哎这是干啥快起来。得，赶紧喂药吧，我还有点儿事儿。(出门)

大林奶和平平送秦铁柱到门口。

平平家光渐收。

秦铁柱向佟丽家走去，大咋呼从处转出。

大咋呼　(一把抓住秦铁柱)往哪儿跑！等你半天了，上我家吃饭去！

秦铁柱　大咋呼，我真有事儿——

大咋呼　少啰唆！炕烧热了酒烫好了，你不去今晚上我觉都睡不好，麻溜儿跟我走！

秦铁柱　我求求你了大咋呼，你那俩眼珠子蹭蹭直冒火星子，我害怕！

大咋呼　大咧咧，你就给我次机会行不？我求你了，你是我大咋呼遇上的最好的男人。我这辈子嫁不了你，下辈子也要嫁你！(扑上去一把搂住秦铁柱，嗷嗷大哭)我就是稀罕你！

秦铁柱　(傻了，不知怎么办好)我的妈呀，这可咋整啊？

大咋呼　就算你和佟丽好，也不能连我的酒桌都不上啊！今天你去也得去，不去也得去！给我走！(强拉硬扯，几乎是拖着秦铁柱下)

佟丽系着围裙走出家门张看。听见内传来大咋呼的声音，疾步追望，又失落地慢步踱回。

小霞急上，手拿拴羊的绳套，扯住佟丽不停地比划着。

佟　丽　出了啥事儿呀，羊？羊咋了？我的天，这大雪天！小霞，你在家待着别乱跑，大白！（呼唤着寻下）

小霞也跟着跑下。暗转。

深夜，又是矸子山，白雪皑皑。

佟丽深脚浅脚上。

佟　丽　（疯了般大声呼喊）大白，大白，你跑哪儿去了？你可不能丢啊！你要是丢了，（滑倒，跌坐在雪地上，听到传来羊叫声）大白？是大白！

跟头把式地扑过去。

纷飞的雪花中，大白出现在山顶处，秦铁柱笑呵呵地冒了出来。

秦铁柱　嘿嘿！还有一个大黑哪！

佟　丽　（扑上去）大白，大白你没事儿吧？你咋跑这来了？

秦铁柱　多大点儿事儿呀！看你急的——真是个女人，小孩还有跑丢了的时候呢。

佟　丽　（抱紧大白）秦铁柱，它直哆嗦，不会生病吧？它都怀羊羔了，会不会——

秦铁柱　我看看……这不好好的吗？过一阵子指定给你生个胖宝宝。（抱过大白）咋样大白，表示表示，说说你想不想当妈？

大白羊咩咩地叫着，回应着。

秦铁柱　哎哎，你听你听，它还唱上了！

佟　丽　（破涕为笑）你这家伙，都吓死我了你还乐！

秦铁柱　嘿嘿，得，没事儿了，打道回府！

二人牵着羊并肩而行。

秦铁柱　哎，今天中午我给奶厂的胡老四送两瓶酒，这个酒鬼乐坏了。他说了，咱这儿的鲜奶有多少要多少！

佟　丽　真的？这可太好了！

秦铁柱　嘿，还有更好的哪！今天我正式给矿长提了条建议，这么多矸石闲着挺可惜的，用咱这的煤矸石建个砖厂，大伙儿还可以进厂当工人。矿长说："大咧咧，你这主意挺绝呀！"这回我可不是咧咧，我真见着矿长了。矿长说了："这事儿就由你牵头张罗！等砖厂建成了你就当总经理！"嘿嘿，我就要成秦总了！

佟　丽　不会吧，人家准是拿话儿填和你呢！

秦铁柱　啥话？当那么多人说的能是填和我吗？（很牛气地走动）哎，看我像老总不？

佟　丽　（笑）呵，哪有你这样的老总，我看啊像个羊倌！

秦铁柱 是不太像，回头换套衣服倒饬倒饬就像了。(憧憬地)嘿嘿，我秦大咧咧成秦总了！管一大砖厂，谁见着我都管我叫秦总，哈哈！我要好好干，往大了干，我要让全市全省都知道我秦大咧咧，让全国各地都争着抢着买我大咧咧出的砖。厂子有钱了我就给大伙儿月月发奖金年年涨工资——到那时候大伙儿日子都变好了，几十年的破工棚全没了，变成了一座座新楼房。养羊的办起了养羊厂，养兔子的办起了种兔站，烧砖的、干物业的、干家政的……哈，我就又有吹的了——全是我秦铁柱手下的兵，全是我秦铁柱的部队！牛，太牛了！

佟　丽 也不知咋回事儿，以前听你咧咧我就觉着你像在说梦话，现在一听你咧咧我这心里就发热，浑身上下都——这些日子一看不见你听不到你咧咧我就觉着心里没着没落的。

秦铁柱 真的，我真有那么神？佟丽，有句话佟丽我——今天我把这层窗户纸捅破得了！佟丽，这些年我心里就一个人，那就是你！

佟　丽 秦铁柱！

秦铁柱 我知道我这人毛病挺多的，可别的事儿上我爱咧咧，这件事儿，我知道你心里有道坎一直过不去。过去我也总合计，老彭是我的好兄弟，又是为我去世的，我再和……现在我想开了，人走了回不来了，可公鸡还得打鸣母鸡还得下蛋日子还得过。咱俩都是一个人咋就不兴往块儿凑凑？凑到一块儿咱俩就都有家了，小霞也有新爸爸了，我还一家伙老婆孩子都有了。佟丽，嫁给我一块儿过吧！往后你手冷我给你捂手，脚冷我给你捂脚，身子冷，我给你捂被窝！

佟　丽 妈呀，你这人咋啥事儿都这么直来直去？

秦铁柱 嘿，不说拉倒，说我就捞干的！佟丽，这几年我这心就跟猫抓耗子咬似的！都闹腾死我了！

佟　丽 (感动不已)秦铁柱！这些年你的心思我都……小霞这孩子也没少和我……(动情地)我也老想着能遇上个有情有义的好男人，对小霞好，对我好，我会疼他爱他把整个心都掏给他——有了男人家才是个家，女人才是女人！两个人在一起，日子再苦也是甜的。可、可我已经老了，一个又脏又丑，造得没人样儿的黄脸婆你真不嫌我？

秦铁柱 嫌？我个五大三粗的煤黑子岁数还比你大，你不嫌我，我……谁说你是黄脸婆？谁敢这么说我他妈大耳刮子扇他！佟丽，在我心里你是最漂亮的！咱俩就那啥得了，等这一天我都快等疯了！

佟　丽 你、你这家伙整得我这心咚咚乱跳。

秦铁柱 嘿嘿，跳才对呢！说这事儿心能不跳吗？你摸摸，我这心也咚咚乱跳！

佟　丽 秦铁柱！八年了，这八年我……可这事儿也太快了点儿，你，你再让我——

秦铁柱 对对，你得合计合计。反正该说的我一句不剩全说了，就等你一句话了。哎，咱俩都是工人，别整得跟知识分子似的磨磨叽叽的。这么的，三分钟！我给你三分钟！你在这儿合计，我上那边等信儿，合计好了给我个动静！

小霞跑上，看见二人，高兴地拍手，跑过来。

秦铁柱 哟，小霞来了。那啥，羊找着了，我和你妈正商量那啥呢！走走，跟我走！你合计吧。（跑起圆场）锵锵锵锵锵锵得锵得！（领着小霞一前一后踩着锣鼓点儿奔向山顶）

佟　丽 秦铁柱，你，你这家伙——有你这么整的吗？

秦铁柱 (在山顶上高喊)一分钟！二分钟了！(向着风雪荒天大喊)佟丽——我大咧咧稀罕你！（大声地吼唱起来）

哥哥我坐山头啊，

妹妹你在山下头；

等你盼你，盼你快开口——

我白天想我夜里盼，

想和你呀手牵手；

多么大的风，多么大的雪，

咱俩人一起走，一起走——

（粗犷奔放的情歌在风雪长夜里飘荡）佟丽——我秦铁柱要娶你当老婆！我要吹着唢呐迎你进洞房！

佟　丽 真是个大疯子！好，秦铁柱，我答应了！

秦铁柱 你说啥？我没听清一你大点儿声——

佟　丽 大咧咧，我——答——应——了！

整个世界混响着佟丽的声音：“我——答——应——了！”

山下，佟丽一步步走向秦铁柱。

山顶，秦铁柱欣喜若狂领着小霞一步步奔向佟丽。

幕后歌声在继续，音乐在飞扬。

砑子山上风飘雪舞，大片大片的银色雾气弥漫飘摇，如歌如画。

收光。

——第四场结束

（选自《剧本》2007年第5期）

［作者简介］

李宝群，1943年生，辽宁北镇人。国家一级编剧。创作过大型话剧《父亲》《母亲》《师傅》《矸子山上的男人女人》《黑石岭的日子》《万世根本》《风雪漫过那座山》《长子》《信仰》《立春》《嫂子》《古田会议》等；小剧场话剧《带陌生女人回家》《两个底层人的夜生活》《花心小丑》等；芭蕾舞剧《二泉映月》；歌剧《鹰》《红海滩》；青春剧《远山的月亮》；儿童剧《第七片花瓣》《鸟儿飞向太阳河》等三十余部戏剧作品。作品数次入选国家舞台艺术精品工程十大精品，多次荣获文化部文华大奖，中宣部精神文明建设“五个一工程”奖，曹禺戏剧文学奖，金狮奖及中国戏剧节，中国艺术节大奖等国家级奖项。

［作品导读］

《矸子山上的男人女人》是一部深切反映煤矿工人生活境遇，表现煤矿工人这一特殊人群情感世界和精神追求的现实主义话剧。

作者在长达两年的时间里多次深入东北矿区体验生活，搜集了大量生动鲜活的创作素材，前后九易其稿。剧中人衣着陈旧，脸庞黝黑，淌着热汗，揣着委屈，跋涉在坎坷的矿区路上，与命运抗争时有的是自尊、坚强，与灵魂对话时有的是慷慨、坦荡，与希望携手时有的是乐观、豪爽。因此，他们的一颦一笑牵动着观众的灵魂，人们仰望矸子山上的人们，领略的恰是民族血脉中艰难困苦、玉汝于成的奋进精神。

《矸子山上的男人女人》成功塑造的人物群像，一人一面，个性鲜明，绝不雷同。其中的劳动女性有她们的共性：勤劳、朴素、豪爽、真诚，有一种“意态由来画不成”的质朴美感和奇特神韵。但她们又各有各的性情：女工队长佟丽性格含蓄、沉稳，肯吃苦、重情义，深受姐妹们的倚重。另一个女工“大咋呼”的性格正好相反，风风火火，直言快语，她看上了“大咧咧”，就直眉瞪眼相告。三姐性格柔婉，人俏歌甜，原本可以去城里的剧团发展，可是黑子的真情感动了她，她就心甘情愿地留下来，无怨无悔地过着艰辛的日子。在她们身上，我们看到了人生之真、人性之美、人情之纯，甚至间接体会到历经磨难而不倒、浴火重生、顽强奋进的民族精神的底蕴。

剧中“大咧咧”这一形象憨中有智，凡中见奇。他以一个男人的身份跟一群弱女子、寡妇们混在一起，干着辛苦、单调却不受重视的工作，还时常成为女工们撒气、奚落的对象，处境实在有点窝囊。“大咧咧”粗喉大嗓说话，不存私心做事，心肠像原野的火呼啦啦的热，性子像朔北的风直挺挺的硬，但是在工友中却百炼钢化作绕指柔。无论生活多苦多难他都保持乐观，任由女工们吆喝、驱使，不仅不觉得被冒犯，反而觉得自己被需要、有价值、有快感。在这个人物身上，显现了关东人性格中的地域性特点。

无论戏剧潮流如何变幻，真正能打动观众的，永远是真实丰满、富有内涵和魅力的人。剧中砑子山仅仅是场景，是陪衬，剧作家真正关注的恰恰是山上的男人女人，没有山，显不出他们的伟岸，没有他们，山将失去有意味的内涵。

第五辑

报告文学

这里是特殊的战场（节选）

·徐　迟

在国庆四十周年前夕，我到武汉钢铁公司，想去看看它建厂以来 30 多年来的变化。记得我 1954 年第一次去大冶，矿山甫在勘探，武钢的厂址尚未选定；1955 年第二次去，青山开始推土平地。1956 年热电厂拔地而起；1958 年高炉出铁，1959 年第一炉钢出钢。30 年后，1989 年已弄不清楚第几次来了，我看到了何等样的变化呵！

武汉钢铁公司第一炼钢厂（以下简称“一炼钢”）厂长徐秉新和原任的厂宣传部长姚传洪，陪着诗人李声明和我一行 4 人，走上了一条高架的、桥形的、长长的走廊。

登高而北望兮，见苍茫穹窿间，雄峙着 4 只奇特如立体型雕塑的高炉和它们的高耸的烟囱。而烧结厂和一个更高的烟囱，就挺立在它们东面。却没有滚滚的浓烟了，只有一缕缕轻尘袅袅。使我一下子想起了开国之初，我在鞍钢，但见铁西区上空乌云弥漫，以为大雨将至，似乎顷刻间即将激发出电闪雷震，我赶快躲避在一个屋檐下。其实，这不过是从炼焦的焦炉、炼铁的高炉、炼钢的平炉和烧结厂等厂子的烟囱里喷出来的腾腾烟雾。现在是 80 年代最后的一年了，我们建国已四十周年。

“文革”的时候，说是要砸烂武汉，就得砸烂武钢；要砸烂武钢，就得砸烂一炼钢。结果是所有的炼钢炉子，都不能生产，竟然全部停产，只能保温。烟囱不冒烟，“飞鸟在平炉烟囱上做了窝”。而现在，却又要尽量的“少”出烟了。现在的烟囱确实只出非常之少的烟，烟都被吸进吸尘设备里去了。有朝一日，当技术更加突飞猛进时，将来的烟囱是要被拔掉的。

我转过身来，俯瞰长廊的另一面。南面铺开了另一幅壮美景色的巨大画面。鸟瞰之下的景色之美，着实使我吃惊。一幅瑰丽的图像，平铺在一条深邃的长条子的车间地面上！虽然眼花缭乱，却又柳暗花明，越看越清爽起来，而且越看越发的美丽。

这长条车间似在浓荫下的暗黑之中。有指示红灯以及强烈光照，忽在这儿忽在那儿闪射出光亮的形体往返来去。下面一列列的列车，上面一个个的天车。它们上上下下的吊的、装的、浇注的、拖拉的，各种各样的大罐和锭模，进行着紧张、热烈的劳动。人影闪闪，但人并不多，只是身手矫健，动作灵活。

“这是铸锭车间。”姚传洪说。忽然他手指着远方欢呼，“呵，你看，七号平炉开始出钢了。”说话间，铸锭车间染上了更强的光芒，传来了更巨大的音响。

多么好看、干净、图案形的车间呵！

多么罕见的构图，抓人心弦的色彩呵！

我真不相信面前那苍茫一片，过去似乎永远收拾不干净，走进去时常走不通。各种巨大钢水罐、钢渣罐，正在灼壬和已经烤热的大空罐和数以百计的钢锭模子，经脱模、整模、冷模处理，它们已像列队出征的士兵一样，全副武装，随时准备或正在迎接钢水烈焰的洗礼，它们都站在自己的岗位上。在这上面，正蠕动和滑翔着 350 吨巨型的桥式天车 (一共有 9 台之多)，而机车头拖着渣罐、铸成的红锭在它们的中间来回穿梭。我记得从前，那里景色特别零乱，物品乱放，钢渣堆积如山，有时简直叫人觉得无法插足的。然而现在它给我的印象竟是这样的：非凡的整齐，排列得井然有序，毫不零乱，完全像一个临阵不乱的方阵，严阵以待，随时可以迎接、投入和勇敢地战斗的。

而在远处正出着的钢，白热光芒，又给画面染上了一层热情的火红色的耀目的光晕。我正想靠上栏杆细看，徐秉新说，“回头再看吧，先看平炉去。”李声明也说，“对了，”便过来搀扶我。他说，“应该先看头，再看腰身，最后看结尾。然后再从后影看到前身。”诗人的语言，与众不同，非常俏皮，而且话中有话。从后影看到前身，是引用我从前坐在火车窗前，观看江南的田野的旋转的，一句抒情的诗句。

我们又举步向前，并边走边谈。说着我们已经走到长廊尽头。一拐弯，不觉已踏进了平炉车间。

这里紧挨着的 3 条长长的车间，从横向看去：原料车间是所谓“头”；平炉车间是所谓“腰身”；铸锭车间是所谓“尾”。三者都从这条长廊出发，一直向南伸展。我们先到平炉车间，482 米长，几乎望不到尽头。但我只看到 1 号和 3 号两个平炉。3 号炉前有一台大机器，不知它是清渣机、装料机还是补炉机，挡住了它后面的 4 个炉子，也挡住了 3 号炉的炉门。

当我的视线集中到了 1 号平炉时，姚部长凑到我的跟前说：“还是先看原料车间这个‘头’。这样你就知道一炉钢是怎样炼出来的。”为了看清楚头尾，他把我领到那个原料车间排头位的混铁炉旁。这座混铁炉拔地而起，又高又大。共有 3 层，20 多米高，可存铁水 1300 吨，像个巨神，屹立在炼钢厂的头部。还有同样的另一座混铁炉在厂房最南端。我问它们的作用，姚传洪说：“一是保温，二是贮存，也可以混合不同成分的铁水，专供炼钢炉之用。”

正当我们凝目仰视这座庞然大物时，一台 125 吨的桥式天车，把从炼铁厂拉来的冒着火星的铁水罐吊了起来，吊到口朝苍穹的混铁炉口。然后倾斜过来，将热气腾腾的一条金红色瀑布似的金龙，倒入混铁炉中。这样，它们随时可以供给平炉炼钢所需的铁水。这是多么雄浑的生产劳动呵！

不觉我们一行人已来到一号平炉前，姚传洪接着介绍："平炉炼钢是24小时不间断的，所以钢水难免要侵蚀炉体的。照例炼钢的第一道工序是补炉。然后是第二道，加白云石、铁矿石、废钢和一些辅助熔剂等，再兑入铁水，便可进行冶炼。"

这好复杂，听得我似懂非懂，但多少已懂了一点儿。

我看到一幅幅光耀的图景，比美术家的创造还更要真实，它完全是真实的。这是你怎么想也想象不到的，哪怕是最富于想象力的文学家。所有这些是最雄伟的图画。当我举头仰望到：铁水罐里的铁水装进混铁炉的又从混铁炉流出，再注入平炉；然后吹氧平炉将它炼成钢水，多么壮观；然后钢水铸成钢锭；这些钢锭还要送到初轧厂去；轧过后，再送到其他轧钢厂。

这样的雄壮呵！一首英雄交响乐！一幅幅现代工业画面的巨大画廊！

此刻，1号平炉正在呼啸，正在咆哮。冶炼已经开始，钢水尚未沸腾。那平炉宽敞得像一座并不很大的五开间平房，其貌虽不扬，神采却飞扬。它的顶上有3个吹氧气的管道，炉壁上有5个炉门。每个炉间上有一个圆孔。现在炉门和圆孔上都喷出了火焰，是紫罗兰色的火焰。那颜色变幻莫测。但凡火焰之舞，全都是非常非常之好看的。火焰排列整齐。如一队芭蕾舞演员，舞影缭绕。巨大的音响，则在伴奏着它们的轻快的动作。

我敢说，任何人只要置身在平炉炉前，绝对地是会产生出豪迈心情来的。我此时又有了这种感觉。自己的任何喜怒哀乐，一概消隐无遗，只见那平炉中，炉火燃烧炽盛，我心中也有了一股逼人的炎热。一道道强烈光焰，一阵阵的风暴似的吼声，它们充实了我的灵魂。却有二三炼钢工人，正安详地站在炉前，透过蓝色眼镜，在观察炉内的状况。这些被火光照耀的人影，又是多么动人的形象，穿着淡淡的白色的粗布工作服的炉前工，显得比大理石雕像还要美！

这时，炉前工又在取样。值班室里的炉长，随炉前工的一挥手，打开一扇炉门。顿时好像一个太阳从地平线上升起，照得我睁不开眼睛。这个炼钢工挺着长矛似的长勺儿，站到灼人的炉门口，捞起一勺钢水来，将长勺放到地面上。许多火花飞溅，如金色的花朵飞舞，我跑到离那儿不远处，看到他勺儿里倒出了个小圆饼来，他将这火红的圆饼拿到一个管道口子上，放进去。他们说这是高压风洞，能立刻将它吹送到化验室。一忽儿，它的化学成分就通知到操作室里。经过若干次的取样化验，待到钢水成分合格时，就可以出钢了。

在炉前，我差不多已经对每个炉子都有所了解了。我仿佛进入了一个迷人的旅游胜地。这好像参观了法国巴黎郊外的凡尔赛宫。和参观华盛顿白宫也差不太离。不过这完全是另外一回事了。这是力的场所。你炉前的感受，是沸腾的钢水和你自己的沸腾的血液结合在一起了。你想的是你也要贡献你自己，绝不会想到你要去享受人间最好的享受。你只感觉到精神振奋，你只感到自己有愧，但又并不是懊丧，而是满怀着信心，充溢着饱满的、乐观的情绪。在这种情绪下，你会感到我们的前景是无比辉煌的。

八号炉出钢的时刻来到。我被带到铸锭车间的一条正对着炉子的长长的走道上，那里有专门为观察出钢而设计的一个小平台，全景展现在眼前。正是长682米的铸锭车间，如同一幅长卷拉开在我们眼前。我们在等待着，看得到工人们正在装炮。他们说到有一家军工厂，专为钢厂制造了炸开平炉的出钢口的炮弹的。我们稍稍地等待了一会儿。

到时候了，果然一声炮响，立刻闪出一道白光，从两个槽口泻下来两股钢水，光彩夺目，不尽地飞溅钢花，如天雨花，也似天女撒满了鲜花。也许最好看的是这钢花飞迸，有如节日的礼花，它确比焰火还好看。

可是李声明说道："那飞进的金色的钢花看起来虽然好看，实际上它们却是渣，也叫钢渣，实在是毫无价值的渣子。"

虽然现在连渣子也可以有它的用处，但是，他冷冷地又加了一句，"发光的并不都是钢。还要注意，别叫人哄了。"

真是诗人！这话有意思，我禁不住暗自给他喝起彩来。

从那两个槽口，飞下了两道光芒万丈的飞瀑，它们跳下两个巨大的钢水罐，我并没觉得这不同于李白的诗句"疑是银河落九天"。我觉得这毋宁是："当大阳爬上了中天，那时万物的主宰拿出他的金天秤。"把国家的命运和钢铁的产量，"放在西头，他把天秤的杆子吊起"，如果钢铁的重量很轻，国家的命运就要"屈服而下沉"；如果钢产量很重很重，国运就要上升，"上达天空"。这是我忽然想起我曾翻详过的这段希腊史诗《依利阿德》中的有名诗句。却也是很美，而且很有深意的。

我发现我是在一个大工业的中心点上。它不仅是武钢连续作业线上的一个中间工序厂，也是全国工业的连续作业线上的中心，并且也是最关键的一个中心环节。我把这意思告诉了徐秉新，他说，"是的，有人说过，这里是特殊的战场！"

我肃然，心中立刻叫好，并问他，他是怎么体会这句话的呢。

他回答我："在平炉炉台上，也是分秒必争的。也是生死之地、存亡之道，你看，这上、中、下，三个层次作战，有如海陆空三军的互相配合。只能战胜，不能容许任何一点失算。假如一个国家没有钢，就谈不到国防，没有强大的国防，就什么也谈不上了，人民就失去了安全的屏障。"

他这些话也使我禁不住激动了。这是一个"特殊的战场！"它关系到钡铁的产量，它决定国家的强弱、民族的命运、人民的幸福。

今天，吹氧平炉也应当是国家生活的高峰之一，甚至是我们的工业文学、工业美学、工业诗歌的峰顶之一。它应与科技文学、科技美学、科技诗歌，双双地并峙着。

现在我很想知道，武钢的钢铁，到底作了什么用？起了什么作用？

姚部长在我回去之前，把徐秉新的三篇炉底论文送来了，还送给了我一本《一炼钢厂志》。从中我看到了这样一段文章："武钢的钢铁用于北京地铁，黄河战备大桥，渤海海底探油井架，广州广播电视塔，菲尔泽水电站，坦桑尼亚—赞比亚铁道，大庆号、风雷号、风暴号长风号远洋轮船。风光号曾航经地中海、太平洋、大西洋、印度洋，穿过了 6 个海峡，两次绕过好望角，4 次通过赤道区，行程 32000 海里，同十几米高的惊涛骇浪搏斗三昼夜，而安然返航。"

当然还有许多其他用途，这本志书里没有说。就此也可以知道，这里的确是一个非同小可的特殊的战场。想想看，一个钢厂，6 只炉子，年产 200 多万吨到 300 万吨钢，这是一个什么样的战场？我可是还没有说到二炼钢，以及正在筹建的三炼钢呢，呵，还有那驰名遐迩的'一米七'等轧钢系统……轧钢厂……这个特殊的战场呵！

（原载于《人民日报》1989 年 10 月 15 日）

［作者简介］

徐迟（1914.10.15—1996.12.13），原名商寿，浙江吴兴（今湖州）人，诗人、散文家和评论家。他在报告文学领域作出了突出贡献，代表作有《哥德巴赫猜想》《地质之光》《祁连山下》《生命之树常绿》等。其中，《哥德巴赫猜想》与《地质之光》获得中国优秀报告文学奖。2002 年创立"徐迟文学奖"，作为中国报告文学学会的学会奖，专门用于关注与奖励中国报告文学创作中的优秀作家作品。

［作品导读］

《这里是特殊的战场》是一篇关于武钢三十年变迁史的报告文学作品。徐迟向读者勾勒了武钢 1954 年到 1989 年这三十多年里武钢的变化。1954 年，武钢厂址尚未选定。1955 年，青山开始推土平地。到 1989 年，仅武钢一炼钢厂就有 6 只炉子，年产 200 万吨到 300 万吨钢，更不要说还有二炼钢厂，正在筹建中的三炼钢厂，还有闻名遐迩的"一米七"等轧钢系统，这一系列的变化无疑是震撼人心的。

徐迟的报告文学一直以来都呈现出诗意化的特点。这篇报告文学也不例外。第一，在构思上，徐迟善于通过比较的方式来让读者体会变迁带来的巨大冲击。参观武钢时：“先看头，再看腰身，最后看结尾，然后再从后影看到前身。”这种视角完全是诗人的视角，俏皮而生动。第二，徐迟的报告文学在坚守真实性的原则上往往具有丰富多样的想象。如“钢水罐、钢渣罐……大空罐……钢锭模子……像列队出征的士兵一样，全副武装，随时准备或正在迎接钢水烈焰的洗礼，它们都站在自己的岗位上。”把炼钢这个读者比较陌生的工业场景生动而形象地展现在读者面前。第三，诗意化的语言。如作者在描写炼钢厂的车间时是这样去书写的：“我转过身来，俯瞰长廊的另一面。南面铺开了另一幅壮美景色的巨大画面。鸟瞰之下的景色之美，着实使我吃惊。一副瑰丽的图像，平铺在一条深邃的长条子的车间地面上！虽然眼花缭乱，却又柳暗花明，越看越清爽起来，而且越看越发的美丽。”炼钢厂总是给人带来乌黑坚硬的印象，而徐迟用如诗歌般的语言让描写的对象披上了美丽的衣裳。

火凤凰

· 周震亚

代文书是武钢初轧厂的火凤凰。

1983年，开着钳式吊在火焰山上整整飞了八年的她，第一次当上标兵，无话。火凤凰展翅，英姿飒爽，连摘标兵桂冠。在中国，男人干出一番事业，天经地义，而女人则会戴上传统的道德枷锁。骤然间，流言蜚语淋得她像只病鸡。

果真如此么？

烧钢炉坑的火焰、煤气，凌空飞翔的三百五十吨钳式吊可以作证：标兵是她干出来的！

揭盖机迈着雄健的步伐，伸出强有力的巨手，揭开炉盖，烧钢炉火如同朝霞，给黑色的厂房镀上一层金，平日看上去黑熊般笨拙的钳式吊车，突然间，敏捷无比，像一只火凤凰，飞向火炕，蜻蜓点水似的抓住钢锭，划出一道闪光的弧线，稳稳落在轧道上，初轧机张开口，动人心魄地歌唱。

代文书被眼前的景象迷住了，陶醉了。她暗暗自豪顶职进厂选择了钳式吊。

钳式吊不是普通的吊车，担负初轧厂装出钢锭的任务。烧钢炉煤气冲天，温度高达一千多度， 人在吊车上操作，必须深入火海，方能夹钢。通红的钢锭在火坑中林立，旋转的夹钳必须找到最好的角度，要稳要准要快，抓钢锭如鹰叼小鸡，不挂炉墙，不断钢绳，不脱钢锭，每夹一块钢，要连续不断地动作十六七次，犹如高频率动作的机械手。钳式吊需要勇敢刚毅冷面枪手似的性格，从来不是女人的岗位。她泼辣地闯入禁区，打破男人们的一统天下，成为全国冶金系统唯一的女钳式吊工。那是1975年，她刚满二十岁，一个黄毛小丫头。

登上钳式吊，滋味并不美妙。浓重的煤气，炙人的高温，在她端庄的脸上熏烤出一脸红疙瘩。母亲见了好心疼，劝道："文书，男人长疙瘩不要紧，你一个姑娘伢，万一破相，以后怎么找男朋友？"她也害怕破相，又想，刚上钳式吊就让红疙瘩吓倒，岂不太孬？她看师傅们，没一个破相，知道煤气高温欺她面嫩，咬牙干，又去医院弄了张过敏症诊断书，争取到絮絮叨叨的母亲的支持。

半年后，红疙瘩消失，又有了头痛的毛病。坐进操作室，像戴了紧箍。每天，她揣着去痛片上班。

钳式吊似乎真不欢迎女性，煤气、高温工作时精神高度的紧张，干扰了生物钟的正常运行，她又得了肠炎。有时候要上班，肠炎突发，便喝大蒜水。女人千方百计把自己弄得喷香，她是个女人，而且是个很年轻的女人，却不惜弄得满口蒜臭。她不管别人嫌不嫌，喝大蒜水比去医院讨药更方便更节省时间，也立竿见影。有一次上夜班，肠炎发得厉害，班里人让她休息，她见男工们换钢绳干得很苦很累，觉得良心上过不去，又坚持上车干活。沉睡的太阳醒了，她却昏迷在休息室的椅子上。

她想不通，流言蜚语的制造者们，怎么会不记得她脸上的红疙瘩、头上的“紧箍咒”、嘴里冲人的蒜臭呢？曾经，上级有关部门把钳式吊划入非高温区，在火焰山上装钢的钳式吊工却享受不到高温津贴、高温保健、高温定级，心气不顺，有人闹着下车，有人开病休单在外做生意捞外快，临到接班没人，现场督阵的厂和车间领导不得不向她开口：“小代，连个班吧？”她很累，却二话不说，架着钳式吊在火焰山上飞翔。这一切，人们忘记了吗？

她回到家里，看着娇嫩的女儿，想起流言蜚语，更感到委屈。女儿刚满半岁，她抱着上班。一进厂，她便不是母亲，而是一只火凤凰。她爱人心疼，把小宝宝抱回家，商量错开倒班，轮流在家照料女儿。车间领导及时把夫妻俩倒班错开。干了十年，这是她唯一给领导找的麻烦。她在家，女儿很幸福，轮着爱人，女儿受罪。粗心大意的男人，哪能照顾好不足周岁的孩子？一次爱人睡着了，女儿拉了一床；又一次半夜，在轧钢台上辛苦了一天的爱人酣然入睡，忘了手里的奶瓶，女儿饥不择食，竟在爱人胳膊上吮吸。好凶狠哦！至今，爱人胳膊上还残留着女儿小嘴的紫痕。

她在爱人眼里看到要她不倒班的请求。

爱人在她眼里看到不可动摇的坚韧，眼里溢出理解、关心、支持、赞许。

女儿病了，扁桃体炎，发烧。晚上看完病，她准备上夜班。女儿抱着她的腿哭着哀求：“妈妈， 你不去不行吗？”她说：“妈妈没请假，哪能不上班？”女儿说：“不请假，你不要钱算了。”她说：“不是为了钱，班里人手不够，妈妈不去，叔叔伯伯们就要多干活，太辛苦了。”女儿说：“别人的妈妈不倒班多好，天天晚上陪小伢睡觉，我病了，你也不在家陪陪我。”她看着女儿惨兮兮的病相，泪水夺眶而出。她也想做个好妈妈，补偿女儿的感情欠债，可又舍不得钳式吊。当初选择这个岗位，不就是想干出一番事业，让生命更有价值更辉煌么？

她流着泪到厂里，登上钳式吊，鼓风机勤劳的轰鸣，初轧机雄浑的吼声，在她心里演奏一首震撼心灵的交响乐；朝霞般美丽的火光，通红的钢锭，轧制线上流动的钢坯，闪闪发光有如块块金牌，在她的视网膜上描绘出一幅绚丽的画。她不再对女儿感情的欠债抱愧。她为参与这雄伟交响乐的演奏自豪，为给美丽的工业画面添加了一笔色彩而幸福而陶醉。

难道她不是一个真正的标兵么？为什么要遭人非议呢？

她想走下钳式吊。当火凤凰太显眼，女人似乎不适合显眼，还是当只雀燕吧，构筑温暖的小窝，令人羡慕，却不会招惹嫉妒。

代文书曾经四次选择了钳式吊。

第一次，她顶职分配工种，听说有女烧钢工，女轧钢工，偏偏没有女钳式吊工，爸爸问："敢不敢上钳式吊？"她说："有什么不敢？"厂长听了，吃了一惊，望着清纯的姑娘说："这岗位没女同志干过。"她说："中国女飞行员都有，为什么不能有女钳式吊工？"经过三次党委会研究，厂长答应了她的请求。

第二次，初轧为了加强"空中优势"，组建运转车间，车间领导想让她下钳式吊，她一口答道："领导放心，男同志能干的，女同志也能干！"

第三次，那是一个炎热的夏天，空调机尚未普及，钳式吊像太上老君的炼丹炉，车内温度高达六十度，控制把烫手。男工们打赤膊，穿短裤衩干活。她是个女人，不能如此放肆。每干十分钟下车，像从水里捞出来的。领导看在眼里，疼在心里，劝道："你还是下车吧。"她抹抹身上的汗，说："我行！"车间领导感动得热泪盈眶："小代，要受不了，就下来，呵？"

第四次，她生女儿满假后，车间打算安排她开揭盖机。开揭盖机当然好，条件比钳式吊好得多，而且，可以定三级工，在钳式吊上只是二级。吃苦受累，岗位定级又低，谁乐意干？男人们干到三十多岁，说走就走，开工以来，先后有六七十人下了车，领导总是为钳式吊的人少而烦心，她再不干，不更叫领导为难？她说："我还是上钳式吊吧。"有人不可理解："生了孩子还上钳式吊，是不是想捞点什么？荣誉，还是党票？"她想荣誉，也渴望入党，不过，不是靠捞，而是凭干。她在钳式吊上干了这么多年，有一套熟练的技术，不干钳式吊，不是白白浪费掉了？换一份轻省工作，她能像在钳式吊上发挥作用，充分显示做个真正工人的价值吗？

她很满意四次选择。虽说艰苦，但毕竟干出了一番成绩，在男人的世界里，她如愿以偿地显示了女人的能耐。她没有被浓重的煤气、炙人的高温、紧张的操作摧垮，她是个坚韧的女人，今天，却被流言蜚语击中。她突然变得脆弱、悲哀、消沉。

望着炉火，望着钢锭，望着火凤凰似的钳式吊，她心里酸酸的。她把宝贵的青春，辛勤的汗水无私地奉献给它们了，她依依难舍。

痛苦的1986年。

然而，1986年，也是她一生中最幸福的一年。

车间支部书记通知她："今天召开你的入党鉴定会。"

她颤声问："鉴定我？"

支部书记在她的眼里看到疑惑，看到满腹难以言表的话语，说："我们对你做过认真的考察，你思想、技术、品德都过得硬，支部决定吸收你入党！”

她心里滚动一声春雷，她心里腾起一股暖流，她梦寐以求渴望成为无产阶级先锋队的一员，但绝没想到她正被流言蜚语中伤的时候，党组织会决定吸收她！她完全懂得组织作出这个决定的全部内涵，淤积在心中的忧愁烦闷化为灰烬。她的心房像一座敞开的烧钢炉，鲜红而又明亮地燃烧！

她干得更猛。

然而，身体越来越不适应恶劣的工作环境，毕竟已是三十多岁的女人了，月经老是提前，而且量大。每天下班回家，腰像断了似的。在厂里当火凤凰，回家像只病鸡。爱人一边帮她按摩，一边开玩笑：“我可以当你的按摩师了。”遇上爱人上班，女儿看着她痛苦的样子，说：“妈妈，我给你按摩。”女儿手酸了，别出心裁地坐在椅子上，用脚后跟敲打她的痛处，有爱人和女儿的爱，她干得更欢。

肠炎又发了，特别厉害，她坚持了两天，又轮上夜班，女儿请求，爱人劝，说年纪不轻了，还是换个工作吧！她摇摇头，说：“愿意在钳式吊干活的人越来越少，班里人手本来紧，我下了车，谁顶？再说，入了党，连续当标兵，下车的话说不出口。以后人员充足了，再下车，领导也少些麻烦。”爱人知道她不是一个软弱的女人，不是一个贪图清闲享乐的女人，她不愿玷污荣誉和共产党员的光荣称号。爱人不再劝她下车，这个夜班却坚决反对她去上。她吃了药片，又喝了大蒜水，仍旧无济于事，无可奈何地说：“你去厂里跟我请个假。”她在钳式吊上干了十六年，从没缺过勤，即使月经来了，规定她有一天休息，她也放弃了，今天……唉！

女儿很高兴，说：“妈妈， 我真希望你病，病了就可以不上夜班，在家里陪我。”

她疼爱地摸着女儿的头，心在说：“女儿，妈妈欠你的情，没法还，妈妈是标兵，是党员，总算对得起你。你长大了，会理解妈妈的。”

不用长大，女儿现在就理解她了。小姑娘在作文《我最熟悉的人》中，骄傲地记述了妈妈忘我的劳动精神。

从某种意义上来说，她算不上是一个好妻子，好母亲，但她是个好党员，好工人。在钳式吊十六年，她不欠公家的，每年装出钢两万六千多块，吊车在火焰山上飞行一千多里，无任何大小操作事故，多次被评为优秀党员，公司“三八”红旗手和标兵。她感到欣慰，但不满足，她还想飞得更高，更远。

呵，火凤凰！

（选自《我的太阳——武钢文学作品选》，长江出版社，2008 年）

「作者简介」

周震亚，1944 年生，湖北武汉人，湖北省作家协会会员，武汉作家协会会员，武钢老作家创作委员会副主任。著有中短篇小说集《黑吊车》，长篇小说《赌球》，长篇人物纪实、传记和报告文学《球迷铁喇叭》《悠悠我心》《台商孙永延》《轮椅公主》《从初中生到工人发明家》等多部作品，多次获全国冶金系统和省市文学奖。

「作品导读」

周震亚的《火凤凰》对一位工作在武钢一线的钳式吊女工代文书进行了报道。首先，作者抓住报道对象为女性这一特点，来凸显代文书这位标兵的过人之处。1975 年，刚满二十岁的代文书顶职到武钢工作。一个黄毛小丫头，却有着初生牛犊不怕虎的精神："中国女飞行员都有，为什么不能有女钳式吊工？"代文书毅然选择了钳式吊工种，成为全国冶金系统唯一的女钳式吊工。但当她正式步入工作之后，就发现钳式吊对于女性来说确实是个铁老虎。煤气、高温，加上工作时精神上高度的紧张，不仅干扰了女性生物钟的正常运转，还带来了一系列疾病的困扰，如脸上起疙瘩、头痛、肠炎等。钳式吊工吃苦受累，岗位定级又低，即使是男性干到三十多岁也往往会选择放弃，但代文书却硬是咬牙坚持了下来。

其次，作者善于抓住典型性事例来塑造人物。代文书在自己的岗位上赢得了无数荣誉，从 1983 年第一次当上标兵，此后数年她连摘标兵桂冠。在她十六年的工作生涯中，有很多事情可供作者选择，但作者重点写了在工作中面临的"四次选择"。在这四次选择中，每一次代文书都可以选择更轻松、待遇更高的工作岗位，但每一次她都坚守住了她的初心，永不言弃。

最后，作者善于抓住细节来塑造人物。代文书在工作岗位上并不是一帆风顺，也经历了风风雨雨。有工作强度带来的肉体折磨，有流言蜚语带来的精神压力，更有家庭带来的桎梏。作者特地选择了女儿生病对代文书的考验。作为母亲，孩子无疑是她内心最为柔软的地方。当孩子生病时，代文书何尝不想陪伴着女儿，但为了工作，她只能舍小我为大家。代文书说："女儿，妈妈欠你的情，没法还。"作者抓住这些细节，为读者塑造了一个有血有肉的工作标兵形象。

劳模刘自力的幸福生活（节选）

·周汉生 刘 丹

男儿当“自力”

很多年过去了，刘自力站在继父的病床前。病床上，奄奄一息的老人紧紧地拉着刘自力的手，用虚弱的声音说：“自力啊，不要怪爸爸对你狠心，这么多年了，我一直也没有机会对你说，你是个争气的伢。”那一刻，面对既严厉又严苛的继父说出埋藏多年的心里话，刘自力不禁潸然泪下。他突然懂得了这么多年继父对他的良苦用心，突然懂得了“自力”这个名字背后真正的含义。

是啊，30多年了，刘自力几乎已经忘记了自己曾经有过的那个名字。他永远无法忘记，他紧紧地扯住母亲的裤腿，用警惕的目光窥视着那个陌生男人时的情景：继父腰杆挺得笔直坐在堂屋正中的那把椅子上，嘴角抿得紧紧的，刻板的脸上仿佛挂着一层寒霜。“既然到我这个家里来了，原先的名字就不要再叫了，我给他取了个新名字，就叫自力。”自力，这是一个响亮的名字，也是一个有深意的名字。但遗憾的是，当年的刘自力并没有体会到继父给他起这个名字背后的真正含义。

刘自力在家里是老大，后来家里又陆续添了弟弟和妹妹。从懂事起，弟妹的大小事务都是他这个做大哥的一手打点，弟妹也很服这个大哥的气。但继父对刘自力的态度永远是淡淡的、冷眼旁观的。继父那时在税务部门工作，做着一个不大不小的官。那时，在税务部门上班，谈钱，拿的不多；但是谈权利，还是有的。刘自力亲现目睹过无数次拎着大包小包来家走后门，找关系的。令刘自力暗自钦佩的是，无论拿到家里来的什么东西，小到鸡蛋水果，大到真金白银，继父一律拒之门外，分毫不取。但是，在刘自力看来，继父的清正廉洁还不足以抵消父子间隔阂，自己仿佛永远走不进继父的心里。

刘自力本想报考税务中专，因为继父是老税务，那个时候税务子女顶职或中专毕业后进税务部门上班，并不是件难事。可是，就这么一个顺理成章的想法也被继父拒绝了。继父的理由听起来简单而粗暴，你是老大，你的去留由我决定。

刘自力心里那个怨啊，牙都咬碎了，可倔强的他没有发出怨恨的声音。

就这样，刘自力以农村孩子特有的韧性和不服输的劲头，扛着卷半新半旧的行李来到了武钢一技校，暗自发下狠誓："要做个有手艺，堂堂正正拿铁饭碗的城里人给老爷子看看，也给自己争口气！"就是这个争口气的想法，让刘自力在技校里如饥似渴地学习各类知识。刘自力数理化的成绩很好，但文科不咋地。有的同学遇到不懂也就糊弄过去了，心里想着反正是个技校生，到了工厂都用不上了，不用那么认真。可刘自力偏不这样想！他觉得只要是知识，就有用到的一天。多学一点知识，总不会有错。只要是遇上了自己解决不了的问题，刘自力便找比自己学的好的同学虚心请教，实在解决不了，就跑去敲老师的门。有同学对他的行为很不屑，嘲笑他说，农村来的人，就知道傻读书，以后都是进厂当个苕工人，又不是到大学去当教授。刘自力只当耳旁风吹过。对待文化知识尚且如此，对待自己最爱的专业知识，刘自力学得就更带劲了。每堂课都聚精会神地听，每次的实践课都是瞪大了眼睛看，轮到自己上手时，总是万分仔细，格外认真。

"要学好技术不难，就是靠眼、口、手。眼，就是眼睛看仔细；口，就是要勤问；手，就是要动手干。"刘自力把老师的这番话，当作自己的座右铭，牢记心头。就是这样苦读书、巧读书，刘自力门门功课都成绩优异。三年的技校学习生活，刘自力显然算不上是最聪明的学生，但论钻劲、论拼劲、论韧劲，那些嘲笑过他的同学，恐怕都只有朝他竖大拇指的份了。

技校三年的学习很快就结束了，毛头小子们都各奔东西，寻找着人生突破点，而刘自力则选择了高炉这片沃土来淬炼自己的人生。

现在回过头，再想想继父当初的坚持，刘自力理解了老人。继父也许是自私的，也许是怕刘自力占了另外两个孩子进税务部门的名额。但无论继父的初衷是怎样的，因为他身上那难能可贵的凛凛正气、因为他严厉的言传身教、也因为他小小的私心，刘自力的性格里多了一份正气，一份倔强、一份坚韧和一份担当。这种潜移默化的影响力，让刘自力朝着自己最初的目标越走越顺，越走越踏实。"没有继父对我的影响，就不会有我刘自力的今天。"刘自力由衷地说道。

名师无孬徒

高炉出铁，炉膛内炉火燃烧得轰轰烈烈，奔流而出的铁水像一条条灿烂而滚烫的金色河流，一时间金花四溅，一时间热浪滚滚。而此时的炉前工，就像一个个面色赤红、手持钢钎的巨人，成竹在胸，游刃有余地操控着炙热的炉前事业。

刘自力第一次亲眼看见高炉出铁的场面，就被深深地震撼了。"伟大！"从他脑海里直接蹦出这两个字。伟大的炼铁工人。他甚至庆幸自己被分到了高炉这个伟大而神圣的岗位上，能够成就一番像炉火一样炽热的事业。这个年轻人摩拳擦掌，准备大干一场!

刘自力被分到了四高炉，做学徒工。可令他万万没想到的是，上炉子没几天的工夫，高炉一开始带给他的新鲜感和使命感几乎就在一瞬间烟消云散——当一名炉前工实在是太苦、太累了。

炉前岗位是铁厂最重要的岗位、同时也是最艰苦的岗位。那时的四高炉是铁厂最重要的炉子之一，作业环境奇差、炉子上到处弥漫着有毒的烟气和粉尘、滚烫的铁水飞溅得到处都是，一不小心踩到一堆灰砾中，可能就会烧着脚下的鞋子。就别提高炉出铁时高达六七十摄氏度的高温炙烤，脸上捂着的毛巾被淌雨似的汗水打湿透了，又马上被滚滚而出的热浪给瞬间烘干。在炉子上透风口，一个风口要几人交替，一个班下来，最多只能透两到三个风口。风口里熊熊燃烧着的火焰无情地舔舐着刘自力年轻的脸庞，他身上的工作服，成天都是湿了干，干了湿，湿了又干，上面布满了地图般的盐渍。干完一天的活下了炉子，口干舌燥，累得连吃饭的胃口都没有。

高温、繁重、单调。这难道就是他刘自力摩拳擦掌、跃跃欲试的终生事业?不！这太残酷了。他刘自力本来是可以穿得整整齐齐、神气十足地在税务局上班的啊。刘自力一想到这里，顿时像霜打了的茄子，再也找不到那股子激情了。

一次，在对高炉 23# 风口进行透通时，刘自力跟着几个师傅轮班上阵了。大伙顶着 900 度的高温热浪及 300 多分贝的噪声，用六角方钢钎抠风口；抠不动时，就用 5 米长的小钩撬；还没动静，师傅们就抬来百斤重的滑锤。两名职工站在后面用肩扛着，然后两边各有四五名职工反向站着拉动绳索，带动滑锤撞击钢钎。从风口处溅出滚烫铁渣，不停地砸在刘自力的后背和脸上，揪心地痛，他往后退了几步。但看到其他师傅还是一如既往，他又向前靠拢了。高压的热浪将他戴的防噪音的耳套掀翻，一个师傅就从口袋里拿出个烟屁股头，塞进他耳里，再接着班干。一根钢钎打卷了，再换一根，又打弯了，拿出来用锤子打直，再接着打。一个班下来，20 多根钢铥打弯了、打卷了，风口还是没通。下一个班接着打。一天、两天……刘自力和师傅每天都重复着同样的工作，直到第五天，当 100 多根弯曲的钢钎堆满炉台时，23# 风口终于透开了。

此时的刘自力， 坐在风口平台的楼梯上，动也不想动。不知过了多久，他才想起塞在耳里的烟头还没掏出，于是有气无力地掏出。高炉的噪音随即黄河咆哮般朝脑海袭来。

穿林海，过雪原……

这时，隐隐约约地听到有歌声穿越噪音缓缓飘来，仔细一听，原来是那《智取威虎山》中杨子荣的著名唱段。那歌声从热气蒸腾、环境奇差的高炉边传来，落在正百无聊赖的刘自力的心坎，顿时荡气回肠！在这样恶劣的工作环境和如此繁重的工作现场，竟然还有人能够以苦为乐、苦中作乐，高唱“敢教日月换新天！”

这是怎样的一种情怀？！

刘自力忍不住循声望去，原来唱歌的人正是他的班长任志安！

不知怎么地，任师傅的高亢的歌声仿佛一缕无比耀眼的阳光，一下穿透了刘自力心中的阴霾：既然别人可以在这么艰苦的环境和繁重的体力劳动中苦中作乐，那我怎么就不行？别人能做到的，我刘自力也一定能做到。

说到这个任师傅，那也是铁厂响当当的老劳模。在当时的铁厂可算得上是一个风云人物：看他外表，身材高大魁梧，不怒而威，站在炉前就像一座扎扎实实的黑铁塔，让人心生敬畏；听他说话，那也是引经据典，能说会道，侃侃而谈；看他书法，那是龙飞凤舞，天马行空；再看他干活，那更是雷厉风行，急、难、险、重不在话下。刘自力曾听人说过关于任师傅的一件事：一次钢城大雪封路，很多同志未能按时到岗位上来。提前3个小时徒步到厂的任师傅，竟一人手持开口机遥控，硬是把铁口打开了。没有金刚钻，揽不了瓷器活。大家谈起这事，都不得不对这位“扎实”的任师傅啧啧称奇。

任师傅的歌声仿佛有着神奇的感召力，而任师傅扎实的炉前技术更让年轻的刘自力艳羡不已。刘自力决定要做块胶布好好的“粘住”这个任师傅。师傅在炉前干活回来，屁股刚挨着板凳，刘自力马上把凉好了的茶水递到师傅手上；师傅干活乏了，刘自力连忙递上专门为讨好师傅准备的“凤凰”牌的香烟；家里要是有几个像样的水果，刘自力就悄悄地放进师傅的衣柜里。人心都是肉长的，慢慢地，任师傅打心眼里越来越喜欢这个有心思、肯做事、会为人的小徒弟。

其实，早在刘自力分到炉前岗位时，任师傅就暗暗观察过这个说一口乡音的徒弟伢了。别的新分进来的徒弟伢，没活干的时候就跷着二郎腿，嘴里叼根烟闲坐着，眼睛仿佛长在天上。而这个刘自力，不用别人说，总是先把班组的卫生里里外外打扫一遍，然后闷不做声地把师傅们的水瓶里灌上开水。还有一个任师傅认为难能可贵的品质，那就是这个小伙子懂得尊重人。只要是比他刘自力先到炉子上的，他都恭恭敬敬地叫一声师傅。虽说只是简简单单地叫一句师傅，任师傅体会到的却是这个小伙子是个实实在在地、真正地想在炉子上面学手艺的好苗子！

在任师傅身上，刘自力仿佛又找回了自信，一股蓬勃向上的朝气在他体内升腾。他暗暗地下定决心，以师傅为目标和榜样，要做就做像师傅一样，有技术、有思想、有魄力的炉前工。从那以后，师傅走到哪里，刘自力就跟到哪里，活干到哪里，问题就带到哪里。好师傅做在前头，小徒弟学在后面！刘自力又拿出了在技校读书时候的劲头，每次干活，都一声不响地跟在师傅的后面观察、琢磨、思考。任师傅也将自己积累了多年的宝贵经验毫无保留地教授给了爱徒刘自力。炉前炮泥有哪些注意事项、风口二套如何更换、如何做好套口的日常维护、如何处理紧急事故；甚至还教刘自力如何为人处世，如何搞好班组工作。师徒二人感情日渐深厚，情同父子。他们一个仔细地教，一个认真地学。任师傅还惊喜地发现，这个徒弟伢虽然一口的乡音，只不过是个技校生，却对技术层面的问题特别敏感，善于思考的同时动手能力也很强。问题出来了，能一说就懂，一点就通，一通百通。不单是这样，甚至一些有创意、有想法的点子他居然也能说出个一二三来，师傅倍感欣慰、暗自赞叹。就这样，师徒二人在工作岗位上的配合一天比一天默契，师徒二人甚至还合作完成了炉子上炮盖的革新——将传统的烧损率高的铸钢平头炮盖改成了更耐烧损的铸铁球形炮盖。仅这一项革新，就给厂里每年节约下了近100万的成本，这正是师徒二人智慧和汗水的结晶啊！

刘自力永远记得任师傅说的这样一句话：要做一个好炉前工，没有别的巧，就靠平时多到炉子上走一走。这样才能发现问题，解决问题。就是这句看似平常的话，让刘自力受益匪浅。师傅领进门，修行靠个人。1998年，当年懵懂的小徒弟伢刘自力在炉子上已经是一名经验丰富、干活成熟老到的“老资格”了，通过自学取得了技师资格证的他接过了师傅任志安手上的接力棒，出任五高炉炉前技师。而此时的刘自力，已拥有了用自己名字命名的“高炉铁口泥套浇注法”的先进操作法；已完成了向各高炉推广他的革新项目——增硅铸铁球形炮盖；由他主要参与的“五高炉降低焦比攻关”“五高炉利用系数攻关”等多个攻关项目均荣获武钢科技攻关一等奖。任师傅也许从一开始就看出来了，刘自力要做的不是一个简简单单在炉前出傻力气的工人，刘自力要做善琢磨、勤思考、敢创新、勇实践的新时代炉前工。

春夏秋冬，高炉的炉火依旧是那么滚烫而炙热，炉前工人依旧毫不吝啬地挥汗如雨，属于刘自力的荣誉也纷至沓来。

五次荣获武钢科技攻关一等奖；

三次荣获武汉市技术能手称号；

三次荣获公司优秀党员称号；

三次被评为公司劳模；

二次荣获武钢攻关技术能手称号；

一次被评为武汉市劳模；

一次荣获湖北省冶金系统竞赛优胜奖；

一次荣获武钢技术能手称号；

一次荣获武钢创新奖。

如果把这多年刘自力获得的各种荣誉证书和牌匾放在一起，就有32件之多。这些让师傅引为骄傲的荣誉，恰是刘自力倾注心血，献身高炉二十余载的最佳佐证！

刘自力直到现在还是这么说，他这一生很幸运，碰到任师傅这样的贵人。他能够这么多年一条心扑在高炉事业上，最坚实的原动力来自任师傅。他永远记得师傅说过的那句话：“荒年饿不死手艺人。刘自力你要有拿得出来的手艺，别人才不会小瞧你。”

劳模的“套路”

刘自力 1984 年进厂，1989 年就当上了炼铁厂标兵。这在炼铁厂几十年的历史中，绝不多见。这样一个纪录，要想打破它还真是需要点真功夫。

这么年轻就当上了标兵，说出去谁服气啊？有那么多年富力强的老师傅呢，有那么多拿着文凭进厂的大学生呢，还有基层那么多干重活累活的工人呢，怎么就轮上他刘自力了，就没人说闲话？

说到当标兵这个事上，咱们得从刘自力是怎么当上班长说起，这里面还有个有趣的小插曲。那天刘自力正在指挥吊车，开吊车的小程因为头天晚上吃了小摊上的烧烤，肚子不舒服，老是跑厕所。当时的班长是个急性子，二话没说就风风火火地钻进了驾驶室。本指望刘自力照常指挥的。可班长等了半天，发现刘自力站着一动也不动。班长气急败坏地朝刘自力吼了一句。不吼则已，一吼之下。本来站着的刘自力反倒打个背手走到一边，从荷包里掏了根烟，悠哉游哉地抽了起来。班长一看，这不是个事啊？这个刘自力唱的是哪出戏码啊？说时迟那时快，只见班长腾、腾、腾的几步并做一步，跳到刘自力的身边，开口就要骂娘。刘自力呢，反而不急也不恼，说道：你开吊车没有执照，那是违规行为你知道吗？前几天才出了一起类似的安全事故你不知道吗？那班长见刘自力当众泼他面子，正不依不饶地骂骂咧咧时，突然两眼发直，愣在原地。刘自力回头一看，只见炉长不知什么时候已经站在了身后。事情很简单，班长受到了炉长的严厉考核。而坚持原则的刘自力，则得到了炉长的另眼相看。

那以后的一天，刘自力正在炉子上做事，炉长在他背后拍了拍他的肩膀，示意他把手中的活放一放，有事对他说。刘自力想肯定有什么重要的事情，于是忙放下手中的钢钎，扯下安全帽里的毛巾擦了把汗，来到了休息室。在休息室里，炉长悠然地点了根烟，也微笑着递了一根给刘自力。“炉长，你急急忙忙把我叫来，还以为有大事呢。”刘自力看到炉长的神情松了一口气。“你小子以为什么才是大事啊？那让你当个班长算不算大事啊？”炉长语气轻松。“什么？”刘自力一听这话，差点从椅子上跌下来。“让我当班长，不行不行，绝对不行。”刘自力的头摇得像拨浪鼓。“那你说说为什么不行？”炉长见到小伙子急了，饶有兴趣地问。“这不是明摆着的吗？我进厂才两年，再怎么也轮不上我来当这个班长。再说了，我当班长，别人能服我的气吗？”刘自力越说底气越不足。“谁说你不能当班长，我说你能你就能，我看谁不服气！”炉长有些恨铁不成钢地拍着桌子。“反正，我不当！”他固执道。此话一出，气得炉长摔门而去。

其实，能让这个炉长认可的人，还真是要有点真本事。这个炉长选骨干是出了名的高标准、严要求。一次，高炉分来一个北京钢院毕业的研究生，此人理论功底深厚、操作技术也很精细。来了不久，炉长还挺高兴。可就是这个高材生有个难以解决的“问题”，那就是一口湖南乡音太重，怎么让他改也改不掉，不但影响到和同事间的沟通，甚至还影响到了高炉的生产：就是因为他开会时的一次口误，把本该配 6 个罐的高炉只配了 4 个，搞得炉子半天都顺不了。这个看似无伤大雅的口音问题，看来还真是个“大问题”！就是因为这次失误，让炉长大发雷霆。一怒之下，把研究生贬到了车间勤杂班。还当着所有管理人员的面发下狠话：读了那么多书，连个普通话都说不好，怎么干得好工作？什么时候练好了普通话，再什么时候回操作岗位。从这件事情不难看出，这个炉长不但有思想，还是一个十足的“铁腕”人物。

刘自力不敢接炉长钦点他做班长的这个事，到这里按说也就黄了。可偏巧，第二天，炉长在厂里碰到了刘自力的新婚妻子，炉长眉头一皱，计上心来。他远远地喊住了刘自力的妻子，让她回家捎个话给刘自力。当天晚上，夫妻两人吃饭，妻子把炉长的话原原本本地说给刘自力听，结果怎么样？第二天一上班刘自力直接找到了炉长，决定接手班长这个职务。炉长脸上挂着得意的笑说道：“就知道你小子会想通的！”刘自力搔了搔头，憨笑道：“还是你激将的好。”

大家一定觉得好奇，这炉长到底说了句什么话，让刘自力一晚上就想通了。原来，炉长让刘自力的妻子带去了这样一句话：“回去问问你们家刘自力，就说是我说的，问他到底是不是个男人？”

这个炉长真不简单，把刘自力的脉给摸准了。

其实，当这个班长，刘自力还真是有顾虑的。这个班在当时，是个出了名的刺头班。人心涣散不说，还有个别人特别难对付。刘自力横下一条心想，反正已接下了这个差事，管好一个班组，能有多难？再怎么难，还能难得住有心人？刘自力走马上任的第一天， 既没有“下马威”， 也没有“三把火”，一切都平平和和。 这也让班员们多少有些摸不着头脑。因为按以往的惯例，像这么一个难对付的班组，一开始就大刀阔斧干“革命”的班头多了去。殊不知刘自力这个班长不一般，因为他从当班长的第一天起， 就知道：“打铁要靠自身硬！”

“打铁要靠自身硬！” 这句炼铁厂人人皆知的名言，说的容易，做好难。做给自己看容易，做给大家看难。“群众的眼睛是雪亮的”没有十足的决心、信心、恒心，是啃不下“服众”这个硬骨头的。偏偏，刘自力做到了！在他当班长的短短几年中，他带领的班组就年年获得先进班组，先进集体称号，红灿灿的荣誉证就挂在墙上；为数不多，但足以振奋士气的奖金、奖品拿在手里，班员们干活的劲头就更高了，班组上下团结一心，气氛融洽，班组的精神面貌同时也发生着翻天覆地的变化。刺头班从此变成了红旗班，这真是个惊人的转变！

曾经有人向刘自力取经：怎样才能当一个好班长？刘自力答非所问的打了个比喻，他说如果把咱们炼铁厂的职工比做是一根根原木的话，那厂长就是一位出色的木匠。怎么样把这一根根没有式样、没有棱角、没有生命的木头，雕刻成一件件精美的家具，一个个出色的工艺品，这里面大有学问——冰冻三尺，非一日之寒。

厂长尚且如此，作为兵头将尾的小班长，就更应该在自己身上多做点文章了。

好班长应该具备哪几条素质？刘自力摸了模板刷一样的头发，甩出了响当当的三条——

首先要身体好，做得。遇上重活、累活、险活，自己才有能力第一时间冲上去。

一次五高炉定修开炉过程中，由于炉子长期定修，第一次出铁是在晚上，这炉铁水出的畅不畅，刘自力和大伙儿一样，一颗心悬在了嗓子眼。由于沟子不畅通，铁水几乎在瞬间就漫上了炉台，滚烫的铁水又遇上了炉台上用于冲洗的水管，发生了严重的放炮事故，“咣”的一声巨响，一下子就把炉台给炸穿了，一沟子的铁水都流到炉台下部去了。现场一时间火光冲天、烟气缭绕、狼藉一片。大家都被这突如其来的事故弄傻了眼，一时间还没有反应过来。刘自力意识到了问题的严重性，嘱咐身边的同事拨打火警电话后，突然转身就朝炉台下面跑去。所有的人都惊呆了，这可是实打实的火灾事故现场啊。火警也报了，消防车也正在赶来，大家只有等在一旁干着急，刘自力怎么尽干哪里危险就往哪里凑的事啊？

一旁的同事紧紧地拉住了他，问他跑去干什么？刘自力擦了一把汗水说，他实在是不放心，怕把炉底烧穿了，要下去看看。

他疯了吗？炉底是滚烫的铁水、是沸腾的高温蒸汽，看炉子有没有被烧穿，要冒多大的危险，他刘自力不知道？两次！两次刘自力都冲到炉底去查看，两次都被身边的同事死死地拉了回来。刘自力不是作秀，刘自力是真的着急啊。

“拼命三郎”用在刘自力身上是再合适不过的字眼了。只要他在班上，遇到重活，累活，他铁板钉钉是一手拿下的，危险的活计就更别提了，总是刘自力带领着大家，冲在最危险的地方。都是人生父母养的，时间长了，大家心里明白这个当班长的，没有充老子，装样子，而是早已默默地，用实干精神在大家心里打下令人信服的桩子！

其次，当一个好班长要技术过硬，能独当一面。没有扎实的技术，就像没有手艺的木匠，任凭你牛皮吹破了天，也没人会服你的气。手上一定要有一套漂亮的活，别人就服你的气，受你的管。

当时刘自力班上有个徒弟伢，人非常聪明，但干活不咋地，还总是瞧不起这个，看不起那个。刘自力看在眼里，计上心头，决定好好的“给他点颜色看看”。一次轮到刘自力和徒弟伢一起配合透风口，刘自力闷声不响地一口气透了九个风口，把个徒弟伢累得蹲在地上只喘粗气，心里只剩下服气的份了。要知道，在炉子上透风口，一个班次最多只能透2到3个风口，4到5个已经是很了不得的事了，可他刘自力居然能一口气透9个风口，这是实打实的真功夫，是技术和力量的完美结合，徒弟伢不服气都不行啊。打那以后，徒弟伢对刘自力佩服起来，师傅长师傅短的叫着，干活也上心多了。

最后，也是最重要的一点，就是当班长一定要德行好、有原则。

所谓“得人心者得天下”，这人心怎么得？靠的就是德行好。什么是德行，说白一点，就是为人要行得正，做得端。不讨公家的便宜，不贪大伙儿的钱，这就是德行好。有原则就容易理解多了，要求大家做到的事情，自己就要第一个带头做好。只有自身的行为“硬”了，在行使自己的职责时，大家才会服你的气，才能无话可说。把一个简单的成语用在刘自力身上，那就是“恩威并重”。

至今刘自力还记得这样一件事——

班上有个特别难“搞”的刺头，姑且称之为甲吧。甲干活吊儿郎当，做思想工作也不买账。刘自力对他是捧也捧了，摔也摔了，可老是不见成效。一天，刘自力发现甲在干活的时候，把高炉的一台挖掘机损坏了。好家伙，把这么重要的工具损坏了，这还得了？！刘自力想，是该挫一挫甲的锐气了。在第二天的班务会上，刘自力果断地宣布：扣除甲当月的奖金500元。甲当时一下子就从板凳上弹了起来，冲刘自力嚷道：“我没听错吧，你扣我500块钱，你扣一个试试。”霎时间，空气中火药味十足。刘自力面不改色道：“你损坏工具，照规定赔偿。”“我没钱赔！真要我赔钱也可以，以后我全家人都到你刘自力家里去吃饭！”刘自力当即爽快应答：“好啊，我欢迎你们全家都来我家吃饭，三天不行吃五天，五天不行吃十天，十天不行吃一个月，直到把你的损失吃回来为止！你看怎么样？”甲愣了一下，突然，“咚”的一拳头砸在刘自力的脸上，还没等班组人员反应过来，又是“咚”的一声，这次轮到刘自力出手了。大家全都为这突如其来的打斗搞得愣住了，呆呆地看着两个人在地上打得难解难分。很快两人脸上都挂了彩。刘自力擦了一把鼻子上的血说“还要打，我奉陪。但钱我是扣定了。”

虽然，这钱是狠狠的扣了，但刘自力还是蓄了个心眼，特意打听到甲家里不宽裕，还有一个老娘跟在他身边，老婆也没个正式工作。当晚，刘自力就找到甲家去看望了他老娘，还个人掏钱送他老娘一个红包。甲看后，心有触动。再上班的时候精神面貌就不一样了，对工具的使用也更加小心。最后，谁也没有料到，这两个打架打得脸红脖子粗的人，居然还成了铁哥们。直到现在，刘自力只要闲下来，还会拉上那哥们喝上二两靠杯酒。

不得不说刘自力这个班长当的有两把刷子，说事、拉理、还顺带着打架。小平同志都说了：管它黑猫白猫，抓得住老鼠就是好猫。

劳模自有劳模的套路。

刘自力带领班组成员，紧紧地拧成一股绳，心往一处想，劲往一处使，班组面貌发生了巨大的转变，刘自力也因此成为炼铁厂历史上最年轻的标兵。

……

（原载于《武钢文艺》2010年第6期）

「作者简介」

周汉生，男，汉族。1979年5月参加工作，现为中国一冶集团有限公司的安装起重工高级技师。由一名普通的安装起重工逐渐成为企业高级技能骨干。他先后参加了武钢、天津大无缝、广钢、珠钢、济钢、青钢、涟钢、湘钢、西钢等工程施工，写下了一笔笔回首也无憾的荣誉：1983年在深圳施工时被评为新长征突击手；1995年在武钢三炼钢工程施工中荣立一等功；2003年1月被武汉市人民政府评为武汉市技术能手；2003年10月被湖北省人民政府评为湖北省“十大技能大师”；2004年荣获湖北省劳动模范称号；2008年1月被评为中冶集团首席技师，同年12月被评为全国冶金建设高级技能专家；2009年被评为中冶集团技术能手，2010年11月被授予全国技术能手荣誉称号，2013年评为享受政府特殊津贴人员。

「作品导读」

《劳模刘自力》是周汉生和刘丹共同撰写的武钢劳模刘自力的报告文学。刘自力是武钢的一名炉前工，在二十多年的工作生涯中，他获誉无数：五次荣获武钢科技攻关一等奖、三次荣获武汉市技术能手称号、三次荣获公司优秀党员称号、三次被评为公司劳模、一次被评为武汉市劳模、一次荣获湖北省冶金系统竞赛优胜奖……如果把他获得的全部荣誉证书和牌匾放在一起，就有32件之多。

作者在对这样一位英雄般的劳模进行报道时，为了让读者更为详尽地了解主人公，注意从各个角度对刘自力进行全方面报道。作为一个劳模，作者不仅注意描写刘自力在工作上的拼力、拼脑，是一个善琢磨、勤思考、敢创新、勇实践的新时代炉前工，而且还给读者展现了刘自力不为人知的另一面——生活中的真性情。通过作者多角度的塑造，读者可以发现：刘自力，不仅仅是一个武钢优秀劳模，在生活中他也是一个孝顺的儿子、最丑的爸爸和贴心的老公。

作者在塑造人物时，围绕主题，善于选择最典型的事例。为了凸显刘自力对工作的全身心投入，选择了他一生中几个特殊的时刻：一是刘自力继父去世的时候，二是岳母病危的时候，三是母亲做股骨头置换大手术的时候。在这人生最为重要的时刻，刘自力为了工作，全部都缺席了。通过这几个典型场景的选择，刘自力对于工作的全心全意的形象可以说是深入人心。

作者善于通过心理描写来刻画人物。刘自力能成为一个大家都心服口服的劳模，离不开他继父的言传身教。但是因为继子身份的尴尬和继父严苛的性格，刘自力对继父一直有心结，直到继父临死前拉着他的手说他是个“争气的伢”，才终于明白继父多年对他的良苦用心。在这个过程中，作者是通过一系列心理描写来表现人物的变化。如当继父不让刘自力顶职时，刘自力是“心里那个怨啊，牙都咬碎了”；来到武钢技校后，刘自力暗下誓言：“要做个有手艺，堂堂正正拿铁饭碗的城里人给老爷子看看，也给自己争口气！”正是在这种心理的驱使下，刘自力刻苦钻研，苦读书，巧读书，为他将来的成功打下了坚实的基础。

后 记

本书为“长江中游矿冶文化与经济社会发展研究中心”资助项目“中国当代矿冶文学梳理与研究”（编号：2018kyz03）和科研开放基金项目“文学地理学视域下的黄石矿冶文学研究”（编号：2015kyb07）的研究成果。

编订这样一部文学读本，是我和我的同事们多年的心愿。十多年前，“长江中游矿冶文化与经济社会发展研究中心”在湖北理工学院挂牌，围绕“矿冶文化”“矿冶文学”的相关研究工作就此得以展开。2009 年我们的研究作品《黄石矿冶文学研究》问世，2010 年我们编选的《黄石矿冶文学作品选》也与读者见面。随着研究工作向前不断开展，我们就想编订一本全国性的矿冶文学经典读本，以便于更好地开展我们的教学和科研工作。如今，《中国当代矿冶文学经典读本》的文稿终于定稿，即将付梓，心中倍感释然。

从 1949 年到 2019 年，新中国成立了整整 70 年，要从 70 年的文学创作中找出那些与人类的矿冶生产活动、与矿冶工人生活活动相关的文学作品，并从中挑选出优秀之作加以介绍与编选，这个工作量非常大。经过编写组成员的共同努力，我们终于选定了 35 篇作品，分别按照小说、诗歌、散文、戏剧、报告文学等门类进行编写，同一文体的作品按照它们初次刊发的时间来排序。这 35 篇作品来自 35 位作者，他们当中既有在中国现当代文学史上负有盛名的作家，如徐迟、贾平凹、陈建功、周梅森、刘庆邦等，又有来自冶金、煤炭、石油石化系统的写作者，如董宏量、徐迅、鬼金、马行、老井等。在此，我代表本编写组感谢这 35 位作者的辛勤付出，感谢他们为本书提供的优秀矿冶文学作品，谢谢他们的信任与帮助。

在这本书的编选过程中，我们不仅得到了众位作者及部分作者家属的帮助和支持，同时也得到了文学界、出版界、学术界相关团体、单位的工作人员的支持与帮助。在此，特别要感谢中国作家协会、鲁迅文学院、中国诗歌学会、湖北省作家协会、陕西省作家协会、中国戏剧出版社、长江文艺出版社、新世界出版社、《十月》杂志编辑部、《人民文学》杂志编辑部等单位众位素不相识的工作人员的热情接待与热心帮助。谢谢!

感谢黄石市作协主席邹晓芳先生的帮助和支持；感谢武汉的董宏量先生的帮助与支持；感谢诗人胡晓光、田禾、毛子、曹树莹、敏捷等人的鼓励、帮助和支持。

后记

感谢“长江中游矿冶文化与经济社会发展研究中心”为这本书的出版提供资金支持，感谢该中心主任王定兴先生的鼓励和帮助。感谢湖北理工学院李社教校长对这本书编选工作的关心和支持。感谢湖北理工学院师范学院、研究生处等部门领导对本书出版给予的帮助与支持。

感谢本书的责任编辑曾媛老师对我们工作的大力支持和帮助。大半年来，为了该书的顺利出版，曾老师时时给予我们力量和勇气，谢谢她的真诚相待。

这本书能够顺利出版，是本书编写组成员共同努力的结果。感谢大家在这大半年时间内的努力和付出。本书的编写情况如下：陈新瑶负责“诗歌”部分以及部分“小说”的编写以及全书的统稿工作；黄燕负责“小说”部分的编写工作；王昭负责“散文”部分与“戏剧”部分的编写工作；刘燕负责“报告文学”部分的编写工作。

由于时间和能力所限，本书疏漏之处在所难免，恳请各位专家与读者批评指正。谢谢！

又因种种原因，部分优秀篇章未能按照原定计划收入本书，实有遗珠之憾，也敬请广大读者原谅。

陈新瑶

2020年2月26日